SV

Adolf Muschg
Eikan, du bist spät

Roman

Suhrkamp Verlag

© Suhrkamp Verlag Frankfurt am Main 2005
Alle Rechte vorbehalten, insbesondere das der Übersetzung,
des öffentlichen Vortrags sowie der Übertragung
durch Rundfunk und Fernsehen, auch einzelner Teile.
Kein Teil des Werkes darf in irgendeiner Form
(durch Fotografie, Mikrofilm oder andere Verfahren)
ohne schriftliche Genehmigung des Verlages reproduziert
oder unter Verwendung elektronischer Systeme
verarbeitet, vervielfältigt oder verbreitet werden.
Satz: Hümmer GmbH, Waldbüttelbrunn
Druck: Pustet, Regensburg
Printed in Germany
Erste Auflage 2005
ISBN 3-518-41669-3

1 2 3 4 5 – 10 09 08 07 06 05

Eikan, du bist spät

Für Atsuko

wola, wiht,
taz tu weist
taz tu wiht heizist

Zürcher Milchsegen, althochdeutsch

Romans Brief

Paris, im Mai 1986

Lieber Leuchter, du wirst dich über diese Sendung wundern, aber du bist mir in den vergangenen zwanzig Jahren nie ganz aus dem Sinn geraten. Die Komposition ist für Cello solo. Ich habe sie in Erinnerung an unsere Internatszeit geschrieben und widme sie dir, denn ich höre, daß du es auf dem Instrument weit gebracht hast.

Ich leiste mir den Wunsch, das Stück von dir gespielt zu hören. Dafür bleibt wenig Zeit. Der neueste Erreger unserer Zivilisation begnügte sich nicht damit, in aller Munde zu sein. Er schlüpfte mir auch in den Leib, vielleicht schon vor Jahrzehnten. Nun hat er beschlossen, auszubrechen und unser stilles Zusammenleben zu beenden. Der Wirt zahlt die Zeche.

Rübel vom Centre Suisse möchte die *Chienlit-Suite* mit dir aufführen, im nächsten März, für eine Gage, die sich nicht mal als Schmerzensgeld zeigen darf. Im April nächsten Jahres wirst du 43. Ich würde es im August. Wir müssen meinen Geburtstag vorher feiern.

Der Partitur liegt noch ein Corpus delicti bei, der Ring meiner Mutter. Ich habe ihn von der Frau zurückgeholt, mit der mein Vater sie betrogen hat, schon vor ihrem Tod. Damals war ich zwölf. An diesem Ring ist nichts geschenkt. Aber ich leihe ihn dir, als Pfand, damit du dir Mühe gibst. Später hätte ich ihn gern zurück. In welcher Form, überlasse ich dir.

Aber wenn du kneifst, muß ich dir *erscheinen*.

Denn verlaß dich drauf: Mit dem Leben mag der Spaß aufhören, aber die Toten machen sich ihren eigenen.

R.

1 Der Passagier

März 1987

Andreas Leuchter, 42, fuhr ungern rückwärts. Aber nun saß er, wo ihn ein Schlenker des Zugs Basel–Lausanne hingeworfen hatte, auf dem ersten freien Platz in einem Abteil zweiter Klasse. Er zwang sich zu lächeln, aber die Frau gegenüber las weiter, und das Kind am Fenster rutschte noch etwas tiefer, so daß seine gestreckten Beine auch den Fensterplatz gegenüber sperrten.

Leuchter hielt den Bügel des Koffers fest, bis die Fahrt sich beruhigt hatte. Die Heftigkeit seines Atems genierte ihn. Dabei eilte jetzt gar nichts mehr.

Er war zeitig im Bahnhofsrestaurant gewesen, um unter der gemalten Rheinlandschaft in Ruhe zu frühstücken. Trotzdem hätte er es beinahe fertiggebracht, die Abfahrt des Zuges um 9:18 zu verpassen. Er war mit einem warnenden Pfiff zusammen in den letzten Wagen gesprungen und hatte durch den ganzen Zug nach vorn laufen müssen, um die Wagen der ersten Klasse zu erreichen. Aber sie waren von einer Honoratiorengesellschaft besetzt, die mit Damen in die französische Schweiz unterwegs und schon am hellen Vormittag mit Weinflaschen und Gläsern zugange war. Witzworte flogen hin und her und verbreiteten die Luft einer Kumpanei, die Leuchter jetzt nicht gebrauchen konnte. Er wollte sich noch eine Stunde oder zwei in die Partitur vertiefen, die er am Abend in Paris zu spielen hatte. Denn nach Lausanne, wo ihn seine Freundin erwartete, würde sich die Ruhe dafür nicht mehr finden.

»Frankreich, das liebe Licht, scheint herein«, hatte er gestern ins Telefon hineingeredet, und »Bitte?« hatte sie zurückgefragt. Nur ein Dichtervers, Sumi. Ja, hatte sie gesagt – Catherine hätte »Aha?« geantwortet. Er nannte noch einmal die Ankunftszeit ihres Zuges in Lausanne, fügte hinzu: Ich liebe dich, und hängte auf. Und wußte: Jetzt grübelte sie, was er ihr mit seinem Dichterwort *eigentlich* hatte sagen wollen.

Leuchter war zweiundzwanzig gewesen, als er in Chartres bei Aristide Dupin Cello gelernt hatte: einer von sieben, die der Meister angenommen hatte. Wenn das Konzert überstanden war, würde er Sumi alles zeigen, die Kathedrale, die Patriarchen und Apostelfiguren, das Labyrinth, die Hauptpost, Therèses Blumengeschäft, den Duft von Levkojen, die große Hoffnung von damals. Sumi mußte spüren, wer er gewesen war. Das Internat verschwand für immer in seinem Bergloch, die Strafaufgabe der Kindheit war abgeschüttelt, zum ersten Mal war Leuchter erwachsen und ein bißchen jung. Vor ihm lag ein Leben als Künstler, jetzt war es eine Lust zu üben: Disziplin und Verworfenheit. Schöpfen aus Baudelaire. Er hätte auch Dichter werden können, aber nun wurde er eben ein sehr bedeutender Cellist.

Damals hatte er die lottrige Ami-Jacke gekauft, die er sich heute wieder angezogen hatte. Einem Spielverderber wie Roman Enders würde er nie mehr begegnen.

Beim Zurückstolpern durch den fahrenden Zug hatte er das Gefühl gehabt, dahin zurückzuschwimmen, woher er gekommen war, und zugleich von einer übermächtigen Strömung immer weiter ins Bodenlose abgetrieben zu werden. Er hielt sich am langen Bügel des Koffers fest, den er hinter sich herzog und den Catherine »Hündchen« nannte. Plötzlich hatte ihn ein Exzeß von Fliehkraft gezwungen, sich zu setzen, an der ersten besten Stelle. Er setzte sich mit einem Eklat, als wolle er verkünden: *Enfin, me voilà!*

Doch die Frau im Abteil hatte nicht einmal die Augen von ihrem Buch erhoben, und das Kind am Fenster fuhr in seinem Ringheft zu zeichnen fort. Leuchter starrte durch das Glas, das soeben von einer Böschung verdunkelt wurde. Drüber wuchs eine graue Wand in die Höhe und entfaltete sich wie ein Fächer mit Rippen und dürftig bewachsenen Runsen. Der Jura.

Die Gepäckablage war bereits von einem Koffer besetzt, einem braunen, verschabten Unding, also blieb das Hündchen stehen, wo es war, bei Fuß. Nach einer Weile – nicht zu eilfertig, aber auch nicht zu diskret – zog er die Partitur aus der Außentasche. Beim Geräusch des Reißverschlusses hob das Kind die Brauen, dann bohrte es mit dem Zeigefinger in der Nase und betrachtete sein Werk. Eine Linkshänderin. Auch Roman hatte den Stift mit krummer Hand gegen die Schreibrichtung geführt, als müsse er seine Schrift verstecken. Leuchter versuchte, sich auf die Partitur zu konzentrieren.

Verschlagen, dachte er. Er selbst hatte die Komposition »verschlagen« genannt, als er sie den Teilnehmern seines Meisterkurses als Grenzfall neuer Cellomusik vorführte. Sie sind ein Meister, hatte Isabel gesagt. Warum spielen Sie es uns nicht vor?

Ohne Isabel wäre er jetzt schon zusammen mit Sumi unterwegs. Warum hatte gerade Isabel von Göttingen gerufen werden müssen? Siebenhundert Kilometer weit, um in Zürich für ein paar Tage eine Wohnung zu hüten und die Katze zu füttern? Oder hatte Sumi gar nicht nach Paris reisen wollen?

Ausgeschlossen, sagte er beinahe vernehmlich, die Partitur auf den Knien. Um dieses Stück zu hören, hätte sie ihn auch an den Südpol begleitet. Dein Freund lebt nicht mehr lange. Er hat es dir geschickt. – Woher willst du wissen, daß er mein Freund ist? Seit zwanzig Jahren haben wir uns aus den Augen verloren. Ich wußte nicht einmal, daß er Musik macht. – Er *ist* Musiker, sagte sie, das hast du selbst gesagt. Ja, das hatte er am Meisterkurs gesagt: Es komme nicht auf die Musik an, die einer spiele, sondern darauf, daß er Musiker *sei*. Raffael wäre auch dann ein Genie, wenn er ohne Hände geboren worden wäre. Lessing. Warum hatte Leuchter das gesagt? Er fand Raffael fast so unerträglich wie Isabel.

Roman war schon im Internat ein Blender, Sumi. – Aber er stirbt! – Wir sterben alle, hätte er beinahe gesagt, das berechtigt uns nicht zur Erpressung. Doch dann sagte er: Du redest gerade so, als kenntest du ihn. – Ich kenne *dich*. – Wenn du selbst ein Instrument spieltest, wüßtest du, Romans Partitur ist nicht spielbar. Sie ist ein Hohn auf die Musik. Das hat deine

Freundin Isabel gesagt, und da hat sie recht. Roman wollte mir meine Grenzen zeigen. So war er schon im Internat. – Sie sah ihn ruhig an. Du übst nicht genug, sagte sie. – Er schluckte leer. Seit wir zusammen sind, Sumi, beschäftige ich mich nur noch mit dieser verdammten Partitur. Sie ist eine Falle, und mit jedem Bogenstrich falle ich tiefer hinein. Ich kann spielen, was ich will. – Also spiel, was du willst! sagte sie freudig, ich warte darauf! – Und wenn er es gar nicht mehr hört? Er ist ja schon zu schwach, um das Bett zu verlassen.

Das hatte ihm der Veranstalter geschrieben, Rübel vom Centre Suisse in Paris. »Ich fürchte, wir haben uns mehr Zeit gelassen, als unserem Freund beschieden ist.« Rübel will sein Event, und ich soll der Esel sein, der sich aufs Glatteis führen läßt. »Junge Musik aus Liechtenstein.« An dieser Komposition ist nichts jung, und schon gar nichts aus Liechtenstein. Ich kann spielen, was ich will, Rübel findet's genial, ich kenne ihn. – Sumi sah ihn an, wiederholte: Spiel, was du willst! Dein Freund hört dich.

Und so kam es, daß er noch nichts im Leben so einstudiert hatte wie die Partitur auf seinen Knien. *Chienlit du Petit Prince*, drei Sätze für Cello solo, nur der erste in Notenschrift, danach verwilderte die Partitur zu einem Zeichenlabyrinth, durch das abgerissene Sätze eines englischen Dichters zu führen schienen, aber sie standen schief wie verdrehte Wegweiser und deuteten in alle Richtungen.

Es gibt einen Weg, hatte Sumi gesagt.

Kannst du mir ihn zeigen?

Ich komme mit, hatte sie gesagt, als wäre das eine Antwort. Und dann hatte sie Isabel gerufen, ohne ihn auch nur zu fragen. Sie kennt sich mit Katzen aus, sagte sie.

Sie ist selbst eine Katze. Und sie kann mich nicht riechen.

Du hast sie nicht gewollt.

Wohl wahr. Ich wollte dich.

Die Frauen kannten einander, seit Isabel in Tokyo Musik studiert hatte. Als Sumi in Göttingen Deutsch lernte, hatte sie bei Isabel gewohnt und sie zum Meisterkurs begleitet.

Du möchtest sie wiedersehen, gut, sagte er. Aber warum jetzt? Und warum bei uns?

Bei uns? hatte Sumi gefragt. Das ist nicht unsere Wohnung. Sie gehört deiner Freundin Lea, und wir können ihre Katze nicht allein lassen.

Mit Sumi ließ sich nicht streiten, und Leuchter hatte ohnehin nie streiten gelernt. Mit Catherine war es nicht nötig, sie hatte vor lauten Wörtern ebensoviel Angst wie er.

Als sich Isabel am Telefon meldete, reichte er den Hörer wortlos an Sumi weiter. Sie unterhielt sich auf japanisch, konnte zu plaudern und zu kichern nicht aufhören, und ihre Stimme sprang in eine höhere Tonlage. Er beschäftigte sich in der Küche. Nach einer Weile erschien Sumi unter der Tür.

Kaffee? fragte er. Und als sie wortlos am Tisch saßen: Wann kommt sie?

Morgen nachmittag.

Übermorgen ist das Konzert, sagte er.

Da sie nicht antwortete, fuhr er fort: Dann fahre ich morgen kurz nach Basel.

Kommt deine Frau?

Catherine? Glaubst du, dann führe ich hin?

Es kostete ihn Überwindung, die Kaffeetasse, die er gerade zum Mund führte, nicht abzusetzen. *Wir* fahren nach Paris, sagte er.

Soll ich deinen Frack einpacken?

Ach was, sagte er, ich spiele, wie ich bin. *Wenn* ich spiele. Ich will kein förmliches Konzert.

Roman hat mir diesen Ring seiner Mutter geschickt, sagte er nach einer Weile, er ist noch in der alten Wohnung. Ich muß ihn zurückgeben.

Sumi kannte Romans Brief so gut wie auswendig, aber was es mit diesem Ring auf sich habe, hatte sie nie gefragt.

Darf ich dich bitten, das Cello mitzunehmen?

Wohin?

Nur bis nach Lausanne. Wir treffen uns im Bahnhofsbuffet erster Klasse. Der TGV nach Paris geht 13:19. Du mußt in Zü-

rich um neun Uhr losfahren, dann können wir noch zusammen essen. Ich suche dir einen Zug heraus.
Das kann ich selbst, vielen Dank.
Dann seid ihr den ganzen Abend ungestört, Isabel und du.

Leuchter blätterte in der Partitur. »Droben am jungen Rhein windet sich Liechtenstein ...« Für Cello und Singstimme. »Das Instrument ist Ihre Stimme, Ihre Stimme ist das Instrument. Erst wenn Sie beides nicht mehr unterscheiden können, werden Sie gespielt, dann brauchen Sie nicht mehr selbst zu spielen. Das ist die Geburt der Musik.« Meister Dupin. Leuchter begann die Wörter zu singen, nur im Kopf, und schloß die Augen. Plötzlich erschien ihm sein eigenes Gesicht. Wie sah er aus. Ein Mensch unterwegs zu einem epileptischen Anfall, volle Pulle.
Der Zug verlangsamte die Fahrt. Leuchter öffnete die Augen einen Spalt. Mutter und Kind beachteten ihn nicht. Volle Pulle. Die Sprache Isabels. Sie spielte sogar Debussy volle Pulle.
Sumi, liebst du mich?
Sie hatte ihn bestürzt angeblickt.
Dann sag nie mehr »volle Pulle«.
Ist das nicht Deutsch?
Und wie. Deutsch, daß es mir die Schuhe auszieht.
Ich kann nicht Deutsch, das weißt du, sagte sie nach einer Weile.
Aber du weißt immer, wovon ich rede, du weißt es nur zu gut.
»Mit Kopfstimme zu singen«, hatte Roman bei der Landeshymne angemerkt. Seine Handschrift war unverändert und derjenigen Leuchters immer noch ähnlich. Leuchter räusperte sich. Auf der Rückseite des Programmblatts, das in der Partitur lag, waren zwei Köpfe abgebildet. Roman war kaum wiederzuerkennen; sein Gesicht im Halbprofil war ausgezehrt, und da er die Augen niedergeschlagen hatte, wirkten die Lider übergroß wie die eines blinden Sehers. Zugleich gaben ihm

die markante Nase und das spitze Kinn etwas Füchsisches. Daneben Leuchter im Abendanzug, das Brustbild eines gescheitelten Dachses, der sich mit der erhobenen Rechten an der Schnecke des Cellos festhielt. Ein altes Jugendbild, es sah Rübel ähnlicher als Leuchter. So also hatte er sich präsentiert, bürgerlich glatt, der Gatte Catherines aus der guten Zeit ihrer Ehe. Wie er hier aussah, wollte er einmal werden.

Der Zug hielt unter dem Bahnhofsschild LAUFEN.

Er legte die Partitur auf den Nebensitz, fast auf die weiß gewesenen Strümpfe des Kindes. Es zog, ohne aufzublicken, die Füße zurück. Die Jeanshose offenbarte jede Naht auf dem kleinen Hinterteil. Das Kind schirmte sein Blatt mit Kopf und Schulter gegen Einblicke ab. Aber der Titel des Taschenbuchs, in dem die Mutter las, war nicht zu übersehen. *Que sais-je?* fragte er kursiv, und die Antwort lautete: DESCARTES.

Die Frau trug ein sariartiges, auf der Seite geschlitztes buntes Seidenkleid, unter dem zwei kleine Stiefelfüße hervorsahen, der obere abgedreht wie zu einem Tanzschritt. Der dünne Stoff fiel von zerbrechlichen Knien, die sie übereinandergeschlagen hatte, und ihre aufrechte Haltung gab Leuchter die Vorstellung »Damensitz« ein, nur hielt die Frau statt der Zügel ein Buch in den sehnigen Händen. An der linken steckte ein Ring mit moosgrünem Stein, in den, wenn Leuchter recht sah, ein rosenfarbener Frauenkopf geschnitten war. Das Ringellockenhaar erinnerte Leuchter von ferne an Isabel, nur daß es nicht rot war, sondern brünett und seine Wildnis gepflegt. Das Gesicht strahlte jene bekümmerte Jugendlichkeit aus, die man nur an nicht mehr ganz jungen Frauen bemerkt. Konzentration grub eine Kerbe in ihre Nasenwurzel und vertiefte die Falten auf ihrer Stirn.

Unwillkürlich machte sich Leuchters Blick an einem schwarzen Fleck auf ihrer rechten Wange fest. Die Lider mit den langen Wimpern wirkten, wo sie von der Brille vergrößert waren, monströs, und auf der Nase konnte man die Poren zählen. Dabei war sie schmal und scharf geschnitten, von der Art, die ihn in einem Frauengesicht zu erkälten pflegte. Die lockere Schlinge des lila Schals verdeckte ihr rechtes Ohr und einen Teil des Kinns, ließ aber den Kehlkopf frei, der immer wieder leer schluckte, und entblößte zwischen den Schlüsselbeinen eine kleine Grube, über der die Schnüre eines schwarzen geflochtenen Halsbands zusammenliefen. Auf dem Ansatz der Brust zitterte ein Sonnenfleck und suchte nach jeder Bewegung des Zugs wieder dieselbe Stelle, um sich wie der Geist eines Schmetterlings darauf niederzulassen. Die straff gezogenen Stränge ließen auf ein bestimmtes Gewicht des vom Kleid verdeckten Anhängers schließen, und Leuchter begann sich unwillkürlich mit seiner Lage zu beschäftigen, die ihm verloren vorkam, ein Wort, das er eben noch für sich selbst ausprobiert und schuldbewußt verworfen hatte; Selbstmitleid hatte ihm Catherine nicht erlaubt. Was trug die Reisende um den Hals, was verbarg sie auf der matt gewordenen Brust? Ein Mühlstein konnte es nicht sein, dachte Leuchter, aber immer noch eher als ein Kruzifix. Danach sah sie nicht aus, obwohl sich ihr ungeschminkter Mund bewegte, als spräche er ein Gebet. Auch Roman Enders war Lippenleser gewesen, der sich jeden Text, der nicht seinem eigenen Kopf entsprungen war, lautlos vorsagen mußte.

Nun wollte er also sterben. Die Immunschwächekrankheit war wie ein apokalyptischer Reiter über dem Nachrichtenhorizont aufgetaucht. Romans Fall, schrieb Rübel, habe zur Präzisierung der Diagnose beigetragen: Roman Enders, immer noch der Pionier.

In diesem Jahr lag bei den Leuchters viel Tod in der Luft, vielleicht auch schon das Ende ihrer Ehe. Das Sterben von Catherines Vater hatte es ein Jahr verzögert, ohne den Riß zu schließen; sie hatten sich freundschaftlich, doch unheilbar auseinandergelebt. Die Affären des aufsteigenden Solisten hatten dabei, seiner Überzeugung nach, keine Rolle gespielt, Passion gehörte zu seinem Beruf, nach einer gehemmten Jugend war es ihm nötig, seine Gefühle nicht zu schonen. Catherine und er teilten nach wie vor alles miteinander, bis auf das

Schlafzimmer, für das ihre Beziehung zu einvernehmlich, gewissermaßen zu reif geworden war. Viele Jahre war Catherine als Therapeutin professionell genug geblieben, Leuchter atmen zu helfen und mit der nötigen Ruhe festzustellen, was ihm immer noch fehlte. Aber nach dem Tod ihres Vaters fehlte es plötzlich auch ihr selbst, und sie hatte sich gerade nach London verabschiedet, als Romans Sendung eintraf. Sie hatte bei Leuchter etwas wie schockartige Verlorenheit ausgelöst, die über Nacht in Panik umschlug. Schon am nächsten Tag lieferte er – nicht beim Hausarzt, in einer anonymen Basler Klinik – seine Blutprobe für den HIV-Test ab.

Nach drei hektischen Wochen kam das Resultat: negativ. Dann erst antwortete Leuchter nach Paris. Die Partitur sei ihm einstweilen ein Buch mit sieben Siegeln, aber er hoffe sie zu lösen. Damit müsse sich allerdings auch Roman verpflichten, so lange zu leben. Für Honorar tue er es nicht, schrieb er Rübel, aber wenn er dafür ein paar Tage in Paris freigehalten werde – im *Angleterre*, eine Reservation werde jetzt schon nötig sein –, möge man im März mit ihm rechnen. Wahrscheinlich komme er allein.

Keine Nachrichten von Catherine; nun, so hatte sie es gewollt, er hatte zu tun und gastierte an vielen Orten. Sie hatte ihm keine Telefonnummer, nur ihre berufliche Adresse hinterlassen, und eine Scheu hinderte ihn daran, spätnachts noch in einer englischen Sterbeklinik anzurufen und nach seiner Frau oder einer Frau seines Namens zu verlangen. Inzwischen traute er ihr sogar zu, ihren Mädchennamen wieder angenommen zu haben. Melde dich immerhin, wenn du zwischendurch nach Basel zurückkommen solltest, hatte er ihr geschrieben, und bereute es hinterher. Vielleicht dachte sie jetzt nur, er wünsche sich Zeit, die Wohnung vorsorglich von fremden Gästen zu räumen. Es blieb ihre Wohnung, laut Ehevertrag, auf dem sie vor der Heirat bestanden hatte.

Leuchters Blick vertiefte sich in den geschnürten Stiefelfuß, der aus der kleingeblümten Seide wippte, zierlich wie der eines viktorianischen Schulmädchens. WG-Typen, beschloß er, Mutter und Tochter, Restbesatzung einer verschwundenen Utopie. Zu zweit allein fortgesetzter Versuch, einen zerbrechlich gewordenen Alltag mit Sinn zu befestigen, ein wenig Anmut mitlaufen zu lassen, und immer noch das Nötige an Wissensdurst. Eine Vierzigjährige, die DESCARTES mit den Lippen buchstabiert.

Das Alter des Kindes konnte Leuchter nicht schätzen. Noch nicht schulpflichtig, oder eine kleingeratene Neunjährige? Er hatte keine Geschwister gehabt, mit Kindern kannte er sich nicht aus. Die Kleine hatte wirres dunkelblondes Haar, der Bubikopf, zu dem es einmal geschnitten worden war, ließ sich gerade noch erraten. Das über den Zeichenblock gebeugte Sommersprossengesicht wirkte altklug. Die Jeansnähte hatten eine Aufdringlichkeit, als wäre das ganze Kind aus Lappen zusammengestückt.

In der Bahnhofsapotheke hatte sich Leuchter Kondome besorgt. Mit Catherine hatte er nie welche gebraucht, auf die Unfruchtbarkeit ihrer Ehe schien Verlaß zu sein. Bei Frauen, die ihm unterwegs begegneten, verließ er sich darauf, daß sie die Pille nahmen. Doch seit AIDS in der Welt war, schlichen sich ganz neue Unsicherheiten in die Gebräuche der Intimität, deren Regeln sich gerade endgültig gelockert zu haben schienen. Plötzlich unterstanden sie wieder dem Jüngsten Gericht.

Dafür verschwanden Gebote der Diskretion: Die junge Apothekerin hatte sich gar nicht erst darum bemüht, als sie ihm die Packung aushändigte. Sittenfreiheit und Moral gingen eine neue boshafte Verbindung ein. Leuchter senior mußte sie gefallen. Die Sünde zeigte sich endlich so schamlos, wie sie in seinen wasserhellen Augen immer gewesen war. Eine Passion, die jede Vorsicht abwarf, konnte zur fahrlässigen Tötung werden, und die Krankheit mit dem Namen, der wie ein Schnellpflaster klang, vergiftete die Lust mit Todesangst. Unter jedem Seitensprung öffnete sich ein Abgrund, und wer dem Ehepartner nicht klaren Wein einschenkte, riskierte, ihn zu morden. So war es recht, und Gott zeigte endlich, daß Er seiner nicht spotten ließ.

Als Leuchter Musik studierte – mit dem Stipendium einer Bank in Vaduz –, brach er den Kontakt zu seinem Vater ab. Er wußte nicht einmal, ob er noch lebte. Wozu brauchte er einen Sohn? Er hatte seine Lämmer und schwarzen Schafe.

Auch bei Sumi hatte er anfangs mit der Pille gerechnet. Sie war nicht mehr ganz jung, wie er aus ihrem Paß wußte, in dem er wenigstens das Geburtsjahr lesen konnte. Das Paßfoto, ein Kinderbild, hatte sie abzudecken versucht. Dabei rangelten ihre Finger zum ersten Mal miteinander.

Dein Gesicht wird nicht alt.

Es schrumpfelt wie eine Zitrone.

Schrumpelt, Sumi. Nein, das tut es nie.

Bin ich gelb?

Elfenbeinfarben.

Meine Beine sind zu kurz.

Solange du sie mir um den Hals legen kannst, sind sie lang genug.

Vater hätte in Sumi vielleicht »ein Gotteskind« gesehen, auch wenn er den Gott dazu nicht hätte gelten lassen. Als er seinen Sohn beten lehrte, war er eine leitende Figur der »Ostasienmission« seiner evangelischen Gemeinschaft. Zu den weltlichen Büchern seiner Bibliothek gehörte das vierbändige Werk »Die Sitten der Völker« eines Dr. Georg Buschan, in dem Andreas die ersten nackten Frauen seines Lebens betrachtet hatte. Es waren Japanerinnen; die blutarme, lang hingestreckte, gehörte zum »Shoshu-Typus«, zum »Satsuma-Typus« die dralle, die sich mit beiden Händen in den Nacken griff, um den schwarzen Haarschopf zu lüften und ein Paar feste Brüste ins Bild zu recken. Zwischen ihren Schenkeln zeichnete sich ein ritzenförmiger Schatten ab.

Der Satsuma-Typus glich einem geistig behinderten Mädchen in der Wäscherei des Internats. Es hieß Kätterli und war eins der »Weiber«, die Roman, mit dem er das Zimmer teilte, gevögelt haben wollte. Roman Enders war mit dreizehn Jahren schon groß im Geschäft, und nach dem Lichterlöschen berichtete er darüber. Mit Kätterli war es am besten. Sie jauchzte und bekam nie genug. Man traf sich in einem verlassenen Heustadel auf der anderen Seite der Landquart, und dann kam auch der Buchmann mit, und der Sandmeier. Sie machten es alle drei mit ihr und wetteten, wer am längsten konnte. Wenn Andreas das Celloficken überhabe, soll er es auch einmal mit Kätterli probieren. Bei der kannst du alles. Es macht ihr nichts aus.

»Es macht ihr nichts aus« – diese Worte erregten Andreas, wenn er sich vor den »Sitten der Völker« anfaßte. Dem »Satsuma«-Typus machte es nichts aus. Das war unglaublich. Denn natürlich machte alles, was mit Geschlecht zusammenhing, ungeheuer viel aus, denn alles war verboten. Wenn er Kätterli auf dem Schulhof begegnete, wagte er sie kaum anzusehen. Verbotener als das, was Roman mit ihr im Stadel zu treiben angab, konnte auf der Welt nichts sein.

Der kleine Schatten zwischen den Schenkeln des Satsuma-Typus war der Eingang in die Hölle. Jede Frau führte ihn zwischen den Beinen mit, und so wütete Andreas dagegen, lautlos, denn die Eltern durften ihn nicht hören. Angstvoll erleichtert wischte er sich danach mit dem mitgebrachten Toilettenpapier ab. Es war vollbracht, das letzte Mal. Er war entlastet, und verworfen auf ewig. Dabei hatte es nicht einmal fünf Minuten gedauert. Er hatte auf die Uhr gesehen. Beim nächsten Mal vielleicht länger. Aber es gab kein nächstes Mal. Erst morgen, wieder, nach Mitternacht.

Eines Nachts aber klopfte es gegen die Schlafzimmertür. Er war so entgeistert, daß er sich mit zitternder Hand bedeckte und die Taschenlampe ausknipste. Doch es klopfte weiter und hörte gar nicht mehr auf. Im Grauen des Entsetzens dämmerte es Andreas: Das war gar nicht die Tür. Es war das Bett dahinter, das stampfte. Die Eltern trieben ebendas, was weiterzutreiben er aufgehört hatte. Und eiskalt, wie ihm plötzlich wurde, wußte er, daß er keine Störung zu befürchten hatte, wenn er seine Eltern belauschte. Aber dazu faßte er sich selbst nicht mehr an.

Der Mutter mußte es doch etwas ausmachen. Wie krank sie war, ahnte er nur. Denn gesprochen wurde darüber nie. Er hatte es zu ahnen und das Schlimmste zu fürchten. Und nun stöhnte sie nicht einmal. Dabei hatte er sie immer wieder leise stöhnen hören, wenn sie sich unbewacht glaubte, in der Küche, auch auf der Toilette, wenn er zufällig vorbeiging. Auch vom Vater kein Laut. Nur Hämmern und Schlagen. Er wagte es sich kaum vorzustellen: Der Vater nagelte die Mutter ans Kreuz.

Andreas begann zu zählen. Und als er bei fünfzig angekommen war, griff er sich an den Hals, würgte sich und begann laut zu stöhnen. Und schrie dann in die ausgebrochene Stille hinein: *Mueter!*

Bewegung hinter der Tür; lange ging sie nicht auf. Dann trat die Mutter im Nachthemd heraus und machte Licht. Sie war blaß. Er wand sich auf dem Boden.

Andres, was ist?

Schlecht, flüsterte er, mir ist so schlecht.

Leise, wir dürfen den Vater nicht wecken.

Das offene Buch lag noch vor Andreas, und wahrscheinlich sah sie auch das Toilettenpapier.

Bist du schon lange da? fragte sie.

Nein, sagte er, und sie mußte wissen, daß er log.

Ich koche dir einen Anistee, geh nur wieder ins Bett.

Drei Wochen später war sie tot.

Roman hatte seine Mutter schon verloren, als er sieben Jahre alt war, in einem Autounfall, den der Vater verursacht und überlebt hatte. Der Vater führte eine Großgarage, hatte damals schon eine Geliebte, und danach ein paar weitere, die Roman »Tante« nennen sollte. Eine Österreicherin, die Steffi, heiratete er von der Bar weg. Für die Automarke, die er importierte, reiste er regelmäßig nach Japan, wo er einen Kickboxer aus Balzers groß herausbrachte. Einmal, als er nach Mitternacht heimkam, versuchte er Steffi zu erwürgen. Als sie um Hilfe schrie, kam der zwölfjährige Roman herein und schlug den Vater zusammen. Während der seinen Rausch ausschlief, verlangte Steffi zum erstenmal, von Roman geliebt zu werden.

Warum hat dich der Vater nicht umgebracht?

Ich wußte zuviel von seinem Geschäft, Armleuchterchen. Wir machten einen Deal. Ich bekomme ein Pferd geschenkt und gehe ins Internat.

Das war eine andere Welt, und sie machte Roman zum bösen Gott.

Ganz sicher wußte Andreas von Roman nur, daß er seine Mutter über alles geliebt hatte.

Roman war im Internat fast der einzige Katholik, aber er ging nie in die Messe. Sein Vater hatte der Schule ein Schwimmbad gestiftet. Und das Pferd gab es auch: ein Schimmelwallach, der im Nachbardorf auf dem Hof des Gemeindepräsidenten im Futter stand. Statt nach Hause zu gehen, ritt Roman am Wochenende aus, und viele Mädchen rissen sich um die Pflege des Tiers, so auch die Tochter des Internatsdirektors. Zu jung, befand Roman, aber manchmal begleitet sie ihre Mutter. Die kommt auch mal allein. Hast du ihren Mund angeschaut? Dann weißt du alles.

Sprach Roman von derselben Frau, vor der jeder zitterte? Der gestrengen Frau des für seine Frömmigkeit gefürchteten Direktors, der Herrin des KZ genannten Krankenzimmers? In Romans Welt galten die Gesetze einer anderen Natur, in der drohend geöffnete Lippen als sinnlich betrachtet werden durften. Du hast nichts zu fürchten, Armleuchterchen, sagte Roman, solange du unter meinem Schutz stehst.

Roman zahlte Andreas ein Taschengeld dafür, daß er ihm Schularbeiten und sogar Hausaufsätze schrieb; sie hatten eine Schrift zum Verwechseln. Doch verging kaum ein Tag, an dem Roman keinen Vorwand fand, mit Andreas zu raufen. Er zeigte ihm Tricks, wie man einen Menschen ersticken kann, ohne Spuren zu hinterlassen.

Roman war so viel stärker, daß Andreas in seinem Griff oft wirklich zu ersticken glaubte. Doch kam es vor, daß Roman sich kaum noch wehrte und sich plötzlich bewegte wie ein

Mädchen. Einmal blieb er keuchend liegen und gab vor, ganz schwach geworden zu sein. Du hast ja einen Steifen, sagte er, warf sich auf den Bauch, zog sich die Pyjamahose herunter und spreizte mit beiden Händen die Muskeln seines Hintern auseinander.

Andreas zuckte weg wie von einer Schlange. Roman warf sich herum und griff Andreas zwischen die Beine. Muß ich dir helfen, Celloficker? girrte er, und in diesem Augenblick sah Andreas in Romans weit offenen, grausam vergnügten Augen: Er war der Teufel. Mit schnellem Griff schnappten Romans Finger nach Andreas' Hoden. Er hielt sie fest in der Hand.

Was ist denn das, Armleuchter? Ich dachte, da hast du nur ein Zettelchen mit einem Notenschlüssel. Wie hättest du die Eier denn gern? Gesotten oder gebraten?

Andreas fühlte sich erschlaffen. Er war in Romans Hand, der brauchte nur zu drücken, dann ging Andreas ein.

»Bitte« kann jeder sagen, äffte ihn Enders nach, hast du denn heute schon geübt?

Andreas schüttelte den Kopf.

Aber, aber, sagte Roman und verstärkte den Druck. Was würde deine Mutter dazu sagen. Wie lange wirst du denn heute üben? Zwei Stunden oder drei?

Solang du willst, hauchte Andreas.

Dann dreh dich um, lächelte Roman, drückte noch einmal kurz und ließ die Hoden frei. Ich zeig dir was.

Leuchter, im Zug zwischen Basel und Lausanne, schloß die Augen. Unwillkürlich hatte er die Beine übereinandergeschlagen.

Und jetzt wasch dir die Hände, hatte Roman gesagt. Du wirst hoffentlich die Hände waschen, bevor du dein Cello anfaßt.

Andreas hatte wirklich drei Stunden lang geübt, Tschaikowskys Variationen auf ein Rokoko-Thema. Und sah Roman im Korridor wieder auf sich zutänzeln, ein Lächeln auf den Lippen, die Hände in den Gelenken abgewinkelt, aber diesmal schnellte sein Fuß in Andreas' Unterleib.

Andreas glaubte in einem Lichtblitz zu bersten. Er knickte ein und wand sich auf dem Boden wie ein Wurm. Am Abend waren seine Hoden zu einem schwarzen Klumpen angeschwollen.

Ein verunglückter Freistoß, hatte er dem Schularzt erzählt. Der sagte: Du siehst auch sonst nicht gut aus. Ißt du überhaupt? Hast du Eltern? Dann geh eine Woche nach Hause und laß dich füttern. Aber erst mal bewegst du dich nicht – ab ins KZ, ich sage Frau Direktor Bescheid.

Zwei Wochen lang hatte er den fremd gewordenen Körperteil in einem Beutel tragen müssen, einem »Suppositorium«. Auf seinem Unterleib zeichneten sich Haare ab, dunkle Linien, fadendünn. Dann kam das tägliche Kopfweh, und der Kloß in seinem Hals wollte nicht weichen.

Was soll dir fehlen? fragte der Vater. Du kriegst den Stimmbruch, das ist alles.

Jede Nacht übte er vor dem Satsuma-Typus. Es tat nicht weh. Sein Glied war größer geworden. War Andreas jetzt ein Mann?

Als er ins Internat zurückkehrte, hatte er einen neuen Zimmergenossen, einen Holländer namens Grothuizen. Der interessierte sich nur für Sportwagen und war ein Genie der Statistik. Er hatte siebzehn neue Formen von Patience entwickelt, mit denen er eines Tages viel Geld machen wollte, und balancierte einen Drahtkleiderbügel auf dem Zeigefinger. Er hatte es schon auf über drei Minuten gebracht und hoffte ins Guinness-Buch der Rekorde einzugehen. Unterdessen hatte Roman mit Bachmeier ein Zimmer im Olymp bezogen. So hieß der begehrte Dachstock im Hauptgebäude. Im Klassenzimmer blieb er neben Andreas sitzen, aber sie sprachen nur das Unvermeidlichste miteinander, drei Jahre lang, bis zur Matura. Danach sahen sie sich nicht wieder.

Vor den Zugfenstern war es winterlich geworden, die Juraketten lagen, wie unter Wasser, in fahlem Licht. Der Schaffner kam und sprach französisch; die Leserin grub zwei Fahrkarten aus ihrem Lederflickenbeutel, und als Leuchter dem Schaffner die seine hinhielt, begegnete er zum ersten Mal dem Blick der Frau. Sie hatte die Brille abgenommen und wiegte den Kopf. Der Schaffner, der mit Glatze und Vollbart wie ein Veteran aus dem Deutsch-Französischen Krieg aussah, wies Leuchter darauf hin, daß er erste Klasse gelöst habe. Schon gut, erwiderte Leuchter; das Kind schlief. Die Frau nahm ihr Buch wieder vor. Sie erinnerte ihn jetzt deutlich an Isabel. Er schloß die Augen.

Den letzten Abend in Eckern hatten die Teilnehmer des Meisterkurses im Weinkeller der alten Propstei gefeiert. Leuchter saß auf der Bank an der Wand aus versiegeltem Mauerwerk, und Isabel, schon betrunken, hatte sich auf sein Knie gesetzt, während ihre Schenkel aus dem rostroten Mini zu bersten schienen.

Sie sagen, daß Sie Ihr Cello hassen, Meister, aber Sie nehmen es zwischen die Beine, sie drücken es an die Brust, Sie tasten nach seinem Hals. Alle Meister des Cellos hassen es, sagen Sie, Casals wäre nie der Größte geworden, wenn er das Cello nicht so gehaßt hätte. Hassen Sie es auch? Hassen Sie es von ganzem Herzen? Gibt es etwas, was Sie von ganzem Herzen tun, oder hassen Sie sich, weil Sie es nicht können? Sie sagen: Das Stück Ihres Freundes ist eine Attacke auf das Cello. Warum haben Sie es nicht gespielt, Meister? Wovor haben Sie Angst?

Ihre Alkoholfahne wehte ihm ins Gesicht, und beim Nachäffen des Bogenstrichs hatte sie ihre Hand so weit ausfahren lassen, daß sie seinen Schoß streifte. Er hielt sie fest, da lallte sie: Bitte sehr! und erhob sich in affektierter Entrüstung.

Nun hatte Isabel freie Bahn, ihn zu verleumden. Warum fuhr Sumi überhaupt nach Paris?

Das Cello war sein Pfand. Sumi hatte immer darauf gedrängt, es für ihn zu tragen. Den »Weißen Hai« auf dem Rücken, verwandelte sich die kleine Person in einen Cellokasten auf zwei Beinen. Gestern abend spät hatte er sich überwunden, aus Basel nochmals anzurufen. »Frankreich, das liebe Licht, scheint herein.« Hatte sie die Abfahrtszeit des TGV notiert? Er würde schon um 10:43 ankommen und sie im Bahnhofsrestaurant erwarten. Wenn sie früher da sei, könnte man in Lausanne noch etwas spazieren. Der Tag werde schön.

Sumi war einsilbig gewesen, Isabel hatte das Gespräch gewiß mitgehört. Aber in Paris wartete man auf sein Konzert.

Das wußte er besser. Kein Hund in Paris wartete auf »Junge Musik aus Liechtenstein«, wie Rübel, der graue Krauskopf mit dem fliehenden Profil, Leuchter hatte weismachen wollen. Rübel war schon als Opernregisseur ein Taschenspieler gewesen, und was er seinen Erfolg nannte, beruhte auf Autosuggestion. Er inszenierte einen unbekannten Weber, einen apokryphen Strauß, veranstaltete nur Weltpremieren, jede ohne Vergleich, und keine wurde je wieder nachgespielt. Als die Kassen auch in der Schweiz wieder stimmen mußten, übernahm er die Leitung des Schweizer Kulturzentrums in Paris. Es war so gut wie unbekannt, also wie für ihn geschaffen. Jetzt galt es, in Roman Enders ein Genie zu entdecken. Er hatte eine skandalöse Krankheit zu bieten, die Suite mit dem verfänglichen Titel mußte einfach ein Durchbruch werden, fehlte nur ein in Paris hinreichend unbekannter Solo-Cellist, der sie aus der Taufe hob.

Im Zug von Basel nach Lausanne sah Andreas Leuchter, 42, in grausamer Schärfe vor sich, worauf er sich eingelassen hatte. Und als er die Augen öffnete – der Zug fuhr in DELÉMONT ein –, sagte er es fast laut: Das ist mein Leben.

Von diesem Leben hatte sich Catherine getrennt. Eigentlich war sie nur unmerklich, doch unaufhaltsam davor zurückgewichen. Eklats kannte ihre Ehe nie, darum kamen sie sich auch nicht mehr näher. Das Verschwinden dieser Nähe tarnte sich hinter »Lebenshöflichkeit« – Catherines Wort. Es hatte sich lange wie eine Errungenschaft angehört.

Der Zug fuhr in umgekehrter Richtung wieder an. Die Frau sah einen Augenblick überrascht auf und hielt, ohne Leuchter anzusehen, den Kopf schief, als habe sie eine Wette verloren.

Catherines Vater war zwei Jahre lang verendet, bevor ihn der Tod erlöste – von der Krankheit, mehr noch: von ihrer Behandlung. Catherines Vater war ihr immer fremd gewesen. Nun war die Zeit vorbei, die daran etwas hätte ändern können. Catherine weigerte sich, das Gefühl ihrer Mitschuld zu verschmerzen. Von einem Tag zum andern gab sie ihre Atemtherapie auf, um sich in einer Londoner Spezialklinik im Umgang mit Sterbenden kundiger zu machen.

Leuchter hatte sich etwas darauf zugute getan, daß er in Basel »die Stellung hielt«. Als Dozent am Konservatorium nahm er ausgewählte Privatschüler an. Das Quartett, mit dem er auch im benachbarten Ausland aufgetreten war, hatte sich vor zwei Jahren aufgelöst, da Lea, die Pianistin, sich auf eine Solokarriere einstellen wollte. Er war mit ihr liiert gewesen, bevor er Catherine kennenlernte. Die musikalische Verbindung schien die private Trennung zu überleben, doch gab ihm Lea nicht undeutlich zu verstehen, daß er »zuwenig an sich arbeite«. Als Lea nach Zürich umzog, um sich bei Geza Anda fortzubilden, nahm sie Abschied von der »Mittelmäßigkeit«.

Inzwischen war die Auflösung des Quartetts fünf Jahre her, und lange schien Leas Karriere nicht flott werden zu wollen. Doch jetzt hatte sie eine Einladung erhalten, mit dem Cleveland Orchestra zu musizieren, und setzte Leuchter davon in Kenntnis, als sie einander in der Tonhalle begegneten. Ihr Studio in der Altstadt würde jetzt vier Monate leer stehen. Aber es gab einen Kater zu versorgen, und der reife Sopran, der in solchen Fällen eingesprungen war, lag mit einem Schenkelhalsbruch im Spital. Leuchter glaubte Rat zu wissen. Er habe eine junge Musikbeflissene kennengelernt ...

Als Lea im Oktober Sumis Einquartierung – und damit auch seine eigene – in ihre Wohnung bewilligte, hatte sie an

Schulmeisterlichkeit nicht gespart. Daß die Ehe mit Catherine nicht halten würde, hatte sie vorausgesehen, aber daß er sich mit einer kleinen Japanerin tröstete, sah ihm noch ähnlicher. Sumi wurde einer Aufnahmeprüfung unterzogen, die der Kater Gyges schließlich durch einen Sprung auf ihren Schoß zu ihren Gunsten entschied. Nun hatten sie also eine Bleibe.

Warum war er gestern noch einmal nach Basel zurückgekehrt?

Ja, das ist mein Leben, dachte Leuchter trotzig, aber noch kann ich es *bestreiten*. Und die Frau im Abteil, die sich seinen Augen so gelassen auslieferte, kam ihm auf einmal wie der leibhafte Beweis vor, daß er nur zu atmen brauchte, dann kam die Luft dazu von selbst nach. Plötzlich sah er das Ding vor sich, das die Reisende um den Hals trug, auf der nackten Brust. Es war ein Schlüssel. Sie war ein Schlüsselkind. Und plötzlich fühlte er eine Begierde in sich aufsteigen, die ihm den Atem verschlug.

2 Reisebekanntschaft

Im Fenster wanderte die weitläufige, winterlich verödete Juralandschaft vorbei; Waldzüge, schwarz mit gipsweißen Lücken. Ein Zaun, der eine schneebedeckte Leere von der nächsten trennte. Der Himmel hing tief, da und dort eine einzelne Wettertanne, dazwischen ein Gehöft.

Als Leuchter die Augen wieder schloß, fühlte er Wasser unter den Lidern; etwas lange Unterdrücktes hatte von ihm Besitz ergriffen, ein Anfall von maßlosem Heimweh. Seine Knie berührten die der Leserin, sie erhob sich, ging zur Toilette, er folgte ihr, wartete im Gang, bis drinnen die Spülung laut wurde. Er klopfte an die Tür, ihm wurde aufgetan, erst die Tür, die er hinter sich verschloß, dann die gestiefelten Beine, und unter dem zurückgeschlagenen Kleid ein warmer Schoß.

Was sollte das unbeherrschte Gehämmer? Als er die Augen öffnete, blickte er in die prüfenden Augen des Kindes. Es schlug seine Kniekehlen gegen die Bankkante. Die Frau wendete eine Seite und bewegte die Lippen.

Was liest du? fragte das Kind.
Nichts, sagte er.
Aber du hast etwas gelesen, sagte das Kind und deutete auf die Partitur. Dazu ließ es seine Augen zum Fenster wandern; über die schwarzweißen Höhen geisterte ein Hauch Sonnenlicht.
Noten. Musiknoten.
Aber du hast gar nicht richtig gelesen, sagte das Mädchen.
Warum nicht?
Du hast die Blätter nicht umgedreht.
Ich kenne das Stück.
Warum liest du es dann noch?
Würdest du bitte die Beine ruhig halten?
Das Mädchen schlug zweimal noch heftiger, dann ließ es die Beine baumeln.

Ich studiere es, sagte Leuchter.

Das ist wie beim Skirennen, sagte die Frau, ohne aufzusehen. Da fährt man die Piste erst im Kopf ab. Ihr Vater ist Rennen gefahren, sagte sie und blickte über die Brille zu Leuchter hinüber.

Sie hatte eine tiefe, brüchige Stimme und redete, als wären sie längst im Gespräch. Dann kehrte ihr Blick in ihr Buch zurück.

Descartes, sagte Leuchter.

Ich denke nicht, also bin ich nicht, antwortete die Frau. Soviel kann ich verstehen.

Bist du Musiker? fragte das Kind. Was machst du für Musik?

Ich spiele Cello, das ist wie Geige, nur größer. Er hob die Hand bis zur Höhe des Gesichts.

Ich weiß, sagte das Kind. Mit der Geige steht man. Beim Cello kann man sitzen.

Man kann.

Wo fährst du hin?

Nach Paris. Ich muß heute noch spielen.

Wo hast du das Cello?

Es wird mir nachgebracht.

Von wem?

Von meiner Freundin.

Warum fahrt ihr nicht zusammen?

Leuchter sah halb hilfesuchend zu der Frau hinüber, aber sie rührte sich nicht.

Wie heißt du? fragte er.

Chantal. Wie heißt deine Freundin?

Sumi.

Spielt sie auch Cello?

Nein, aber sie studiert Musik.

Ist sie stark? Das Cello ist schwer.

Ja, das Cello ist schwer.

Ein Musiker trennt sich nie von seinem Instrument.

Wer sagt das?

Hugo.

Leuchter nahm die Partitur in die Hand, zum Zeichen, daß er das Gespräch als beendet betrachtete. Die Frau sagte: Sie hat nicht viele Leute zum Reden.

Gar nicht wahr, sagte Chantal.

MOUTIER. Noch eine Schlucht, und das Gebirge lag hinter ihnen. Vielleicht stiegen die beiden in Biel aus.

Was zeichnest du? fragte er.

Dich.

Darf ich sehen? fragte er. Das Kind öffnete den Zeichenblock und drehte ihn um.

Eine Eule, sagte er.

Die Eule war kopflastig, und ihrem Gesicht war ein doppelter Augenbogen ohne Pupillen eingeschrieben. Die nach unten gerichtete Spitze stellte den Schnabel dar. Am untern Ende der Eule wiederholte sich der Bogen verkleinert und bedeutete da wohl ein Klauenpaar. Der Kopf mit markanten Ohren und gezackter Halskrause glich einer Narrenkappe.

Was zeichnest du sonst? fragte er und berührte den Zeichenblock.

Nichts. Sie wendete das Blatt und hielt ihm den Block offen hin.

Alles Eulen? sagte er.

Die ersten waren noch mit suchendem Strich gezeichnet, die nächsten immer mehr vereinfacht, bis zur Karikatur. Eine Serie war in geometrische Umrisse eingeschrieben, welche die Vögel wie Käfige umschlossen. Einzelne Eulen waren signiert, eine mit »Hugo«.

Von jetzt an mache ich alle gleich.

Warum?

Weil alle Leute gleich sind.

Sie blickte weg, als er sie betrachtete, und sagte zum Fenster hin: Jetzt mußt du dir Augen zeichnen.

Sie reichte ihm den Bleistift, und er setzte Punkte unten links in jeden Augenwinkel.

Das Kind lachte und zeigte das Metall einer Zahnspange.
Du schielst. Schreib deinen Namen dazu.

Er schrieb »Andreas« unter die Eule.

Hast du die Musik selbst geschrieben?

Nein, sagte er, ein Freund. Er ist am Sterben.

Warum hatte er das nur gesagt? Sie durchfuhren schon das Industriegebiet von Biel. Die Frau legte das Buch in ihre Tasche zurück, danach den Zeichenblock des Kindes, und stand auf, um den Koffer herunterzuholen.

Leuchter kam ihr zuvor und spürte beim Herunterwuchten einen Stich in der Lendengegend. Du hast den Tod eines Menschen, der diese Frau nichts angeht, dazu benützt, ihre Hilfe herauszufordern, darum hilfst du jetzt ihr. Ja, Catherine, so ist es. Du triffst es, wie immer.

Wohin fahren Sie? fragte er.

Nach Lausanne.

Ich auch. Wandern Sie aus?

Wir ziehen um. Nächste Woche trete ich eine Stelle an. Bei einem Hilfswerk.

Ich trage Ihren Koffer.

Dann nehme ich Ihren, sagte die Frau.

Jetzt muß das Kind Französisch lernen?

Das kann es schon. Französisch ist meine Muttersprache, und ihr Vater ist Romand.

Hugo kann er also nicht heißen, dachte Leuchter.

Wortlos stiegen sie aus dem Zug und wechselten den Bahnsteig. Der Zug nach Lausanne fuhr schon ein, als er sagte: Fahren wir erste Klasse? Ich möchte Sie einladen.

Nein, Sie konzentrieren sich jetzt auf Ihr Konzert.

Später. Ich fahre gern zweiter Klasse, wenn es nicht stört.

Dann fahren wir erste. Aber *ich* zahle den Aufschlag.

Sie zog das Hündchen bereits Richtung Lokomotive, und als er ihr folgte, schien ihm der Koffer nicht mehr so schwer. Das Kind ging merkwürdig steif und stieg als erste in den Ersteklassewagen, der ganz leer war. Wir sitzen hier! entschied es bestimmt.

Die Seeseite wäre schöner.

Aber sie blieben im Abteil, wo Chantal bereits aus den Schuhen geschlüpft war, um wieder die Füße auf den Sitz zu strecken. Ihr könnt ja sitzen, wo ihr wollt.

Wieder saß Leuchter gegen die Fahrtrichtung. Die Koffer blieben im Abteil gegenüber auf dem Boden, und die Frau reichte dem Kind den Block. Ihr Buch ließ sie in der Tasche.

Ihr Freund ist Komponist.

Wir waren zusammen im Internat, erklärte Leuchter, einer evangelischen Lehranstalt. Wir waren dreizehn, als wir hineinkamen, und mit neunzehn machten wir Matura. Zwei Jahre lang teilten wir eine Bude...

Und Leuchter hörte sich von Roman erzählen, dem besten Schwimmer der Schule. Er spielte auch Saxophon und Klarinette und baute Schlagzeugbatterien zusammen. Für einen, der sich hinter dem Cello versteckte, hatte er nur Spott übrig. Aber das Cello war Leuchters Schneckenhaus. Man ließ ihn in Ruhe, wenn er seinen Leib an das Instrument abgetreten hatte. Und er hatte etwas, was er jederzeit anfassen durfte, auch wenn es zugleich eine Strafe war. Andere Kinder spielten auf der Straße oder auf dem Sportplatz. Andreas spielte Cello. Als ihm der Lehrer in Schaan nichts mehr beibringen konnte, durfte er in die Schweiz reisen, zum Musikprofessor des Internats. Camenisch war ein ausgezeichneter Cellist, und ihm hatte er zu verdanken, daß er nach dem Tod der Mutter ins Internat eintreten durfte. Zu Hause hielt ihn eigentlich nichts. Dennoch hatte er Heimweh.

Darum, sagte die Frau.

Ich hatte Angst vor Roman, sagte Leuchter, sie hatten uns Liechtensteiner in ein Zimmer gesteckt. Waren wir allein, so behandelte er mich wie ein Freund, waren wir bei den andern, kannte er mich gar nicht mehr.

An so etwas erinnere ich mich auch, sagte die Frau.

Ich war seine Schwäche, sagte Leuchter, das verzieh er sich nicht. Cello war das Letzte. Du genügst nicht, sagte er, darum übst du Cello. Aber auch am Cello genügst du nicht. Er wußte, wie er mich kleinkriegen konnte. Er fesselte mich mit seinem Haß. Wir waren Todfeinde, aber zugleich waren wir ein Paar. Und eines Tages verabschiedete er mich mit einem Tritt in den Unterleib. Danach waren wir getrennt, und er wurde ein anderer Mensch.

Was für ein Mensch?

Richtig gut. Als er mit mir nichts mehr zu schaffen hatte, wurde er gut. Er hatte sich an mir abgestoßen, und danach wurde er ein Gott.

Übertreiben Sie nicht?

Ich hatte eine religiöse Erziehung, davon erholt man sich nicht. Wer mich einmal vernichtet, der hat mich für immer. Warum lächeln Sie?

Sie lächeln ja selbst.

Zwei Tage lag ich im Krankenzimmer. Die Frau Direktor war Krankenschwester gewesen. Sie pflegte mich persönlich. Sie deckte mich auf und prüfte mein Geschlecht, bevor sie einen kühlenden Umschlag darauf legte. Vorher war ich so kindlich gewesen, daß ich mich nie unter der Dusche zu zeigen getraute. Jetzt wuchs mir eine Geschwulst zwischen den Beinen, ein Ungeheuer, schwarz und blau. Ihre Stimme war tief, und sie hatte hängende Lippen. Alle fürchteten sie. Sie war eine der Frauen, mit denen Roman etwas gehabt haben wollte.

Sie glaubten ihm das?

Das Internat war streng, sagte Leuchter. Es hätte untersucht werden können, wie ich zu meiner Verletzung gekommen war. Der Direktor war scharf auf Verhöre. Diesmal passierte gar nichts. Sie schickten mich zehn Tage nach Hause. Aber als ich auf mein Zimmer zurückkam, war Romans Bett leer, abgezogen bis auf die Matratze. Er hatte das beste Zimmer bekommen, in einem andern Gebäude.

Haben Sie über den Fußtritt gesprochen?

Wir haben nie mehr ein Wort gewechselt, obwohl ... Wir saßen noch in derselben Schulbank. Aber ich glaube, er ist nur neben mir sitzen geblieben, um mir jeden Tag vorzuführen, wie man einen Menschen sitzenläßt.

Einen bleibenden Schaden hatten Sie nicht.

Der bleibende Schaden entpuppte sich als Pubertät. Natürlich habe ich von der Frau Direktor geträumt. Und bekam einen neuen Zimmergenossen, einen mageren Holländer, mit dem nicht zu reden war. Manchmal spielten wir Schach.

Und Roman?

Verkaufte sein Pferd und schenkte den Erlös den Armen.

Er hatte ein Pferd? Und welchen Armen?

Den Freiheitskämpfern in Kambodscha, oder war es Angola? Das waren damals die Darsteller der Armen.

War er politisch?

Nach Gusto, sagte Leuchter. Das Internat verordnete Gartenarbeit als Strafe. Wenn man eine Stunde versäumte, kriegte man sie verdoppelt. Roman hatte 160 Stunden Gartenstrafe angesammelt, und eines Tages war er verschwunden. Es gab eine Vermißtmeldung. Niemand kam auf die Idee, ihn im Garten zu suchen. Der Gärtner hatte ihn selbst angestellt, ein wiedergeborener Christ, dem das Internat noch nicht fromm genug war. Roman hatte sich als religiös Verfolgter aus Rumänien ausgegeben. Dem Gärtner war es eine Herzenssache, den Glaubensbruder nicht an die Fremdenpolizei auszuliefern. Man soll Gott mehr gehorchen als dem Menschen. Roman ist nichts passiert. Er habe mehr als 160 Stunden gearbeitet, und zwar gern, denn Gartenarbeit sei eine Form der Meditation und keine Strafe. Danach wurde sie abgeschafft, und Roman war berühmt. Seine ersten Gedichte erschienen unter dem Titel »Kraut und Rüben«. Sie klangen wie geistliche Lyrik. Er spielte den Küchenjungen Leon in »Weh dem, der lügt« und inszenierte das Stück auch selbst. Sie müssen es nicht kennen.

Ich kenne es auch nicht.

Die reine Wahrheit ist so unwahrscheinlich, daß einer damit durchkommt, wie sonst nur mit der besten Lüge. Und das wird in einer evangelischen Lehranstalt aufgeführt. Dafür bekam sie viel Lob. Und Roman war ein Gott.

Die Frau sah Leuchter fragend an.

Der Gärtner hieß übrigens Jacques, sagte Leuchter, und einmal hörte er im Schulhof seinen Namen rufen, von höher oben. Jacques! rief es zum zweiten Mal, und wieder sah er nicht, wer gerufen hatte. Beim dritten Mal sank er auf die Knie und betete: Rede, Herr, denn dein Knecht höret.

Ich heiße Jacqueline.

Andreas.

Danach schwiegen sie eine Weile. Das Kind sagte: Andreas ist nett.

Im Fenster gegenüber breitete sich der Neuenburgersee aus, als Jacqueline sagte: Die Mädchen müssen ihn bewundert haben.

Es gab damals noch keine Mädchen im Internat. Die weibliche Hauptrolle in »Weh dem, der lügt« wurde von der Frau unseres Deutschlehrers gespielt, Eva.

Er stand auf, entledigte sich der Jacke, stellte sich zwischen die Bänke und schob seine Hände unter die Stützen der Gepäckablage. Er stemmte die Arme mit so viel Kraft dagegen, daß seine Muskeln schwollen. Im nächsten Augenblick hing er an den Stützen. Seine Oberarme klemmten das Gesicht ein und drückten es zusammen, so daß seine Lippen sich öffneten. Er schwang hin und her, sprang ungeschickt auf die Füße, warf sich in die Brust, ließ die Schultern fallen, faltete die Hände vor dem Bauch und räusperte sich.

»Wem nie von Liebe Leid geschah« – wer spricht mir das Sätzlein zu Ende? Du dort, Enders, ganz hinten, auf der Bank der Spötter? Oder sein Nachbar, Andreas der Kleine? Aber es gibt keinen großen Andreas. Alexander der Große, Konstantin der Große, Peter der Große. Katharina die Große, aber Andreas der Große: nein. Merk dir's, Enders. Du bist auch nur ein Andreas, du bist es hinten, der andere ist's vorn. Andreas, der Mannhafte. So hieß er sicher nicht, so wahr sein Bruder nicht Petrus hieß. Simon hieß er schon eher, war ein armer galiläischer Fischer, ein ehrlicher Mann, und in der Not ein Lügner wie wir alle. Wie er wirklich geheißen hat, wissen wir nicht. Anders. Wenn einer Andreas heißt, hat er's zu Anders nicht mehr weit. Und vom Anders zum Enders fehlt dann nur noch ein Halbton. Das heißt, da fehlt noch viel, Herr Enders. Ein Kreuz. Wem nie von Liebe Leid geschah. Wißt ihr, was ein Andreaskreuz ist? Bei dem stehen die Arme nicht im rechten Winkel, sondern schief, diagonal. Nie gesehen? Dann bleibt doch mal vor einem unbewachten Bahnübergang stehen. Da steht bestimmt auch ein Andreaskreuz und funkelt wie ein Christbaum, bevor der Zug kommt. Aber verlaßt euch nicht drauf. An einem unbewachten Übergang müßt ihr schon selber wach sein, ihr Herren Anders, sonst werdet ihr überfahren. An so ein Kreuz wurde der biblische Andreas genagelt, und auch noch verkehrt herum. Kopfunter, und soll in dieser verzweifelten Lage noch volle zwei Tage gepredigt haben, bis er den Geist aufgab. Davon ist er besonders heilig geworden, erst den Griechen, dann auch den Russen. Und ihr, was ist euch heilig? Was muß passieren, damit euch einmal anders wird, ganz anders? Natürlich wißt ihr schon alles, auch von der Liebe. Aber wißt ihr auch, wo die Liebe anfängt? Beim andern. Sonst hat sie schon aufgehört, bevor sie richtig anfängt. Aber wenn sie richtig anfängt, tut sie weh. Denn der andere ist der andere, und anders ist er auch noch. Darum kann man, wenn man Andreas heißt, gar nichts Gescheiteres tun, als zu werden, wie man heißt. *Anders.* Wem nie von Liebe Leid geschah. Dann könnt ihr das Sätzlein zu Ende sagen: Dem geschah auch Lieb von Liebe nie. Aber dann habt ihr auch das nicht mehr nötig und haltet den Mund.

Leuchter war mit großen Schritten im Wagen auf und ab gegangen. Jetzt stand er still, und auf seiner Stirn glänzte der Schweiß.

Jacqueline fragte: Und was war mit der Frau dieses Lehrers –?

Sie war Romans Geliebte, und im letzten Sommer vor der Matura machten sie Urlaub zu dritt, in einem istrischen Fischernest.

Die Landschaft lag in dünnem, aber ruhigem Licht, im Seespiegel verzitterte es zu Quecksilber, und in weiter Ferne zeichnete die Alpenkette den Hauch eines Horizonts in den leeren Himmel.

Nach der Matura ging ich ans Konservatorium, Roman studierte in Paris Ethnologie. Er wohnte im Schweizer Haus der *Cité Universitaire*, und 68 beteiligte er sich an der Revolte. Wir haben einander aus den Augen verloren. Aber vor einem Jahr schickte er mir diese Partitur. Er stirbt an AIDS und möchte sie noch hören. Heute abend spiele ich sie im Centre Suisse, wahrscheinlich.

Was heißt: wahrscheinlich?

Ich weiß es noch nicht. Sie ist mir zu schwer. Vielleicht ist sie auch nur ein Jux.

Sie hatte die Augen niedergeschlagen. Unter dem rechten Auge der schwarze Fleck. Das Kind zeichnete. Vor den Fenstern wanderten Lagerhäuser, Werkhallen, Einkaufszentren vorbei; die Ränder von Lausanne.

Sie sind verheiratet? fragte sie.

Das ist eine lange Geschichte.

Bei mir dauerte sie fünfzehn Jahre.

Und in drei Minuten kommen wir an.

Da, sagte Chantal, das ist für dich.

Sie riß ein Blatt aus dem Spiralblock und reichte es Leuchter. Diesmal war es keine Eule. Chantal hatte ihn gezeichnet, mit stark ausgezogenem, wie eingegrabenem Strich. Der schmallippige Mund bestand aus drei Linien, wobei die oberste unruhig gewellt war und am Ende die andern in scharfen Winkeln nach unten zog, wie zu einem verkehrten Lächeln. Auf der linken Seite hatte der Radiergummi gewirkt und einen schmierigen Glanz hinterlassen. Quer über die Stirn lief ein Balken, an dem die länglichen Dreiecke der Brauen wie Gewichte hingen. Die linke saß so dicht über der Pupille, daß sie dem zugekniffenen Auge eines Schützen glich. Die rechte war hochgezogen und das Auge darunter nur durch einen Punkt bezeichnet. Es wirkte starr, wie in Stein geschnitten. Die Nase hatte die Zeichnerin unterschlagen, auch die Stirnglatze nicht ausgeführt, und die an den Schläfen gesträubten Haarbäusche waren durch Radierwolken angedeutet. Aber sie hatte dem Eirund des Gesichts einen zweiten Umriß mit starken Jochbeinen und hohlen Wangen eingeschrieben, wie man eine Keksform in weichen Teig drückt. Sie stach eine sanduhrförmige Maske heraus, die durch den breiten Mund fast ganz gespalten wurde, so daß Kinn und Kiefer aussahen, als fielen sie gleich ab. Um so großartiger waren die Ohren, elefantengroße Blätter, so daß die zwei Gesichter des Andreas mit Schalltrichtern ausgestattet oder zwischen Kopfhörer geklemmt schienen.

Du kannst es behalten.

Schreibst du deinen Namen dazu?

Der Zug schlenkerte schon über Weichen und verlangsamte seine Fahrt immer mehr.

Ich schreibe deinen. Sie tat es gewissenhaft, über das ausgezogene Tischbrett gebeugt. Ohne aufzusehen, fragte sie ihre Mutter: Warum kommt er nicht mit uns?

Leuchter öffnete die Außentasche seines Koffers und schob die Zeichnung hinein. Dann schleifte er den Koffer der Frau aus der Nische und trug ihn durch die Tür des Abteils, dann durch die Waggontür. LAUSANNE. Sie standen auf dem Bahnsteig.

Zu den Taxis? fragte Leuchter, Jacquelines Koffer in der Hand.

Danke, sagte sie, wir nehmen das *Funiculaire*.

Viel Glück. Mach's gut, Chantal.

Das Kind sah ihn nicht an.

Sie auch, mit Ihrem Konzert, sagte die Reisende.

Bevor er daran dachte, sie auf die Wange zu küssen, hatten die Koffer schon die Hände gewechselt. Nach zwanzig Schritten drehte er sich um, aber da war niemand mehr, dem er hätte winken können. Er tat es trotzdem.

3 Wartesaal

Der hohe Raum hatte die Helligkeit eines altmodischen Künstlerateliers. Die von einem Goldrähmchen umlaufenen Landschaftsstücke an den Wänden schienen aus sich selbst zu leuchten. Ihre mürben Grün- und Ockertöne nahmen die Farben auf, in denen die übrige Einrichtung des Saals gehalten war. Die menschenleeren Stadtbilder glichen Steinbrüchen, die schwachroten Dächer waren geschichtet wie Ware in einem Spielzeuggeschäft, und das See- oder Flußwasser, das sie umgab, lud zu gefahrlosen Augenpromenaden ein. Nur das Hauptstück der Galerie, die Klippe des Matterhorns, glühte und erinnerte Andreas an Catherines rosenfarbene Leuchten, denen sie raumheilende Wirkung zuschrieb, da sie in Salzstöcke eingelassen waren.

Der Saal war leicht zu überblicken, doch gab es Nischen und Seitengänge, die zu benachbarten Räumen führten.

Leuchter zog das Hündchen von einem zum anderen. Bei Verabredungen hatte sich Sumi gerne unsichtbar gemacht, während sie ihn beobachtete. Fand er sie endlich, so lächelte sie, als habe er nur seine Schuldigkeit getan. Doch pflegte sie sich eher eine Stunde zu früh als eine Minute zu spät einzufinden. Sie wollte nur nicht zeigen, daß sie auf ihn wartete.

Leuchter setzte sich und bestellte einen Ricard.

Auch am Meisterkurs hatte sie sich zu verstecken gewußt. Er hatte mit Isabel an einer Cello-Suite von Bach gearbeitet. Ihr Strich war rauh, ihr Temperament kannte keine Delikatesse und gefiel sich darin, sie zu verschmähen. Leuchter wunderte sich selbst, daß er die Geduld nicht verlor. Es bereitete ihm eine Art Spaß, mit dem Rotschopf über die Musik zu streiten, die sie in fortwährendem Widerspruch miteinander hervorbrachten. Dabei entging ihm nicht, daß sich ihr schrilles Lachen verlor und daß sie ihm hinter streitbarem Besserwissen eine Wunde zeigte, die nach Behandlung verlangte.

Der Leichtsinn, mit dem er in ihr Spiel eingriff, beschwingte ihn. Doch am zweiten Kurstag hatte er die wahre Quelle seiner Inspiration ausgemacht. Es war die schüchterne junge Frau, die, halb hinter dem Flügel versteckt, jede Bewegung im sogenannten Kaisersaal mit größter Aufmerksamkeit verfolgte. Als man am dritten Tag ein Stück von Schnittke einstudierte, wollte gar nichts zusammenpassen, so daß er mit dem Bogen auf das Cello geklopft hatte: Jetzt ist uns nur noch mit einem Mittagessen zu helfen!

Das war der Vormittag, an dem Sumi fehlte, weil sie für ihr Sprachinstitut einen Essay schreiben mußte. Am Nachmittag saß sie wieder in ihrer Nische, und siehe da: Leuchter entdeckte selbst in Branco, der die »Sacher«-Variation von Britten heruntersägte, eine Art Subtilität.

In der Nacht danach begann sich Leuchters Phantasie mit der japanischen Studentin zu beschäftigen. Es war nicht leicht, sie ins Gespräch zu ziehen, denn als Hospitantin fühlte sie sich zum Mitreden nicht berechtigt und zeigte sich nur in der Nähe ihrer Freundin Isabel. Doch war er sicher, noch keinem Menschen begegnet zu sein, der mit Schweigen so viel zu sagen wußte, und probierte ihr insgeheim zärtliche Namen an.

Leuchter sah auf die Uhr. Er hatte sich in die Nische unter dem Matterhorn gesetzt, die eine Stufe erhöht war, eine getäfelte Bühne mit Fotoporträts einheimischer Bundesräte. Von seinem Tisch überblickte er die Breite des Saals und beide Türen. Lampentrauben erhellten die meist noch leeren Kojen, in denen das Personal die Tische für Mittag zu decken begann. Dieser Saal, in dem er sich schon früher mit Frauen verabredet hatte, schien ihm ein passender Treffpunkt vor Sumis erster Reise nach Paris. Und »Frankreich, das liebe Licht« schien bereits durch große Jugendstilfenster herein.

Er dachte an Chartres, wo Dupin vergangenes Jahr gestorben war, und er wollte mit Sumi sein Grab suchen, damit sie einen Strauß weißer Rosen darauf niederlege. Thérèse, die Tochter der Blumenfrau, war damals jünger gewesen als Sumi heute. Bei seinem letzten Besuch hatte er sie, eine ansehnliche Matrone, durch das Glas mit flinken Bewegungen ein Bukett binden sehen und sich daran erinnert, wie sie ihn mit ihrer Liebe zugleich stolz und eifersüchtig gemacht hatte. Er würde sich nicht zu erkennen geben. Erkannte ihn Thérèse doch, so war keine Peinlichkeit zu befürchten. Danach wollte er mit Sumi das Labyrinth in der Kathedrale abschreiten, wo schon der erste Gang ins Zentrum zu führen schien.

Willst du meine Frau werden.
 Das hatte er sich am Ende eines Fußgängerüberwegs laut sagen hören. War er bei Sinnen? Wenn diese Frage Sumi jetzt eingeholt hatte, drei Monate danach, mit der Stimme Isabels? Wenn es jetzt Sumi war, die stehenblieb, an der Schwelle zu einem unwiderruflichen Schritt?
 Leuchter mußte sich rühren. Er ging durch den Saal, der sich belebt hatte; von einem weißen Cellokasten keine Spur. Das Tableau des Matterhorns erinnerte ihn jetzt an einen Grießkopf, über den die Mutter blutroten Saft ausgegossen hatte. Er würde seinen Tisch bald für Mittagsgäste räumen oder sich selbst als solchen zu erkennen geben müssen.
 Statt dessen bestellte er einen zweiten Ricard. Viertel nach elf. Jede Stunde kam ein Zug aus Zürich an. Mit dem ersten möglichen war sie nicht gekommen, der zweite fuhr in einer halben Stunde ein. Sollte er sie am Bahnsteig erwarten? Aber wenn sie sich dann erst recht verfehlten und er für sie auch im Restaurant nicht zu finden war?
 Er blieb wohl besser sitzen.

An der Abschiedsfeier im Klosterkeller war das allgemeine Du ausgebrochen, und mit ihm die Enthemmung. Leuchter hatte Isabels Lallen im Ohr, die seine Knie mit einem Barstuhl vertauscht hatte, um den lauten Branco anzumachen. Zum ersten Mal hatte Leuchter mit Sumi allein gesessen.
 Sie glaubte ihrer Freundin in gewissenhaftem Deutsch die Erklärung schuldig zu sein, Isabel sei eine wunderbare Frau,

sie werde eine große Cellistin. Leider habe sie viel Schmerz erfahren müssen. Sumi wolle sich bei Herrn Leuchter noch einmal für das Privileg, in seinem Meisterkurs dabeisein zu dürfen, von Herzen bedanken. Sie habe für ihre Arbeit viel gelernt. – Worüber arbeiten Sie? – Über Boccherini und die Geschichte des Violoncellos. – Ob sie das Instrument denn auch spiele? Sumis Hand machte die Bewegung eines hastigen Scheibenwischers: nicht der Rede wert. Gerade so weit, daß sie angefangen habe, die Kunst wirklicher Meister zu verstehen. – Wo sie Isabel kennengelernt habe? – Sie habe in Tokyo an einem Kurs Meister Takahashis teilgenommen. Sumi sei seine Assistentin gewesen. Als sie besser Deutsch habe lernen wollen, habe Isabel angeboten, bei ihr zu wohnen, in Göttingen, wo es ein Goethe-Institut gab. – Wie es ihr vorkomme, im Kloster zu hausen?

Leuchter bewohnte die Abtstube, mit Bad und Fernsehen. Am ersten Abend war er mit Sumi im Flur zusammengestoßen, als sie aus der Nachbartür trat. Bei den Anmeldungen hatte er einen japanischen Namen gesehen. Das war sie also, unauffällig, ganz hübsch, sicher sehr artig.

Ob sie bei Vollmond gut schlafe? Er scheine ja so hell, daß man dabei lesen könne. Bei den Lampen werde kräftig gespart. Bete und arbeite, habe es im Kloster geheißen. Sind Sie fromm, Sumi? Sie schüttelte lächelnd den Kopf. Nicht mal Christin? – Sie nickte. – Ja oder nein? – Wieder nickte sie, und er wußte nicht, wie er weiterfragen sollte. – Wovon träumen Sie? – Sie sah ihn erschrocken an. – Ich meine, jeder Mensch hat doch einen Traum. – Sie senkte den Kopf. Ich denke darüber nach, sagte sie. – Das müssen Sie nicht.

Das Danken sei an ihm. Was für ein Glück, daß sie hierhergekommen sei. Ihre Anwesenheit, nein, ihre volle Gegenwart. Sie habe den Kurs gerettet. Welche Dummheit von ihm, Leuchter, daß er dem Kurs die Komposition von Enders verteilt habe. Dabei sei der erste Satz noch am wenigsten problematisch. Aber auch schon jenseits der Grenze. Diesseits genüge es zu musizieren. Jenseits müsse man Musiker *sein*.

In diesem Kurs, Sumi, habe ich nur an einem einzigen Ort
Musik gesehen und gehört: in Ihren Augen und Ihrem Schweigen.

Selbst im schwachen Licht des Weinkellers war Sumis Erröten nicht zu übersehen. Sie sagte so leise, daß er sich vorneigen mußte, bis sich ihr Haar berührte: Natürlich habe sie das Stück seines Freundes nicht verstanden, von dem er soviel erzählt habe. Aber sie habe gespürt, daß er ein Zeichen habe geben wollen. – Ein Zeichen? – Der Meister könne nicht sterben, bevor jemand das Zeichen gelesen habe.

In diesem Augenblick hatte ihn Begierde gepackt. Das Signal, das Isabel auf seinem Knie gesetzt hatte, war erst jetzt bei ihm angekommen. Aber wie führte ein Weg an Isabel vorbei zu dieser süßen Seele.

Isabel, schon damals, die Störung von Beruf.

Leuchter hatte den Kursteilnehmern von Enders erzählt, als wäre Sterben ein mildernder Umstand für seine Musik. Nun machte ihn Sumi zum »Meister«. Wahrscheinlich folgte sie einem fernöstlichen Sprachgebrauch. – Was bedeutet Ihnen das Stück, Sumi, warum lieben Sie es? – Sie hielt die Hand vor den Mund, als sie sagte: Er ist aus Liechtenstein. – Sie mußte es wiederholen. – Sie meinen Enders? fragte er ungläubig. Sie nickte lange.

Wenn's weiter nichts ist, damit könne auch er dienen. Enders sei aus Balzers, Leuchter aus Schaan, und sie hätten zusammen im Internat gesessen. Das Zeichen. Ob er es lesen könne, wisse er nicht. Sicher sei nur: Er müsse mit dem Stück auftreten, nächsten März in Paris. Waren Sie schon in Paris, Sumi?

Sie sah ihn mit weit offenen Augen an. Ob sie recht verstanden habe? Er, Herr Leuchter, sei Liechtensteiner, auch er? Leuchter griff in die Brusttasche und legte einen weinroten Paß auf den Tisch.

Darf ich berühren? fragte sie. – Sie dürfen ihn sogar aufmachen, erwiderte er mit schwankender Stimme. – Sehen Sie nur das Foto nicht an. Es ist aus einem Verbrecheralbum. Stand wohl »Verheiratet« im Paß? dachte er unbehaglich, doch sie öffnete ihn gar nicht, strich nur mit Fingerspitzen über die Prägung mit dem fürstlichen Wappen.

Stoßen wir an, auf Ihr Liechtenstein! sagte er und schenkte zwei Gläser voll Rotwein. Doch sie hielt den Paß wie eine Hostie auf der flachen Hand und legte ihn erst ab, als er mit dem Glas ihre Nasenspitze berührte, um hastig mit beiden Händen abzuwinken. Wenn sie Wein trinke, werde sie immer gleich rot! sagte sie und errötete. Er leerte sein Glas in einem Zug, faßte ihre Hände und ließ sie nicht los, als er aus Sumis gesenkten Wimpern helle Tränen laufen sah.

Was fehlt?

Vor zwei Jahren war ihr jüngerer Bruder, der einzige, gestorben, an angeborener Muskelschwäche. Als er kaum noch den Arm heben konnte, habe er angefangen, Briefmarken zu sammeln. Wenigstens von *einem* Land habe er alle Marken haben wollen. Da durfte das Land nicht zu groß sein. Ihre Finger spielten mit seinem Paß, als sie erzählte.

Später hatte sie nie mehr von ihrem Bruder erzählt, doch sie hatte sein Album geerbt und das schwere Konvolut auch nach Basel mitgenommen, so sparsam ihr Gepäck sonst gewesen war. Sie war anspruchslos und nahm fast nichts an. Nie war es ihm gelungen, sie zu beschenken oder zu einem Einkauf zu verführen. Kein neues Kleid, nicht einmal jetzt, vor der Reise nach Frankreich.

Bin ich so nicht gut genug?

Am ersten Abend – später nie mehr – hatte sie von ihrer Reise nach Liechtenstein erzählt, die sie gleich nach ihrer Ankunft unternommen hatte. Ganz allein hatte sie alle elf Gemeinden zu Fuß abgewandert. Ob sie seinen Namen in japanischen Zeichen schreiben würde? Für ihn, jetzt?

Sie neigte den Kopf. Darüber müsse sie nachdenken. Es gebe chinesische Zeichen, das seien die klassischen. Nur hätten sie zur japanischen Sprache nicht gepaßt. Darum habe man zur Bilderschrift hinzu noch zwei Silbenschriften erfunden, eine runde und eine eckige. Darin lasse sich jedes Fremdwort wiedergeben, auch ein deutscher Name. Aber die chinesischen Zeichen seien schöner, nur müsse dem Namen dann auch eine bestimmte Bedeutung beizulegen sein, und die finde sich nicht so schnell.

Vorher will ich dich haben. Statt dessen sagte er: Dann erst mal in Silbenschrift, Sumi. Jetzt! Bitte schreiben Sie. Nehmen Sie meinen Stift.

Er schob ihr den Bestellblock des Restaurants hinüber.

Sie warf, ohne sich zu besinnen, eine Reihe von Zeichen darauf.

Lesen Sie bitte.

A-n-do-re-a-su Ro-i-hi-ta.

»Ro-i-hi-ta«, sprach er ihr lachend nach, Sumi, was machen Sie aus mir?

Als sie ihn wieder ansah, fühlte er sich seiner Sache sicher.

Sixty-nine.

Ein Schluck Ricard spülte die Erinnerung nicht weg. Er fühlte den satten Arm um den Hals, und ein Geflüster toste in seinem Ohr. Isabel hatte sich über ihn gehängt und verkündete mit glasigem Blick – Sie hatte mit Branco an der Bar auf englisch geflirtet –: *You look tired, maestro, you have been talking too much. Now you deserve the best of nights.*

Dabei ließ sie ihr schlaff gewordenes Gewicht gegen ihn sinken und wäre weitergefallen, wenn Sumi die Freundin nicht aufgefangen hätte. Doch reichte ihre Kraft nicht aus, um die Last zu halten; da war Branco zur Stelle, faßte sie unter und hob sie auf. Sie legte den verwüsteten Kopf an seine Schulter und zog die Knie an den Leib. *You have my key, give me your key, nasty boy. Sixty nine. I told you, sixty nine.*

Sie hatte an Brancos Hals zu schluchzen begonnen.

See you tomorrow, sagte Sumi entschuldigend zu Leuchter. Als sie Branco durch die Tür folgte, die sie zuvor geöffnet hatte, wandte sie sich nicht mehr um.

Hinter den Fenstern war ein Zug eingefahren, aus Zürich, wenn Leuchter die Durchsage recht verstanden hatte. Der Bahnsteig bevölkerte sich; Reisende traten durch die Tür und blickten sich um. Keine Sumi. Vielleicht war sie weiter hinten ausgestiegen und suchte jetzt das Restaurant? Leuchter widerstand dem Reflex, ihr entgegenzulaufen; der letzte mögliche Zug war es noch nicht. Vielleicht kam sie gleich durch die andere Tür herein. Leuchter leerte sein Glas mit einem Zug.

Nach ein paar Minuten war Branco wieder zurück. Im Klosterkeller waren nur noch die vier männlichen Kursteilnehmer übriggeblieben. Leuchter lud sie zu einem Schlummertrunk ein und redete noch eine halbe Stunde mit, über Ligeti und Nono. Dabei vibrierten seine Knie wie vor einem Soloauftritt. Endlich wünschte er gute Nacht und schlich, ohne Licht zu machen – der Mond schien in das hohe Treppenhaus –, die steinernen Stufen zur Klausur hinauf. Nun stand er vor seinem Zimmer. Nur noch ein Schritt, und er hatte sich in der Tür geirrt.

Sie war nicht verschlossen.

Er trat ein und zog sie geräuschlos hinter sich zu. Einen Augenblick blieb er vor dem schmalen Bett stehen. War das sie? Zwischen zwei bloßen Armen eine schwarze Lache Haar; ein kleines Mädchen lag in weißem Hemd auf dem Bauch und hatte das angewinkelte linke Bein über die Decke gelegt. Sie schlief so still, als atmete sie gar nicht, aber der Fuß, der über den Bettrand hing, lebte, und die feingedrechselten Zehen krümmten sich, als habe sie das Mondlicht gekitzelt.

Er zog sich aus, legte sich behutsam über sie und umschlang sie mit beiden Armen, als sie sich aufrichten wollte. Ich bin's, flüsterte er in ihr Ohr. Er spürte, wie sie unter seinem Gewicht zusammensank, und suchte zärtlich wütend Zugang zu ihrem Leib. Es gab keinen. Plötzlich drückte sie ihn mit aller Kraft weg und griff mit einer Hand hinter sich, um ein Stück Textil wegzuzerren; und schon während sie sich dazu aufrichtete, öffnete sich die Sperre, und sein Schlüssel schnellte in die warme Öffnung, um verschlungen zu werden, wieder und wieder. Flach ausgebreitet trieb sie auf dem schmalen Bett, während seine Hände ihren Griff an den Hüftmulden festmachten. Jetzt lagen ihre Arme wieder neben dem Kopf, der auf das Kissen zurückgefallen war, und ihre Hände ballten sich zu lockeren Fäusten, in seinem Takt. Das Zimmer lag in schwachem Mondschein. Sumis Augen waren zu, auf ihren halb offenen Lippen spielte ein ungläubiges Lächeln, und der hohe Laut, den sie gab, war der eines klagenden Kindes.

Später in dieser Nacht hatte er draußen im Kreuzgang gesessen. Der Mond senkte sich durch eine Föhrengruppe und zeichnete ihr schwarzes Geäst wie einen Scherenschnitt in den gläsernen Himmel. In der Nachbarschaft heulte ein Hund; aus einem Zimmer im Erdgeschoß drang ein undeutliches Wimmern. Leuchter stand auf und ging ins Haus. Bevor er sein Zimmer öffnete, prüfte er vorsichtig die Klinke von Sumis Zimmertür. Sie war verschlossen.

Sumi und Isabel erschienen nicht zum Frühstück; sie seien sehr früh abgereist. Leuchter fuhr nach Basel, brachte eine so gut wie schlaflose Nacht in seiner Wohnung zu und nahm am anderen Morgen den ersten Zug nach Norden. Er kam um die Mittagszeit in Göttingen an und ließ sich von der Bahnhofsauskunft den Weg zum Goethe-Institut erklären. Im Sekretariat erkundigte er sich nach Frau Fujiwara und danach, wann der Unterricht zu Ende sei. Zwei, drei Stunden wartete er hinter Alleebäumen, die hie und da ein taumelndes Blatt fallen ließen. Er ließ den Eingang des schloßähnlichen Gebäudes nicht aus den Augen; es war windstill, die Kälte spürte er nicht. Es dämmerte schon, als eine Gruppe Japanerinnen heraustrat. Er folgte derjenigen, die Sumi am ähnlichsten sah, und am Ende eines Fußgängerüberwegs berührte er ihre Schulter. Dann sprach er seinen Satz in ihr erschrecktes Gesicht hinein. Sie senkte den Kopf und bat ihn, den Satz zu wiederholen. Dann antwortete sie mit klarer Stimme: Bitte warten Sie hier.

Er hatte sich auf ein Plastikstühlchen eines Döner-Lokals gesetzt, ohne das Bestellte anzurühren. Jetzt stoben Blätter durch die Luft, und er fror. Da stand Sumi vor ihm, eine Unbekannte im Wintermantel, einen Koffer in der Hand.

Qu'est-ce qu'on mange? hörte er neben seinem Ohr sagen, plötzlich stockte sein Herz, der Stuhl unter ihm schien nachzugeben, er spürte den Geschmack von Eisen auf der Zunge. Ruhig immer weiteratmen. Es atmet dich. Immer ist das vorbeigegangen. Catherine hatte ihn jedesmal an der Hand gefaßt und ihren Nagel in das Fleisch seines kleinen Fingers gebohrt. Begann der Finger unerträglich zu schmerzen, lockerte sich der Druck auf der Brust.

Ein einziges Mal hatte Catherine geschrieben. Sie wünsche ihm Glück für den Auftritt in Paris und denke daran, die Wohnung in Basel neu einzurichten. Sie bitte ihn, bis Ende April auszuziehen.

Wie viele hatten das Paar um das kleine Barockpalais am Rhein beneidet. Im rechten Flügel therapierte Catherine ihre Kundschaft, im rechten machte er Musik. Dazwischen der kleine französische Garten, eigentlich nur eine Terrasse, die von der Uferbefestigung eingefaßt war. Hier kam man nach der Arbeit zueinander und saß auf sonnenwarmem Sandstein, um Tee zu trinken und sich über das Tagewerk auszutauschen, mit Blick auf den Münsterhügel, den Rheinsprung und die Fähre.

Heillos ist nicht, daß man sich nach der Vergangenheit sehnt, sondern wenn man nicht mehr weiß, wie. Dann wird die Sehnsucht zum Grauen. Es hat keinen Namen, keine Gestalt, aber an diesem Morgen hatte es seinen dünnen Schlaf zerrissen und ihn ohne Augen angeblickt: Leuchter, ich bin da. Und du? Er hatte wach gelegen, von einem Glockenschlag zum nächsten, und auf das grüne und gelbe Wellenspiel an der Zimmerdecke gestarrt, bis die Reflexe einer Reklameschrift im Morgenlicht verblaßten.

Als der Kellner in Reichweite war, leerte Leuchter sein Glas und bestellte das nächste.

4 Wartesaal, Fortsetzung

Willst du meine Frau werden?
 War die Fahrt mit Sumi von Göttingen nach Basel wortlos? Wie kann Leuchter nicht über seine Ehe gesprochen haben? Er war sicher, das schon am ersten Kurstag getan zu haben. Kaum ein öffentlicher Auftritt, in dem er sich nicht in irgendeiner Form auf Catherine berief. Keine Musik ohne Atem, kein Atem ohne Atemtherapie – seit er Catherine mit diesem Witz geneckt hatte, machte es ihm nie etwas aus, sich selbst damit vorzustellen. Du plauderst zuviel, hatte ihm Catherine nicht eben freundlich gesagt, und er war geständig: Ich mag ganz viel von allem. Aber wenn es bei mir um alles geht, bist du immer dabei.
 Verheiratet mit einer Atemtherapeutin: So stand es auch in seiner Kurzbiographie, und die Kursteilnehmer hatten sie in den Händen gehabt. Aber war Sumi nicht sogar entgangen, daß er Liechtensteiner war? Auch ohne seinen Paß mußte sie sich schon vor dem Schlußabend für ihn interessiert haben. Sie konnte keine unerfahrene Frau sein – dafür gab es Zeichen. Auf der Reise nach Basel erfuhr er von ihren Erfahrungen mit Ausnahme der einen, die sie miteinander gemacht hatten, nichts. Es war die intimste, aber auch die am meisten anonyme. Was ging in ihrem Kopf vor? Und sonst: Was hatte er ihr auf der ersten Reise gesagt, schonend beigebracht?
 Über seine Witze hatte sie nie gelacht. Ein Mann schlägt seine Frau, und sein Freund fragt ihn: warum? Ich weiß nicht, warum, sagte der Mann, aber sie weiß es bestimmt. – Einem alten Trinker ist der Schnaps ausgegangen, er will verzweifeln, greift zum Äthylalkohol. Tu das nicht, sagt der Freund, davon wirst du blind. Und wenn, sagt der Trinker, ich hab genug gesehen.
 Was ist daran lustig? hatte Sumi gefragt.
 Leuchter weiß nicht, ob er Sumi auf der Fahrt nach Basel schon Witze erzählt hat. Aber das weiß er noch: Eine Kon-

trolle gab es nie, nicht durch den Schaffner, nicht einmal beim Grenzübergang. Sie reisten wie blinde Passagiere.

Ganz sicher hat er ihr im Zug seine älteste Japan-Geschichte erzählt: von Hansi und Ume. Als er lesen lernte – früh, wie jedes einsame Kind – hatte er sich zum ersten Mal in ein ganz fremdes Land vertieft. Sein Kinderbuch spielte im Japan der vergangenen zwanziger Jahre. Ein blonder Schweizerbub namens Hansi durfte die reiche Familie des Mädchens Ume nach Japan begleiten. Sein Vater, ein Lehrer, hatte ihr Nachhilfestunden in Deutsch erteilt, dabei hatten die beiden Kinder Gefallen aneinander gefunden. Ume war Halbjapanerin. Ihr Vater, ein Kaufmann aus Winterthur, machte im Fernen Osten Geschäfte und hatte eine japanische Frau geheiratet. Nun zog die Familie alle zwei Jahre von einem Ende der Welt zum andern, und Hansi wurde zum Reisebruder des fremdartig schönen Mädchens, das einmal eine große Tänzerin werden wollte. Leuchter erinnerte sich unauslöschlich an den ersten Anblick eines japanischen Hauses, das ihm aus dem Kinderbuch entgegenwuchs, und er konnte den Text immer noch aufsagen, Satz für Satz: »Nun taucht die Vorderwand des Hauses auf. Sie ist aus ganz dunklem wetterhartem Holz gefügt, das im Laternenschein schön poliert schimmert. Zwei Steinplatten, nur grob behauen, liegen aufeinander und bilden eine niedrige Haustreppe. Gelbes Licht schimmert durch die Holzritzen, sonst aber ist das Haus noch dicht verschlossen. Wie eine geheimnisvolle Holzschachtel mit schwerem Deckel sieht es aus.«

Immer, wenn er als Kind Heimweh gehabt hatte, tauchte die geheimnisvolle Holzschachtel vor seinen Augen auf. Ohne ihr Bild hätte er nicht einschlafen können, denn im Elternhaus hatte er jeden Tag Heimweh gehabt, ohne zu wissen, wonach. »Einmal hat er an einem schönen, warmen Abend einen Vater mit zwei Kindern spazieren sehen. Eines der Kinder hatte als einzige Bekleidung seine hübsche gelbe Haut, das andere war gleich angezogen, nur trug es noch ein Strohhütlein mit Stoffblümchen drauf auf dem Kopf.«

Der Satsuma-Typus. Damals hatte er sich zu entwickeln begonnen. Davon aber schwieg Leuchter tief, als er Sumis an den Schlaf arglos hingegebenes Gesicht betrachtete, das sie, in die Ecke des Abteils geschmiegt, halb mit dem Mantel bedeckt hatte. Wo führte die Reise hin? Hinter die nächste Tür, die er hinter beiden zuzog und verschloß. Aber warum nicht gleich?

Als sie sich Basel näherten, zitterten seine Knie. Sie hatten den kleinen Tod hinter sich gebracht, jetzt kam der große. Todesangst. Andreas Leuchter, du hast schon auf jener ersten Reise gewußt, daß es ums Leben ging. Aber ob es noch dein Leben war: Das hast du nicht gewußt.

Ich suche eine Wohnung, muß er gesagt haben, bevor er die Haustür aufschloß. Ja, diese hier gehört meiner Frau. Aber ich bin gekündigt. So gut wie geschieden.

Als sie die Schwelle überschritten hatte, blieb sie stehen: Ich suche ein Hotelzimmer. Er hielt sie fest. Nein, Sumi. Bitte nein. Bleib. Du mußt wissen, wie ich gelebt habe.

Sie hatte ihn gesiezt. Wann war sie zum Du übergegangen? Im Klausurbett? Er erinnert sich nicht daran. Willst du meine Frau werden? Danach war Sumi beim Sie geblieben. Ihr Spiel, vielleicht eine japanische Besonderheit. Später ging er darauf ein. Es machte Spaß, sie beim Sex zu siezen. Sumi-san – und beim Höhepunkt Sumi-sama.

Doch in der Basler Wohnung wußte er auf der Stelle: Hier schlief sie nicht mit ihm. Es war viel, wenn sie ein Mal übernachtete. Sollte er etwa mit ihr ins Hotel? Nein. Sumi, du mußt wissen, wie ich gelebt *habe*. Er hatte die Vorgegenwart betont, die Nachvergangenheit. Sie ließ sich nicht einmal aus dem Mantel helfen. Aber als er ihr das Gastzimmer zeigte, legte sie ihn dort ab, auf dem Bett. Das Gastzimmer war das Kinderzimmer für Catherines kleine Nichten, wenn sie nach Basel zu Besuch kamen. Alle Simse standen voll Bambis, Teddys, Püppchen. Wie im Hurenhaus, dachte Leuchter, aber das kennt Sumi nicht.

Ich wärme uns dieses Gemüse auf.

Sie ißt kaum, putzt sich im Badezimmer endlos die Zähne, verschwindet im Kinderzimmer. Ein förmlicher Gutenachtwunsch, kein Kuß. Und danach: Stille im Haus, welche Stille.

Leuchter sitzt vor dem Fernseher bis morgens vier Uhr, widersteht der Versuchung zu onanieren. Wenn er den Ton abstellt, hört er den Verkehr auf der Straße, der Brücke.

Als er im Sessel erwacht, dringt Klappern aus der Küche, und Kaffeeduft zieht herüber. Sumi sitzt am Küchentisch, den sie für zwei gedeckt hat, den Kopf in beiden Händen und ihr Deutschlehrbuch vor sich.

Aber nein, das war später. Am ersten Morgen hatte er allein Kaffee gemacht. Dann saß sie ihm am Frühstückstisch gegenüber, blaß, aufrecht, schon wieder reisefertig. Das Essen rührte sie nicht an, kaum nippte sie an der Tasse.

Ich brauche Sie für meine Arbeit. Sie haben ein Zeichen gehört, in Romans Komposition. Helfen Sie mir das Zeichen suchen. Ohne Sie komme ich nicht weiter.

Das waren die richtigen Worte. Er hatte sie gefunden. Hätte er auch nur einmal »Sumi« dazugesagt, es wären schon die falschen gewesen, und sie wäre gegangen.

Nur der Himmel wußte, wie viele falsche Wörter er in den vergangenen Monaten gebraucht hatte. Aber das Cello wußte die richtigen. Nur das Cello. Sie hatte sich in dieses Cello verwandelt, und solange er es spielte, spielte sie mit. Jetzt war das Cello bei ihr, und sie würde es ihm nachtragen, an jeden Ort der Welt, denn er mußte es spielen.

Die ersten Tage in Basel hatten sie einander nicht einmal berührt.

Wann bist du zum erstenmal glücklich gewesen, Leuchter?

Als der Duft eines Kaffees durch die Wohnung zog, den Sumi gekocht hatte.

Was hast du Isabel in Göttingen hinterlassen, auf dem Zettel, bevor du mit mir weggefahren bist?

Die Wahrheit. – Mehr sagte sie nicht.

In Basel war sie nicht dazu zu bewegen, das Haus zu verlassen, geschweige denn mit ihm auszugehen; er besorgte die nötigen Einkäufe allein. Nach dem Frühstück zog sie sich anfangs ins Kinderzimmer zurück, wenn er übte, von neun bis zwölf jeden Vormittag. Am Nachmittag hatte er seine Stunden im Konservatorium, oder einzelne Schüler kamen zu ihm. Sumi ließ sich nicht blicken. Erst in der zweiten Woche besuchte sie ihn zum ersten Mal im Musikzimmer, saß, einen grünen Tee vor sich, auf dem Teppichboden und hörte ihm zu. Einmal ließ sie das Briefmarkenalbum des Bruders auf dem Flügel liegen. Ein Vertrauensbeweis. Er blätterte ratlos durch das Buch mit den dicken Seiten und den ungleich langen Zeilen bunter Bildchen. Einige erkannte er wieder, die er als Kind zum Frankieren verwendet hatte. Liechtenstein komplett. Dann noch lieber Fernsehen. Wenn Musik im Programm war, sah Sumi mit.

Trotz aller Vorsichtsmaßregeln verbreitete sich das Gerücht von ihrer Anwesenheit. Dem er mit der beiläufigen Auskunft entgegenzuwirken hoffte, er unterrichte sich zur Zeit über die Eigenschaften eines klassischen japanischen Instruments. Bei einer Meisterin aus Tokyo. Es half nichts; man glaubte dieses Instrument zu kennen. Ein Kollege – Oboist – fragte Leuchter eines Tages nach Catherine, und dann, ob er es fair finde, sich mit einer kleinen Asiatin zu trösten.

Seine Kontakte begannen zu bröckeln, alte Freundschaften schliefen ein. Man begegnete ihm mit tödlicher Höflichkeit. Catherines Palais umgab ein unsichtbarer *Cordon sanitaire*, während er darin musizierte wie auf einer Strafkolonie. Er büßte – und bei diesem Wort stand ihm plötzlich das Clownsgesicht des Deutschlehrers vor Augen, den er Jacqueline im Ersteklasseabteil vorgespielt hatte.

Jetzt fiel ihm auch sein Name wieder ein: Nydecker Hans. So pflegte er sich selbst zu titulieren. Da, meine Herren, steht Nydecker Hans, immer noch auf dem Boden Lessings und der Aufklärung. Wissen Sie, was man im 18. Jahrhundert »gebüßt« hat? Seine Lust.

Als die fröhliche, die selige, die gnadenbringende Weihnachtszeit näher rückte, stand auch Leuchter eine Bescherung bevor. Er wunderte sich nur, nicht eher darauf gekommen zu sein. Der November war frühlingshaft, und Leuchter fand Wege, der Cello-Fron einen Tag oder zwei zu entrinnen und Sumi aus dem Gehäuse zu locken. Sie schlich aus der Tür, und zwei Straßen weiter schlüpfte sie in seinen Renault. Dann fuhren sie in die Umgebung Basels, er zeigte Sumi die Vogesen, die Schlachtfelder am Hartmannsweilerkopf, Kandern, den Schwarzwald, den Arlesheimer Dom, das Goetheanum, die Ermitage der heiligen Odilie. Die Windharfe auf dem Türmchen. Über dem Eingang einer künstlichen Höhle stand: *Beata solitudo – sola beatitudo*.

Er übersetzte es ihr beim Nachtessen in einer ländlichen Herberge. Wenn der Wein Sumi rot gemacht hatte und seine Zunge schwer, glaubte sie ihm, daß er nicht mehr fahren sollte. Dann ließ sie sich zur Übernachtung bewegen. Ging er vor ihr die Treppe hinauf in ein halbfeines Doppelzimmer, erinnerten sich seine schweren Beine an das Zittern von Eckern. Erschöpfung begünstigte seine Potenz, und Sumi wehrte sich nicht gegen ihn. Endlich büßte er seine Lust.

Ortsveränderung – war das so einfach? Von den Grundsätzen, die ihn in Basel zum Sklaven des Cellos machten, galt schon in Dornach keiner mehr. Selbst auf Gewalttätigkeit – sie war nicht immer gespielt – brauchte er nicht zu verzichten. Sie antwortete mit kindlicher Freude. Das Leben mit Catherine war mit Empfindlichkeiten gespickt, Hindernissen, über die sich zwar reden ließ, aber dabei war die Lust zum Erliegen gekommen. Sumi aber kannte nichts. Auch was er sich sein Leben lang verboten hatte, wollte sie kennenlernen. Sie blieb beim Sie; das änderte sich erst in Zürich. Aber nie wäre ihr eine Liebeserklärung über die Lippen gekommen. Immer nur Klagelaute kindlichen Entzückens.

Doch mit keiner Art von Liebe erkaufte er sich eine halbe Stunde Nachlaß beim Üben. Schon nach dem Frühstück drängte sie zu seinem Arbeitsplatz zurück, in die Basler Wohnung, die sie nicht einmal mit ihm gemeinsam betreten wollte. Er hatte sie vorher abzusetzen, und später klingelte sie. Nacht durfte es noch nicht sein, aber auch nicht zu hell.

»Willst du meine Frau werden?« Die Frage war unwiederholbar geworden. Leuchter war nicht sicher, ob sie Sumi durch ihr Zusammenleben für beantwortet hielt oder ob sie jetzt keine Rolle mehr spiele. Er lebte in einem kalten und heißen Traum, als träume er gar nicht selbst, sondern werde geträumt.

Eigentlich hatte er, nach Catherines Abreise, ein vielseitiges Soloprogramm einstudieren wollen. Aber in Sumis Gegenwart wurde *Chienlit* die eigentliche und bald einzige Hausaufgabe. Ein Stück, dessen Schwierigkeit vor allem in der stimmlichen Begleitung des Cellos bestand. »Singen« konnte man nicht nennen, was die Partitur dem Solisten abverlangte. Auch »Begleitung« traf die Sache nicht. Vielmehr hatte er die Dissonanzen, die er auf dem Cello hervorbrachte, durch ein hohles Geschrei noch zu übertönen. Alles war falsch an diesem quasi-inbrünstigen Einspruch der Menschenstimme gegen das Sägen des Instruments. Aber damit das Falsche wahr klinge, verlangte es das Äußerste an Akkuratesse. Die Partitur schrieb Leuchter Vokalsprünge vor, die seinen Bariton überschnappen ließen, oft in ein und derselben Atemgruppe, von einer keifenden Kopfstimme zum grunzenden Baß. Dabei waren längere Passagen auch mit umgekehrtem Luftstrom, also ein- statt ausatmend, zu produzieren, zu *keuchen*. Und Leuchter erinnerte sich daran, wie Enders zu gemeinsamen Schulzeiten diesen Stimmtrick als Spezialität der »Nachtbuben« ausgegeben hatte, die beim Lästern in der Dunkelheit nicht erkannt werden wollten.

Heulen aber, glaubhaft heulen hatte Leuchter erst in Leas Wohnung gelernt. Danach war Sumi zum Du übergegangen.

Das Saalgeräusch war ein an- und abschwellendes Getöse geworden, und das Zifferblatt der Uhr, auf die er sah, hüpfte vor seinen Augen. *A la bonne heure.* Nun kam sie – oder eben nicht.

Der Alkohol hatte die Insel, auf der Leuchter saß, vom Boden abgehoben. Plötzlich hatte seine Angst nichts mehr mit ihm zu tun. Untergehen, das konnte er auch. Er hatte dazu heulen gelernt, aus Herzensgrund; dieses Heulen konnte ihm niemand mehr nehmen. Mußte er dafür nach Paris? Dieses Heulen gab es auch ohne ihn. Es war in der Welt. »Jetzt wird alles sehr rasch gehen«, hörte er sich sagen. Wo kam der Satz her? Hatte er in Romans Brief gestanden, und er las ihn erst jetzt?

Ça va, Monsieur? fragte es neben seinem Ohr.

Er öffnete die Augen und blickte in das bekümmerte Gesicht eines jungen Maghrebiners.

Encore un Ricard.

Mais il faut manger quelque chose.

Un Ricard.

Der Kellner strich wie suchend mit der Hand über den Tisch, dann entfernte er sich zögernd.

Halb eins.

Wo war er?

In Leas Wohnung, beim Heulen.

Seit Neujahr hatten sie diese Wohnung, fütterten Leas Katze, und wieder war es eine andere Welt.

Die gestrenge Lea. Pianistin mit Scharfblick. Unvorstellbar, daß sie sich einmal geliebt hatten. Aber ohne Lea hätte er Catherine nicht kennengelernt. Catherine war die Rettung aller armen Seelen, die eines Tages entdeckten, daß sie zu atmen versäumt hatten. Atmeten sie zum ersten Mal, so waren sie nicht mehr arm, sie waren bei sich selbst. Vor Jahr und Tag hatte er Catherines Praxis in ihrem Kleinbasler Palais aufgesucht, um am Stocken seines Atems zu arbeiten. Er war noch nicht einmal dreißig, aber beim Quartettspielen verschlug es ihm die Luft. Er geriet in fliegende Hitze, und sein

Blutdruck stieg lebensgefährlich. Er nannte es sein Cello-Asthma, bis er ehrlich genug war, es mit Lea in Verbindung zu bringen.

Davon brauchte sie nichts zu wissen. Catherine hatte ihm das auch nicht nahegelegt. Lea war ihre Freundin. Dabei blieb es, als Catherine Leuchters Freundin wurde. Als sie heirateten, betrachtete Lea Catherine als sein nächstes Opfer. Sie selbst hatte sich noch rechtzeitig von ihm freimachen können. Ihr Glück. Catherines Unglück betrachtete sie als Werk der Verblendung mit schwesterlicher Sympathie.

Leuchter hatte sich diese Lesart seiner Ehe gefallen lassen. Er gönnte Lea den traurigen Triumph moralischer Überlegenheit. Natürlich dehnte sie ihn auch aufs Künstlerische aus. Leuchter war lasch. Er arbeitete zuwenig an sich selbst.

Das Scheitern seiner Ehe hatte sie kommen sehen, und im vergangenen Dezember kam er also auch selbst, immer noch unbelehrbar: mit einer kleinen Freundin im Schlepp. Sie brauche ein Obdach. Lea wußte Bescheid: Er brauchte ein Liebesnest. Am liebsten hätte sie ihm ins Gesicht gelacht. Sie war eine Künstlerin, die das Cleveland gerufen hatte.

Doch sie brauchte jemanden für ihre Katze. Japanerinnen galten als verläßlich.

Aber so leicht, wie sich das Pärchen die Sache vorstellte, machte sie es ihm nicht.

Die Trennung von Catherine sei definitiv, sagte Leuchter.

Lea kannte Leuchter, er war nicht der Mann, sein fahriges Leben länger als ein paar Wochen alleine zu ertragen. Die unschuldige Exotin konnte ihr nur leid tun. Schon dreiunddreißig? Immer noch Studentin? Na schön. Ihre Katze Gyges hatte Anspruch auf Leas Selbstüberwindung. Das Tierheim kam nicht in Frage, und vor Weihnachten mußte sie fliegen.

So war es höchste Zeit, daß ihr das Paar Anfang Dezember zum ersten Mal in ihrem Salon in der Zürcher Trittligasse gegenübersaß. Sumi versicherte in korrektem Deutsch, sie habe viel zu lesen. Die Geschichte der Viola da Gamba. Aber das

Studium werde der Sorge für Gyges nicht hinderlich sein. Lea wunderte sich, wo man in Japan die Begeisterung für eine Musik hernahm, die ihre Wurzeln in einer ganz anderen Kultur hatte. Sumi wußte keine Antwort. Lea lehnte wie eine Äbtissin in ihrem Louis-Quinze-Stuhl, und Leuchter betrachtete sie mit Ingrimm.

Dann bat er, die Wohnung ansehen zu dürfen.

Sie bestand aus zwei durch eine Treppe verbundenen Geschossen. Das obere, ein weitläufiger Dachstock, vorzüglich ausgebaut, wurde Studio genannt. Hier stand der Steinway. Hinter der Tonanlage der Schlafbereich, das Doppelbett, unbenutzt, bis auf einen mausgrauen Plüschhaufen auf dem weißseidenen Überwurf. Gyges' Herrin schien sich mit einem Feldbett unter der Dachschräge zu begnügen. Immerhin: ein schöner Raum, während der Salon mit seinen Stilmöbelchen an das Foyer eines Provinztheaters erinnerte.

Von der Galerie herab sah er die ungleichen Frauen beim Tee sitzen. Was hatte Lea über Japan gehört? Daß es unhöflich sei zu fragen: Nehmen Sie Kaffee oder Tee? Stimmt es, daß man Japaner nie vor eine Entscheidungssituation stellen darf? Sumi lächelte, schüttelte den Kopf oder nickte. Lea erkundigte sich nach ihrem familiären Hintergrund. Leuchter hörte zum erstenmal, daß Sumis Vater Shinto-Priester sei. Woran Shintoisten glaubten? Wie Sumi den Unterschied zum Buddhismus erklären würde? Sie neigte lächelnd den Kopf. Lea verstand. Aber bitte kein Männerbesuch.

Leuchter schäumte, doch als er die Treppe herunterkam, hörte er sich die einmalige Lage der Wohnung preisen, den guten Schnitt der Räume, die hervorragende Isolation des Studios. Den malerischen Blick auf die Seite zum Hof, wo niemand einen Garten vermutet hätte. Er redete wie ein Makler. Da wogte der Kater die Treppe herab. Eine gesträubte Pracht mit gelben Augen im stumpfen Schmollgesicht. In Kopfhöhe der Sitzenden hielt er inne, um sie mit einem Blick zu streifen. Dann wandte er sich ab und ließ einen Quetschlaut von so ausgesuchter Kläglichkeit hören, daß man ihm nur ungläubig auf das rosarot geöffnete Maul starren konnte. Als er den Fußboden erreicht hatte, wimmerte er nochmals auf und lief in komischer Hast zu Sumis Bein. Er drückte seinen elastischen Leib dagegen und beschnupperte die Finger, die sie vor seine Nase hielt. Und mit einem Sprung, nicht einmal im Ansatz erkennbar, saß er auf ihrem Schoß. Der Raum, den sie ihm zu bieten hatte, war für seine Masse zu klein. Er ließ sich nieder, legte beide Pfoten über Sumis Knie, und als er sie zu treten begann, ließ er einen durchdringenden Schnurrlaut hören.

Lea hob das Tier mit einer Entschuldigung von seinem Sitz. Aber die Partie war für Sumi gewonnen. Lea konnte dazu übergehen, sie in die Topographie des Katers und in seine Agenda einzuweihen. Erlesene Futtermischungen im Tiefkühltrog, die nach Rezept zuzubereiten waren. Der Versäuberungstrog hinter der Toilettentür. Sie hatte immer offenzubleiben.

Beim Abschied erklärte Leuchter so gefaßt wie möglich, daß Catherine im April zurückkomme – bis dahin wolle er eine »richtige Wohnung« gefunden haben. Einstweilen sei er dankbar, Sumi bei Gyges versorgt zu wissen.

Und was dann? Die Frage lag in der Luft, und Leuchter beantwortete sie kühl: Sumi wird meine Frau.

Jedenfalls wurde sie in Leas Wohnung ein anderer Mensch. Oder verwandelte sich in eine Katze. Zugleich wurde sie ein Instrument. Er lernte, auf ihr zu heulen.

Kein Männerbesuch!

Erst hatte er es für ein Spiel gehalten. Er übte den dritten Satz der Suite mit der merkwürdigen Tonbezeichnung »*Grave ad libitum*«. Keine Notenlinien, sondern zwei Balken, in denen die Töne als Buchstabenfolge notiert waren. Im dunklen Balken schwärzte die Schrift immer mehr ein, ihm hellen verzitterte sie bis zur Unlesbarkeit. Über viele Seiten hin schrumpften die Balken zu Bändern und verzweigten und vervielfachten sich wie Schienen vor einem Bahnhof. Dabei waren die Linien, als verschwänden sie immer wieder unter dem Erdboden, in unregelmäßigen Abständen unterbrochen, was ihnen – laut Isabel – das Aussehen eines hinterindischen Morsealphabets gab, dessen sich ein Stotterer bedient.

Wie sollte man das spielen? Aber zu *spielen* war nur das Motiv auf dem hellen Streifen, die Sequenz a, h, d, h, gis, der die Bezeichnung INSTRUMENT vorgeschrieben war. Vor dem schwarzen Streifen stand STIMME. Die Tonfolge e, fis, d, fis, dis, nicht eben leicht zu treffen, wollte also *gesungen* sein. Und da der Satz *ad libitum* war, schien das Zusammenspiel von Menschenstimme und Cello offenzubleiben. Hätte sie aber ganz im Belieben des Interpreten gestanden, so hätte die Balkenschrift weniger artikuliert sein müssen. Leuchter wußte sich keinen Rat, als die Vorgabe des Komponisten in eine Form von Notenschrift umzusetzen. Erst aber mußten ihm die beiden Motive in Fleisch und Blut übergehen.

Es war der erste Nachmittag in Leas Wohnung, der 2. Januar. Aus einem früh dämmernden Himmel schneiten fette Flocken auf die Dachschräge, schmolzen und liefen als zuckende Rinnsale über das Glas. Sumi lag neben der Katze auf dem Bett auf dem Rücken und hielt ihre deutsche Grammatik über sich ins Licht eines Spots. Leuchter übte das *Grave* als Pizzicato auf dem Instrument und markierte die Singstimme dazu.

Da riß ihn ein leises Stöhnen aus der Konzentration. Gyges hockte zwischen Sumis geöffneten Beinen und leckte hingebungsvoll, während sie mit schlaffer Hand über seinen Rücken strich. Er preßte den flachen Kopf in ihren Schoß und trat mit ausgebreiteten Vorderbeinen ihren entblößten Bauch. Kleine Blutnähte traten hervor, während sie die Augen schloß und die Arme hinter den Kopf legte.

Leuchter bekam zu schaffen, als er das Tier wegzog, um eigene Rechte geltend zu machen. Denn das Tier sprang auf seinen Hintern und begann seine Krallen darin zu schärfen. Schmerz, Ärger und Lachen marterten Leuchter und bewaffneten ihn zugleich. Und Sumi sang.

Immer ungläubiger hörte er die Tonfolge a, h, d, h gis, die

er eben geübt hatte, klangrein aus ihrem halboffenen Mund. Leuchter hatte zu stöhnen aufgehört. Jetzt schrie er, schrie wie in seinem Leben noch nie. Und unverändert wehte ihm die verrückte kleine Tonleiter ins Ohr: a-h-d-h-gis.

Schrei weiter, sagte sie.

Was?

Sie sang ihm vor: e-fis-d-fis-dis.

Ende Januar war es soweit, daß er sein Geschrei zu dieser Tonfolge gebändigt hatte. Sie hatte die Eigenschaft, ihn unerschöpflich zu machen, auch ohne Katerkrallen im Fleisch. Oft sahen sie aus, als wären sie nackt durch einen Dornbusch gelaufen.

Bist du gegen Starrkrampf geimpft? fragte er.

Sie fuhr mit dem Finger über den frischen Striemen auf seinem Arm.

Gezeichnet, sagte er.

Ja, das ist das Zeichen, antwortete sie.

Ausgeübt. Beischlaf wird ausgeübt. Sumi wunderte sich über ihr Wörterbuch. Was sie miteinander taten, war nie ausgeübt.

Leuchter hat das erste Zeichen gelernt: Sumi, das Cello. Er spielt es ohne Blatt. Sie ist der schwarze Balken, er ist der weiße Balken. So werden sie gezeichnet.

Viertel vor eins. Leuchter starrte durch das Fenster; ein paar Geleise weiter stand der TGV bereit, eine lange weiße Front verglaster Fenster. Der gemalte Neuenburgersee, signiert: Vonlanthen. So hatte in Leuchters Jugend ein Spitzenfußballer geheißen, bekannt für seine Eleganz. Die lockeren Bewegungen, die geziert flachgehaltenen Handteller neben den Hüften, die eine Bewegung vortäuschten, während seine Beine eine ganz andere ausführten.

Möchten Sie jetzt speisen? fragte der Kellner.

Leuchter nahm die Karte und blätterte darin, ohne etwas zu sehen, und hörte Roman lachen. Du hast das Cello nicht dabei? Das kommt davon, wenn man sich auf Frauen verläßt.

Du bist auch ohne Cello ein großer Musiker. Fahr nach Paris, Andreas, und alles wird dir gegeben werden.
Allein fahre ich nicht.
Mutti kommt aber nicht mehr, Andreas, Mutti ist tot, und die Frauen haben dich verlassen.
Ich klage nicht, Catherine.
Ich kann nur wirklich Sterbende ernst nehmen.
Darum gehst du.
Sonst wirst du nie erwachsen.

Vous avez choisi?
Der Kellner mußte schon eine ganze Weile dagestanden haben. Seine Miene war besorgt.
Ich habe, sagte Leuchter in fließendem Französisch, Sumi gefragt, ob sie meine Frau werden will.
Jetzt lächelte der Kellner und schüttelte den Kopf. Sie haben keinen Appetit?
Sie kommt nicht. Wir waren verabredet, aber sie kommt nicht.
Lassen Sie sich Zeit.
Den Abgang verband er mit einer leichten Verbeugung.
Ein Uhr. Der TGV stand immer noch still. In neunzehn Minuten fuhr er nach Paris.
Gut so, sagte Leuchter laut.
Vom nächsten Tisch sah man ihn an.
Meine Damen und Herren, sagte Leuchter jetzt auf deutsch, aber immer noch laut, jetzt ist alles klar. Ich fahre nicht.
Was essen Sie? fragte der Kellner.
Bringen Sie mir den *Loup de mer*.
Und zum Trinken? fragte der Kellner.
Nichts mehr, sagte Leuchter.

Drüben, drei Gleise entfernt, stand Sumi, den Weißen Hai im Arm und eine große Tasche an der Schulter, vor dem Triebwagen des TGV, aus dessen Fenster der Lokomotivführer lehnte. Sie redete mit ihm, er blinzelte in die Sonne und lachte. Sie trug ein schwarzes Kleid, das Leuchter noch nie gesehen hatte.

Er stand auf und legte einen Hundertfrankenschein auf den Tisch. Er faßte den Koffer unter, ging durch die Tür, die zum ersten Bahnsteig führte, und sprang auf die Geleise. Ein Pfiff. Leuchter war auf dem Schotter ausgeglitten. Jetzt schwang er sich auf den nächsten Bahnsteig, gerade als auf dem zweiten Gleis ein Personenzug einfuhr. Er war noch kaum zum Stillstand gekommen, als Leuchter sich schon auf das hohe Trittbrett hievte und den Koffer nachzog. Er öffnete die Tür auf der verbotenen Seite und stieg in den Waggon. Auf der richtigen Seite waren noch nicht alle Passagiere ausgestiegen. Leuchter drängte sich hindurch. Als er auf dem Bahnsteig stand, blickte er auf die Armbanduhr. Er konnte die Ziffern nicht lesen.

Sumi mußte ihn längst gesehen haben. Aber sie unterbrach die Unterhaltung mit dem Lokomotivführer nicht.

Als er neben ihr stand, betrachtete er ihr fein plissiertes Kleid.

Issey Miyake, sagte er.

Hajimemashite, antwortete sie.

Der Lokomotivführer blickte zum Himmel und zog sich aus dem Fenster zurück.

5 Grenzen

Nun saßen sie zu dritt im TGV, der sich pünktlich um 13:19 in Bewegung setzte, Sumi, der Weiße Hai und Leuchter. Er lehnte allein in der Sitzbank, in Fahrtrichtung diesmal, Sumi, die den Fensterplatz dem Cello überlassen hatte, schief gegenüber. Er mußte sich von der Aussicht abwenden, wenn er mit ihr redete. Am Morgen hatte sein Szenario so ausgesehen: Ihre Köpfe steckten dicht nebeneinander, wie beim Märchenhören, und das französische Land spielte die Rolle der stummen Erzählerin, die er hie und da mit einem Ausrufezeichen unterbrach. Die Klippen des Jura! Mistelgrün in den Baumkronen! Die Weiten Burgunds!

Statt dessen mußte man von Glück reden, daß der Wagen schlecht besetzt war, denn Leuchter hatte nur zwei Sitzplätze reserviert. Hatte er mit ihr *oder* mit dem Instrument reisen wollen? Die Frage blieb ungestellt; Leuchter beantwortete sie trotzdem. Man durchfuhr noch die Industriezone Lausannes, als er erklärte, früher habe das Cello nicht zum Problem werden können, wenn man im Zug reiste. In alten Zügen hatte sich auf den Gepäckablagen der Abteile über den Köpfen ausreichend Platz gefunden, sogar für einen Contrabaß. Die Probleme hatten sich auf Flugreisen beschränkt. Erst als die Bahn den Ehrgeiz entwickelt hatte, das Flugzeug an Unbequemlichkeit noch zu überbieten, waren sie gleichermaßen cellofeindlich geworden. Daran wollte sich Leuchter nicht gewöhnen. Er hatte daher die Reservation eines dritten Sitzes nicht vergessen, sondern verweigert.

Leuchter deckte den Unmut, der an ihm nagte, mit Reden zu. Die falsche Leichtigkeit des Alkohols schwebte über ihm, er wußte, daß er zu schnell sprach, doch war ihm das noch lieber als der Verdacht, er erwarte eine Erklärung von ihr. »Ich habe dich gesucht«, war eine, die er kannte; aber sie hatte ihn nicht gesucht. Sie hatte es mutwillig, bis zum letzten möglichen Augenblick, darauf ankommen lassen, ob er sie fand.

Ein schüchterner Sonnenschein überzog die vorbeiziehenden Maschinenhallen und Containerlager, aber die Vorfrühlingslandschaft schien Sumi keinen Blick wert zu sein.

War – »zu Hause«, wollte er sagen, und verschluckte es knapp –, war in Zürich etwas vorgefallen? Das fragte er nun doch, suchte den Grund für ihren ungezogenen Gleichmut.

Ist Isabel gut angekommen?

Natürlich, sagte Sumi, und es klang wie: warum nicht? – Leuchter fühlte sich unsicher werden. Habt ihr viel gesprochen? – Wir haben musiziert. – Musiziert? – Musik gehört, die Partitur nochmals durchgesehen. – Sumi hatte sie für sich kopiert, aber was gab es daran jetzt noch »durchzusehen«, und ausgerechnet mit Isabel?

Das Kleid steht dir, sagte er.

Wann hatte sie es gekauft, und womit? Sie hatte wenig Geld, und schenken ließ sie sich nichts.

Das Hotel war nur ein paar Schritte vom Centre entfernt. Es war nicht das *Angleterre*. Zu teuer – das hatte Rübel natürlich nicht geschrieben. Er hatte von dem kleinen Hotel im Herzen des Marais geschwärmt. Es sei die Absteige der Avantgarde. Leuchter kannte das *Bibracte*.

Ich trage heute nicht Schwarz, sagte er, ich wüßte nicht, wofür.

Sie hatte den braunen Lederkoffer, mit dem sie aus Göttingen gekommen war, auf den Knien behalten. Jetzt öffnete sie ihn. Zuoberst lag eine unbekannte schwarze Umhängetasche ohne jede Garnitur.

Ich habe etwas herausgefunden, sagte Sumi.

Die Tasche bot genau Platz für die Klarsichtmappe mit der Partitur. Obenauf lag ein mit Zeichen bedecktes Papier. Sie zog ihren Silberstift aus der Tasche.

Kuck ma, sagte sie.

Isabels Sprache.

Auf einen freien Platz des Papiers schrieb sie fünf Buchstaben und summte Töne dazu: a, h, d, h, gis. Die Cello-Stimme des dritten Satzes, Sumis Stimme an seinem Ohr, der dunkle

Balken, *Grave ad libitum*. Darunter schrieb sie: e, fis, d, fis, dis. Sein gezähmtes Geheul. In ihrer Stimme nahm es sich engelhaft aus.

Er blickte in den offenen Koffer. Und jetzt?

Andoreasu, sagte sie, lies doch ma. Und schrieb seinen Namen, Letter für Letter, über die fünf Tonbezeichnungen. Das A war identisch; aber was hatte das N mit dem h zu tun?

N ist None, sagte sie. Und die None von a ist h.

Aufwärts, sagte er, abwärts wäre es g.

Er wollte das hohe h. Ich habe das falsche gesungen. Hörst du? Sie summte den größeren Tonsprung mühelos. Sie besaß das absolute Musikgehör.

D bleibt d, sagte sie. Sie sang die drei Töne vor sich hin und kehrte mit dem letzten in die untere Oktave zurück.

Und warum ist das R wieder ein h? fragte Leuchter.

Es ist ein Re. Wenn das erste A ein Do war, dann ist das Re ein h. Jetzt summte sie vier Töne hintereinander.

Und dann ist das Gis ein As. A-N-D-Re-As.

Das bist du! strahlte Sumi. Ganz in Moll! Im schwarzen Feld steht dein Name!

Und welchen Namen habe ich gesungen?

Geschrieen hast du ihn! strahlte Sumi. E-N-De-Re-Es. Enderesu!

Enders. Fünf Töne, der weiße Balken. Seine Stimme war gar nie seine eigene gewesen, am wenigsten beim Heulen. Es war der Name des andern, und das hatte der andere so eingerichtet mit Verschlagenheit. Denn er war nicht in Moll.

Du freust mich, sagte Leuchter.

Ne? lachte Sumi, und ihr Nicken nahm kein Ende.

Hat dir Isabel das eingeflüstert?

Es ist mir nachts eingefallen, da mußte ich es gleich spielen.

Spielen?

Auf dem Klavier.

Du kannst auch auf dem Cello. Spiel ma.

Sie war erblaßt.

Du hast es mitgebracht, mach es auf, spiel. Die Leute freuen sich.

Der Zug beschrieb eine weite Linkskurve. Leuchter drehte sich weg und blickte aus dem Fenster. Darin entfaltete sich die Jurakette in ganzer Länge nordwärts. Ihre Schwärze war vom Deckweiß des Reifs gebrochen. Die obersten Lagen schimmerten als langgestreckte Schneefelder am Rand eines Himmels von schwachem Blau. Sie hatten etwas Überirdisches, als hätten sich auf den bewaldeten Körpern Bänke von anderem, geisterhaftem Stoff abgesetzt. Im gegenüberliegenden Zugfenster öffnete sich die Weite eines von Baum- und Häusergruppen punktierten Bauernlandes und senkte sich stufenweise einer Ferne entgegen, die im gelblichen Dunst verschwamm.

Les passeports, s'il vous plaît.

Ein ziviler Herr im hellen Hemd schlenderte durch den Mittelgang und ließ sich die Dokumente zeigen, ohne mehr als einen Blick darauf zu werfen. Aber den japanischen Paß nahm er in die Hand und blätterte darin.

Ihr Visum.

Visum? fragte Sumi.

Sie ist Japanerin, sagte Leuchter. Sie reist ohne Visum.

In Frankreich braucht sie ein Visum, sagte der Beamte, und seine nahe zusammenliegenden Augen waren ausdruckslos wie die eines Vogels.

Das ist neu, sagte Leuchter.

Aber es ist so.

Ich konzertiere heute abend in Paris, und Frau Fujiwara begleitet mich als Assistentin.

Sie kann in Vallorbe aussteigen und sich ein Visum besorgen.

Und wo, bitte?

In Bern, bei der französischen Botschaft.

Bereits verlangsamte der Zug seine Fahrt, und wie aufs Stichwort erschien die blauweiße Tafel VALLORBE über dem Geflecht der sich teilenden Geleise. Das Gebirge war auf beiden Seiten nahe an die Strecke herangerückt. Weiter vorn wurde ein Stations- und Zollgebäude sichtbar, finster wie eine Festung aus dem Ersten Weltkrieg.

Sumi zog ihren Regenmantel aus dem Koffer, schloß ihn zu und stand auf.

Nein, sagte Leuchter.

Sie entzog sich seinem Griff und strebte am Beamten vorbei dem Ausgang zu. Leuchter zögerte nur einen Augenblick. Dann schulterte er den Cellokasten, ging Sumi nach und nahm im Vorbeigehen den Koffer im Vorraum mit.

Als er auf den Bahnsteig sprang, war sie schon ein Stück entfernt. Er rief, doch sie wandte sich nur zurück, um dem Lokomotivführer zu winken. Mit ein paar Sprüngen holte er sie ein und nahm sie in die Arme. Sie fiel an seine Schulter, er spürte ihr Gesicht zucken.

Bitte! flüsterte sie, geh in den Zug, sofort! Bitte!

Er schüttelte den Kopf. In diesem Augenblick schlossen sich die automatischen Türen.

Als der TGV verschwunden war, wirkte der Bahnsteig tot wie eine Hafenanlage in eisigem Wind. Das einzige, was sich rührte, war der rote Sekundenzeiger der Bahnhofsuhr.

Es ist nicht einmal zwei Uhr, sagte er. Wir schaffen das noch. Bern hat keinen großen Flughafen. Aber Genf. Dort gibt es ein französisches Konsulat. Und sicher noch einen Flug nach Paris.

Sumi stellte den Koffer ab und schluchzte.

Sei kein Kind. Ich habe Bekannte in Genf. Die rufe ich an. Aber erst sehen wir nach der Rückfahrt.

Der gelben Tafel entnahm er, daß sie bis zum nächsten Zug nach Lausanne eine halbe Stunde Zeit hatten.

Im Bahnhofsrestaurant gibt es ein Telefon.

Er hängte sich den Cellokasten um, packte Sumis Koffer auf das rollende Hündchen und hatte immer noch eine Hand frei, sie in das Gebäude zu ziehen. Vor der ersten Steintreppe nahm Sumi ihren Koffer wieder an sich. Sie liefen hinauf und hinunter, bis sie das Buffet gefunden hatten. Leuchter drängte sich an den Tresen. Die unfreundliche Wirtin verwies ihn an die Sprechstation in der Unterführung, rückte immerhin Münzgeld heraus.

Hinter der Glaswand wartete Sumi inmitten von Gepäck, während Leuchter die Auskunft anrief, um sich Veras Nummer geben zu lassen. Zum Glück fiel ihm ihr Nachname wieder ein. Sie war bestimmt nicht verheiratet. Er erreichte sie schon beim ersten Versuch.

Andreas. Erinnerst du dich? Ich brauche deine Hilfe.

Stille; dann war sie bereit, seine Geschichte anzuhören, und versprach das Möglichste. – Ich bin zu zweit, Vera.

Sie vereinbarten, daß er in einer Viertelstunde zurückriefe. Sumi stand vor der Kabine, den Weißen Hai im Arm, und er sah, wie sie fror.

Reculer pour mieux sauter, sagte er. Jetzt haben wir einen Kaffee verdient.

Sie ließ sich den Cellokasten abnehmen, und er ging, diesmal ohne ihre Hand zu nehmen, die Treppe wieder hinauf ins Restaurant.

In einer Viertelstunde weiß ich mehr, und die Karten lösen wir im Zug.

Schweigend tranken sie Espresso, mit Blick über den Fluß auf das enge Tal. Ein Häusergrüppchen drängte sich im Schattenhang zusammen. Das Bahnhofsgebäude strahlte die abweisende Würde verlorener Wichtigkeit aus.

Vera war die erste Frau, die es zu einer Professur für öffentliches Recht gebracht hatte. Kürzlich war sie mit einem Gutachten über die staatsrechtlichen Folgen eines EU-Beitritts der Schweiz hervorgetreten. Er hatte ihr die kleine Stahlbrille abgenommen, bevor sie sich küßten.

Vera war noch Doktorandin gewesen, als sie ihn nach einem Cello-Wettbewerb in Bern ansprach. Nach ihrer emphatisch geäußerten Meinung hätte er ihn unbedingt gewinnen müssen. Danach war er ein paar Monate ihr Begleiter. Die behütete Vera kannte »das Leben« nicht. Er sah seine Aufgabe darin, diesen Umstand mit Takt und gerade so viel Wärme zu behandeln, daß sie sich als Frau gewürdigt fühlte und dem Gefühl gewachsen blieb, nichts Hinreißendes zu haben.

Die Gratwanderung hatte am Bett nicht ganz vorbeigeführt, doch für einmal glaubte er nichts falsch gemacht zu haben. Seine Zärtlichkeit hatte viel Fürsorgliches; Passion würde sie auch von andern Männern nicht erwarten dürfen. Dafür war sie zu gescheit und zu wenig klug.

Seinen Abschied hatte die Juristin zuerst nicht hingenommen, als begründete ihre Verbindung auch eine Art Rechtsanspruch. Doch meinte er sie zu einer haltbaren Freundschaft verführt zu haben, bevor sie sich aus den Augen verloren. Veras Liebe – auf diese Lesart hatten sie sich geeinigt – durfte nicht größer gewesen sein als seine Liebe. Aber sie war größer als *er*. Die Differenz war seiner Künstlernatur zugute zu halten, an die sie glaubte.

Als er zurückrief, hatte ihr Sekretariat ganze Arbeit geleistet. Man erwarte ihn im französischen Generalkonsulat; es sei bis siebzehn Uhr geöffnet. Um 18:15 gab es einen Air-France-Flug nach Paris, auf dem zwei Plätze gebucht waren. Wurde pünktlich geflogen und geriet das Taxi in keinen Stau, so konnte man um 20 Uhr im Centre Suisse sein. Vera hatte sogar daran gedacht, Leuchters knappe Ankunft dort zu avisieren.

Als er mit Sumi in den leeren Lokalzug nach Lausanne stieg, waren seine Beine schwach, und seine Hände zitterten. Sumi betrachtete ihn, wie ihm schien, mit einer Art Scheu. Sie saßen sich in einem Abteil zweiter Klasse gegenüber, er diesmal in Fahrtrichtung, der Weiße Hai lehnte auf seiner Seite am Fenster. Er gab sich Mühe, die Gegend, in der sie alle paar Minuten haltmachten, zu kommentieren. Der Ortsname Le Day hätte ihm als Pseudonym eines Dichters oder Boxers gefallen. Von La Sarraz hatte er als Bub eine Sage gelesen, in der ein unkindlicher Sohn wegen Mißhandlung seiner alten Eltern mit zwei Kröten bestraft wurde, die sich für immer an seine Wangen hefteten.

Hatte sich Leuchter in Hitze geredet, fieberte er schon? Er

zog das Jackett aus und fühlte durch das Hemd die Zugluft auf seinem nassen Leib.

Sprich nicht soviel, du mußt noch singen.

Hast du das Briefmarkenalbum dabei?

Nein, sagte sie und blickte auf seine Hände. Frierst du?

Ich habe nur nichts gegessen.

Gomennasai.

Vielleicht serviert das Flugzeug einen Snack.

Der Schaffner gab Auskunft über die Verbindung. Man konnte um halb fünf in Genf eintreffen.

Als Leuchter die Fahrkarten bezahlte, entfiel ihm Geld. Er hob es nicht auf. Sumi bückte sich nach dem Frankenstück neben seinem Fuß. Er steckte es ein und fragte: wozu?

Plötzlich fiel er auf die Knie und begann, erst unter seiner, dann unter Sumis Bank nach etwas zu suchen, als gelte es sein Leben. Als er sich aufrichtete, hatte er Tränen in den Augen.

Verloren, sagte er.

Hier ist etwas, sagte sie.

Sie hielt ihm ein kleines, würfelförmiges Paket hin, das in Seidenpapier gewickelt war.

Wo hast du das her?

Es ist dir grade herausgefallen, sagte sie.

Warum hast du das nicht gleich gesagt?

Du mußtest erst mit Suchen fertig sein.

Er starrte sie ungläubig an und sah sich einen von Scham und Verzweiflung verdunkelten Augenblick lang wieder hinter ihren Beinen ins Leere greifen und im Staub scharren.

Es ist der Ring von Romans Mutter, sagte er. Willst du ihn sehen?

Du darfst ihn nicht verlieren.

Seinetwegen bin ich nach Basel gefahren, sagte er.

Sie blickte zur Seite und antwortete nichts.

Willst du ihn hüten? fragte er, blaß vor Zorn. Ich bin offenbar nicht fähig dazu.

Ich glaube, das ist deine Sache, sagte sie und schloß die Augen.

Zum zweiten Mal Lausanne, jetzt im Zeitraffer. Der Bahnsteig, auf dem sie einstiegen, war derjenige, auf dem er sich von Mutter und Kind verabschiedet hatte.

Der Schnellzug nach Genf verspätete sich. Schon lag Dämmerung in der Luft, und im Fensterglas begann das helle Abteil die hereinstarrenden Savoyerberge zu überspiegeln. Das Licht über dem See erlosch, die kahlen Weinberge hatten das Aussehen von Soldatenfriedhöfen. Am Bahnhof Cornavin war es zweiundzwanzig Minuten vor fünf, als er an der Warteschlange vorbei ein vorfahrendes Taxi gestürmt, Sumi auf den Rücksitz geschoben und Cellokasten und Gepäck nachgezerrt hatte. Schon fünfzig Meter weiter saßen sie im Abendverkehr fest.

Leuchter steckte die Fahrerin, eine füllige Blondine, mit seiner Nervosität an. Vor jeder Kreuzung laut klagend, blieb sie unfähig, sich gegen andere Fahrzeuge durchzusetzen. Drei Minuten vor fünf hielten sie vor dem Generalkonsulat. Leuchter warf Fahrgeld hin, schreiend trug ihm die Chauffeuse den Koffer nach, während er den Wachmann gerade noch daran hinderte, die Tür vor seiner Nase abzuschließen. Sumi wollte er nicht einlassen, bis ihm Leuchter ins Gesicht schrie: *J'appelle le Président de la République!*

Das Cello halb geschultert, stürmte Leuchter den Schalterraum und riß Sumi den Paß aus der Hand, um damit auf das Brett eines Schalters zu pochen. Der Herr Generalkonsul wartet längst! rief Leuchter in den stillen Büroraum hinein. Ganz gewiß nicht, er trinkt Tee, belehrte ihn ein schmallippiger Angestellter, der sich doch endlich herbeibequemte.

Leuchter erklärte mit bebender Stimme, er benötige das telefonisch angemahnte Visum für diese bedeutende japanische Künstlerin. Eine solche Schikane erlebe sie zum erstenmal. Um acht Uhr hätten sie in Paris ein Konzert zu geben, dem *Son Excellence Le Ministre de la Culture* beiwohne. Sollten sie das Flugzeug um 18:15 nicht erreichen, würde sich das Generalkonsulat vor Jack Lang persönlich zu verantworten haben.

Der Konsularbeamte nahm Sumis Paß in die Hand. In der

Tat, sagte er, selbst Bürger der Vereinigten Staaten von Amerika benötigten momentan leider ein Visum für Frankreich. Aber da es sich nicht um eine einseitige Maßregel handeln dürfe, seien auch Bürger anderer außereuropäischer Länder betroffen. *Des pays extra-européens.* Fünf Minuten? Er müsse sehen, was sich in fünf Minuten tun lasse. Wartet Ihr Taxi noch? Ein neues rufen dauert länger als fünf Minuten.

Dann haben Sie die Güte, eines zu bestellen.

Der Mann musterte ihn, bevor er sich nach hinten entfernte. Leuchter sah an sich hinunter. Der verlotterte Ami-Mantel. Die Schimmelspur auf seiner Hose. Sumi reichte ihm ein Papiertaschentuch. Er spuckte hinein und rubbelte sich einen schwarzen Fleck, auf dem die Krümel hafteten, auf den Hosenlatz. Dann ließ er sich in einen Stahlrohrsessel fallen.

Pfeiftöne in der dröhnenden Stille des Schalterraums. Ein Hörsturz, das hätte noch gefehlt. Leuchter sprang auf und ging auf und ab, als ließe sich mit schnellem Schritt die Hose trocknen. Nach hundert Gängen von einer Wand zur andern trat ihm der Konsulatsangestellte mit dem geöffneten Paß in den Weg.

Ihrem Konzert, erklärte der Beamte mit hauchdünnem Lächeln, steht nun nichts mehr im Wege. Das Taxi ist schon da. Ich wünsche guten Flug. Grüßen Sie Jack Lang.

Diesmal fuhr ein Algerier, der an krimineller Energie nichts zu wünschen übrigließ. Um halb sechs setzte er sie vor dem Flughafen ab. Am Schalter der Air France waren die Tickets tatsächlich hinterlegt. Leuchter zahlte mit Karte. Nur noch einchecken. Alles, was sie trugen, in die Kabine mitnehmen, damit sie in Paris-de Gaulle nicht am Karussell warten mußten.

Sperrgut, sagte der Angestellte, müssen Sie aufgeben. Er deutete auf den Weißen Hai.

Das ist ein Cello, sagte Sumi auf deutsch.

Der Angestellte, ein Semmelblonder mit Brille, sah sie nicht einmal an.

Es ist kein Handgepäck.

Es ist ein altes Musikinstrument. Es fliegt wie ein Passagier. Sie haben zwei Plätze gebucht.

Dann geben Sie uns einen dritten Platz, sagte Sumi.

Ich bedaure, sagte der Angestellte. Sie haben die letzten freien Plätze in der Business-Class. Nicht nebeneinander, leider.

Dann fliege ich nicht, sagte Sumi. Und dieser Herr nimmt zwei Plätze, und zwar nebeneinander.

Nein, sagte Leuchter.

Es war fast dreiviertel sechs, und hinter ihnen stand immer noch eine Menschenschlange.

Leuchter fühlte wieder den Boden unter den Füßen weich werden. Seine Brust zog sich zusammen. Das geht nicht, Sumi, flüsterte er. Allein gehe ich nicht. Das Cello fliegt ausnahmsweise als Gepäck –

Bitte nicht. Du fliegst jetzt. Lebe wohl.

Sie hatte sich einen Schritt entfernt; er fühlte kalten Schweiß auf der Stirn.

Was ist los da vorn? rief ein Mann mit Hamstergesicht. Bitte vorwärts!

Endlich, dachte Leuchter. Endlich alles für nichts.

Ein Herr trat aus der Reihe. Sie müssen heute nach Paris, sagte er, ich kann auch morgen noch fliegen. Nehmen Sie meinen Platz.

Damit hielt er Sumi seine Platzkarte hin. Der Herr trug einen sandfarbenen Mantel mit diskretem Hahnentrittmuster. Sein Gesicht war zerknittert, aber die tiefen Furchen ließen es nur beweglich aussehen, nicht alt.

Sumi nahm die Platzkarte und verbeugte sich. So, dachte Leuchter, muß ein Mensch aussehen, von dem sie etwas annimmt. Auch Sumis Visitenkarte sah Leuchter zum ersten Mal.

Ihre Bankverbindung? fragte sie, als ihr der Herr die seine reichte. Steht schon drauf, sagte er. Sumi verneigte sich noch einmal, zog den Cellokasten an sich und trippelte zur Paßkontrolle.

Er folgte ihr durch die Schleuse, wo sich das Cello im Röntgenbild zu erkennen gab, durch den Warteraum zum Bus, vom Bus ins Flugzeug. Ihm blieb nur das Hündchen. Er trug es am Griff.

Im Flugzeug wichen zwei Passagiere auf andere Sitze aus. So saßen sie wieder in einer Reihe, der Weiße Hai am Fenster, Sumi in der Mitte, Leuchter am Gang.
 Als die Hosteß mit Getränken kam, brach Leuchter zusammen. Bisher hatte er sich unter diesem Wort nichts vorstellen können. Jetzt blieb ihm gerade noch die Wahl der Richtung. Er sank gegen Sumi und barg das Gesicht an ihrem Hals.
 Sie sagte etwas.
 Bitte?
 Aufgeben! wiederholte sie mit Bestimmtheit.

6 Cello solo

Die Scheinwerfer hatten ihn eingefangen. Sein Stuhl stand in einem Lichtfleck wie in einer Pfütze. Er saß allein, das Cello im Arm, auf dem Boden der schwarzen Grube, die sich vor ihm erhob wie ein anatomisches Theater.

Zuerst war er vom Rampenlicht geblendet. Soviel sah er immerhin: Die Ränge waren dürftig besetzt. In der vordersten Reihe vermutete er Rübel, daneben den liechtensteinischen Geschäftsträger, das gescheitelte Köpfchen des Kulturattachés, der ihn in der Garderobe begrüßt hatte, mit Gattin, deren windschief frisierter Schopf silbern schimmerte. Nicht weit davon die Glatze des Korrespondenten, dessen Alter nicht zu schätzen war.

Jetzt bist du dran.

In der vergangenen Stunde – man war gelandet, irrte durch die verglaste, doch undurchsichtige Innenwelt des Flughafens, suchte ein Taxi – schien Leuchter nur noch mit dem Tragen von Lasten beschäftigt, während die Tatsachen unwirklich wurden. Die Verantwortung dafür hatte er der zweiten Person abgetreten, die ihn wie einen Blinden von einem Punkt zum nächsten führte.

Durch halbgeschlossene Augen drangen Reflexe einer Großstadt, an- und abschwellender Verkehrslärm durchzog sein Gehör, und als es nicht mehr weiterging, stieg man aus. Von palastartigen Gebäuden umgeben, stand er in einer erleuchteten Gasse mit glitzernden Schaufenstern, die ihn an Weihnachten erinnerten. Auch Menschen waren da, denen er die Hand reichte, nachdem er zuerst Sumi dazu eingeladen hatte. Blind lächelte er in das gezeichnete Gesicht hinein, das er als dasjenige Rübels erkannte. Rübel trug den Cellokasten und den Koffer vor ihm ins Haus.

Plötzlich fand er sich mit der Begleitperson in einem stumpfen Räumchen allein. Er setzte sich auf einen Stuhl und sah zu, wie Sumi den Weißen Hai aufklappte. Sie sang ein a, nahm den Bogen in die Hand und strich über die Saiten, während sie an den Stimmschräubchen drehte. Ja, Sumi, spiel.

Sie legte das Cello vorsichtig auf die Seite nieder und packte ihn mit beiden Händen am Hemd. Mit einem stillen Beben des Gesichts sah sie ihm in die Augen, und ihr Mund zuckte. Andoreasu. *Jetzt.*

Darauf war sie verschwunden.

Aus dem Zuschauerraum hörte er es summen. Sie waren zu seiner Hinrichtung gekommen. Gleich würde er vor den Vorhang treten und eine schmähliche, doch rettende Erklärung abgeben. Mesdames, Messieurs, was hier herrscht, ist ein Mißverständnis. Sie sind gekommen, um den Cellisten Andreas Leuchter zu hören. Den kenne ich nicht, er muß beim Anflug auf Paris verlorengegangen sein. Über den Menschen, den Sie vor sich zu sehen glauben, sage ich Ihnen nur so viel: Wenn dies hier ein Cello sein sollte, so hat er keine Ahnung, wie man es spielt. Und hiermit wünsche ich Ihnen einen guten Abend.

Aus nächster Ferne war Rübels Stimme zu vernehmen, ein geschmeidiger Baß, der Satz an Satz reihte. Französisch. *Allons enfants. Le jour de gloire.* Jeder Mensch hat zwei Vaterländer, sein eigenes und Frankreich. *C'est le grand cœur qui fait les braves.* Im Ton der Verkündigung hörte Leuchter Namen: *Roman Ondresse,* immer wieder, dann *Lictenne Stein* und *La chienlit du Petit Prince.* Die Zahl *soixante-huit* fiel, und schließlich sein eigener Name. Offenbar gehörten Zeiten und Orte zu diesem Namen, ein Leben, eine klingende Biographie, mehrere Preise. Alles nicht wahr. Doch als der Name zum letzten Mal erschallte, ausgerufen von einem Herold des Jüngsten Gerichts: *Andree-Asse Löktäär!* stand Leuchter auf.

Das Stück Vorhang vor der Garderobentür wurde beiseite gezogen, ließ in der Öffnung Rübels Lockensilhouette sehen, vom Bühnenlicht entzündet. Und als habe er keine Sekunde zu verlieren, war Leuchter an ihm vorbeigestürzt, hinaus ins Offene der schwarzen Grube. Er beantwortete ein paar Händeklatscher mit einer scharfen Kopfbewegung und strebte der Stelle zu, wo das Licht am hellsten war und die Chance, unbemerkt zu entrinnen, gleich null. Er ließ sich auf dem Stühlchen nieder, rückte sich zurecht, setzte den Stachel des Instruments auf den Boden und zog den Holzleib an sich.

Da saß er im Reisekostüm und musterte das Publikum, Kopf um Kopf. Dreißig, vielleicht vierzig. Mit jedem einzelnen schien er Blickkontakt zu suchen. Er hielt den Bogen in der rechten Hand, aufgezogen wie ein Schwert. Er zitterte nicht mehr. Sein Blick fixierte sich auf eine einzige Person. Sie saß links ganz oben, klein und allein. Hinter ihrem Kopf hüpfte ein Fünklein, bald stärker, bald schwächer. Ein Operngucker, der das Bühnenlicht reflektierte. Erlosch das Irrlicht, so blieb ein kleines schwarzes Loch im Raum.

Leuchter senkte den Kopf und setzte den Bogen an. Er fuhr über die Saiten und scheuerte daran, als spiele er zum ersten Mal. Allmählich aber ordnete sich das Chaos zu einer Folge von Tönen, die Leuchter immer neu zu suchen schien. Es waren fünf: a, h', d, h, as. Er spielte sie immer wieder, bis zur vollkommenen Geläufigkeit. Dann klopfte er sich selbst ab, indem er mit dem Bogen auf den Boden tippte, und atmete tief auf.

Ich versuch's noch mal, sagte er.

Aber es war ein anderes Motiv, er spielte es sehr leise und traf es dafür schon beim ersten Mal: e, fis', d, fis, dis. Er wiederholte es schneller, dann wieder *ritardando*, badete es aus, genußvoll zuerst, dann eitel, schließlich rechthaberisch, feilte es nur noch herunter, fiedelte es flüchtig und wegwerfend, zupfte es *pizziccato*. Leuchter setzte aus, schien sich besinnen zu müssen.

Dann griff er die fünf Töne wieder auf, behandelte sie mit schülerhaftem Ernst, sah hilflos zu, wie sich das Motiv unter dem ausfahrenden Strich dramatisierte. Allmählich war es der Bogen, der die Hand führte, zum Forte hinriß, zum Fortissimo, die Töne begannen zu verschmieren, ins Glissando abzugleiten, der reißende Bogen bearbeitete den Leib des Cellos, als müsse er ihn foltern, bis er nur noch heulen konnte. Der Solist zappelte am Stock in seiner Hand wie ein Zauberlehrling, der nicht weiß, wie er eine rasende Maschine abstellen soll. Schließlich ließ er den Bogen fallen, und Leuchter hielt das Cello mit beiden Händen fest.

He whose face gives no light shall never become a star, sagte er mit heiserer Stimme.

Das ist von Blake, fuhr er fort, auf deutsch, in mundartlicher Färbung, die er übertrieb. William Blake, 1757-1827, war ein Allrounder, Zauberer und Spinner. Der Komponist der Liechtenstein-Suite hat den ersten Satz um drei Sätze William Blakes gebaut, aus der Sammlung *Proverbs of Hell*. Zur Einstimmung sage ich Ihnen erst noch ein paar andere vor.

Die Tiger des Zorns sind weiser als die Pferde der
Unterweisung.
Wären nicht andere närrisch gewesen, wir müßten es sein.
Zöge der Narr seine Torheit durch, er würde weise.
Die Straße des Exzesses führt zum Palast der Weisheit.

Leuchter hob den Bogen auf und markierte das Ende jedes gesprochenen Satzes mit einem der Motive, die man bereits gehört hatte.

Die Ewigkeit ist verliebt in das Erzeugen von Zeit.
Wer begehrt, aber nicht handelt, stinkt nach Pest.
Besser ein Kind in der Wiege morden, als tatenlos Begierden
zu nähren.
Die Augen vom Feuer, die Nüstern von der Luft, den Mund
vom Wasser, den Bart von der Erde.

Leuchter senkte den Bogen, blickte ins Publikum und sagte: Meine Augen sind erloschen. Meine Nasenlöcher kriegen keine Luft. Mein Mund wässert nicht, und ich habe keinen Bart.

Römel und Res, Res und Römel, sagte er und berührte mit dem Bogen den Bühnenboden und den Leib des Cellos. Jetzt verwendete er Liechtensteiner Mundart.

Ich bin Res, sagte er, ein junger Musiker aus Liechtenstein.

Als wir noch jünger waren, war Roman Enders, Römel genannt, mein Jugendfreund fürs Leben. Aber er tat mir Gewalt und trat mich in die Hoden. Danach wurden wir Feinde fürs Leben.

Einen anderen über sich stellen, ist die erhabenste Art zu handeln.

Der zerschnittene Wurm vergibt dem Pflug.

Roman und ich haben uns über zwanzig Jahre nicht mehr gesehen, aber wir vergeben uns nichts.

Wir vergeben uns nichts, wiederholte er auf französisch.

Dieu me pardonnera, c'est son métier, sagte Voltaire. Das ist der Satz, den ihm Gott nicht vergeben wird, behauptete mein Vater. Er lebt immer noch, das ist das einzige, was ihn von Gott unterscheidet.

Er klopfte auf den Holzboden, als wäre der Bogen eine Wünschelrute.

Junge Musik aus Liechtenstein, sagte er. Eine Komposition in drei Sätzen, von Roman Enders.

Die Vortragsbezeichnung des ersten Satzes: *Vivace con sordino.* Gedämpft zu spielen.

Er setzte einen Kamm auf die Saiten.

Das Thema sind drei von Blakes Sprichwörtern aus der Hölle.

Er zog die Töne mit hartem Strich aus dem Instrument und begleitete sie im Ton eines Cantus firmus mit Kopfstimme.

Dip him in the river who loves water.

Jetzt das zweite Thema: *The nakedness of woman is the work of God.*

Der Silbe *God* entsprach ein Glissando über eine volle Oktave auf der A-Saite.

Der Wolfston, sagte Leuchter. Was Cellisten so nennen, hat mit dem, was Sie gehört haben, nichts zu tun. Trotzdem nenne ich es so. Zur Anrufung des höchsten Namens – zur vermeintlichen Antwort seines vermeintlichen Trägers – gehört für mich der Wolfston. In Liechtenstein ist der Wolf ausgestorben. Aber wir kennen das Lachen räudiger Füchse.

Und das letzte Motiv, sagte Leuchter, ist das letzte Motiv:
Joys laugh not! Sorrows weep not!

Die beiden »not« waren gezupft, das erste auf der G-, das andere auf der A-Saite.

Sie haben die drei Themen gehört, sagte er, aber Sie werden sie nicht wiedererkennen. Denn je weiter der Satz fortschreitet, desto unlösbarer sind sie verflochten. Am Ende heben sie sich in einem vierten Thema auf, für das es bei Blake kein Gegenstück gibt. Vielleicht existiert es in keiner Sprache, auch nicht derjenigen der Musik.

Der Satz ist kontrapunktisch, in vierfacher Durchführung, bis zur Umkehrung des Krebses. Wissen Sie, was Goethe tat, wenn er sich eine Suite von Bach anhörte? Er legte sich auf den Rücken.

Der Kontrapunkt, mit dem der Komponist zugange ist, hat einen Haken. Er kennt keine Auflösung des Themas. Wo Sie eine solche zu hören glauben, handelt es sich um einen Trugschluß. Das eigentliche Thema, das den drei Themen zugrunde liegt, ist der *Trugschluß*. Bach hat keine Nachfolger, auch nicht in der jungen Musik aus Liechtenstein. Neben Bach sieht sie alt aus, auch sie. Lieber Herr Rübel, daß wir nicht alt werden, macht uns leider nicht jung. Ich danke Ihnen für die Einladung.

Er spielte die drei Motive noch einmal mit starkem Strich.

Dann senkte er den Bogen und ließ wieder eine Minute verstreichen, bevor er zu spielen anfing, und für die nächsten zwanzig Minuten setzte er ihn nicht mehr ab. Die Motive erklangen hintereinander, dann verhakten sie sich. Sie bildeten ein von allen guten Geistern verlassenes Dickicht, in dem man den Wolf bald näher, bald ferner heulen hörte, während ihn die *Pizzicati* wie Schüsse jagten.

Allmählich lichtete sich das Geflecht, traten die Signale des Zielens und Verfehlens zurück. Die Bewegung verwuchs zu einer Reihe von Akkorden, die dünner wurden, bis der Klang ganz verschwand. Was blieb, war die Materialität des Pferdehaars, ein *Ostinato* der Kratzer, das jede Erinnerung an Musik zerstörte, bis sie sich mit einem Doppelgriff wieder zurückmeldete, einer melodischen Explosion. Als der schöne Klang so plötzlich, wie er gekommen war, wieder abriß, ließ ihm Leuchter unregelmäßige Schläge des Bogens auf dem Holzkörper folgen, einen Trommelwirbel, dem man beim Ermatten zuhören konnte und noch zuhörte, nachdem er verklungen war, denn der Bogen tippte nur noch in die leere Luft. Dann zuckte er wie ein verendendes Tier und wurde langsam gesenkt. Leuchter stand auf und verneigte sich. Als im Saal Klatschen laut werden wollte, hob er die Hand.

Das war der erste Satz, sagte er. *Vivace con sordino*. Rührig, aber gedämpft. Das ist Liechtenstein. Der zweite Satz macht Liechtenstein zum Thema. Dafür verwendet er bekanntes Liedgut. Ich muß Sie warnen: Ich singe.

Eine kunstsinnige Freundin hat die Musik, für die Sie, meine Damen und Herren, diesen Abend geopfert haben, unspielbar genannt. Ich nehme an, ebendazu wurde sie geschaffen. Die drei Sätze repräsentieren verschiedene Höhen der Unspielbarkeit, in aufsteigender Linie. Jetzt begeben wir uns auf das Niveau des Fürstentums, zwischen 408 und 3764 Metern über Meer. Zum Meer hat es der Rhein noch tausend Kilometer weit. Darum wird er in der Landeshymne »jung« genannt. Sie würden ihm in Liechtenstein keinerlei Jugend ansehen. Er wurde korrigiert, sein Bett begradigt, er ist ein Kanal.

Er bildet unsere Westgrenze, aber er steht im Zentrum unserer Landeshymne. Sie wird auf die Melodie von *God save the Queen* gesungen. Aber der Text variiert. Auf den Text Liechtensteins dürfen Sie gespannt sein.

Er sprach in feierlichem Ernst und bewegte den Bogen wie einen Taktstock.

Oben am jungen Rhein / lehnet sich Liechtenstein / an Alpenhöhn. / Dies liebe Heimatland, / das teure Vaterland, / hat Gottes weise Hand / für uns ersehn. Hoch lebe Liechtenstein, / blühend am jungen Rhein, / glücklich und treu. / Hoch leb der Fürst vom Land, / hoch unser Vaterland, / durch Bruderliebe Band / vereint und frei.

Frei ist gut, sagte er, es ist auch das Stichwort für den zweiten Satz, überschrieben *Rubato ma non troppo*. Frei zu behandeln, aber nicht allzu frei. Liechtenstein, wie es leibt und lebt. Der Widerspruch zeigt sich erst im Auseinandertreten von Text und Melodie. Römels Melodie ist nämlich nicht diejenige der Mutter aller Nationalhymnen. Sie gehört zum Liedgut der benachbarten Schweiz und ist militärisch, gar martialisch. Der französische Text dazu war es noch mehr.

Leuchter richtete sich auf, um sich danach um so tiefer über sein Instrument zu beugen, als wäre es eine kranke Geliebte. Und mit leiser Stimme und zartem, wie weit entferntem Strich intonierte er:

Roulez, tambours! pour couvrir la frontière,
Aux bords du Rhin, guidez-nous au combat!
Battez gaîment une marche guerrière,
Dans nos cantons, chaque enfant naît soldat!

Und das nächste begleitete er *pizzicato*:

C'est le grand cœur qui fait les braves,
La Suisse, même aux premiers jours,
Vit des héros, jamais d'esclaves...

C'est le grand cœur qui fait les braves, wiederholte er, und fuhr hochdeutsch fort: Das sprach keine Kriegsgurgel. Das hat Frédéric Amiel gedichtet, 1821-1881, Professor der Schönen Literatur in Genf. Nach 1848 ergriff auch in Genf der Fortschritt die Macht. Seine Männer hielten Amiel für einen der Ihren. Sie versorgten ihn mit einer Professur. Dabei war er der einsamste Mensch, den Sie sich denken können. Er hinterließ ein Monument der Zerknirschung, sein Tagebuch von 17 000 Seiten. Wer es liest, lernt die Hölle kennen. Sie ist das verlorene Paradies des Privaten. Ein einziges Mal wurde er populär, mit dem Lied »*Roulez, tambours!*«. Es ist vergessen. *Plus de grand cœur qui fait les braves.* Verlorene Worte, Sie werden Sie auch heute nicht hören. Die Suite des Komponisten verwendet liechtensteinischen Text auf die Melodie von *Roulez, tambours!*, die nicht von Amiel war. Also gleich zweimal nichts von Amiel. Das heißt: Sie dürfen ihn mithören. Denn eine doppelte Negation, das ist Amiel, das schwarze Herz der Kunst. Wenn ich die Liechtenstein-Suite recht verstehe, betrachtet sie den jungen Rhein von der anderen Seite. Das ist nicht mehr die Schweiz, das ist die Unterwelt. Der Satz ist unspielbar, wie gesagt. Zweifeln Sie nicht daran, daß ich ihn auch nicht singen kann. *Rubato ma non troppo*.

Und nun intonierte Leuchter das Stück, das er in der Schule der vergangenen Monate geübt hatte, erschöpft und unermüdlich. Er hatte die Augen geschlossen und spielte auswendig, und immer mehr für sich allein. Aber er vergaß sich dabei, und sogar, daß der Satz nicht zu spielen war.

Kein Tausendfüßler käme vom Fleck, wenn er sich fragen müßte, an welchen Fuß die Reihe zum Gehen komme. Der Ungleichschritt des Textes mit der Melodie machte sich wie von selbst; die Walzerstimme aus Leuchters Mund biß sich mit dem Marschtakt des Cellos von einem Takt zum nächsten. Die Fetzen flogen, aber sie *flogen*. Denn von Takt war keine Rede mehr; es war der Widerstreit selbst, der sich, von Bruch zu Bruch springend, als Tanz zu erkennen gab. Und er fing da an, wo alles aufhörte, der Sinn eines Angriffs, der Unsinn jeder Verteidigung.

Die Komposition hatte der Singstimme wie dem Instrument bestimmte Lücken vorgeschrieben. Beim Text der Nationalhymne fielen meist sogenannte gute Taktteile aus, die Haupt- und Kraftwörter waren getilgt, so daß er sich wie ein gestörter Sender anhörte, oder als Lehrstück der Selbstzensur: Oben am —— Rhein lehnt sich ——— an Alpen —. Dies liebe ——, dies — Vaterland, hat ——— Hand ——— sehn.

Leuchter sang diese Lücken als Fermaten des Verstummens. Dazu spielte er, wie ein Artist mit nicht zusammengehörigen Objekten jongliert, etwa einem Glas Wasser, einem Stück Käse und einem Kleiderbügel. Sein rechter Fuß schlug den verlorenen Takt dazu. Was auf Notenpapier wie eine Rechenaufgabe mit wahnsinnigen Fingersätzen ausgesehen hatte, nahm auf der Bühne den Charakter eines Bravourstücks an. Mit präzisen Einsätzen hetzte er einen schleppenden, hinkenden und hüpfenden Fastnachtszug von Tönen durch den lautlosen Strom der Zeit, der, wenn die Lücken von Text und Melodie unversehens zusammenfielen, *hörbar* wurde, wie das verräterische Schweigen der Welt.

Leuchter ließ die Klangtrümmer einmal vor-, einmal rückwärts schweben, wie Treibgut, das bald in eine Gegenströmung, bald eine Windstille und plötzlich in einen Wirbel gerät. Dabei wechselte die Singstimme aus dem heiser gesprochenen Ton in die Lage des Kontertenors, aus dieser in den tiefsten Baß, und wenn der Atem sich umkehrte, in die hohle Grabesstimme des Nachtbuben vor dem Gadenfenster.

Zu behaupten, daß Leuchter auch als Cellist nie besser gewesen sei, hätte es nicht getroffen. Denn so, wie er jetzt spielte, war er noch gar nie gewesen. Er fühlte sich von einem automatischen Piloten gesteuert, der seinem Bewußtsein die Navigation abgenommen hatte, und das im fortgesetzten Absturz. Aber Stürzen war die Rettung, denn es nahm kein Ende; die Hölle war tief genug.

Zugleich erhob sich der zweite Satz gegen die Tyrannei der Zeit, die mit ihren eigenen Mitteln geschlagen wurde. Dieser Schlag, der zu nichts führte, und immer weniger, war der Takt, den Leuchter mit dem rechten Fuß angab. Und als auch das Nichts immer weniger wurde, aufgebraucht im scheinbaren Fortschritt der Musik, sank sie so gelassen in sich zusammen wie eine Flamme, der die Nahrung ausgeht.

Da saß er wieder auf seinem scharf begrenzten Lichtfleck, naß wie ein Neugeborenes. Seine Augen waren geschlossen. Er erwachte an einem fremden Geräusch. Es klang wie das Knattern einer Fahne oder das Flattern von Wäsche im Wind. Es war aber Applaus, dünn, doch anhaltend. Jemand pfiff; eine Frauenstimme schrie: Andreas!

Aufatmend sah er in die Halbfinsternis hinaus. Die Ränge

des Theaters schienen sich noch weiter gelichtet zu haben, doch es war Bewegung darin, und einige Hände rührten sich immer noch. Sumi saß unbeweglich, und die Reihe hinter ihr war leer.

Leuchter stand auf, legte das Cello auf die Seite ab und den Bogen darüber wie den Degen eines gefallenen Kriegers. Dann trat er an die Rampe, die Hände auf dem Rücken.

Meine Damen und Herren, sagte er leise, Sie haben für drei Sätze bezahlt. Es fehlt noch der letzte, *Grave ad libitum*. Ich habe ihn Hunderte von Stunden geübt, aber die Tür, gegen die ich hämmerte, blieb zu. Möglich, daß ich gar nicht wissen wollte, was sich hinter der Tür verbirgt.

Ich habe das Problem für ein rein musikalisches gehalten. Römel hat keine Noten geschrieben, er verwendet Buchstaben – für zwei Tonfolgen, von denen die eine mit a beginnt, die andere mit e. Das erste Motiv klingt nach a-Moll, jedenfalls wären alle fünf Töne mit dieser Annahme vereinbar. Das zweite Motiv könnte e-Moll sein, denn es läuft analog, nur eine verminderte Quart tiefer. Aber da gibt es einen Spielverderber: d, das dis sein müßte, im harmonischen Moll. Nun kennt man noch andere – das melodische Moll, zum Beispiel, hätte von der siebten Stufe zur achten wirklich die volle Sekunde, d, statt dis. Aber daß dieses d gerade im Zentrum der Figur stehen muß – *beider* Figuren notabene –, kann einen auf Gedanken bringen. Etwa, d als Grundton einer ganz anderen Musik zu lesen, diesseits von Dur und Moll. Eines Kirchen- oder Zigeunertons. Oder alle Tonleitern fahren zu lassen. Aber woran hält man sich dann? Als ich mich an den zwei Sätzen kaputt komponiert hatte, hielt ich mich nur noch an meine Frau. Der Modus der Liebe. Kein Leitton mehr. Schluß mit jeder Norm. Alles frei, alles egal. Denkste. Heute offenbarte mir meine Frau, daß sich in den zwei Tonreihen zwei Namen verbergen. Um Musik zu machen, muß ich erst zwei Rätsel lösen, das Rätsel Romans – und mein eigenes. Das hat er so eingerichtet.

Geheiligt werde sein Name. Aber vielleicht hat ihn meine Frau falsch buchstabiert. E, fis', d, fis, es. Und a, h', d, h, as.

Was ich davon begreife, haben Sie schon gehört, als Vorspiel. Ich habe es *vorgeführt*. Ich bin noch weit entfernt, es zu *spielen*.

Meine Damen und Herren, ich muß Ihnen den letzten Satz schuldig bleiben.

Dafür schließe ich mit der liechtensteinischen Landeshymne, wie man sie zu hören liebt. Ich widme sie meiner Frau als Zugabe. Ich darf Ihnen also schon jetzt für Ihre Aufmerksamkeit danken, und für Ihre Nachsicht.

Er ging zum Stühlchen zurück, hob das Cello auf und zog den Stachel zur vollen Länge heraus. Er schien sich, als er aufstand, wie ein Fährmann, darauf zu stützen, während seine gespreizten Beine in die Knie gingen. Er trat an die Rampe und sagte wie zu sich selbst:

Junge Musik aus Liechtenstein. Oben am jungen Rhein. Wenn Sie sich dazu erheben wollen. Darf ich um Saallicht bitten.

Einzelne standen von den Sitzen auf, wenn auch zögernd; der Schweizer Kulturattaché war der erste, die Dame mit dem Silberschopf folgte, dann einer nach dem andern, auch der liechtensteinische Geschäftsträger. Der Saal war hell geworden. Leuchter wartete, bis Sumi stand.

Oben am jungen Rhein lehnet sich Liechtenstein ... Leuchter hielt inne.

Sie dürfen mitsingen.

Sein Bariton begann nochmals von vorn, und er begleitete sich mit schwungvollem Strich. *Hoch leb der Fürst vom Land, hoch unser Vaterland.* Er wiederholte den Refrain und legte dazwischen eine Kadenz aus Doppelgriffen ein. Beim zweiten Mal wippte er, um zur Steigerung des Hochgefühls einzuladen. Dabei war das Zirpen einiger Stimmen aus dem Publikum zu hören.

Als er, den Takt auf den letzten Noten verlangsamend, geendet hatte, verneigte er sich nochmals und ging, Cello und Bogen weit von sich weghaltend, über die Bühne nach hinten. Dabei begleitete ihn das zögernde Klatschen einiger Hände.

7 Restaurant

Rübel hatte für zehn Uhr im *Ma Mère l'Oye* einen Tisch für fünfzehn reserviert. Es waren nicht so viele, die daran Platz nahmen: neben dem Direktor und seinem Begleiter, einem sprachlos lächelnden Jüngling, Leuchter und Sumi; der Kulturattaché und seine Frau mit Indianergesicht unter der Silbermähne; dann der Korrespondent einer großen Schweizer Zeitung. Ferner ein Grüppchen aus dem Freundeskreis des Komponisten. Die persische Flötistin und der Lockenkopf aus der Dordogne, ein Jazz-Drummer, waren ein Paar. Sie hatten mit Enders musiziert. Der bulgarische Musikphilosoph gab sich als enger Freund zu erkennen. Sein Gesicht war von Haar und Bart förmlich zugewachsen. Er nannte Enders einen Musikdenker, dessen Stunde noch kommen werde.

Daß sie an diesem Abend nicht näher gekommen war, stand für ihn bereits fest. »Junge Musik aus Liechtenstein« war nicht das Gefäß für eine geniale Produktivität. Was Leuchter angeboten hatte (»*ce que l'on nous a offert*«), schien keiner weiteren Diskussion würdig. Der Nachdenker brachte sie sogleich auf den dritten Satz, der ihm gefehlt hatte, und einen vierten, von dessen Existenz er ganz allein wußte. Natürlich war er der Höhepunkt der Suite, von dem man heute *mehr als nur zwei Sätze* entfernt geblieben war.

Er sah Leuchter nicht einmal an, als er die *conférence*, mit der Leuchter seinen *essai* garniert hatte, entbehrlich nannte und das Absingen der Hymne *une très petite blasphémie*. Rübel war der einzige, der die Vorstellung in schönem, doch summarischem Enthusiasmus *génial* nannte. Der zweite Satz sei bester Zirkus gewesen, damit habe Andi – Rübel duzte und verkleinerte jeden ungefragt – »den Tarif durchgegeben«, »einen Volltreffer gelandet«. Rübel lobte, was er »deinen Mix« nannte – von Reden, Schweigen und Musizieren – und am Ende die Landeshymne – du! Das war ein Hit!

Enders hatte ihn nicht erlebt. Sei's lebend oder tot, ich

komme, wenn ich kann, hatte er Shakespeare zitierend, Rübel wissen lassen, aber Sterben sei leider eine Ganztagsbeschäftigung geworden. Nun war er also nicht gekommen. Gestorben auch nicht – Rübel hatte gleich nachgefragt. Er schlafe ruhig, flüsterte sein Pfleger am Telefon. Der bulgarische Rasputin nickte. Klinisch sei Roman tot. Symbolisch sei er nie lebendiger gewesen.

Beim Essen war von der »Materialität« des Meisters die Rede. In dem Übergangszustand, in dem sie sich befand, hatte er seine Augen bereits auf einer neuen Welt. Sahen sie noch? Sie *ließen sehen*. Sie zeigten, was Sehen hieße, wenn wir sehen *könnten*.

Der Schlagzeuger widersprach ehrfürchtig. Eher komme ihm vor, daß Roman ganz Ohr geworden sei. Sein Gehör erfasse, wie dasjenige einer Fledermaus, Frequenzen, die sich menschlicher Wahrnehmung entzögen. Le SIDA erschien der persischen Flötistin nicht als Zustand physischen Abnehmens, sondern als Raum zunehmender Resonanz. Die Leere, *Le Vide*, beginne darin zu schwingen wie die Luftsäule in ihrer Nay-Flöte. Wie der Wind in der Äolsharfe, fügte ihr Begleiter, der Perkussionist, hinzu. Im Verstummen Romans verberge sich eine Fülle des Wohllauts, die auszuschöpfen man nur *beginnen* könne: Das wäre der Anfang einer zweiten Schöpfung.

Ungefähr, gab der Musikphilosoph zu verstehen, aber doch nur ungefähr. An Romans Partituren lasse sich das Schweigen, das die Musik intrinsisch begleite, studieren wie die Beschaffenheit eines unbekannten Himmelskörpers aus der Analyse des Spektrums elektromagnetischer Wellen. Dafür sei es, sagte der Bulgare, ohne Leuchter dabei auch nur anzusehen, nicht ausreichend, den dritten Satz nicht zu spielen. Man müsse an ihm *zu scheitern wissen*. Indem man sich dem Risiko aussetze, und sich dazu *bekenne*, die Partitur nicht lesen zu können – er nenne sie lieber eine Tabulatur, denn es handle sich um eine Anweisung zum Mißgriff, zur *Wahrheit des Mißgriffs* –, vermittle man wenigstens ein *schwaches* Echo einer

Kunst, welche diese Musik eben so verfaßt habe, daß sie nicht nur *verschwiegen* bleibe, sondern verschwiegen *bleibe*. Eine verschwiegene Musik aber sei *nicht einmal das Gegenteil* einer ungespielten.

In Romans Musik stecke eine neue Physik. Es wäre aber ein furchtbares Mißverständnis, sie eine neue Metaphysik zu nennen. Enders – in dessen Name nicht nur das Ende, sondern auch das Andere sich verberge – *l'Altérité pure et tout court* –, Andresse also entfalte im dritten Satz mit Hilfe einer String-Kodierung ein Universum, in dem Ereignis werde, was sich Einstein entzogen habe: Die Verbindung seiner Allgemeinen Relativitätstheorie mit der Unschärferelation. Im noch unbekannten vierten Satz zeige sich auch die Emergenz des ausgeschlossenen Dritten zwischen Keplers klassischer Sphärenharmonie und der Metapher des Urknalls. Die Divergenz dieser Modelle als *unversöhnliche* zu zeigen sei *de rigeur*, doch es genüge nicht. Man dürfe sie nicht aufheben – schon gar nicht im dreifachen Sinne Hegels! –, man müsse sie *spalten* bis zum Kern, damit dieser seine Energie als *vollkommen destruktive* entfesseln könne. Dafür müsse man über Enders' Musik *selbst zu zerbrechen wissen*.

Leuchter habe – der Bulgare gab ihm noch immer keinen Blick – den dritten Satz unspielbar genannt, wenn er die Liechtensteiner Sprache recht verstanden habe. Das sei gar nicht so dumm, doch es genüge nicht. Der Interpret hätte spielen müssen, um an seinem Spiel zu zerbrechen. Damit hätte er gezeigt: Es gibt nichts, das unspielbar wäre – *außer dem Spiel selbst*.

Leuchter, der sich mit Gabel und Messer, ohne mehr als kleine Fleischfetzen zu ernten, am Körper einer gebratenen Wachtel abmühte, durfte sich noch mehr anhören, was »gar nicht so dumm gewesen sei«. Der Wein – mit dessen Auswahl Rübel die Gesellschaft ausgiebig beschäftigte – schien auf die Strenge des Theoretikers versöhnlich zu wirken. Nach dem vierten Glas nannte er Leuchters Verzicht auf den dritten Satz immerhin eine »beinahe authentische Kapitulation vor der

Wahrheit«. Das war die Sorte Kompliment, an die man sich im intellektuellen Paris zu gewöhnen hatte.

Man beschäftigte sich mit der Anatomie der Schlüsselkrankheit SIDA, und das »Passionsbild intelligibler Selbstdekonstruktion«, von dem Leuchter parlieren hörte, verband sich aufdringlich mit dem Skelett des Vögelchens, das gewinnbringend freizulegen ihm nicht gelingen wollte. Er stillte den Hunger mit frischem Weißbrot, das bequem geschnitten im Körbchen lag. Er räumte eins um das andere leer und sprach dem Wein zu, mit dessen Würdigung man, unter Rübels Regie, nicht fertig werden durfte.

Leuchter trank ihn gegen den Durst. Sumi naschte *Crudités* vom Teller, den sie halb voll stehen ließ. Auch den vier oder fünf Gängen, jeder mit Entzücken begrüßt und kundig degustiert, sprach sie nur sparsam zu und redete kein Wort. Sie saß zu dicht neben Leuchter; er konnte sich ihr nicht zuwenden, ohne sich zu verrenken.

In Deutschland nährt man sich, der Franke nur kann essen, hörte er den Kulturattaché, der seine Anwesenheit bisher auf gepflegte Haltung und respektvolles Nicken zu fast allem beschränkt hatte. Leuchter hatte den Satz seit der Schüleraufführung von »Weh dem, der lügt« nicht mehr gehört.

Warum so schweigsam, Andi? fragte Rübel und stieß ihn an. Du hast Wunder gewirkt! Weißt du, was der große Talma sagte, als sein Richard II. nicht lief? Andreas nickte, aber Rübel fuhr unerbittlich fort: »Ich kann den König nicht spielen, wenn *ihr* nicht spielen könnt, daß ich der König *bin*.«
Verstehst du? Verstehst du?

Man mußte abwesend sein wie Roman Enders, um als König gefeiert zu werden. Der Franke nur kann essen! Und das im Internat, wo in Ei gewendetes altes Brot das höchste der Gefühle gewesen war. SIDA oder die Feinkunst.

Wir haben es aufgenommen, Andi, Roman hört dich noch, verlaß dich drauf.

Leuchter wandte sich an das jüngere Musikerpaar. Kann man Roman besuchen?

Die beiden sahen sich an. Wer? fragte der Mann.
Ich, und Sumi, meine Freundin.
Er zeigt sich nur noch den Allernächsten, sagte der Mann.
Wir fahren morgen hin, Sumi, sagte Leuchter. Ich habe die Adresse.
Der Musiker aus der Dordogne sah ihn vernichtend an.
Sumi erhob sich, und der Korrespondent nützte die Gelegenheit sofort, um sich auf den freien Stuhl zu setzen. Die Aufführung heute sei ja sehr interessant gewesen. Aber es habe den Korrespondenten schon etwas gewundert, daß sie überhaupt habe stattfinden können, im Centre, das mit Schweizer Steuergeld finanziert werde.
Er war ein zart gebauter Mann mit dem Gesicht eines gealterten Jünglings unter gelichtetem Haar, was seine Stirn hoch und zerbrechlich erscheinen ließ, aber sein Lächeln war wie in Mörtel gegraben.
Sumis Tasche stand noch neben dem Stuhl. Vielleicht sah sie nach dem Cello. Der Kellner hatte es mit den Koffern in einem Abstellraum deponiert, der nicht verschließbar war.
Über die Musik maße ich mir kein Urteil an, sagte der Korrespondent, aber so viel hört auch ein Banause: Sie richtet sich gegen Liechtenstein und ist ein Affront gegen den Fürsten. Die Verhöhnung der Nationalhymne ... als Bürger Ihres Ländchens mögen Sie sich dazu berechtigt fühlen. Aber wenn Sie dafür das Gastrecht eines befreundeten Landes beanspruchen ...
Wovon reden Sie eigentlich? fragte Leuchter.
Chienlit hat mit Bettscheißen zu tun. Und die Zuschreibung *Petit Prince* scheint mir hinreichend eindeutig.
Enders ist ein Nestbeschmutzer, wollen Sie sagen.
Ich halte mich an Sie, es war Ihre Interpretation.
Sie belegen den Platz meiner Frau, sagte Leuchter.
Le Petit Prince war mein Lieblingsbuch, meldete sich die Frau des Kulturattachés.
Auch das meiner Tochter, Verehrte, erwiderte der Kor-

respondent, aber von Bettscheißen steht nichts darin. Der Prinz, den Herr Leuchter beleidigt, ist sein Landesherr.

Unsinn! mischte sich Rübel ein. In Frankreich assoziiert man *Chienlit* mit de Gaulle – sein Kommentar zum Mai 68! Bei der Besetzung der Sorbonne war Enders wichtiger als Cohn-Bendit – wissen Sie das gar nicht?

Mag sein, lächelte der Korrespondent mit grauer Feinheit, aber der liechtensteinische Geschäftsträger verließ den Saal grußlos, nachdem ihn Herr Leuchter gezwungen hatte, die Parodie einer Landeshymne mitzusingen.

Was soll es hier noch zu parodieren geben! schrie Rübel strahlend.

Landeshymnen mögen sein, wie sie wollen, dozierte der Korrespondent, der Respekt, den man ihnen schuldet, gilt dem Volk, seiner Leistung und seiner Geschichte. Aber Sie müssen wissen, was Sie verantworten können, Herr Rübel.

Rübel schüttelte sich wie ein nasser Hund, schwenkte seine Zigarettenspitze aus Bernstein und brach in theatralische Verständnislosigkeit aus. Aber mitten in sein wieherndes Hallohallo! und Kommkommkomm! mischte sich eine feste kleine Stimme. Sumi war an den Tisch getreten und sagte: Sie haben keine Ahnung.

Es war das erste Wort, das man von ihr zu hören bekam. Sie sah den Korrespondenten an. Sie wissen nicht, wieviel Herr Professor Leuchter für diesen Abend getan hat. Er wäre dafür gestorben.

Man hörte es halb amüsiert, halb betreten.

Was wissen Sie von Liechtenstein? fragte Sumi den Korrespondenten ins Gesicht. Musiker lieben ihre Heimat. Also urteilen Sie nicht, bitte.

Hört ihr das? rief Rübel in die Stille hinein. Musiker lieben ihre Heimat! Das will doch was heißen!

Leuchter erhob sich. Ich bin müde, sagte er.

Andi! schrie Rübel. Bist du satt geworden? Oder bist du nur uns Banausen satt? Du! Das war epochal heute. Nächstes Jahr kommst du wieder und lieferst den dritten Satz, abgemacht? Sumi, du bist eine Wucht. Weißt du wie? Ich bringe euch ins Hotel.

Danke, sagte Leuchter, das *Bibracte* finden wir allein.

Aber dein Honorar! lärmte Rübel flüsternd, mit der Miene verzweifelter Diskretion. Komm schnell an den Tisch da hinten ...

Danke für die Bewirtung, sagte Leuchter, und zum Korrespondenten: Das Konzert belastet Ihren Steuerzahler nicht.

Sie standen auf der Straße. Leuchter hatte seit Genf nicht mehr auf die Uhr gesehen. Drei Viertel zwölf.

Sie gingen durch kaum noch belebte Gassen, die in der altertümlichen Straßenbeleuchtung festlich wirkten: ein zum Himmel offener herrschaftlicher Innenraum. Honigfarben strahlte der Sandstein der wie Schmuckstücke gereihten Gebäude. Vor einem schwach beleuchteten Schaufenster blieb Leuchter stehen.

Das Geschäft hatte astronomisches und nautisches Gerät ausgestellt. Auch neue Globen, Bussolen und Sextanten sahen in ihren Messing- und Tropenholz-Kombinationen antiquarisch aus. In der linken Ecke der Auslage stand, gestützt auf ein Kristallböcklein, ein tragbares Teleskop, von dem sich Leuchters Augen nicht trennen konnten. Der Schaft mit halb ausgezogenen Messingtuben war von einladender Handlichkeit und mit dunkelgrünem, vom Gebrauch glänzenden Leder überzogen. Das Goldornament darin war von klassischer Diskretion.

Er hätte Sumi das Instrument gern gezeigt, doch der Cellokasten war unaufhaltsam weitergegangen, als wüßte seine Trägerin, wohin. Der Kasten war ein wackelnder Riesenfrosch, der sich Sumis Gestalt bemächtigt hatte, um sie zu verschlingen: das kindliche Profil, die konkave Wange, die angedeutete Wimper, das zu starke Kinn, den schwarzen Helm des Haars.

An der nächsten Ecke blieb sie stehen, ohne sich umzudrehen, und wartete, bis er sie eingeholt hatte.

Da vorn ist das Hotel, sagte er, und sie ließ ihn mit dem hoppelnden Hündchen vorgehen. Er würde es wohl nicht erleben, daß sie ein Ziel zusammen erreichten, wenn er sie nicht bei der Hand nahm.

Das *Bibracte* mit dem Jugendstil-Entree stand immer noch genau so, wie er es vor fünf Jahren mit Catherine verlassen hatte. Sumi blieb in großem Abstand zum Tresen stehen, über den der Nachtportier den Block reichte, ein Invalider mit verschlossenem Adelsgesicht. Auf einen Eintrag für die Begleitung durfte man verzichten.

Schließlich fanden sie samt Gepäck gerade Platz hinter dem Scherengitter, das unverändert fragil aussah, und seufzend setzte sich der Schwebekasten in Bewegung und hob sie langsam in den sechsten Stock. Das Korridorlicht genügte gerade, unter fünf taubengrauen Türen die mit *Cézanne* angeschriebene auszumachen.

Als Leuchter den massiven Messingschlüssel im Schloß gedreht hatte, sprang gleich eine Version der *Badenden* ins Auge. Das Bild hing an der einzigen nicht abgeschrägten Wand der Mansarde, aus der ihnen dumpfe Wärme entgegenschlug. Der kleine Raum wurde fast ganz von einem französischen Bett mit grünlichem Überwurf eingenommen. Um diesen Katafalk drängten sich auf dünnen Beinen ein paar schäbige, doch zierliche Stilmöbelchen. Neben dem blau gewesenen Maschinenteppich blickte der Bohlenboden durch, der unter jedem Schritt ächzte. Das Ablagegestell bot Platz für ein einziges Gepäckstück. Der Radiator knackte.

Leuchter nahm Sumi den Cellokasten ab und lehnte ihn gegen einen Winkel des Schreibtischs, der eigentlich nur ein lederbezogenes Gesimse war. Von zwei Einbauschränken erwies sich der eine als Zugang zum Badezimmer. Darin war listig verteilt eine Badewanne untergebracht, ein Paar Toilettenbecken, ein klinisch wirkendes Schränklein und – zugänglich erst, nachdem man die Tür verschlossen hatte – das Bidet. *Le carrefour des enfants perdus.*

Leuchter riß das Fenster auf. Das Dach des *Bibracte* sprang zu weit vor, um den Blick in die Gasse zu erlauben. Durch den stumpfen Himmel zogen geisterhaft helle Wolken, und in einer fernen Lücke zeigte sich, ein angestrahltes Trugbild, die *Sacré-Cœur*.

Leuchter nahm Sumi in die Arme und wollte sie küssen. Ihr Körper versteifte sich.

Andoreasu, ich muß dir etwas sagen.

Auf dem Schreibtisch stand ein Tablett mit einer Flasche Rotwein. Er öffnete sie und füllte zwei Gläser.

Wie war es für dich?

Ich muß dir etwas sagen.

Ich höre, Sumi.

Kaoru, sagte sie nach einer Weile.

Wer ist das?

Mein Bruder. Als er starb, war er schon siebzehn Jahre alt. Er war kein Kind mehr. Ich habe gelogen.

Kampai, sagte er. Sie nahm ihm das Glas nur ab, um es wieder hinzustellen.

Er konnte sich nicht mehr selbst waschen.

Leuchter nickte langsam.

Er sammelte nicht nur Briefmarken, er hatte auch Sehnsucht.

Du hast ihn gewaschen.

Die Mutter. Aber dann mußte sie ins Krankenhaus. Sie wußte, daß sie sehr krank war. Der Vater sollte es nicht wissen. Er hatte viel zu tun, er war Guji, und der Kaiser kam zu Besuch.

Guji?

Shinto-Priester. Als meine Mutter wieder gesund war, ist sie auch Priesterin geworden.

Und als sie im Krankenhaus war, hast du Kaoru versorgt.

Sie nickte.

Du brauchst nicht mehr zu erzählen, sagte er.

Darf ich nicht?

Du hast mit Kaoru geschlafen.

Ihre Augen weiteten sich.

Nicht so! sagte sie.

Ich fände es nicht unnatürlich, sagte er, und seine Stimme schwankte. Was habt ihr denn getan?

Gespielt.

Die Wendung kam Leuchter bekannt vor.

Er hatte noch keine Frau gesehen, sagte sie, und er lebte nicht mehr lange.

Und die Muskelschwäche? fragte er.

Sie antwortete nicht.

Ich verstehe, sagte er. Du wäschst ihn.

Es war Mutterpflicht, aber als sie aus dem Krankenhaus zurückkam, wollte er sie nicht mehr.

Nur noch die große Schwester, lächelte Leuchter.

Verstehst du das? Wirklich? Ihre Augen füllten sich mit Tränen.

Das ist nicht schwer.

Sie hat uns gesehen und sagte kein Wort. Da ging ich weg, nach Tokyo. Ich bin nie wieder nach Hause gegangen. Auch nicht zu seiner Beerdigung.

Ich wußte, daß du eine erfahrene Frau bist.

Vor dir habe ich noch keinen Mann gekannt.

Was immer du gekannt hast, es muß gut gewesen sein.

Sie starrte ihn an. Ihre Tränen waren versiegt.

Ich danke dir jedenfalls für dein Vertrauen, sagte er und leerte das Glas in einem Zug. Aber jetzt spielst du mit *mir*. Er öffnete den Gürtel.

Er stand dicht vor ihr. Sie rührte sich nicht.

Sumi, sagte er, ich habe es verdient.

Sie ließ die Arme hängen. Nein, sagte sie. Bitte.

Aber ja, sagte er. »Nein« hieß in ihrer Sprache das Gegenteil, das hatte sie ihm einmal lachend erzählt.

Ich möchte nach Paris, sagte sie mit klarer Stimme.

Er sah sie an.

Wo meinst du, daß du bist?

Zeig es mir. Du hast es versprochen.

Morgen gehen wir ...
Jetzt!
Wohin?
Zu den Huren, sagte sie und drängte ihm den Mantel auf, die Amijacke, die er aufs Bett geworfen hatte.

8 Nachtleben

Verkaufst du mich hier? fragte Sumi.
Ja ja, murrte er. Es war halb vier Uhr, sie standen vor dem Schaukasten des dritten Etablissements, und er schwor sich, es müsse das letzte sein. Er schloß die Augen und sah sich wieder im Flugzeug, so gut wie tot an Sumis Schulter gelehnt: Es hätte ihm nichts ausgemacht abzustürzen, wenn er dazu sitzen bleiben konnte.

In der ersten *Boîte* waren sie schon nach einem Blick ins Innere umgekehrt. Die kleine Bühne glänzte wie eine Speckschwarte im öden Rotlicht, die Lämpchen auf den Tischchen verhungerten in der Reglosigkeit, die sie zu beleuchten hatten, und in dieser verharrte auch das Personal an der Theke. Mitternacht war lange vorbei, wenn jetzt nichts los war, kam auch nichts mehr nach. Nur weg, zurück in die Kälte.

Außer Lichtreklamen lebte am Boulevard de Clichy so gut wie nichts. Zwei-, dreimal wurden sie von einem Schlepper angesprochen, worauf ihn Sumi weiterzerrte. Sie wollte das Viertel sehen, aber nichts damit zu tun haben. Damit nährte sie Leuchters Trotz; er überwand ihren Widerstand und zog sie in ein Lokal, vor dem niemand sie angesprochen hatte. Durch einen Tunnel zuckender Lämpchen gelangten sie in ein düsteres Entree, das an ein Vorstadtkino erinnerte. Die Geschminkte, die in einem ausgeschnittenen Abendkleid neben der Kasse stand, begrüßte sie zutraulich und fragte nach ihren Wünschen.

Was kann man sich denn wünschen?
Sie antwortete mit versonnenem Lächeln, schon für 300 Francs könne man sich eine *Scène d'amour* wünschen und die Inszenierung mitgestalten. *La Belle et la Bête* oder Dornröschen und die sieben Zwerge, Rotkäppchen und der Wolf, oder die Großmutter und der Wolf. Das Jupiter-Programm (Schüpitäär) sei etwas teurer, dafür habe man mehr Zeit: Zu

wünschen gebe es den Schwan, den Goldenen Regen oder den Blitz. Das Stierprogramm sei für Damen besonders reizvoll. Im Labyrinth erwarte sie der Minotaurus, das Leckermaul mit dem sensiblen Rüssel, aber auch *Pasiphaë* sei nicht ohne, die sich in eine künstliche Kuh eingeschlossen habe *pour faire l'amour avec le toreau*. *Rêve d'Europe* sei ebenfalls sehr beliebt. Hier komme der Stier in Form eines göttlich gewachsenen Yuba zum Zug, und gerade asiatische Kundschaft habe sich noch nie beklagt. Wer nicht nur *Spectateur*, wer *Participant* sein wolle, zahle einen Aufpreis von 600 Francs, dafür aber sei man dann eingeladen *de faire tout ce qui peut vous faire envie. Vous ne risquez rien, Madame Monsieur, satisfaisez vos curiosités, vos désirs les mieux cachés, on est à la disposition de vos phantaisies.*

Sumi riß Leuchter am Ärmel, während er der Dame auf die Lippen starrte. In ihre hüpfenden Mundwinkel war ein kleiner Leidenszug eingegraben. *Nous sommes très internationaux, très flexibles,* plauderte sie, *nous avons aussi Genghis-Khan satisfaisant les appetits des princesses byzantines.*

Vous semez à tout vent, sagte Leuchter. Das war die Devise des Wörterbuchs Larousse, das er im Internat gebraucht hatte; eine Pusteblume war auf dem Umschlag gedruckt. Die Dame schien die Bemerkung für poetisch zu halten. *Pourquoi pas, si vous voulez.*

Ma princesse est très particulière. Est-ce que vous jouez aussi aux martyres? fragte Leuchter. In Japan habe man im 17. Jahrhundert die Christen gekreuzigt, und um sie zu demütigen, mußten ihnen Geishas eine Fellatio applizieren, während sie den Geist aufgaben, mit einer Erektion, sagte er, *c'est normal, c'etait de rigueur.*

Die Dame hörte andächtig zu. Das könnte man arrangieren. *Vous êtes libres de mettre cela en scène, vous êtes totalement libres.*

Wieviel würde das kosten?

Wir machen Ihnen einen guten Preis. Wir haben schon eine Nummer mit *Jésus Christ et Marie Madeleine*, für spezielle

Kunden, sagte sie traurig lächelnd: vielleicht, weil sie auch hier die einzigen waren weit und breit. Leuchter starrte auf ihre Lippen, Schesü Cri sagte sie. Es faszinierte ihn, wie Franzosen den Namen des Herrn aussprachen: Als wäre er ein Schrei.

Während Sumi wieder an ihm zerrte, fragte er: Würden Sie mitwirken, Madame, an der Kreuzigungsszene?

Ah non, Monsieur, je ne suis là que pour l'acceuil.

Sie sind eine Heilige, sagte er, was würde es denn kosten, Sie zu entkleiden?

Die Dame musterte ihn. Sumi riß noch einmal an seinem Ärmel und ging weg, durch den Lichtertunnel Richtung Ausgang.

Entschuldigen Sie, Madame, sie war noch nie in Paris.

Als er sie eingeholt hatte, stand sie vollkommen entgeistert, und nun war er es, der sie weiterzog. Doch jetzt blieb sie stehen.

Nichts los, du hast recht, sagte er, nehmen wir ein Taxi.

Hättest du das getan? Hättest du das wirklich getan? wiederholte sie mit versteinertem Gesicht. – Alles Quatsch, sagte er, komm, das war's. Morgen fahren wir nach Chartres.

Nach fünf Schritten, vor dem nächsten Etablissement, sperrte sie sich erneut. Auf dem von einer Lichtgirlande eingefaßten Tableau lagerten Damen, meist Schwarze, in unterschiedlichen Posen. Sie äugten abgewandt über die Schulter zurück, räkelten sich gegen eine Stange oder bäumten sich daran auf. Eine Ostasiatin wandte dem Betrachter ihre Grätsche zu, und was der herzförmiger Kleber verbarg, versuchte sie mit töricht aufgeworfenen Lippen nachzubilden. Die Silbersternchen am oberen Bildrand, nach denen sie die Augen verdrehte, ergaben WENDY.

It's Show Time, Lady, Gentleman, sagte eine Grabesstimme aus dem Eingang. Sie kam aus einem dürren Mann vermutlich arabischer Herkunft in der Uniform eines Liftboys. *Don't miss it, Gentleman, Lady.* Auf einer rosa Leuchtschlange in Schnürchenschrift erschien der Name des Lokals: *Amour fou.*

Sumi fragte: Verkaufst du mich hier?

Eine phantastische Wendung. Leuchter entschied sich dafür, ihr gewachsen zu sein. Die Grenze der Erschöpfung war überschritten, er befand sich in einem gewichtlosen Zustand. Der Schlepper komplimentierte das Paar durch die Tür mit der gesteppten Polsterung aus rußigem Silber und einem rosa Knauf in Herzform.

Leuchter nahm Sumi bei der Hand; sie konnte wieder gehen. An der Längswand zog sich der Tresen einer leeren Garderobe hin. An ihrem Ende war eine ältliche Blondine mit Geldzählen beschäftigt.

C'est fermé.

Ich möchte den Chef sprechen.

Da löste sich eine Gestalt aus dem Hintergrund; ein Mann mit entfleischtem Gesicht und grauem Kraushaar, und unter den starken Brauen lagen die Augenhöhlen im Dunkel. Er fragte in gutturalem Französisch: *Qu'est-ce que vous désirez?*

Leuchter erklärte, die junge Dame suche eine Beschäftigung.

Elle a rien à voir ici.

Justement das müsse man sehen, erwiderte Leuchter. Die junge Frau verfolge ihn. Sie habe ihm kurze Zeit als Modell gedient. Er sei Fotograf, *Kunst*fotograf für ein wichtiges dänisches Magazin. Die Person sei ihm auf dem Friedhof Monmartre begegnet – er sei ein passionierter Friedhofsbesucher. Die junge Frau habe sich auf den Grabsteinen gesonnt und ihm beim Fotografieren zugesehen: die Gräber von Heine, Stendhal, Truffaut. Dann habe sie ihn wortlos zu einem verfallenen Familiengrab gewinkt und angeboten, ihn für ein paar Francs oral zu befriedigen. Sie habe ihm leid getan. Er habe sie mitgenommen, damit sie sich einmal aufwärmen könne, genährt habe er sie auch, dafür habe sie ihm als Modell gesessen und dabei fast etwas Vornehmes gehabt. Aber er habe Familie, müsse morgen nach Kopenhagen zurück, er habe die junge Frau in einem Frauenhaus deponieren wollen, dann bei Abbé Pierre, der Heilsarmee, aber sie habe sich mit bitteren

Tränen an ihn geklammert. Nur das nicht! Sie habe keine Papiere, die müsse ihr der Menschenhändler abgenommen haben, dem sie entflohen sei. *Keep me I am a princess I don't need much, I do everything PLEASE keep me PLEASE!* Er wandere mit ihr ziellos durch die Stadt, suche verzweifelt einen Platz, wo er sie guten Gewissens zurücklassen könne, eine vertrauenswürdige, doch diskrete Adresse, wo sie geschützt sei. Sie heiße Naomi, wenn er recht verstanden habe, und sei leider noch sehr kindlich, doch bestimmt nicht minderjährig und als Frau weder ungeschickt noch unerfahren.

Leuchter hörte sich reden, Sumis gefallene Unschuld dem finsteren Maghrebiner andienen; natürlich glaubte der kein Wort. Einmal unterbrach sich Leuchter, um einen Witzbold zur Rede zu stellen, der wenige Meter entfernt jede seiner Gesten nachäffte und ebenfalls von einer Asiatin begleitet war. Dann erkannte er sich selbst im Spiegel der polierten Wand, einen verwackelten Kerl mit grauem Gestrüpp unter der Baskenmütze, der seine Hände in die Taschen eines verwaschenen Ami-Mantels vergrub, wenn er damit nicht in der Luft herumfuchtelte. Die junge Frau neben ihm, der das Haar ins blasse Gesicht hing, wirkte glaubwürdig verstört.

Keine Papiere, sagte der dürre Mann. Er sah sie prüfend an. Ehh, rief er, und zwei junge Nordafrikaner traten aus den Logentüren.

Ich will sie ansehn, sagte der Mann, sie kommt zu mir ins Büro.

Leuchter begann zu schwitzen. Er fragte: Was wären Ihre Konditionen?

300 Francs *par rencontre*, sagte der Chef. Davon geht die Miete weg. Die Garderobe stellen wir. Die Versicherung trägt sie selbst.

Moment! sagte Leuchter. 300 Francs. Das muß ich erst mit ihr besprechen. Allein! fügte er hinzu und faßte Sumi am Arm.

Er zog sie weg, schlug im Korridor einen gemessenen

Schritt an und täuschte ein eindringliches Gespräch vor. Dabei zischte er Sumi ins Ohr: Nur weg! Lauf! und riß sie durch die Tür auf die Straße.

Sie rannten den Boulevard hinunter Richtung Friedhof; linker Hand sah Leuchter ein Restaurant offen. Er schob Sumi durch die Tür ins Innere und warf sich keuchend auf einen Stuhl.

Die spärliche Kundschaft musterte sie. Sumi war neben dem Tisch stehen geblieben; Leuchter schlug die Hände vors Gesicht. Jetzt fühlte er eine Hand auf seinem Haar; die Baskenmütze war weg.

Als er die Hände wegnahm, hatte Sumi gegenüber Platz genommen. Ihre Augen hatten einen Ausdruck, den er nicht deuten konnte. Er schlüpfte aus dem Ami-Mantel und hängte ihn über die Stuhllehne.

Das Mobiliar bestand aus gelblich lackiertem Holz. Die Speisekarte erwies sich als kirchliches Veranstaltungsprogramm. Père Matthieu forderte seinen Sprengel zum Gebet mit den Wochenheiligen auf: am Montag mit *St. Josaphat* (Bischof und Märtyrer), am Dienstag mit *St. Brice* (Bischof), am Mittwoch mit *St. Sidoine* (Mönch), morgen – aber um halb fünf Uhr morgens schon heute – mit Albert dem Großen. Am Freitag mit *Ste. Marguerite* (Königin von Schottland), am Samstag mit *Ste. Elisabeth de Hongrie*. Im Sonntagsgottesdienst waren »Etappen der Kreuzigung« angesagt.

Was wünschen Sie? fragte die Matrone, die an den Tisch getreten war.

Sie bestellten Mehlsuppe, einen bleichen Wintersalat und Mineralwasser. Alkohol wurde hier nicht ausgeschenkt. Sie saßen unter einem Crucifixus, der maschinengeschnitzt aussah und in gleicher Farbe lackiert war wie der Tisch. Das Papiergedeck trug den Namen des Lokals, *Le Bistrot du Curé* mit der Adresse am Boulevard de Clichy.

Sie waren in ein Lokal für Gestrandete geraten, auch wenn der Mann, der nebenan in seine Zeitung vertieft war, einem pensionierten Beamten ähnlich sah und die beiden älteren

Frauen am nächsten Tisch nicht alles Damenhafte verloren hatten; doch hatte die eine ausgedünntes Haar, die andere zeigte beim Löffeln der Mehlsuppe einen zahnlosen Mund.

Das war knapp, sagte er.

Sonst wechselten sie kein Wort.

Es war nach fünf Uhr, als das Taxi sie vor dem *Bibracte* absetzte. Noch war die Dunkelheit ungebrochen.

Andreas, sagte Sumi, als er schon fast bewußtlos im Bett lag, gibst du mir den Ring?

Welchen Ring?

Von Romans Mutter.

Ach so, lallte er, den wollte er zurück. Nun ist es zu spät.

Wo ist er?

Er sah sie noch zur Garderobe gehen, dann nichts mehr. Er schlief wie ein Stein, traumlos.

Als er erwachte, befremdete ihn das Schweigen des Zimmers. Der Reisewecker zeigte elf Uhr. Das Bett neben Leuchter war leer.

In Leas Wohnung stand Sumi manchmal früher auf, um auf den Markt zu gehen und, wie sie sagte, den See erwachen zu sehen. Diesmal war die Stille *anders*.

Wo ihr Koffer auf dem Fußboden gestanden hatte, lag ein Stück des abgewetzten blauen Teppichs. Er öffnete den Schrank. Ihre Kleider waren weg.

Er setzte sich auf das Bett, griff zum Telefon und wählte die Null des Empfangs. Dabei starrte er auf den Weißen Hai, der am Schreibtisch lehnte.

Wann Madame das Haus verlassen habe? Der Concierge hatte niemanden gesehen, doch hatte er erst seit sieben Uhr Dienst.

Also mußte sie noch in der Dunkelheit aus dem Haus gegangen sein.

Sumi hatte ihn verlassen.

9 Ein Brief

Nachdem Leuchter den Schlüssel in Leas Wohnungstür gesteckt und sie vergeblich zu öffnen versucht hatte, ging sie von selbst auf. Im Türrahmen stand eine graugelockte alte Dame mit auffällig strahlenden Augen. Sie hielt Gyges auf dem Arm.
 Sie sind Herr Leuchter.
 Ja.
 Treten Sie *rasch* ein, bitte.
 Er stand in der Wohnung, bevor er wußte, wie. Die Dame hatte die Tür hinter ihm schon wieder zugedrückt.
 Meine Sachen sind noch draußen.
 Hier kommt nichts weg.
 Der Sopran. Er versuchte ihr Gesicht zu lesen.
 Ich bin Myrtha Enderli, sagte sie. Leas Freundin. Wollen Sie einen Augenblick Platz nehmen?
 Er folgte ihr in den Salon, dann stellte er sich an das offene Fenster, die Hände in den Taschen des Ami-Mantels. Wo ist Frau Fujiwara?
 Frau Enderli, die den Kater auf den Fußboden abgesetzt hatte, als wäre er zerbrechlich, antwortete, gleichfalls stehend: Die japanische Dame ist vorgestern abgereist.
 Und die deutsche Dame?
 Isabel hat mir gestern die Schlüssel übergeben.
 Aha, sagte Leuchter. Und ist ebenfalls abgereist.
 So ist es.
 Und jetzt wohnen Sie hier.
 Ich bin wieder bei Kräften, Gott sei Dank.
 Die Damen haben nichts hinterlassen?
 Einen Brief. Er liegt bei Ihren Sachen.
 Sie deutete auf zwei Koffer im freien Raum unter der Treppe. Gyges saß auf der ersten Stufe, und die Aussicht auf die nächste schien ihn bereits zu erschöpfen. Er gähnte ausgiebig.

Der braune Kabinenkoffer hatte der Mutter gehört und den Sohn ins Internat begleitet. Er stammte aus der Zeit, als sie Gouvernante bei einer Industriellenfamilie in Turin war, und trug die abgewetzten Kleber italienischer Städte, darunter einen dreieckigen mit der Abbildung des Vesuvs. Auf ihm lag ein weißer Briefumschlag: Herrn Andreas Leuchter. Er erkannte Isabels Handschrift.

Wer hat die Sachen gepackt?

Als ich einzog, lagen sie schon bereit.

Er ging zum Kabinenkoffer, kniete, um die Schlösser zu öffnen, und hob den Deckel auf. Obenauf lag der Frack. Auch alles übrige war wohlgefaltet und in genaue Lagen geschichtet. Es gab nur einen Menschen, der einen Koffer so packen konnte.

Bevor er den Deckel wieder sinken ließ, hob er den Blick. Gyges saß direkt über ihm und musterte ihn mit einem Ausdruck teilnahmslosen Behagens. Leuchter richtete sich auf.

Ist alles da? fragte die alte Dame. Sie können oben gerne noch nachsehen.

Darf ich Sie bitten, ein Taxi zu rufen?

Gerne, sagte Myrtha Enderli.

Während sie warteten, sagte sie: Darauf waren Sie nicht gefaßt. Aber Sie haben ja noch Ihre Wohnung.

Schon recht.

Es gibt Einen, der hilft immer. Ich durfte es erfahren, sagte sie, und ihr Sopran schwankte.

Gut für Sie.

Als es klingelte, hob sie Gyges von der Treppe und hielt ihn fest, während er die Koffer aus der Wohnung schleppte. Dann kam Leuchter noch einmal zurück und kraulte den Kater hinter den Ohren.

Adieu.

Die Tür war schon wieder verschlossen, als es von innen daran klopfte. Der Brief! hörte er rufen, Sie haben den Brief vergessen! Ich schiebe ihn unter der Tür durch.

Da kam er durch den Spalt, ruckweise. Leuchter steckte ihn in die Manteltasche, hängte sich den Weißen Hai um und begann mit dem Abtransport über vier Etagen.

Wohin? fragte der Fahrer.
Basel, sagte Leuchter.

Es war neun Uhr, als er in der Wohnung eintraf. Er verzichtete auf den Blick durchs Fenster und packte die Koffer nicht aus. Aber er fühlte, wie ein Zöllner, ihren Inhalt ab, bis auf den Grund. Sumi konnte etwas hinterlassen haben, eine Botschaft, ein Andenken. Aber er fand nichts als gute Ordnung, und auch die hatte er jetzt zerstört.

Auch in der Wohnung, die ihm nicht mehr gehörte, erinnerte nichts an sie – und alles.

Er ließ eine Nacht verstreichen, bevor er Isabels Brief öffnete. Dazu mußte er das Whiskyglas abstellen, aber er trank weiter, in kleinen Schlucken, während er las.

Herr Andreas Leuchter,
Sumi ist nach Göttingen gefahren, um zu packen und sich von Europa zu verabschieden. Wenn die Buchung klappt, landet sie übermorgen in Tokyo. Dann zieht sie sich für den Sommer in die japanischen Alpen zurück, um eine Tournee vorzubereiten, mit Dvořáks b-Moll-Konzert. Sie wohnt bei einer Schulfreundin. Deren Mann ist Israeli, ein warmer Mensch und ein starker Charakter. Sie hat früher die beiden Söhne unterrichtet. Sie ist in guter Gesellschaft. Das beruhigt mich ein wenig.

Sie haben Sumi nie gekannt. Oder haben Sie auch nur geahnt, daß sie eine begnadete Cellistin ist? Sie hat bei Takeo Takahashi gelernt; er war eine Legende an der Musashino-Musikhochschule. Da studierte ich als Stipendiatin. Ich gab Sumi Deutschstunden, wir wurden Freundinnen. Ihr Meister war damals schon fast neunzig und an beiden Beinen gelähmt. Wenn wir uns vor seiner Tür verabschiedet hatten, blieb ich immer eine Weile auf der Straße stehen. Zuerst blieb es ganz still im Haus, aber die Stille war stärker als das Geräusch des Verkehrs. Und dann der Dialog der Celli. Sie zeigten einander ihre Seele, und ich schämte mich zu lauschen.

Ich habe den Meister nie gesehen, aber ich nahm an der Trauerfeier teil und durfte dabeisein, als seine Asche aus dem Feuerofen kam. Sumi las die Gebeine mit langen dunklen Stäbchen vom Rost und legte sie in die Urne. Als sie seinen Adamsapfel ins Licht hielt, strahlte ihr Gesicht eine große Heiterkeit aus. Seine Seele war in sie übergegangen.

Danach spielte sie lange nicht mehr. Die Musik muß wieder nachwachsen, sagte sie. Ist das deutsch? Ich muß nach Europa und Deutsch lernen.

In Göttingen gibt es ein Goethe-Institut, sagte ich, komm, du kannst bei uns wohnen.

Erst wollte sie die Einladung nicht annehmen. Sie war eine Verehrerin meines Mannes, den sie für einen großen Dirigenten hielt. Das ist er wohl. Sie hatte gerade das Angebot eines wichtigen Agenten bekommen. Das ist zu groß für mich, sagte sie. Ich spiele immer noch wie eine Schülerin. Müßte man nicht eine große Liebe erleben, um richtig musizieren zu lernen? Und dafür bin ich zu alt.

Ich lachte sie aus. Komm zu uns, auch zum Deutschlernen gibt es nichts Besseres als eine Liebesgeschichte. Schnapp mir nur meinen Mann nicht weg, sagte ich, als ich mich von Japan verabschiedete. Er ist ein Filou. Für ihn bist du zwanzig und brauchst nicht einmal eine große Cellistin zu sein. Ihm reicht schon, wenn du ihn anhimmelst.

Als ich zurückkam, war er ausgezogen. Er hatte sie gefunden, seine große Liebe. Ich sah ihn erst bei der gerichtlichen Trennung wieder. Zweimal versuchte ich mir das Leben zu nehmen, aber es reichte mir nur bis in die Psychiatrie. Sumis Ankunft rückte immer näher. Ich schrieb ihr nichts von meiner Lage. Sonst wäre sie vielleicht nicht gekommen, und ich brauchte sie.

Sie sah mit einem Blick, was los war, als sie kam. Eigentlich hatte sie studieren wollen, aber nun begann sie wieder zu spielen, mir zuliebe. Wir übten viele Stunden am Tag. Gute Worte hätten mir nicht geholfen, aber das Instrument brachte Disziplin in mein Leben zurück, und Sumi war unnachgiebig. Sie glaubte an meine Berufung.

Ich weiß nicht, wie ich die Zeit der Scheidung ohne sie überstanden hätte. Wir schlossen einen Pakt ohne Worte: Niemand sollte wissen, daß sie eine Musikerin ist. Dafür berührten wir das Thema Liebe nicht mehr. Es war keine Liebe, wenn ich hie und da bei einem Mann Trost suchte. Sie sagte nichts dazu. Genug, wenn wir musizierten.

Ohne Sumi hätte ich Ihren Kurs nicht besucht. Sie trieb mich dahin und glaubte nicht, daß ich den Narren an Ihnen gefressen hatte. Aber so kam sie zu Ihrer Eroberung. Für Sumi mußte es die große Liebe sein. Als sie mit Ihnen wegfuhr, hinterließ sie mir einen Zettel. Verzeih mir, Isabel, ich fahre in ein neues Leben.

Inzwischen hatte ich wieder Boden unter den Füßen und brauchte niemandem mehr treu zu sein als mir selbst.

Monatelang hörte ich nichts mehr von ihr. Im Februar rief sie mich an, und ich spürte sofort: Das war kein gutes Zeichen. Daß ich eine Katze füttern sollte, war ein Vorwand. Ich sollte mich für Sumi bereithalten. Es kam mir nicht in den Sinn, Ihre werte Person in Zweifel zu ziehen. Kein Wort über Sie, Herr Leuchter. Als ich kam, hatten Sie sich nach Basel abgesetzt. Alles, was Sumi beschäftigte, war das Konzert in Paris. Sie hat bis kurz vor ihrer Abfahrt daran gearbeitet, als wäre es ihr eigenes.

Sumi begleitete Sie nach Paris. Sie kam allein nach Zürich zurück und wollte gleich weiter, nach Japan zurück. Vom Konzert kein Wort, sie sagte nur, sie habe sich in Chartres von Ihnen verabschiedet, aber Sie hätten es wohl nicht bemerkt.

Ich hätte Sumi ihr Glück gegönnt. Es hätte sogar aussehen dürfen wie Sie.

Sie mögen ein gewinnender Mensch sein, Herr Leuchter, aber zu einem Mann fehlt Ihnen noch sehr viel.
> Mit entsprechender Hochachtung grüßt Sie
> Isabel H.

10 Wiedersehen

Dezember 2001

Als die Dozentin den Hörsaal verließ, trat der ältere Herr im Regenmantel, der hinter der Tür gewartet hatte, einen Schritt auf sie zu.

Vera, sagte er und hob andeutungsweise die Arme, wie um sie aufzufangen. Sie hatte ihn nicht gleich erkannt.

Leuchter war fester geworden, sein Gesicht trug eine muntere Rötung zur Schau. Die Polster hatten seine Furchen nicht geglättet, nur wirkten sie weniger streng. Seine Tonsur war jetzt unübersehbar, doch das Haar krauste sich immer noch ungemischt hellbraun. Er hatte die Koteletten rasiert und die Büsche über den Schläfen gestutzt. Seine Augen strahlten wasserblau aus dem Gewirr von Krähenfüßen. In seinem Gilet-Anzug mit dem sandfarbenen Hahnentrittmuster und der stahlblauen Krawatte wirkte er ein wenig dandyhaft. Doch der Regenmantel, den er darüber trug, war auffallend schäbig.

Andres, sagte sie und ließ sich kurz in seine Arme ziehen. Du hast dich doch nicht etwa in die Vorlesung eingeschlichen.

»Gerechtigkeit« interessiert mich, lächelte er.

Du hättest dich ankündigen können.

Ich bleibe der Dieb in der Nacht. Und wach, wie du bist: Was sollst du zu fürchten haben? Hoffentlich ist das Jüngste Gericht so kompetent wie du. Und so human.

Andres, ich werde nicht gern überrascht.

Ich weiß, sagte er mit gespielter Zerknirschung. Aber wenn ich endlich eine gute Neuigkeit habe? Können wir zusammen essen, oder hast du schon etwas vor?

Dafür war sie nicht geistesgegenwärtig genug und ärgerte sich darüber, als sie die steinerne Treppe hinuntergingen.

Kein Mantel?

Ich möchte nicht weit, ich habe Sprechstunde um zwei.

Es ist ja auch mild – für Dezember. Föhn! Ich dachte, in Genf habt ihr nur die Bise.

Er räusperte sich wie vor zehn Jahren, seine Stimme war unverändert. Damals hatte er zu später Stunde immer wieder angerufen, redend, ohne zu hören, und immer mehr oder minder betrunken, wortreich verzweifelt. Zuerst hatte ihn Sumi verlassen, dann Catherine, und zwar gerade, als sie hatte zu ihm zurückkommen wollen.

Catherine hatte im April 1987 einen Schlaganfall erlitten. Als sie am nächsten Tag nicht an ihrem Arbeitsplatz im Londoner Hospiz erschien, fand man sie in ihrer Wohnung bewußtlos. Vielleicht lag sie schon lange so; aufzuwecken war sie nicht mehr. Ihre Klinik, wo sie noch vier Wochen lag, hatte das Erlöschen wichtiger Gehirnfunktionen festgestellt. So war es vielleicht ein Glück zu nennen, daß sie in einer warmen Mainacht den Weg selbst zu Ende ging, auf dem sie andere bis an die Grenze begleitet hatte.

Leuchter, am Telefon, räumte das ein. Trotzdem fand er sich mit Catherines Tod nicht ab. Noch weniger mit der Tatsache, daß man ihn, immer noch den Ehemann, von ihrem Unglück mit keinem Wort verständigt hatte. Die Klinik wollte auf Catherines Instruktion gehandelt haben. Sie hatte nach dem Antreten ihres Arbeitsplatzes eine Erklärung hinterlegt, in der sie festhielt, daß sie *niemandem* – das Wort war unterstrichen – außer einem Basler Rechtsanwalt und der Schweizer Vertretung in London ihre Adresse mitgeteilt habe und daß sie auch im Fall, daß ihr etwas zustoßen sollte, *nur* (wieder unterstrichen) diese Personen unterrichtet wünsche.

Bei diesem Rechtsanwalt hatte sie ein Testament hinterlegt. Er hatte sie bei der gerichtlichen Trennung von Leuchter vertreten. Aber die Scheidung war noch nicht vollzogen. Was berechtigte den Juristen, statt des Ehemanns nach England zu reisen und ihn erst drei Wochen nach erfolgter Seebestattung, die sie sich gewünscht hatte, von ihrem Tod in Kenntnis zu setzen?

Vera hatte Leuchter davon abraten müssen, gegen diesen Herrn, einen von Catherines Atempatienten, zu prozessieren.

Dafür weigerte sich der Witwer, der Einladung zu einer Gedenkfeier in der Klinik zu folgen. Gelähmt saß er in dem leeren Haus, das ihm nicht mehr gehörte, aß tagelang nicht mehr und trank nur noch, bis er zu telefonieren begann.

Es konnte nicht sein, daß Catherine spurlos aus der Welt verschwunden war. Bei jeder vorübergehenden Trennung – auch der schmerzhaftesten – waren Catherine und er bei der Regel geblieben, daß man dem anderen eine Adresse hinterließ. In London war es die Klinik. Daß er nicht anrief, hatte mit Respekt zu tun. Und mit Takt. Er hatte jeder Versuchung widerstanden, sich als Notfall aufzudrängen. Dabei war er eigentlich dauernd in Not gewesen. Was hatte ihn allein die Beziehung mit Sumi gekostet.

Catherine hatte ihm ihre Wohnadresse nicht mitgeteilt, nun gut. Er wußte ja, sie war auf ihrem Weg. Wer aber wollte wissen, wohin sie dieser Weg noch geführt hätte? Warum *zurück*? Warum nicht vorwärts, in eine ganz neue Verbindung mit ihm? Wie oft hatte er es gehabt, dieses ganz bestimmte Gefühl. Sogar nach Sumis Abschied. Er hatte seine Richtigkeit eingesehen, mit geschlossenen Augen. Jeden Abend hatte er so gesessen, eine Stunde, zwei, und sich in die Ehe mit Catherine vertieft. Mit ihr geatmet, ihrem Weg vertraut, bodenlos. Womit hatte er dieses Ende verdient?

Eine der Nichten, die als Kind oft zu Besuch gewesen war, hatte das Haus geerbt. Leuchter mußte sich für den Herbst eine Wohnung suchen. Dann besaß er von Catherine nichts mehr. Aber noch lebte er mit ihren Möbeln, ihren Kleidern, den Andenken. Sogar das Foto ihrer Hochzeitsreise stand noch auf ihrem Schreibtisch. Es zeigte sie, lachend umschlungen, am Strand der Nordsee. Er behielt es im Auge, wenn er mit Vera telefonierte. Er berief sich auf dieses Bild, wenn er mit Vera um seine Ehe kämpfte, um ihre unvergangene Schönheit, um seine Ehre. Er gab nicht zu, sie verletzt zu haben. Er war sogar kühn genug, die Sumi-Liebe als eine Art Willensvollstreckung Catherines auszugeben. Nichts hatte sie so bewußt unterstützt wie seine Freiheit. Stillschweigend hatte sie ihm gebracht, was einfältige Leute ein Opfer nennen. Bringe kein Opfer, wenn du nicht die Kraft hast zu verschweigen, daß es eines ist. Das war Catherine.

Das mußte Vera wissen und bekam es jede Nacht wieder zu hören. Leuchter hatte das Weinglas auf Catherines Schreibtisch und die Augen auf einem glücklichen Paar. Immer wieder tauchte der Blick in die Nordsee dahinter und wurde naß. Über ein solches Wasser muß eine Liebe doch gehen können, mit bloßen Füßen. Kein Weg mehr – das ist der Weg.

Sumi zuliebe war er für etwas Ganzes bereit gewesen. Zu allem fähig, und auch sie hatte ihn verlassen. Wegen Isabel? Dieser Isabel hatte er nie auch nur den kleinen Finger gereicht. Wo käme man hin, wenn sich jede verschmähte Frau als moralische Rachegöttin aufführen dürfte? Oder hatte er Sumi mit seinem Pariser Konzert verschreckt? Ja, er sei mit dem Stück Romans, des todkranken Erpressers, gescheitert – genau darauf habe es der auch angelegt gehabt. Er habe die Welt nicht verlassen wollen, ohne Leuchter nochmals in die Hoden zu treten. Aber wenn *eine* hätte bemerken dürfen, daß er mit dieser sogenannten Liechtenstein-Suite in Ehren untergegangen sei, dann Sumi. Oder war es das Gespräch im Hurenhaus, was sie ihm nicht verzieh? Sie habe ihn doch dazu provoziert. Sie habe verkauft werden wollen. Aber Japaner seien immer symbolisch. Er habe mitgespielt wie ein Therapeut, denn er habe den Konflikt schon geahnt, von dem sie gesäubert werde wollte. Dieser Konflikt habe mit ihm nicht das geringste zu tun. Er habe ihm nur als Darsteller gedient. Dabei sei er weit gegangen, für Sumi, *out of his way*. Von Sumis Konflikt sage er nichts. Diskretion sei etwas, was er immer noch kenne, auch im Zustand größter Verlassenheit. Bevor sie nach Paris gefahren seien, habe er ihr sein Cello anvertraut. Ob Vera für möglich hielt, daß ihn Sumi in Lausanne, gegen alle Verabredung, bis zum letzten Augenblick warten ließ? Der Zug nach Paris wäre abgefahren, wenn er sie nicht zufällig auf dem Bahnsteig ertappt hätte, und wobei? Beim Flirten mit dem Lokomotivführer!

Und so immer weiter, immer anders, und immer ähnlich.

Vera hatte ihn reden und rechten lassen, denn seine Klage war anfangs mit Drohungen gegen sich selbst gespickt. Wer durfte riskieren, etwas auszuschließen? Um so weniger, als Leuchter auch der Kunst abhanden gekommen sein wollte, oder sie ihm. Vera hatte an den Musiker noch geglaubt, als sie ihn als Charakter nicht mehr ernst nehmen konnte. Er wollte nicht lügen, kannte nur sich selbst nicht; und dies war seine Stärke, wenn er sich mit dem Cello ausdrückte. Was blieb ihm noch als diese begnadete Form der Selbsttäuschung?

Wenn er zu betrunken war, kam es vor, daß sie auflegte. Dann rief er nicht zurück.

Als er die Wohnung am Totentanzgäßlein bezogen hatte, begann die nächste Telefonperiode. Von dieser Wohnung kein Wort, nichts mehr von der Arbeit, nichts von Freunden und Bekannten. Nichts von Frauen, auch keine Liebesphilosophie. Daß er immer noch trank, war unüberhörbar. Zugleich berauschte er sich an Galgenhumor und Selbstverkleinerung. Wehleidig? Er doch nicht. Je tiefer die Misere, desto lauter gab er allein sich selbst daran schuld. Da lief sein Witz zu pechschwarzer Hochform auf. Jeden Notfallverdacht ertränkte er in Selbstironie. Nur noch Whisky, aber *Teacher's* muß es sein. Er sang den Werbespot, als wäre es eine Puccini-Arie. Man hatte ihm weh getan, und er hatte es verdient. Bitte keine Erörterung. Der Idiot war er, ein für allemal. Einen, der von allen guten Geistern verlassen ist, verlassen selbstverständlich auch die Frauen. So machte er sein Elend undiskutabel und unübertrefflich.

Bist du sicher, daß ich das wissen muß, Andres?

Nichts davon war wissenswert, wer wußte das besser als er selbst.

Vera kam es vor, als habe Leuchter ein unheilbares Stadium erreicht. Es war ihm nicht zu helfen, wenn er scheinbar um Hilfe bat, dafür war sein Unglück zu eitel. Einmal hatte er die Stirn, sie »um rechtliches Gehör« zu bitten – eine schäbige Reverenz an ihren Beruf. Immerhin hatte er sich vor zwanzig

Jahren das Recht genommen, sie zu verlassen. Dafür beanspruchte er lebenslänglich das Recht, ihr seine Verlassenheit vorzuführen.

Im Sommer 1989 aber, von einer Nacht auf die andere, blieb sein Anruf aus. Sie hörte nichts mehr von ihm, und obwohl sie nicht ohne Sorge war, rief sie nicht zurück. Sie fand seine Spur auch in keinem Feuilleton mehr, keinem Konzertbericht. Allerdings stieß sie auch nie auf eine Todesanzeige.

Dreizehn Jahre später fragte er sie: Was schlägst du vor?

Das *Rotonde*. Da hab ich's nicht weit zurück ins Büro.

Sie waren an diesem Büro vorbeigekommen, wo Vera von einem Rucksackstudenten angesprochen worden war. Oh, sagte sie, wir sind verabredet?

Nein, ich wollte nur fragen, ob Sie nach der Sprechstunde eine Minute haben.

Worum geht's? fragte sie.

Etwas Persönliches, sagte er leise.

Leuchter stand dabei, angestrengt bemüht, nicht zuzuhören, doch das Gedränge erlaubte ihm keinen Seitenschritt.

Können Sie kurz vor fünf kommen? Dann sollte ich fertig sein.

Vor dem Gebäude breiteten sich die Studenten mit ihren provisorischen Mittagstischen aus. Die Mehrzahl der Gespräche lief über Handys. Dünnes Sonnenlicht lag über dem Park, durch den sie am Reformatorendenkmal vorbei auf den belebten Platz mit der griechischen Fassade des Museums gelangten.

Du hast also ein Rendezvous, sagte Leuchter.

Der junge Mann ist sehr ernsthaft.

Es war nicht der Moment, mit den zwei Konzertkarten herauszurücken, die er für heute abend gekauft hatte, auf gut Glück. Die Streichquartette von Wolfgang Rihm, mit den Sabloniers als Ausführenden. Benedikt Sablonier war Leuchters bester Schüler gewesen.

Als sie sich in einer freien Ecke der *Rotonde* niedergelassen und ein Salatgericht bestellt hatten – auf Alkohol verzichtete Vera beinahe schroff –, sagte Leuchter: Vera, ich bin ein anderer Mensch.

Das ist die gute Neuigkeit?

Kein Musiker mehr. Handelsreisender in Musik. Und dieses Jahr zum erstenmal in den schwarzen Zahlen.

Er setzte ihr sein Geschäft auseinander. Er hatte mit zwei ehemaligen Schülern – keine Künstler, aber digitale Genies – im Schwarzwald einen Bauernhof gemietet und die Scheune zum Tonstudio umgerüstet. Hier wurde nicht musiziert, aber Musik gemacht. Hierher kamen Könner ihres Instruments, um Töne abzuliefern: einzelne Töne, bestimmte Tonfolgen. In diese Töne hatte man die Werke der Musikgeschichte zerlegt, um sie daraus wieder neu zusammenzusetzen. Die Töne wurden gespeichert, abgerufen und nach Belieben verbunden. Nach Belieben? Ganz im Sinne des Meisters, und in jeder gewünschten, elektronisch gereinigten Klangfarbe. Das hatte anfangs steril geklungen, ausreichend für die Untermalung von Werbespots, bestenfalls als Soundtrack für Filme. Inzwischen hatte man den Spielraum vergrößert, mit Raumeffekten unterlegt und konnte einen in der Realität unerreichbaren Orchesterklang simulieren – und, was die Soli betraf, auch die Individualität bekannter Virtuosen. Sie brauchten nur einmal ihre Seele abzuliefern, den Abdruck ihrer musikalischen DNA – der Rest war digital. Am Mischpult entstand eine Interpretation, die sie nie geliefert hatten und auch nie hätten bieten können. Das Medium steigerte ihre Kunst auf ein Niveau, das für keinen Virtuosen erschwinglich ist. Es erhob ihre Individualität eine Potenz höher zur Apotheose ihrer selbst.

Die Musiker liefern ihre Töne ab wie Sperma auf einer Samenbank?

Für gutes Honorar, sagte er, das sie sich verdienen müssen. Um bei deinem galanten Vergleich zu bleiben: Mit einmal Wichsen ist es nicht getan. Sie müssen in unserem Studio

Hand anlegen, wieder und wieder und wieder. Die besten Oboisten und Posaunisten der Welt blasen immer dieselbe kleine Tonfolge, die Bratschisten und Cellisten streichen eine Figur bis zum Gehtnichtmehr und legen jede Sorte Gefühl hinein: einmal *piano*, einmal *forte*, einmal *ritardando,* einmal *accelerando*. Einmal? Hundertmal, bis uns das Material für die Synthese genügt. Wir sind dem Definitiven verpflichtet. Denn wenn wir tausend Klangschnipsel elektronisch nahtlos zusammengestrickt haben, müssen sich die realen Musiker erübrigen. Sie verschwinden in ihrem Produkt, aufgelöst wie der Zucker im Tee. Das ist kein Kollektivkunstwerk, Vera! Das Ganze klingt am Ende individueller als jeder Solist. Und nicht nur reiner als das Cleveland Orchestra, auch besser. Der Tag wird kommen, wo man nur noch ins Konzert geht, um die Musiker spielen zu *sehen.* Sie werden nichts anderes zu tun haben, nichts Besseres tun können, als den Orchesterklang zu simulieren, den wir dem Publikum zuspielen, stereophon, raumgetreu, übersinnlich. *Playback*? Wir reden vom Ende der Musik als Handwerk – und von ihrer Wiedergeburt als absolute Musik. Niemand hört ihr an, daß es sie nie gegeben hat.

Und was war die gute Nachricht? fragte Vera. Die schwarzen Zahlen?

Daß du einmal etwas anderes von mir hörst, sagte er.

Ich habe mir fast gedacht, daß du nicht mehr spielst.

Warum?

Mit diesem Ring? fragte sie.

Er sah sie erschrocken an. Sie hatte kurz und – er täuschte sich nicht – ungemein wegwerfend auf den Ring am kleinen Finger seiner Linken gedeutet, einen auffallend großen Silberring mit einem rot und grün gemusterten Stein.

Vera! lachte er unbehaglich, einen Ring kann man ausziehn, wenn man spielt!

Ich weiß, sagte sie kühl.

O nein! erwiderte er, wenn du erlaubst: Du weißt gar nichts!

Muß ich denn?

Der Ring ist ein Andenken, sagte er, an eine wirkliche Freundschaft.

Komisch, sagte sie, daß du das beteuerst. Nach deinen Freundschaften frage ich nicht. Ich habe mich nur über deinen Geschmack gewundert.

Darüber streiten wir aber nicht.

Nein, darüber streiten wir nicht.

Beim Kaffee sagte er: Ich wollte dir einmal danken, Vera.

Wofür?

Für dein Vertrauen damals, so viele Jahre.

Vertrauen?

Du hast mich angehört. Ich habe dich so sehr gebraucht.

Lebst du allein?

So gut wie, sagte er. Wechselnde Bekanntschaften. Nichts Ernstes.

Hoffentlich sehen das die Bekanntschaften auch so.

Dafür ist gesorgt.

Da sie die Frage: wie? unterließ, beantwortete er sie selbst.

Ich kenne meine Grenzen und lasse mich nicht mehr tief ein. Beide Seiten fahren besser so.

Du bist älter geworden.

Höchste Zeit, ein wenig Unverantwortlichkeit zu lernen.

Daran hat es dir bisher gefehlt.

Etwa nicht?

Sie schwieg.

Du hast aus deinem Leben etwas gemacht, Vera. Dann braucht man sich aus andern nicht mehr soviel zu machen. Damit fange ich erst an.

Viel Glück.

Ich habe dich strapaziert.

Es war nicht immer lustig, deine Vertraute zu spielen.

Du hast nicht gespielt.

Ich habe dich einmal geliebt.

Als ich noch liebenswürdig war.

Du warst schon damals ein ausgewachsener Kotzbrocken.
Ein unerwachsener, willst du sagen.
Jedenfalls war ich ein Künstler, fuhr er fort. Das glaubtest du selbst.
Wahrscheinlich, weil ich gern die Geliebte eines Künstlers gewesen wäre.
Leuchter lachte. Du läßt wirklich nicht viel von mir übrig, Vera.
Je weniger du bist, desto erträglicher.
Dann hätte ich ja wieder eine Chance.
Wir werden sechzig, Herr Leuchter.
»Gleiches ist gleich, Ungleiches ist ungleich zu behandeln.«
Ich hab deine Vorlesung genossen – klarer Intellekt, gute Luft. Ich erlebe sonst nicht viel Schönes, Vera.
Sie hatte den Vortrag mit einem Zitat von Jens Per Jacobsen eingeleitet: »Du sollst nicht gerecht gegen ihn sein, denn wohin kämen die Besten von uns mit der Gerechtigkeit; aber denke an ihn, wie er die Stunde war, da du ihn am tiefsten liebtest.« Sie hatte nicht gewußt, daß er im überfüllten Hörsaal saß und sie beobachtete: eine schmale herbe Frau, die sich selbst hatte erschaffen müssen. Sie wiederholte die Entstehung ihrer Persönlichkeit vor einem sehr jugendlichen Publikum, für das sie eine Respektsperson war und zugleich der Anfang einer wohlwollend betrachteten Karikatur: eine gealterte Akademikerin, an der, solange sie Spaß verstand, nichts problematisch war.
Die Anstrengung, dem Leben nichts übelzunehmen, dachte Leuchter, verrät sich nur dem Altersgenossen. Und gerade er darf sie nicht bemerken.
Soll ich nach Japan, Vera?
Solange du mich nicht als Reiseveranstalterin beanspruchst.
Eine Musikhochschule hat mich eingeladen, als Juror. Sie haben einen Cello-Wettbewerb ausgeschrieben.
Die Schule deiner Sumi?
Frau Fujiwara. Aber nicht sie hat mich eingeladen, der Rektor der Hochschule. Er hat sie nicht einmal erwähnt.

Er zeigte ihr den Brief. Sie ließ sich Zeit mit dem Aufsetzen der Brille.

We look for international excellence in the jury and would be extremely honored by your attendance.

Du hast die Musik gerade abgeschafft. Paßt die Beschreibung noch auf dich?

Sie hat schon vor fünfzehn Jahren nicht gepaßt. Exzellent war ich nie, international noch weniger.

Also hofiert man dich. Hast du das nötig?

Ich spiele immer noch Cello – für den Hausgebrauch. *International excellence* – auf Sumi paßt es. Ich habe dir von ihr erzählt.

Das hast du wohl.

Daß sie eine professionelle Cellistin war, habe ich erst nach der Trennung erfahren. Ich habe eine CD dabei. Möchtest du sie hören?

Das Cover, das er aus der Tasche zog und auf den Tisch legte, zeigte den Kopf einer Frau, der sich so tief über das Instrument neigte, daß das Gesicht nur zu erraten war.

Ich glaube nicht.

Du rauchst?

Zur Feier des Tages.

Ja, wir hätten etwas zu feiern.

Was?

Das könnten wir noch herausfinden.

Leuchter schob die CD wieder in die Rocktasche.

Die beste junge Cellistin ihres Landes, und in Japan will das etwas heißen.

Jung kann sie nicht mehr sein.

Noch nicht fünfzig. Als sie wegging, war ich ganz sicher: für immer. Und fuhr nach Chartres, um mich aufzufangen. Da hatte ich als junger Musiker meine beste Zeit. Was ich nicht wußte: Sumi ist auch nach Chartres gereist und hat mich beobachtet, in der Kathedrale, überall. Sie war immer groß darin, sich zu verstecken.

Sie hat dich geliebt, und du hast sie nicht bemerkt.

Als ich nach Zürich zurückkam, sagte mir Isabel, Sumi sei nach Deutschland gefahren, um ihre Abreise vorzubereiten. Isabel schrieb mir einen Brief.

Ich weiß, Andreas.

Von wem?

Du hast es mir erzählt.

Aber Sumi hat mir nichts hinterlassen. Nichts.

Du hättest ihr nachfahren müssen, wenn es dir ernst gewesen wäre.

Ich kannte sie doch. Ihr Abschied war definitiv wie ihr Cello-Spiel.

Er klopfte sich auf die Tasche.

Sollten wir uns wiedersehen, dann mit Stil. Wir haben noch ein »unerledigtes Geschäft«, wie Catherine gesagt hätte.

Du bist kein Geschäftsmann.

Das sieht die Branche inzwischen anders.

Nicht jede alte Flamme ist pflegeleicht, Herr Leuchter.

Ich merke es, lächelte er. Aber Japan im Frühling! Die Kirschblüte, Vera! Hättest du nicht Lust, eine Reise nach Japan zu machen?

Nein. Auch keine Reise nach Paris.

Du wirst lachen: Da soll ich auch wieder hin. Und wieder wegen Roman.

Ist er nicht tot genug?

Jetzt wird er unsterblich. Kennst du das *Ircam*, den musikalischen Ableger des *Centre Pompidou*? Da führen sie ihn wieder auf, unseren Roman. Inzwischen ist er Kult. Das Ensemble »Légion« – das heißeste in Paris – führt ein postumes Werk auf, und ich soll die Einführung sprechen. Vielleicht tu ich das wirklich. Dann zeig ich denen was.

Rachephantasien?

Besser als Strafphantasien. Damit bin ich bedient. Oder habe ich Catherine umgebracht?

Das sagt doch niemand.

Außer ganz Basel: niemand. Da hab ich ja noch Glück, daß mein Ruhm Basel nicht wesentlich überschritten hat.

Catherine ist ohne dich gestorben.

Warum ist sie überhaupt gestorben? fragte er. Lea weiß es. Lieber den Tod als Leuchter. Erst stürzt er eine unschuldige Japanerin ins Unglück, dann tötet er seine Frau – und dann schändet er kleine Mädchen.

Wer ist Lea?

Ich muß dir von ihr erzählt haben.

Alles habe ich nicht behalten.

Das will ich hoffen. Kaffee?

Ich muß in die Sprechstunde. Aber eine Frage hätte ich auch. Warum hast du damals aufgehört?

Womit?

Mit Anrufen. Der letzte kam am 25. August 1990.

Könnte stimmen. Am 26. bin ich verreist.

In den Busch, wo es kein Telefon gibt?

Nur nach Lausanne. Zu einer alten Bekannten. Bei der wohnte ich ein paar Tage.

Sie müssen dir die Sprache verschlagen haben.

Leuchter lächelte unbehaglich. Wenn du so willst. Das mit dem Busch war schon richtig. – Aber dafür ist mir einmal etwas gelungen. Ein Abschied.

Gratuliere, sagte Vera mit unbewegtem Gesicht. Jetzt gehe ich wirklich, und danke für die Einladung. – Bereits stehend fügte sie noch hinzu: Fahr nicht nach Japan. Du kommst nicht lebend zurück.

Wer sagt das? Leuchter hatte sich ebenfalls erhoben.

Ich habe es geträumt, sagte Vera. Zweimal.

Als er daran dachte, sie zu küssen, ging sie schon über den Platz, und hinter ihrer schmalen, zielstrebig ausschreitenden Gestalt schloß sich der Verkehr.

11 Flucht. Die erste

Vera war ihm eine Traumdeutung schuldig. Sie hatte nicht gewußt, daß er nach Japan ging. Wie konnte sie davon träumen? Jetzt mußte er sie wiedersehen. Er beschloß, sie nach der Sprechstunde abzuholen. Nach fünf Uhr.
 Erst einmal blieb er sitzen. Die *Rotonde* hatte sich geleert. Die Reise nach Japan konnte er immer absagen.
 Er bestellte einen Dreier Aigle.
 Er war einmal Veras Ritter gewesen und hatte ihr Rittergeschichten erzählt. Damit ihre Liebe zu ihm märchenhaft bliebe. Und sein Panzer intakt. Schutzbehauptungen. Er war gefällig gewesen, nicht ehrlich. Aber wie mußte er sie enttäuscht haben, als er nur noch ehrlich war. Zehn Jahre später, am Telefon, hatte er nicht einmal mehr gewußt, was das ist, ein Panzer.
 Niedere Tiere schützen sich mit einem Panzer. Höhere Tiere haben ein Rückgrat.
 Ja, Catherine. Du hast recht wie immer.
 Als Vera in Basel den Kongreß einer Flüchtlingsorganisation präsidierte, hatte er sie Catherine vorgestellt, mit Vera ein bißchen angegeben. Eine Intellektuelle von Graden, und, da sie sein Cellospiel über alles schätzte, konnte er bei ihr nichts falsch machen. Plötzlich kam ihm ein unangenehmer Verdacht. Hatte er die Worte vom »gelungenen Abschied« nicht damals schon gebraucht?
 Vera konnte sie jedenfalls nicht gehört haben.
 Es waren auch gar nicht seine eigenen Worte. »Der gelungene Abschied« stammte aus einem von Catherines Lebenskunstbüchern. Er hatte ihr, anhand Veras, nur vorgeführt, daß er die Weisheit kapiert hatte. Und ihr bedeutet: »Vera weiß jedenfalls, was ich wert bin.«
 Er hatte Vera für juristischen Rat in einer Erbschaftssache empfohlen; Catherine hatte ihn *nicht* gesucht. Er wunderte sich nicht mehr. Aber war es nicht Vera gewesen, die Cathe-

rine an diesen Emilio verwiesen hatte? Emilio ist ein Kellnername, hatte er gespottet, der bringt dir vielleicht einen Campari, aber nicht die Million deines Onkels.

Catherine wäre, als sie starb, eine reiche Frau gewesen, aber ihr Vermögen ging teils an ihre Sterbeklinik, teils an »Ärzte ohne Grenzen«. Das hatte Emilio gut eingefädelt und gewiß das Nötige für sich selbst abgeschöpft. Hatte Catherine mit Emilio etwas gehabt? Sie nannte ihn »lauter«, eine »Natur«, und wie sparsam war sie mit Komplimenten. Der lautere Winkeladvokat hatte es jedenfalls gerichtet. Catherines Testament war eine einzige Ohrfeige für Leuchter, den ungeschiedenen Mann. Kein Andenken für ihn, nichts – das war eigentlich nicht ihre Art. Er hatte sie für ganz und gar aggressionsfrei gehalten, ja für unfähig zum Konflikt. Und war auch ganz sicher, daß sie ihm nie etwas für sie Wichtiges verschwiegen hätte. Das hätte sie beim Atmen gestört.

Darüber hatten sie oft gesprochen, beim Mittagsbrot auf der Rheinterrasse. Aber warum erinnerte er sich fast nur an seine eigenen Worte? Hatte denn immer nur er gesprochen? Nein, es gab Sätze Catherines, die sich ihm dauerhaft eingebrannt hatten. »Sei nicht so gefällig.« Das hatte er oft zitiert, sich auch selbst vorgesagt. Lautere Sätze. Sie hätte ihm Emilio nicht verschwiegen. Aber vielleicht hatte sie ihm ihr ganzes Leben verschwiegen, und immer mehr davon, je mehr er darüber redete.

Ja, Andreas Leuchter, auch wenn es weh tat: Er kannte sie immer weniger. Heute ahnte er immerhin, womit er ihr weh getan hatte, und als sie ihr Schweigen nicht mehr aushielt, war sie gegangen.

Er hatte nicht genug geliebt. Darum war er gefällig.

Du weißt gar nicht, was Liebe heißt, hatte sie einmal fast beiläufig gesagt, als er ihr von Vera erzählt hatte, in einiger Ausführlichkeit, die er für ehrlich hielt.

Jetzt läutete ihm ihr Schweigen in den Ohren, als er sich den Rest Wein aus der Karaffe nachschenkte. Willst du immer recht haben, Catherine, mit welchem Recht?

Plötzlich hatte er das Bedürfnis, mit Vera über alles zu sprechen. Das ganze Leben. Sein ganzes immer halbes Leben. Bin ich immer nur gefällig gewesen, Vera?
Aber so konnte er sie nicht verführen.
»Du weißt gar nicht, was Liebe heißt.« Fing er damit an, Catherines lauteres Maß auf sich selbst anzuwenden, brauchte er mit Lieben gar nicht erst anzufangen. Du wolltest mich totschweigen, Catherine, in deiner lauteren Unschuld. Ja, Catherine, du bist eine Heilige. Aber ich bin noch am Leben.
Noch einen Dreier Aigle, bitte.
Vera hatte von ihm geträumt, zweimal sogar, und er sollte das wissen.
Eigentlich war es ja eine Drohung. Sie war also immer noch ein wenig eifersüchtig. Warum hatte er nicht mehr angerufen? Sie hatte sich das Datum gemerkt, auf den Tag genau. Von Jacqueline hatte er nichts erzählt. Vielleicht heute abend. Warum eigentlich nicht?
Leuchter hatte es aufgegeben, wählerisch zu sein.

Angela, die Technikassistentin mit dem Madonnengesicht. Er hatte noch bis Mitternacht am Computer gesessen und die Buchhaltung geprüft. Als er durch die Galerie des umgebauten Dachstocks zurückging, sah er Angela in ihrer Koje am Schneidetisch weinen.
Er hatte sich neben sie auf den Hocker gesetzt. Angelas Freund war ausgezogen, und so weiter. Er brauchte nur sitzen zu bleiben und zu nicken, damit sie überströmte; am Ende hatte er sie in die Arme genommen. Sie brauchte jetzt etwas Väterliches. Aber zu seiner Verblüffung war sie, während er ihr noch zusprach, an ihm hinuntergerutscht, hatte seinen Reißverschluß geöffnet, sein Glied herausgekramt und in den Mund genommen, um daran zu saugen, sanft zuerst, dann mit Beflissenheit. Dabei hatte sie prüfend zu ihm aufgeblickt, als warte sie darauf, daß er ihren Kopf am kurzen Haar, in das er mit beiden Händen gegriffen hatte, wegziehe. Aber er ließ es geschehen. Er hatte am Arbeitsplatz getrunken, ein

Glas oder zwei; gerade genug, daß er sich bereit fühlte, was hier geschah, locker mitzunehmen, sportlich gewissermaßen.

Sie hatten kein Wort gewechselt, als sie zum Parkplatz hinuntergingen. Leuchter wußte, daß Leo, sein Kompagnon, mit Angelas Arbeit unzufrieden war. Er hatte sie abgemahnt und wollte sie entlassen.

Ein paar Tage danach – es war wieder spät geworden – kam Leuchter in Angelas Arbeitskoje, mit dem festen Vorsatz, Arbeits- und andere Verhältnisse sauber zu trennen. Erst war sie trotzig, dann löste sie sich wieder in Tränen auf.

Was folgte, war Gegenstand eines Briefs, den Leuchter am nächsten Morgen mit der Aufschrift »Persönlich!! Vertraulich!!!« auf seinem Pult liegen sah. Darin wurde er bezichtigt, Angela in ihrem Büro nahegetreten zu sein. Für den Verzicht auf eine Klage beanspruchte sie ein Schmerzensgeld in der Höhe eines Jahresgehalts. Leuchter brachte den Brief zu Leo und Jan, damit sich das Direktorium auf fristlose Kündigung einige. Aber Leo, der ebenfalls einen Brief erhalten hatte, wiegte den Kopf und sagte, damit komme man jetzt nicht mehr durch. Angela verfüge über ein Corpus delicti in Form eines Papiertaschentuchs, auf dem Samenspuren des Täters nachweisbar seien. Ob man es da auf eine Klage ankommen lassen dürfe?

Am Ende blieb es bei der Kündigung, doch Angela kam zum größten Teil des verlangten Geldes. Die Firma konnte es sich leisten. Leo blieb bei seinem salopp respektvollen Ton. Doch jetzt glaubte Leuchter eine Spur Geringschätzigkeit darin zu bemerken. Ein paar Tage später feierte man seinen Geburtstag. Es war ein munteres Fest, und Leuchter tanzte mit allen weiblichen Angestellten. Danach nahm er ein paar Tage Urlaub.

Die erste Nacht verbrachte er in einem Hotel in Montreux, demselben, in dem Nabokov gewohnt hatte, und widerstand der Versuchung, Jacqueline anzurufen. Am zweiten Tag reiste er nach Genf, um Vera im Hörsaal zu überraschen. Er sehnte sich nach einem Gespräch mit Niveau.

Damit vertrug sich nicht, daß er ihr von Jacqueline erzählte. Es war ja auch zu lange her. Sommer 1989, vor zwölf Jahren.

Damals war er nichts als verlassen. Die Erinnerungen taten so weh, daß er sie jede Nacht im Alkohol ertränken mußte. Und dann schüttete er sie vor Vera aus, in diesen endlosen und nutzlosen Beichten am Telefon. Er wurde immer weniger. Noch hatte er die Stelle am Konservatorium und hielt sie nicht aus. Jeder Tag konnte der letzte sein, und er wußte nicht einmal, wovon. Nahm er das Cello in den Arm, begann er kurz zu atmen, und Catherine war tot. Wenn ein Mensch verstimmt ist bis auf den Grund, bringt er keinen Ton mehr hervor.

Der Direktor des Konservatoriums hatte ihn zum Gespräch gebeten. Leuchter hatte Stunden ausfallen lassen, nicht nur ohne Begründung, auch ohne es zu bemerken. Er rechnete mit seiner Entlassung. Aber Billeter bot ihm eine andere Stelle an. Immer noch im Haus, doch als Programmleiter. Leuchter sollte Veranstalter werden.

Ich bin Musiker.

Du bist Musiker, sagte der Oberlehrer mit der dichten grauen Haarkappe. Deine Krise beweist es, Andreas. Jetzt verlangt sie eine Pause. Als Musiker weißt du: Die ganze Kunst liegt in einer Pause zur rechten Zeit. Was dir fehlt, ist Gehör für dich selbst. Mach eine Reise, und überleg dir mein Angebot.

Er bekam ein halbes Jahr Urlaub, doch er verreiste nicht. Er verkroch sich in der Wohnung am Totentanzgäßlein und verließ sie nur für das Nötigste. Um einschlafen zu können, trank er vor dem Fernseher, bis er das Programm nicht mehr verstand. In der Frühe wieder ein Glas, um den Kater zu dämpfen. Wieder ein neuer Tag. Wozu?

Er hatte sich vorgenommen, Japanisch zu lernen. Aber schon der Vorsatz erschöpfte ihn. Ohne die chinesischen Zeichen hatte es keinen Sinn. Und so wurde er nicht einmal mit der Silbenschrift fertig. Er brauchte drei Tage, um fünf Zeichen zu lernen, und nur ein Glas, um sie wieder zu löschen.

Er ließ das Telefon läuten. Als es ganz damit aufhörte, konnte er nicht mehr schlafen. Mitten in der Nacht horchte er in den Hörer. Er öffnete seine Agenda und wählte eine Nummer. Es läutete lange.

Oui? fragte eine weibliche Stimme.

Linienkontrolle, sagte er in den Hörer.

Wer spricht? fragte es deutsch zurück. Veras Stimme.

Bin ich noch da? fragte Leuchter.

Andreas? hörte er.

Wenn du es sagst.

Andreas, es ist drei Uhr früh.

Ich habe von dir geträumt, sagte er. Bitte mach dir keine Sorgen um deine Brust.

Er hörte ihr Schweigen.

Andreas, bist du in Ordnung?

Total, hatte er antworten wollen, doch er kam nicht dazu. Sie hatte aufgehängt. Als er zum zweiten Mal anrief, nahm sie nicht ab. Er lauschte dem Klingelzeichen, dann legte er den Hörer neben das Telefon, ging ins Badezimmer und wusch sich das Gesicht. Als er den Hörer wieder aufnahm, blökte das Besetztsignal.

Aber sie hatte seine Stimme wiedererkannt. Der Gedanke erlaubte ihm zu schlafen.

Am nächsten Abend war es neun Uhr, als er Vera anrief, und er hatte noch kaum getrunken. Er entschuldigte sich. Sie schwieg. Er begann ihr sein Leben zu erzählen. Diesmal legte sie nicht auf. Aber sie antwortete auch nicht.

Daran änderte sich nicht viel, als er die Anrufe fortsetzte, jeden Abend. Sie hörte ihn an.

Bist du immer zu Hause? fragte er einmal.

Ich habe Urlaub und arbeite an einem Buch.

Darf ich dich besuchen?

Nein.

Aber anrufen?

Sie antwortete nicht. Aber sie nahm seinen Anruf entgegen, auch mitten in der Nacht. Vielleicht hörte sie gar nicht zu, legte einfach den Hörer neben dem Manuskript ab, an dem sie arbeitete. Dann schrie er ins Telefon und bekam immer dieselbe Antwort: Ja, Andreas.

Es gab Tage, wo er den Anruf unterließ oder daß er zu betrunken war, die richtige Nummer zu wählen. Dann redete er mit jemand anderem. Wenn nicht aufgelegt wurde, war er richtig.

Er hatte angefangen, die Wohnung aufzuräumen. Er wollte nicht vergammeln! Aber der Schweiß brach ihm schon aus, wenn er den Staubsauger anfaßte. Mehrmals täglich duschte er eiskalt. Wenn es ihm den Atem verschlug, fühlte er sich wieder als Mensch. Dann drehte er den stumm mitlaufenden Fernseher laut und soff sich in den Schlaf. Aber nicht, ohne Vera zu berichten.

Eines Morgens flackerte sein Augenlicht, als seien alle Batterien erschöpft. In der Toilettenschüssel schwamm Blut. Er ahnte nicht, wie es dorthin gekommen war.

Paß auf dich auf, Andreas.

Mein Vater ist gestorben. Jetzt ist er tot.

Das tut mir sehr leid.

Sechzig Jahre zu spät.

Andreas, du bist noch nicht sechzig.

Ich habe gesagt: sechzig Jahre zu spät. Und ich werde nicht sechzig.

Geh zum Arzt, Andreas.

Eine Woche brachte er im Spital zu und ließ sich überprüfen, auf jeden Verdacht. Organ um Organ wurde freigesprochen. Das mußte Vera wissen. Ein Telefon hatte er auch im Spital. Herz und Lunge waren in hervorragendem Zustand, für sein Alter. Auch die Leber war nicht geschädigt.

Siehst du.

Wie ein Feriengast lag er in seinem Bett, las »Krieg und Frieden«, konversierte mit den Ärzten – fast alle waren musikalisch – über Purcell und Gesualdo und neckte die Schwestern. Eine nach der andern stellte er sich vor, wenn er Hand an sich legte, immer nach dem Nachtmagazin eines deutschen Senders.

Ja, Andreas.

Jetzt ersetzte ihm das Schlafmittel den Alkohol.

Das ist nicht gut.

Nach seiner Entlassung verschrieb er sich der Disziplin. Er trank drei Gläser Wasser, schlüpfte in den Trainingsanzug, setzte sich ins Auto, stellte es im freien Feld ab und begann zu laufen, dem toten Punkt entgegen. Schon nach einer Woche hatte er gelernt, ihn zu überwinden, seine Beine trabten selbsttätig, und er begann die Gegend wahrzunehmen, in der er lief.

Das ist gut.

Immer öfter waren es Gegenden, in denen er mit Sumi gewesen war, Dörfer an der Birs, Wälder am Fuß des Juras. Er frühstückte in Gasthöfen, wo er mit ihr gegessen und geschlafen hatte. Ich sage alles, Vera. Ich rede mit dir wie mit mir selbst.

Ja, Andreas.

Zu Hause nahm er die Kinderbücher wieder vor, die er lange nicht mehr geöffnet hatte, immer wieder »Hansi und Ume«. Vor fünf Uhr nachmittags trank er keinen Tropfen mehr. Dann aber gönnte er sich ein Glas, auch zwei. Danach konnte er weinen. Später wählte er Veras Nummer und meldete sich topfit.

Ich höre dich.

Vor dem Einschlafen sagte er sich immer dasselbe Gedicht auf, dessen letzte Zeile lautete: »Du sollst nicht schluchzen, der Gott wird nicht arm.« Kennst du das?

Nein.

Es wurde August. Er war betrunken gewesen, als er eine andere Nummer wählte. Er hatte sie im Geldbeutel bei den Kreditkarten aufgehoben. Es klingelte endlos, wie bei Vera, das erste Mal. Dann hörte er eine belegte Frauenstimme: *Oui?*

Jacqueline?
Oui. Qui c'est?
Leuchter Andreas. Der Affe, der mit Ihnen nach Lausanne gefahren ist. Chantal hat ihn gezeichnet. Den ohne Cello, aber mit dem Tritt in die Hoden. Erinnern Sie sich.
Que voulez-vous?
Ich will wissen, was Sie tragen.
Einen langen Augenblick war die Leitung stumm. Dann sagte sie: Es ist mitten in der Nacht.
Aber Sie tragen es immer, nicht wahr?
Was?
Das Band um Ihren Hals. Den Stein auf Ihrer Brust. Ist es ein Stein?
Sehen Sie doch selbst.
Ich komme.
Aber mit dem Cello, bitte.
Sie hatte aufgehängt. Er betrachtete den Hörer. Dann wählte er zum zweiten Mal, eine Taxifirma.

Der Wagen wartete vor der Tür, als er mit dem Weißen Hai aus der Haustür stolperte. Er warf ihn auf den Hintersitz und sich daneben. Wieviel Uhr? fragte er. Gleich zwei, sagte der Fahrer, wohin soll's gehen? Lausanne, sagte Leuchter, aber mit Festpreis. Sechshundert, sage der Fahrer mit türkischem Akzent. Vier, sagte Leuchter. Fünf, der Fahrer.

Gut, aber schriftlich.

Der Fahrer schrieb eine Quittung, reichte sie Leuchter und nahm dafür eine Adresse entgegen.

Fünfzig dazu, wenn Sie mich vor der Tür absetzen und bis dahin schlafen lassen.

Schon die ersten Kurven wiegten ihn in Dämmerung; manchmal schreckte er auf. Eine Wirtshausfassade namens »Frohsinn«, eine taghelle Ruine, ein Autofriedhof, ein Verkehrskreisel mit blühender Linde, entgegenkommende Scheinwerfer. Das gleichmäßige Tosen der Autobahn. Die Last in seinem Kopf zog ihn in einen Abgrund, und er bemerkte gar nicht mehr, wie sie abfiel.

Er erwachte am Stillstand des Wagens und starrte auf eine hohe Jugendstilfassade. Ein Mehrfamilienhaus. Die Nummer stimmte. Er reichte dem Fahrer die Scheine, und einen dazu. Dann nahm er den Cellokasten beim Griff und wuchtete sich aufs Trottoir. Die breite Straße, ganz leer. Kühle, eine Ahnung von Morgengrau. Grenzenloses Amselgeläut. Dunkel das Haus, aber die Klingelreihe beleuchtet.

Er fand den Namen Duplessis und drückte den Knopf. Zehn Atemzüge, dann öffnete ein Summton die Tür. Jetzt stockte der Atem. So nah am Ziel. Sparlicht. Aber welche Etage? Den Weißen Hai geschultert, stieg er eine um die andere bis zu einer Tür, die nur angelehnt war. Im Spalt flackerte Kerzenlicht. Er stieß sie auf und erkannte den hageren Schatten mit der gekräuselten Mähne auf einen Blick. Er zog ihn schnell näher, dicht an den Leib, nachdem der Cellokasten dröhnend abgestürzt war, irgendwohin. Unter dem leichten Morgenmantel eine nach Zimt duftende Haut, die schwarze Schnur um den Hals.

12 Die Steine

Es war schon hellichter Tag, als sie auf ihm ritt, die Knie geöffnet, während sich ihre Hände auf seine Knie stützten. *Oui. oui, oui!* Das erste gesprochene Wort.

An ihrem Hals schwang das kleine Gewicht und hüpfte mit ihren Brüsten, als er die Frau bei den Hüften packte, um sie nie mehr zu lassen.

Als er auf den Rücken zurückfiel, folgte sie seiner Bewegung und nestelte, über ihn gebeugt, mit spitzen Fingern das Steinchen zwischen seinen Zähnen hervor.

Hast du es *gespürt*? flüsterte sie.

Was du willst.

Nein, sagte sie, *das*.

Die kleine Kommaform pendelte vor seinen Augen; sie war gescheckt, aber die Farbe war noch nicht zu erkennen.

Was ist es?

Unakit, sagte sie. Sieh ihn an. Das wolltest du wissen.

Was kann er?

Er hat dich hergebracht.

Ich dachte, ich sei mit dem Taxi gekommen.

Sie lachte und wollte nicht aufhören. Unakit sei männlich und weiblich. Er bilde sich durch den Zusammenschluß von moosgrünem Epidot mit ziegelrotem Jaspis und habe die Wirkung eines Liebeszaubers, auch eines Amuletts. Schon im Altertum habe er Krieger vor Verletzungen bewahrt und ihnen eine glückliche Heimkehr beschert. Er stärke das Immunsystem, beuge schweren Erkrankungen vor oder helfe zur Regeneration. Er stütze den Aufbau der Leber und fördere ihre Speicherprozesse.

Leuchter hörte es halb ernsthaft, halb ernüchtert, in seinem Kopf summte schwere Ironie. Zugleich stellte er fest, daß ein anderer Teil seiner Person die innige Verbindung, die sich schon gelockert hatte, sehr merklich wieder herstellte. Jacqueline setzte ihre Unterweisung mit immer kürzerem Atem fort. Siehst du? keuchte sie.

Er sah gar nichts mehr, bis auf eine schwindlig tanzende Kaulquappe vor seinen Augen. Als er sie schloß, warf der Satsuma-Typus seinen schwarzen Haarschopf zurück, Kätterli quietschte vor Vergnügen, Roman tänzelte auf dem Schimmelwallach vorbei, dann wiegte er sich mit der Frau Direktor. Erst als er Sumi im kleinen Nachthemd unter dem vollen Mond davontreiben sah, stemmte er sich, im dringenden Gefühl, sich für ihr Leben wehren zu müssen, gegen seine Ohnmacht. Was tat er denn da? Er hörte sich weinen wie ein Kind, das »Mueter« schreien will und den Laut, der um keinen Preis laut werden darf, an der Brust erstickt, die er sich in den Mund gezogen hat, um ihn zu stopfen und daran zu vergehen.

Am Ende lag er wieder mutterseelenallein neben einer unbekannten Frau.

Er tastete auf ihrer Brust nach dem Anhänger und hob ihn gegen das stärkere Tageslicht.

Unikat? fragte er.

Unakit. – Sie lächelte. Gut, nicht wahr?

Im Zug habe ich die Schnur um deinen Hals gesehen. Ich wollte wissen, was daran hängt.

Weißt du es jetzt?

Wie du beim Lesen im Zug die Lippen bewegt hast. Das war schön.

Mein Anhänger damals war Rosenquarz. Aber der Ring war ein Unakit.

Der Ring mit dem Medaillon?

Was für ein Medaillon?

Ein Frauenkopf.

Da ist kein Kopf. Ich zeig dir den Ring.

Sie stand auf und ging zum Sekretär, einem zierlichen Stilmöbel, das zwischen den Fenstern stand, zog eine Schublade auf und entnahm ihr eine Reihe von Ringen, die sie auf dem grünen Leder der Schreibfläche auslegte. Einen steckte sie an den linken Ringfinger. Ihre Nacktheit wirkte selbstvergessen und sachlich, die Oberschenkel schlossen sich nicht, wenn sie stand. Er sah ihre Innenseite von Nässe glänzen, als sie zum Bett zurückkam.

Der war es, sagte sie. Ich weiß noch, der Umzug stand mir bevor. Chantal war trotzig, sie wollte nicht mit. Ich mußte stark sein für zwei.

Auf den Ellbogen gestützt, betrachtete er den Ring an der gespreizten Hand. Der Stein war schwarzgrün, und den verwischten rosa Fleck in seiner Mitte konnte man für einen Frauenkopf mit fliegendem Haar halten.

Der Unakit ist ein Spiegel, der zeigt, was man sich wünscht, sagte Jacqueline. Der Rosenquarz ist rein weiblich.

Den kann ich nicht ausstehen, sagte er.

Er verkörpert das Weibliche an dir, sagte sie, du hast es noch nicht angenommen. Gib dir Zeit. Der Ring hat dich gerufen.

Mit einem Kopf, den ich mir nur eingebildet habe, sagte er.

Du hast *mich* gesehen, sagte sie und rieb ihren Kopf gegen den seinen. Die Bewegung rührte ihn an wie die ungelenke Zärtlichkeit eines großen Tiers. Er verschwieg, daß er durchaus nicht *sie* auf dem Ring gesehen hatte.

Häng mir das Ding doch mal um den Hals, sagte er.

Dafür muß ich erst den Ring ausziehn, sagte sie.

Warum?

Willst du es wissen? Es ist gefährlich.

Was soll denn passieren?

Sie zog sich das Schnürchen vom Hals, küßte den Anhänger und streifte Leuchter das Angebinde über den Kopf. Dabei fuhren ihre Brustwarzen über seine Augenlider. Die Bohne auf seiner Haut strahlte eine überraschende Kühle aus. Und gleichzeitig fühlte er einen Energiestoß im Unterleib.

Das passiert, sagte Jacqueline heiter und schlug mit dem Fingerring gegen sein Glied.

Jacqueline, sagte er, und fiel auf den Rücken, ich kann nicht mehr.

Aber ich, sagte sie.

Auf dem Nachttisch schrillte das Telefon. Sie lachte noch, als sie den Hörer abnahm. Dicht an seinem Ohr sagte sie: Oh, Hugo. Ich bekam unerwartet Besuch. Um ein Uhr bin ich da. Bleibe dann etwas länger. Entschuldige mich, ja?
 Wer ist Hugo? fragte er, als sie aufgehängt hatte.
 Das Büro. Ich sollte seit zwei Stunden dort sein.
 Wo ist Chantal?
 In Spanien, mit ihrem Vater. In vierzehn Tagen kommt sie zurück.
 War er gut?
 Claude? Immer der beste. Er kann nicht anders.
 Ein Skirennfahrer.
 Versicherungsjurist.
 Ich möchte auch in den Urlaub, auch vierzehn Tage. Aber mit dir.
 Hast du denn soviel Zeit?
 Ich habe nichts.
 Ein Vorschlag: Ich geh zur Arbeit, und du machst hier Urlaub.
 Und warte auf dich.
 Mittags müßtest du dich selbst versorgen.
 Abends koche ich für uns.
 Übertreib's nicht.

Sie war im Badezimmer verschwunden, als er seine Kleider im Korridor einsammelte. Er zog sich an, bis auf einen Socken, der nicht zu finden war. Im Schlafzimmer öffnete er die Fenstertür, die zu einem winzigen Balkon führte. Die Wohnung lag an einer belebten Straße, im fünften Stock. Kein Seeblick. Gegenüber türmten sich Neubauten, Bürohochhäuser. Auf dem Balkontisch wartete eine Kollektion von Mineralien auf das Sonnenlicht, das von der linken Seite einzuwandern begann.
 Als Jacqueline im Morgenmantel wiederkam, trug sie eine Haube über dem Kopf und erinnerte an Nofretete. Oder eine Operationsschwester. Ich zieh mich an, sagte sie. Willst du im Salon warten?

Das Hauptstück des Salons war eine blaulederne Sitzgarnitur. Die Kristallgruppen auf dem Glastisch reckten ihre glitzernden Szepter in alle Richtungen. Daneben lag ein französisches Modemagazin, in dem er blätterte. Als Jacqueline eintrat, trug sie einen schwarzen Tailleur und sah wie eine Empfangsdame aus. Durch die offene Tür stellte er fest, daß sie das Bett frisch bezogen hatte. Sie hielt eine Socke zwischen den Fingern.

Er fragte: reicht es zu einem Frühstück?

Zu einem Espresso. Ich frühstücke nie.

Solltest du aber. Du bist zu dünn.

Sie legte die schwarze Schnur um den Schaft des größten Bergkristalls und bettete den Ring in ein Gelege schwärzlicher Hämatiten.

Zum Aufladen, sagte sie. Gereinigt habe ich sie schon. Bitte nicht anrühren.

Sie zeigte ihm die Bedienung der Kaffeemaschine und öffnete den Kühlschrank. Was ihm fehle, müsse er einkaufen. Aber bitte von meinem Geld, sagte sie und deutete auf eine Kassette neben dem Brotkorb.

Einen Schlüssel würde ich brauchen.

Einen hat Chantal mitgenommen. Nimm meinen. Und mach mir auf, wenn ich zurückkomme.

Wann?

Es kann sieben werden.

Behalt den Schlüssel. Ich muß nicht aus dem Haus.

Ich lasse einen machen. Jetzt iß aber richtig. Dort ist das Bad. Und schlaf noch ein wenig. Da ist der Fernseher. Die Videoanlage ist empfindlich. Es gibt auch Bücher – sie deutete auf das Wandgestell. Was nicht jugendfrei ist, steht ganz oben. Aber fall nicht vom Stuhl.

Du glaubst, da kommt Chantal nicht dran.

Sie interessiert sich nicht für Bücher. Sie zeichnet. Versprich, ihr Zimmer nicht zu betreten.

Die Espressomaschine schnarchte.

Wir haben einen Pakt, sagte Jacqueline. Sie wollte sogar

ihren Zimmerschlüssel mitnehmen. Das hab ich ihr ausgeredet. Im Notfall muß man ja rein.

Er deutete auf den Weißen Hai. Darf ich hier üben?

Du mußt! Dafür bist du hergekommen. Im Oberstock übt ein pensionierter Pianist. Nebenan heult ein eingesperrter Hund. Das Haus ist laut. Es darf auch etwas mehr sein.

Jacquelines Vierzimmerwohnung war ein Edelsteingarten. Auf Bücherborden und Tischen, Schränken und Simsen, auf jeder ebenen Fläche standen bunte Mineralien in wohlgeordneten Gruppen, lagen, zu polierten Kugeln oder Ostereiern geschliffen, in mediterranem Korbgeflecht, mundgeblasenen Glasschalen oder auf Seidentüchern in passender Farbe. Im Salon herrschte, neben dem Bergkristall, auf dem Tisch, ein graulila bis violett getöntes halb durchsichtiges Gestein vor, das Leuchter als »Kunzit« vorgestellt wurde, benannt nach einem George Frederick Kunz, der es um die vorvergangene Jahrhundertwende in der kalifornischen Wüste entdeckt hatte, etwa hundertfünfzig Jahre vor Jacqueline, die seiner Wirkung durch reinen Zufall innegeworden war. Es war ihr Stein geworden, und ohne ihn – sie sagte es mit tiefer Falte zwischen den Brauen – wäre sie heute nicht mehr da.

Im Schlafzimmer dominierte Rosenquarz in zahllosen Stücken aller Größen und Formen: zwei Bonbonnieren, bis zum Rand mit rosa Kugeln gefüllt, schmückten den Sekretär. Auf dem Nachttisch bildete das weibliche Gestein ein kompaktes Massiv, auf dem Bettsims eine Kette, die in einem alles überragenden, im Nacht- oder lieber noch Kerzenlicht glühenden Brocken gipfelte. An seinem Fuß erstreckte sich eine lange Bank bunter, auf Hochglanz polierter Steine, von denen Leuchter immerhin einige mit Namen kannte: das gelb und braun gestromte Tigerauge, dessen Kunststoffeffekt er mißtraute, obwohl er jetzt erfuhr, daß es gegen Asthma gut war und emotionale Blockaden löste. Türkis verstärkte die Aura und half zu größerer Aufrichtigkeit, der wolkige Achat gegen Prostatabeschwerden – was hatten die am Bett einer alleinerziehenden Mutter zu suchen? Ein Sortiment Pyritwürfel lud mit seiner frappanten Geometrie zum Spiel ein, obwohl sie ungastlich in der Hand lagen. Rechte Handschmeichler dagegen waren die wohlgerundeten Karneole, Malachite und Obsidiane, die Leuchter an das Flohspiel seiner Kindheit erinnerten. Am zärtlichsten glitt der schummrige Mondstein durch die Finger. Wie von einem Füllhorn ausgeschüttet lagen die Steine in vermeintlicher Beliebigkeit auf ihrer gelbseidenen Unterlage, doch durfte ihre Ordnung nicht angetastet werden, es sei denn von Jacquelines Hand, die sich von ihnen schmeicheln ließ, wenn sie wie träumend zum Fenster blickte.

Um Gottes willen! sagte sie plötzlich, denn beinahe war der rechte Augenblick versäumt, Unakit und Kunzit, die sich bei Hämatit und Bergkristall erst im Salon aufgeladen, dann auf dem Balkon Sonnenlicht gespeichert hatten, hereinzuholen, um die gesammelte Energie zu ernten und andächtig in sich überfließen zu lasen. Nackt legte sie sich aufs Bett, um die Steine da aufzusetzen, wo sie ihre Energie am besten entfalten können, je nachdem: auf dem Herz-, Wurzel- oder Kronenchakra, aber auch auf dem Dritten Auge, der verlängerten Kummerfalte zwischen den Brauen. Minutenarbeit, bei der man auch noch die Zeit zu vergessen hatte. Wenn die Dämmerung einfiel und Jacqueline nicht daran gedacht hatte, Licht zu machen, konnte sie den Kunzitkristall das gespeicherte Sonnenlicht als feinstoffliche Aura abgeben und die oszillierende Botschaft einer höheren Welt verbreiten sehen. Siehst du es auch? hauchte sie in Leuchters Ohr, aber noch war sein Drittes Auge ungebildet, und er sah einen stumpfen Klotz auf dem Nachttisch, weiter nichts.

Schrittweise, und nicht ohne Abstürze in grobstoffliche Mißverständnisse oder unpassende Witze, wurde Leuchter in die Wirkungen von Jacquelines Leib- und Seelenstein eingeführt. Kunzit hatte die Schwangerschaftsstreifen geglättet, von Chantals Geburt war am Leib ihrer Mutter keine sichtbare Spur übriggeblieben. Und auch was den unsichtbaren Bereich betrifft, hatte er die Muskulatur gestrafft, dergestalt, daß die männliche Komponente des Unakits – derjenige, bei dem Leuchter keiner Nachhilfe zu bedürfen schien – ihr Wunder erlebte.

Seit die kleine Bohne an der Schnur den Hals gewechselt hatte und Jacqueline nichts mehr als ihren Ring am Leibe trug, schien sein Zauber keine Grenzen zu kennen. Das Männliche und das Weibliche hatten sich kaum gesehen, schon schossen sie ineinander und begannen zu wirken, in allen Lagen und an jedem Ort: auf dem Fußboden, auf Stühlen, dem Küchentisch, im Badezimmer, sogar draußen auf dem Balkon, bei vollem Straßenlicht und in Kleidern, bis auf das Nötigste an Entblößung. Sie trafen als Mönch und Nonne zusammen, sie spielten Acht- oder Achtzigjährige, waren unartige Geschwister, Vater und Tochter, Mutter und Sohn. Oder sie besprangen sich auf dem Affenfelsen und trieben es so laut, daß der Lautsprecher aufgedreht werden mußte. Leuchter war auf Kosmisches gefaßt gewesen, Kitaro oder Deuter, aber Jacqueline stand auf Woodstock, Janis Joplin, Ry Cooder und Tom Waits. Der Sound der sechziger und siebziger Jahre konnte ihr nicht hart genug eingehämmert werden. Unakit wurde nicht satt. Wenn Leuchter glaubte, ein für allemal einen Punkt gesetzt zu haben, so begann das ruhelos schwingende Komma schon den nächsten Satz einzuläuten.

In diesen ersten Tagen seiner Flucht nach Lausanne unterlag Leuchter dem Eindruck, er habe viel eher der Wirkung des Steins zu dienen als dieser ihm. Eigentlich war Unakit, trotz oder wegen seiner innigen Verbindung, ein einfältiges Gestein und hatte eine schlichte Seele. Das war schon seinem Namen anzuhören, den sich Leuchter nie recht merken konnte, obwohl er seiner Wirkung schulmäßig erlag. Una, die Einzige, und Kit, der Werkzeugkasten: Jacqueline schleppte in gläubiger Unschuld einen »Heilstein«-Set nach dem andern herbei, Setzkästen voll pedantisch geordneter Objekte, die wie Gratisproben wahrer Schätze aussahen; seinetwegen hätten sie auch Käfer oder Milchdeckel sein können.

Und was ihr Gestein für Pflege verlangte! Jacqueline besaß

einen Steinwecker – das Uhrwerk steckte in einem Körper aus grüner Jade, die Vorurteile abbaute und den Gerechtigkeitssinn stärkte –, der sie mit seinem elektronischen Gongton buchstäblich in jeder Lage zur Pflicht rief. Es galt diesen oder jenen steinernen Freund zwanzig Minuten lang unter fließendes Warmwasser zu halten, um ihn von negativer Energie zu reinigen. Woher sollte ihm diese wohl zugeflossen sein, wenn nicht von Leuchter? Während Jacquelines Arbeitszeit hatte er viele Stunden im Salon totgeschlagen und den Kristallen, seiner einzigen Gesellschaft, die Niedrigkeit seiner Aura übertragen.

Das Exemplar, das sie ihren Gral nannte, war ein graulila Kunzit, ein frei beweglicher Kristall von einer Form und Größe, mit der kein männliches Fleisch wetteifern kann, obwohl er ihm verräterisch ähnlich sieht. Immer wieder blieb Leuchter volle zwanzig Minuten auf dem Bett liegen, hörte draußen Wasser fließen und sorgte sich um seine Bereitschaft – grundlos, wie sich zeigte, wenn Jacqueline wie neugeboren und mit frischer Energie bewaffnet aus dem Badezimmer zurückkam. Als er ihr seine Phantasie im Zug nach Lausanne erzählte, mußte sie in der Abstellkammer nachgebaut werden, in der eine 15-Watt-Birne in ihrem Salzstock vor sich hinglühte und verbreitete, was Jacqueline »Rosenlicht« nannte. Ihm bereitete es eine Art existentieller Übelkeit, doch die Wirkung von Ring und Bohne beeinträchtigte es nicht. Die Vereinigung im Badewasser hatte Leuchter früher für unpraktisch gehalten. In Gesellschaft eines Kunzit-Brockens war sie immer noch unpraktisch, aber sie nahm kein Ende, bis das Wasser auf dem Badezimmerboden fingerhoch stand.

Kunzit! War es zumutbar, in ihrem Bett, ja schon in ihrem Leib der Stellvertreter eines Herrn Kunz zu sein? Da wolle er noch lieber Hinz heißen! Im Badewasser hatte Leuchter dem wundertätigen Rivalen erstmals nahe kommen dürfen. Je kühner das Liebesleben wurde, desto unzweideutiger verlangte es nach dem eingeschlossenen Dritten. Der halb durchsichtige Freund tat not, um der Vergänglichkeit etwas von seiner millionenjährigen Erfahrung zuzusetzen; und zu schrumpfen brauchte er nie. In der Nacht vom vierten auf den fünften Tag fiel Leuchter die Gnade zu, den Freund bei Jacqueline einzuführen.

Kunz und Hinz Wand an Wand – Jacqueline, die doppelte Gastgeberin, zelebrierte einen Höhepunkt nach dem andern. Sie bewegte sich nicht dazu, und Leuchter hütete sich, anders als mäuschenstill zu halten. ES bewegte sich in ihr, Welle um Welle, und jede farbig: beginnend beim Wurzelchakra – schwarz und rot; aufsteigend über das Sakralchakra – hellrot und orange – zum Nabelchakra – gelb und goldgelb; anschwellend zum Herzchakra – grün und rosa kamen Leuchter schon bekannt vor – zum Halschakra, wo sich die Welle dunkelblau und violett färbte, und schließlich im Kronenchakra erst hellviolett, dann durchsichtig weiß überschlug, um über ein Energiezentrum nach dem andern wieder zurückzuströmen und sich zum nächsten Regenbogenspiel zu erheben.

Die Zeit war ausgeschaltet. Sogar der Steinwecker gongte umsonst. Kein Kristall brauchte gereinigt zu werden. Er war es selbst, der sie reinigte, Frau und Mann, das allzu irdische Paar. Er lud sie mit seiner Energie. Zum ersten Mal war Leuchter fast so gut wie ein Stein.

Unversehens spürte er Jacquelines Unruhe. Sie nestelte an sich herum.

Andreas, sagte sie mit kleiner Stimme, nimmst du ihn raus?

Er gehorchte gefühlvoll, doch er hatte mißverstanden. Mit seinem Abgang war es nicht getan.

Der Stein, sagte sie. Ich glaube, er sitzt fest.

In der nächsten Viertelstunde wurde Leuchter erst zum unfähigen Gynäkologen, dann zum untauglichen Ratgeber.

Alles ist geschwollen! Er bohrt sich immer weiter rein! Hast du eine Ahnung, wie das weh tut?

Die hatte er nicht, aber er konnte es sich vorstellen.

Wie hast du es denn früher gemacht?

Glaubst du, ich hätte ihn so tief eingeführt? *Du* hast das getan!

Leuchter schwieg. Die Wirkung der Bohne an seinem Hals machte sich noch immer bemerkbar. Die leibhaftige Taktlosigkeit.

Laß mich allein! schluchzte sie auf, dann humpelte sie zum Badezimmer. Er hörte sie hüpfen und laut weinen.

Es blieb nur die Notfallstation, er wußte es längst, aber sagen durfte er nichts. Er war angezogen, als sie sich in der offenen Tür zeigte.

Ein Taxi, flüsterte sie.

Er bestellte es, sie kroch in den Morgenmantel. Bis es klingelte, wechselten sie kein Wort.

Soll ich mitkommen?

Bitte nicht.

Er nahm sie auf die Arme und trug sie die Treppe hinunter und in den Wagen. Es war gerade Mitternacht gewesen.

Um drei Uhr läutete sie, er ging ihr bis zur Tür entgegen, und als sie ihm in die Arme fiel, trug er sie die Treppe auch wieder hinauf.

Später sagte sie: Der Stein ist schwer zu bearbeiten, er splittert leicht und zerbricht, wenn du ihn schleifen willst. Die Spannung in seinem Innern ist zu groß.

Wofür hast du ihn gebraucht?

Für Selbstvertrauen. Gegen Minderwertigkeitsgefühle. Und gegen –. Sie schwieg.

Damals wußte er schon, was sie meinte, und hatte erlebt, daß der Stein nicht half.

»Que sais je? DESCARTES« fand er nicht im Büchergestell, dafür japanische Erotica, Schwarzweißholzschnitte, auf denen unwahrscheinliche Verwicklungen festgehalten waren. Ihren Ex hätten die Bilder angemacht.

Es kam vor, daß sie ihn im Halbschlaf mit einem unbekannten Männernamen anredete. Ihm selbst gelang es nicht, den Frauen, die ihm viel bedeutet hatten, Jacquelines Körper zu unterschieben. Als Ersatz boten sich längst vergangene Phantome an, machtvolle Frauen der Kindheit, Serviertöchter, Verkäuferinnen, auch Lehrerinnen und Mütter von Schulkameraden. In einem unbewachten Augenblick war Jacqueline selbst eine von ihnen, und er gönnte sich das Gefühl, sie in ihren Armen mit ihr selbst zu betrügen.

Warst du treu? konnte sie fragen, wenn sie nach Hause kam, und er war durchaus nicht sicher, ob sie selbst gewesen war, was sie »treu« nannte.

Hast du mit Sumi verhütet?
Nein.
Du hättest sie doch keinem Risiko ausgesetzt.
Warum sprichst du von ihr?
War sie so anders?
Er schwieg.
Wie? Zeig es mir.
Er blickte weg.

In Lesoto ist ein Drittel der Bevölkerung HIV-positiv, die Kinder schon vor der Geburt, sagte sie. Wenn die Mutter stirbt, leben sie mit ihrer Großmutter. Aber auch nicht lange.

Es war die einzige Bemerkung, die nach Hilfswerk klang. Aus vielen Zeichen schloß Leuchter, daß ihre Position im Büro eher untergeordnet war. Immerhin: sie arbeitete bereits mit einem Computer. Das muß ich können, sagte sie beiläufig, es ist die Zukunft. Bei Leuchter war diese Zukunft noch nicht angekommen. Von einem mobilen Telefon, das Jacqueline anschaffen wollte, hörte er zum ersten Mal. Hast du denn ein Auto dazu? fragte er. Das braucht es nicht mehr, sagte sie. Aber ja, ein Auto habe ich auch.

Klingelte das Telefon, wenn er allein in der Wohnung war, nahm er nicht ab. Das Gerät hatte einen Anrufbeantworter, den Jacqueline sogleich abhörte, wenn sie von der Arbeit kam. Dazu notierte sie die Nummern auf einen Zettel. Aber nie hatte er erlebt, daß sie aus der Wohnung zurückgerufen hätte.

Als er früher als andere Tage aus der Stadt zurückgekommen war, stand Chantals Zimmertür offen. Er hatte kaum einen Blick hineingeworfen, da wurde er hinterrücks umschlungen und umgerissen, mitsamt dem Einkauf in der Hand. Jacqueline packte seinen Hals zwischen die Schenkel, drückte zu wie ein Schraubstock und riß ihn an den Haaren. Um nicht zu ersticken, mußte er kämpfen, im Ernst. Kaum hatte er sich freigemacht, sprang sie auf und verschloß die Tür zu Chantals Zimmer. Dann brach sie in Tränen aus. Zum ersten Mal sah er sie weinen.

Es war ihr sechster Tag, wenn er recht gezählt hatte, und die zweite Nacht, in der sie sich nicht berührten.

13 Flucht. Die zweite

Wünschen Sie noch etwas?
Danke, nein.
Der nächste Dreier wäre zu viel. Er blickte auf die Uhr. Noch immer blieb eine Stunde, dann machte er sich auf den Weg zu Veras Büro.

Wenn Jacqueline das Haus verließ, gönnte er sich ein Bad, bevor er sich in der Stadt herumtrieb. Das Wetter war urlaubsmäßig. Manchmal erschrak er noch über die Leere, in welche die leuchtenden Tage geräuschlos abstürzten. Er saß am Wasser und fühlte sich wie auf Entzug. Viele tote Stunden brachte er in einem Winkel der Altstadt zu, wo er von jeder Aussicht verschont blieb. Wippende Frauenröcke sah er noch, aber keine Gesichter.

Er redete sich ein, Noten kaufen zu müssen. Stundenlang stand er unschlüssig in einem Musikgeschäft herum und kaufte am Ende nichts. Um zwei aß er im immer gleichen Selbstbedienungsrestaurant das immer gleiche Stück Fleisch mit Salat. Nach vier Uhr war er in seinem Winkelrestaurant anzutreffen, aber wer hätte ihn da treffen sollen?

Er stand auf dem Bahnsteig und sah den Zügen nach. Er verirrte sich in den Wartesaal 1. Klasse, den er gemieden hatte. Doch erinnerte er sich dunkel an zwei Personen, die er kürzlich verabschiedet haben mußte. Er hatte vergessen, wer sie waren, wußte nur noch: Die Frau beschäftigte seine Phantasie. Als ihm einfiel, von wem die Erinnerung handelte, mußte er sich setzen. An den Tisch, wo er auf Sumi gewartet hatte.

Leuchter war jetzt siebenundfünfzig. Wo es brannte, hätte seine Seele sein müssen. An Sumi denken durfte er nicht. Das Nicht-an-Sumi-Denken preßte Wasser in seine Augen. Er sah das erdbeerrote Matterhorn nur noch unscharf. Aber die Unterschrift blieb unauslöschlich: Vonlanthen.

Er kaufte *Fisherman's Friend* am Kiosk und drückte sich

drei Pastillen zugleich in den Mund. Wenn Jacqueline etwas nicht leiden konnte, war es der Geruch von Alkohol. Mein Vater hat sich kaputtgetrunken, sagte sie beiläufig.

Ich war betrunken, als ich zum ersten Mal anrief, mitten in der Nacht, sagte er. Du konntest es hören. Warum durfte ich kommen?

Zum Abgewöhnen. Du hast nach Vater gerochen.

Hast du wirklich geglaubt, daß ich komme?

Ich war süchtig.

Ich habe dir Herrn Kunz ersetzt, sagte er.

Sie lachte. Nur zu gut.

Vielleicht nicht gut genug.

Sie sah ihn an.

Ich weiß, wofür du diesen Raum mit Kunzit geladen hast, sagte er. Gegen das Trinken.

Jetzt sagst du zuviel.

Ich bin selbst Alkoholiker.

Einen Augenblick glaubte er, sie würde anfangen zu schreien. Statt dessen sagte sie: Chantal hat mich dafür gehaßt. Du weißt nicht, wie sie mich haßt. Die fahrige, stammelnde Mutter. Das Letzte.

Da haben wir doch etwas richtig gemacht.

Komm, sagte sie. Jetzt, sofort.

Hast du deinen Mann geliebt?

Er mich auch, antwortete sie ohne Zögern, wir haben es nur nicht ausgehalten.

Was heißt das?

Wenn ich das wüßte, wäre ich klüger.

Wenn er, die Arme von Einkaufstüten behängt, die Treppe hinaufstieg, kam es vor, daß er gegrüßt wurde.

Sie sind das Cello, fragte ein kahler älterer Herr.

Stört es?

Im Gegenteil, sagte der Herr verklärt. Die Bach-Suiten ... Sie sind ein Meister.

Ich danke Ihnen, sagte Leuchter.
Sie haben bei der vierten aufgehört, sagte der Mann. Sie müssen sie zu Ende spielen. Bitte. Ich warte darauf.

Tatsache war, daß er am siebten Tag vor der Wohnungstür einen Hungeranfall hatte. Er stellte die Tüten ab, verschloß die Tür, ging ins Schlafzimmer und packte das Instrument aus. Er setzte sich, mit dem Rücken zum Spiegel, auf Jacquelines Hocker, stimmte es nach Gefühl und begann die Solosuiten zu spielen, auswendig, eine nach der andern. Die Noten stellten sich wieder ein, auch wenn er da und dort mogeln mußte. Der Ton, den er erzeugte, trug ihn; plötzlich stand er in Sumis weit offener Hand. Sie war groß wie die Hand Buddhas, und er, verschwindend klein, jubelte und weinte. Noch nie hatte er solches Heimweh empfunden und wußte nicht einmal, ob die Musik es stille oder größer mache.

Er hatte, zum Fenster gekehrt, mit dem schwierigen ersten Satz der vierten Suite begonnen, da hörte er ein Geräusch hinter sich und wandte sich um. Jacqueline saß auf dem Bett, ganz auf der Kante, wie in einer fremden Wohnung.

Wie lange bist du schon da?
Spiel bitte weiter.
Er legte Cello und Bogen in den Kasten zurück, den er verschloß und in die Ecke lehnte. Dann legte er sich hin und breitete die Arme aus. Sie bettete den Kopf an seine Schulter. Der Verkehr auf der Straße schwoll an und wieder ab; allmählich versank der Raum in Dämmerung. Er streichelte ihr steifes Haar.
Ist dir warm genug?
Mich friert.
Gehen wir unter die Decke.
Sie brauchten unauffällige Wörter, aber sie waren neu.
Wir könnten etwas essen, sagte sie.
Noch nicht, sagte er. Zieh dich aus.
Das machst *du*, bitte.
Er entkleidete sie behutsam und legte dann Stück für Stück

auf den Sessel. Sie zitterte. Er blieb in den Kleidern, als er ihren Körper zu massieren anfing, einen Muskel nach dem andern, mit kräftigem Griff, der sich kundig zu machen versuchte. Er knetete den Knoten hinter dem Schulterblatt.

Die Energie fließt wieder, sagte sie.

Ich möchte dich sehen, sagte er.

Er blickte lange auf ihren Schoß. An seinem Leib rührte sich nichts.

Sie hob den Kopf, das Halsfleisch staute sich unter dem Druck ihres Kinns. Findest du den Eingang nicht mehr, mein Freund?

Ich wundere mich.

Du suchst den Ausgang.

Er schwieg.

Wir sollten etwas essen, sagte sie. Du hast schöne Sachen mitgebracht. Heute koche *ich*.

Mitten in der Nacht weckte ihn eine Erregung und legte sich über die Schlafende, die sich nicht öffnen wollte. Als es soweit war, kam es schon bei der ersten Berührung zum Erguß.

Aber doch nicht so, dachte er, als sie sich weggedreht hatte.

In drei Tagen kam die Tochter zurück. Es war Sonntag. Jacqueline ließ sich zu einem Frühstück bewegen. Sie deckte es selbst auf. Sie waren heiter und trostlos. In der Stadt läutete es zum Gottesdienst.

Du, sagte Jacqueline, ich möchte heute kurz weg.

Dann besuche ich ein Orgelkonzert in der Kathedrale, Widor, um sechs. Wir sehen uns danach.

Er verließ das Haus als erster, fuhr mit der Zahnradbahn nach Ouchy und saß einige Stunden in der Sonne. Er sah den Schwänen zu, den überladenen Kursschiffen, flirtenden Paaren. Schon um fünf war er bei der Kathedrale. Noch eine Stunde. Er setzte sich in seinen Winkel.

Der Kellner brachte den Beaujolais ohne Aufforderung. Etwas essen? fragte er. – Schon gut.

Die Orgel war auch von draußen schwach zu hören.

Es war zehn Uhr und noch fast hell, als er sich auf den Weg machte. Nach Hause, sagte er laut. Was für ein Weg war das gleich? Seine Füße trugen ihn in jede gewünschte Richtung. Aber keine konnte stimmen, denn an jedem Haus las er: unbekannt. Inzwischen war es richtig dunkel.

Um Mitternacht fuhr er vor, im Taxi. Die Adresse war ihm wieder eingefallen. Den Schlüssel hatte er nicht, aber er fand die Klingel. Als er sie gedrückt hatte, kam der Summton, zu kurz, die Tür war schon wieder verschlossen, als er dagegen prallte. Also läutete er Sturm. Der Summer summte noch, als er längst durch die Tür gefallen war. Daß hier auch niemand aufpassen konnte! Die verdammte Treppe war nur noch zum Kriechen geeignet. Als er durch eine Tür gezogen wurde, sah er kaum noch hin. Empfängt die Dame? lallte er. Ist sie so frei? Schon vergessen? Ich habe einen Termin!

Erst mal schlafen, hörte er. Sie beherrschte sich. Aber er roch es trotzdem. So betrunken war er nicht.

Mitten in der Nacht redete es aus ihm. Er wußte nicht, wer oder was, doch es kam von ganzer Seele und hörte gar nicht mehr auf. Dabei wurde er gewiegt.

Ich mach's mir selbst, raunte es in sein Ohr. Nichts tun, bitte.

Als es ganz ruhig war, fragte er: Bist du gekommen?

Ja.

Und wo bist du jetzt?

Als er wieder zu sich kam, war es heller Tag. Ihm schien, er habe ein Geräusch in der Wohnung gehört. Aber Jacqueline lag neben ihm, in tiefem Schlaf. Er hatte ihr in dieser Nacht ein Geständnis gemacht. Was hatte er bloß gesagt? Die Wahrheit, nichts als die Wahrheit. Sie war von größtem Gewicht gewesen. Aber er erinnerte sich nicht mehr daran.

Er war ja wieder ein Mann. Komm, wir wecken sie, sagte er zärtlich zu sich selbst. Oder schon in ihr Ohr?

Jacqueline hatte mit Seufzen lange gezögert, aber jetzt kam

es, und bald waren sie richtig laut. Eine Zugabe; die Künstler sind sich ihrer Sache sicher. Nur das Bett ächzte zum Erbarmen.

Plötzlich räusperte es sich. Ein Bett räuspert sich nicht. Jemand war in der Wohnung.

Jacqueline erstarrte. Claude, flüsterte sie. Sie sind zurück.

Sie stand auf und warf sich den Morgenmantel um. Und während er so lautlos wie möglich in die Kleider schlüpfte – die Schuhe standen unerreichbar im Korridor –, hörte er den Stimmen zu. Sie sprachen französisch. Der gepreßte Alt schwankte von Empörung, der nasale Bariton artikulierte mit Messers Schneide.

Wie kommst du in meine Wohnung, einfach so?

Es ist die Wohnung meiner Tochter. Den Schlüssel haben *Sie* ihr gegeben.

Wo ist Chantal?

In ihrem Zimmer. *Alles* muß sie nicht hören.

Aber du sitzt hier, wie?

Ich höre, wie meine Alimente verwendet werden.

Mach, daß du rauskommst.

Wenn Sie lieber gleich mit dem Anwalt reden?

Ich habe auch Rechte!

Sie nehmen sie wahr. Man hört es im ganzen Haus.

Schämst du dich nicht?

Ich zahle.

Glaubst du, du kannst mich erpressen?

Ich war generös. Das werden Sie noch feststellen.

Was willst du eigentlich?

Noch bin ich der Vater des Kindes. Sie tun ihm nichts Gutes.

Woher soll ich wissen, daß ihr kommt? Du hättest anrufen können!

Das habe ich. Aber man war zu beschäftigt. Man hat sogar die Klingel überhört.

Mittwoch! Wir hatten Mittwoch verabredet!

Meine Mutter liegt im Sterben.
Wie jedes Jahr! Ich glaube dir kein Wort!
Leuchter trat durch die Tür, angezogen, bis auf die Schuhe. Der Herr im Sessel hatte die seinen – schwarz, modisch spitz – weit in den Raum hinausgestellt. Er trug einen hellen Armani-Anzug mit gelber Krawatte und war jünger als seine Stimme. Die Strähne dünnen blonden Haars, die seine Tonsur umlief, verlieh seinem hohen Schädel etwas Asketisches, doch seine Lippen und Wangen waren weich, bis auf die Kniffe in den Mundwinkeln. Die grauen Augen blickten eher verwundet als streng. Sie sahen die Person, mit der er zu reden vorgab, nicht an.
Mein Name ist Leuchter.
Sehr erfreut. Mein Name ist Ihnen bekannt. Ihre Partnerin trägt ihn ja noch.
Ich verbiete Ihnen, Jacqueline zu quälen.
Sie machen Hausrecht geltend?
Claude, sagte Jacqueline, laß uns die Szene beenden. Bitte!
Nur zu gerne, sagte der Herr. Sie teilen Tisch und Bett mit diesem Herrn. Sie führen eine Lebensgemeinschaft.
Was nennst du Lebensgemeinschaft? rief Jacqueline.
Überlassen wir dem Richter die passende Bezeichnung.
Verzeih, Andreas, sagte Jacqueline zu Leuchter. Es tut mir leid.
An Ihrer Stelle, sagte der Herr, würde ich mich um die Gefühle Chantals kümmern.
Er stand auf und öffnete die Tür zum Kinderzimmer. Keine Angst, Papa läßt dich nicht allein.
Leuchter stand dicht hinter dem Herrn, als dieser sich umdrehte.
Morgen um fünf Uhr hole ich das Kind für einen Besuch im Krankenhaus. Die Oma will es noch einmal sehen. Möge es nicht zu spät sein.
Pourvu qu'il ne soit pas trop tard, wiederholte er schon in der Tür.

Als sie ins Schloß gefallen war, drehte sich Jacqueline, immer noch im Negligé, gegen die Wand und begann zu weinen. Leuchter zog sie an sich. Über ihre zuckende Schulter sah er das Kind in der Tür. Chantals Gesicht war bewegungslos.

Was macht der bei uns? fragte sie.

Jacqueline verstummte. Sie zog den Morgenrock zusammen und sagte mit gefaßter Stimme: Chantal! Du bist ja schon da. Zeig dich! So schön braun! Bist du viel geschwommen?

Warum geht der nicht weg?

Du erinnerst dich doch an ihn? Herr Leuchter ist mit uns im Zug gefahren, als wir nach Lausanne umzogen. Er hat so lustig den Narren gemacht, weißt du noch? Du hast ihn gezeichnet.

Ich will ihn nicht sehen.

Entschuldige, aber ich!

Er soll gehen.

Erst setzen wir uns ein wenig, sagte die Mutter. Komm. Ich habe einen Kuchen. Und du trinkst eine Cola dazu.

Jacqueline drehte sich zur Küche, doch Chantal sagte: Du ziehst dich erst an.

Ach so, lachte Jacqueline, und zu Leuchter: Die Massage hat gutgetan. Aber jetzt brauche *ich* einen Kaffee. Zeigst du Herrn Leuchter, was du aus Spanien mitgebracht hast?

Nichts.

Als Jacqueline in der Küche zugange war, sagte Leuchter: Aber gezeichnet hast du sicher. Zeichnest du immer noch Eulen?

Ich spreche kein Deutsch.

Du möchtest lieber gar nicht sprechen, sagte Leuchter auf französisch. Aber deine Mutter hast du doch gern. Du willst, daß sie es gut hat.

Sie sind nicht gut.

Das stimmt, sagte Leuchter. Er ließ sein Gesicht bis zum Blödsinn abstumpfen, buckelte den Rücken, zog den Kopf in die Schultern und schob ihn vor und zurück. Ich bin eine Riesenschildkröte, keifte er fast tonlos. Aber wenn du auf meine Nasenspitze tippst, kannst du mich erlösen.

Er reckte ihr sein Gesicht entgegen.

Du bist ein Idiot.

Auch gut, antwortete er, öffnete den Mund und begann zu schielen.

Laß meine Mutter in Ruh.

Das ist meine Sache, Chantal, rief es aus der Küche. Er ist Cello-Lehrer, dafür habe ich ihn bestellt. Erinnerst du dich? fragte sie, während sie anfing, Geschirr und Besteck aufzutragen. Du hast ihn im Zug nach dem Cello gefragt. Er hatte es nicht dabei. Dabei fuhr er zu einem Konzert nach Paris. Seine Frau hat es ihm nachgebracht.

Ja, sagte Leuchter, meine Frau.

Als Kind habe ich Klavier gespielt, aber eigentlich wollte ich immer Cello lernen, sagte Jacqueline. Und als Herr Leuchter in Lausanne gastierte, trafen wir uns wieder, zufällig. Ich habe ihn gefragt, ob er noch Stunden gebe. Er ist ein Meister, verstehst du? Zum Glück hat er gerade ein paar Tage frei.

Warum schläft er hier? fragte Chantal.

Die Hotels waren ausgebucht, sagte Leuchter.

Wegen der Gartenschau, sagte Jacqueline. Die müssen wir noch sehen. Es gibt einen Kinderpark und ein Riesenrad.

Scheißgartenschau, sagte Chantal.

Leuchter lachte. Das hab ich auch gesagt. Da war ich froh um das Angebot deiner Mutter. Hier stört es auch keinen, wenn man übt. Oder stört es dich?

Warum hast du geweint? fragte Chantal, ohne ihre Mutter anzusehen.

Habe ich geweint? fragte Jacqueline.

Und warum bist du nackt?

Nackt? lachte Jacqueline. Herr Leuchter und ich haben zwei Stunden geübt, das war ich nicht gewohnt. Ich habe mich verkrampft, und er hat mich massiert. Das geht nicht, wenn man Kleider anhat.

Und warum sagst du »Andreas«? fragte Chantal.

Künstler duzen sich, sagte Leuchter, und deine Mutter wird eine Künstlerin.

Das wird sie nie.

Seine Frau ist auch Künstlerin, sagte Jacqueline, aus Japan. Da gibt es die besten Cello-Massagen. Andreas hat es von ihr gelernt. Massagen müssen weh tun, sonst wirken sie nicht. Kann schon mal sein, daß ich geschrien habe.

Ihr lügt, sagte Chantal.

Andreas, sagte Jacqueline, holst du das Cello, während ich mir was anziehe? Spielt doch etwas zusammen.

Ich will nicht, sagte Chantal.

Dann will ich dir mal was sagen, flüsterte Leuchter, ich auch nicht. Schon als Kind habe ich das Cello gehaßt. Ich sollte immer üben und hätte viel lieber mit den andern Kindern gespielt. Heute bin ich Musiker, aber ich hasse das Cello immer noch. Nicht weitersagen, versprochen?

Sie hatte ihn kurz angesehen, und aus ihren Augen war etwas Härte gewichen.

Ich hol's mal, sagte er.

Warum übt ihr im Schlafzimmer? fragte Chantal.

Man spielt, wo der Raum am besten klingt, sagte Leuchter.

Er holte den Cellokasten, riegelte ihn auf und bat das Kind, den Bogen zu halten.

Pferdehaar, sagte er. Jetzt zieh ich den Stachel heraus. Ich spiele gern stehend, weißt du. Aber was spielen wir nun? Er hatte zu summen angefangen. *Au jardin de mon père, les lilas sont fleuri...*

Kenn ich nicht, sagte Chantal.

Er begleitete sich mit flotten Bogenstrichen und wechselte dabei die Melodie. *Sur le pont d'Avignon...*

Frère Jacques, sagte das Kind.

Das ist gut, sagte Leuchter, aber es ist ein Kanon. Den singen wir zu dritt. Warten wir, gleich ist Maman wieder da.

Jacqueline.

Jacqueline.

Als sie kam, trug sie dasselbe braungeblümte Kleid wie im Zug von Basel nach Lausanne.

Er intonierte die erste Phrase des Kanons und nickte Jacqueline zu, als ihr Einsatz fällig war. Sie hatte eine schöne Singstimme. Der dritte Einsatz, zu dem Leuchter das Kind mit einer Kopfbewegung aufforderte – er ging sogar in die Knie dabei –, blieb aus. Chantal preßte die Lippen zusammen, aber sie hörte dem Duett der Erwachsenen ohne erkennbaren Widerwillen zu. Am Ende tippte sie sogar den Takt mit dem Zeigefinger auf ihrem Schenkel.

Das Lied konnte endlos fortgesetzt werden. Leuchter und Jacqueline blickten einander in die Augen. Einmal hatte er schon abgewinkt, aber sie hatte weitergesungen. Den Liedteil, den sie allein zu Ende brachte, begleitete er nur noch auf dem Cello und schloß mit einer Kadenz aus Doppelgriffen ab.

So, sagte Chantal, jetzt kannst du gehen.

Das tu ich, sagte Leuchter und kniete, um das Cello in den Kasten zurückzulegen. Mein Koffer ist schon gepackt.

Er war aufgestanden und atmete tief.

Die Schuhe stehen im Flur, sagte das Kind.

Alles Gute, Chantal, sagte er und reichte ihr die Hand, die sie flüchtig anfaßte.

Adieu, Jacqueline, sagte er, und vielen Dank.

Adieu, sagte sie. Adieu. Danke *dir*.

Sie hoben beide Hände und verschränkten sie ineinander, dann zog er Jacqueline noch einmal gegen sich. Er berührte sie mit den Lippen an der Wange, rechts, links, und nochmals rechts beim schwarzen Fleck.

Das hast du vergessen, sagte sie und drückte ihm ein ganz kleines, flüchtig verklebtes Paket in die Hand.

Ach ja.

Findest du den Weg? fragte sie.

Du auch, sagte er schon in der Tür und wandte sich nicht mehr um.

Er hatte das Paket erst geöffnet, als er wieder zu Hause war, in seiner Wohnung. Es enthielt Jacquelines grün-roten Unakit mit der scheinbaren Zeichnung eines scheinbaren Frauenkopfes. Seither trug er den Ring.

Zwölf Jahre später, um dreiviertel fünf in der *Rotonde*, kam ihm zu Bewußtsein, daß er gar keine Vorstellung von dem Ring besaß, den ihm Roman damals als Pfand geschickt hatte, zusammen mit der Partitur. War es möglich, daß Leuchter jenes Paket nie geöffnet hatte? Nun war es verschwunden für immer – Sumi hatte es aus seiner Jacke genommen, bevor sie ihn verlassen hatte. Er hatte den Ring von Romans Mutter ganz selbstverständlich für einen Ehering gehalten, den man nicht näher anzusehen brauchte. Aber den Ehering seiner verstorbenen Frau hätte nicht einmal Romans Vater gleich der Nachfolgerin an den Finger gesteckt.
 Was mochte das für ein Ring gewesen sein?

Gleich fünf.
 Ich habe mir fast gedacht, daß du nicht mehr spielst. Er stellte fest, daß ihm jede Lust auf einen Abend mit Vera vergangen war.
 Die Rechnung, rief Leuchter.
 In zwanzig Minuten hatte er einen Zug. Er würde in Lausanne haltmachen und im Bahnhofsbuffet essen.
 Und jetzt würde er fahren. Nach Japan.

14 Schnelle Fahrt

April 2002

Er hatte die Uhr schon im Flugzeug umgestellt. Sie zeigte die Ortszeit, neun Uhr morgens, als Leuchter durch die Ziehharmonika vom Flugzeug in das Flughafengebäude einstieg. Er hatte noch nicht das Gefühl, auf dem Boden zu sein, geschweige denn in Japan. Die ersten Reklametafeln in Zeichenschrift trugen die Farben weltweit bekannter Produkte und meist ein englisches Logo. Mit einem Menschenschwarm, in dem – meist in ein Handy – japanisch geredet wurde, schob er sich durch fahle Korridore, das Summen des elfstündigen Fluges noch in Kopf und Gliedern, und befand sich in einem Zustand mangelhafter Gegenwart.

Die Erde war erst kurz vor der Landung zu sehen gewesen. Was er jetzt vom Himmel durch die Glasflucht erkennen konnte, war bedeckt, die Außenluft, die ihn in der Ziehbrücke angeweht hatte, schien ihm schwüler, als er im April zu erwarten gewohnt war. Graue Hügelberge waren durch die Fenster zu sehen, davor breitete sich eine Wasserfläche aus. Der Flughafen war auf einer Aufschüttung in der Bucht errichtet.

An der Schleuse der Paßkontrolle bekam er das Papier gestempelt, das er schon im Flieger ausgefüllt hatte. Er war nicht als Tourist, sondern als Business-Reisender gekommen und gab als Kontaktadresse die Musikhochschule an. Er hatte drei Wochen in Japan vorgesehen; die erste sollte er im Gästehaus logieren. Die übrige Zeit wollte er reisen; die Juroren waren auch zu einem Aufenthalt in einem »typisch japanischen Badeort« eingeladen. Das Hotel in den Bergen gehörte einem Medienkonzern, der den Wettbewerb förderte. Leuchter hatte die Möglichkeit offengelassen. Was wußte er, was oder wer in Japan auf ihn zukam.

Er würde abgeholt, hatte der Präsident geschrieben.

Nachdem Leuchter seinen großen Koffer vom Karussell

geholt und die letzte Schranke passiert hatte, musterte er die lange Reihe Wartender, welche die Insignien ihrer Firmen wie Feldzeichen hochhielten. Bald fiel sein Blick auf die Darstellung eines Cellos, fast in natürlicher Größe mit schwarzen Strichen gemalt, über dessen Leib ein Schriftband mit seinem Namen lief. Vom jungen Mann, der es hielt, waren nur die Hände und der obere Teil des Gesichts zu sehen; gesträubtes, mit Gel befestigtes Haar, das Leuchter an einen Igel erinnerte, und weit offene, nach allen Seiten spähende Augen.

Er trat auf das Kunstwerk zu und sage: *Hello, I am Leuchter.*

Das Papier begann zu schwanken, dann sank es, und der junge Mann rollte es zusammen, während er sich zu verbeugen begann und Luft durch die Zähne zog. Mitten in seiner Verbeugung streckte er die Hand gegen Leuchter, der sie umsonst zu ergreifen suchte. Der junge Mann trug eine schwarze Schuluniform mit hochgeschlossenem Kragen.

Herr Leuchter? fragte er.

Sie sprechen Deutsch?

Gleich zog der junge Mann die Grußhand wieder zurück, um heftig abzuwinken, und Leuchter sah die Bewegung vor sich, die er »Scheibenwischen« nannte. Jetzt war er in Sumis Land.

English! English! flüsterte der junge Mann. *My name is Susumu! And this is Ayu-san, also a disciple of Professor Fujiwara. Welcome in Japan! We have the honour to guide you these next few days and shall now bring you to your guest-house!*

Die als Ayu-san vorgestellte Person hatte kurzgeschorenes Silberhaar und dunkelblaue Augen. Leuchter war verwirrt. Der Puck war weiblich, nach den Formen des schwarzen Leder-Outfits zu schließen, und eine Einheimische, bis auf die keineswegs mandelförmigen, sondern kugelrunden Augen im kraftvoll, fast roh geschnittenen Gesicht. Sie mußte sehr jung sein und war offensichtlich keines Wortes, jedenfalls keiner Fremdsprache mächtig und auch um soziale Formen unbekümmert. Denn ohne näher zu treten, neigte sie kaum den schimmernden Kopf.

Inzwischen schien der junge Mann namens Susumu zu überlegen, wie er seine Plakatrolle unauffällig loswerden konnte, fand aber trotz nervöser Seitenblicke keinen passenden Ort und behielt sie einstweilen in der Hand, nicht ohne damit immer wieder auf den Fußboden zu klopfen. Trotz seiner Ankündigung, Leuchter ins Gästehaus bringen zu wollen, rührte er sich nicht von der Stelle.

So? Shall we go? fragte Leuchter.
You must be tired.
Es geht.
You must be hungry.
Nein, er hatte gegessen. Gehen wir?
We must be waiting.
Worauf?
For your cello.
I didn't take my cello.

Entweder hatte Susumu diesen Satz nicht verstanden, oder er glaubte ihn nicht.

Wir warten noch auf Ihr Cello.
Ich brauche kein Cello.
Susumu lachte, offensichtlich verlegen.
Oh yes!
You must play, not me. I listen to you. I am free.
But where is it? fragte Susumu.
Home and safe, I hope.
In Europe?
Yes.
Sie sind großer Meister von Cello? fragte der junge Mann.
Ich gebe mir Mühe.
Dann warten wir auf Ihr Cello.

Es war offensichtlich, daß Susumu nicht fassen wollte, daß Leuchter mit leeren Händen nach Japan gekommen war.

Der Puck warf Susumu halblaut ein paar Brocken zu. Susumu starrte sie an, dann Leuchter.

You have no cello?
No, I have no cello.
Then we can go?
Yes, we can go.
Er versuchte, Leuchter den Koffer abzunehmen, und wurde höflich abgewehrt.
Er hat Räder. Ich brauche ihn nur zu ziehen.
He?
Ayu war bereits vorausgegangen, Susumu bemühte sich, hinter ihr und zugleich an Leuchters Seite zu bleiben, und seine Bewegungen glichen denen eines ungeschickten Täuberichs. Leuchter kämpfte mit Ungeduld. Hatte er nicht doch erwartet, daß Sumi ihn abholte?

Er hatte sich die Choreographie dazu während des Flugs ausgemalt. Allein würde sie nicht kommen, sondern entweder in Begleitung des Präsidenten oder seines Stellvertreters. Sie würde sich nicht gleich zu erkennen geben und im Dienstwagen weit entfernt von ihm sitzen. Allmählich würde die Spannung zwischen ihnen einer vielleicht zu betonten Gelassenheit weichen, und sie würde zu verstehen geben, daß sie ihn erkannte. Sie wußten nichts mehr voneinander, doch sie waren gute Freunde. Wozu hatte sie ihn sonst nach Japan kommen lassen? Denn er zweifelte nicht, daß die Einladung ihr Werk war, und der Augenblick war nicht fern, wo er sie heiter fragen konnte, welcher List sie sich dafür bedient hatte. Man kannte ihn ja gar nicht mehr als Cellisten.

Statt dessen folgte er einem Kunstgeschöpf, das sich nicht umdrehte, und einem dienernden Igel durch das Flughafengebäude, eine mehrstöckige Ladenstadt mit dem üblichen internationalen Warenangebot, das ihm nur hie und da durch eine unlesbare Schrift zu erkennen gab, daß er sich am andern Ende der Erde befand.

Plötzlich stand Susumu still.
Professor Miyake wartet, sagte er. Sein Gesicht trug einen Ausdruck, den Leuchter nicht deuten konnte. Beflissenheit, Stupor und Entsetzen.

Wer ist Professor Miyake, fragte er.

Susumus Miene wurde eindeutig: Entsetzen. Er räusperte sich. Der Präsident, flüsterte er.

Sie standen unter dem ausladenden Dach am Rande einer Rampe, an der ein Wagen nach dem andern vorfuhr, um belegt und beladen zu werden. Die Fahrer trugen weiße Handschuhe und beeilten sich, die Gepäckstücke von den Trolleys zu nehmen und im Kofferraum zu verstauen, während der hintere Schlag, von Geisterhand geöffnet, die Passagiere zusteigen ließ und, sobald sie saßen, automatisch zuklappte. Der Fahrer räumte den Platz unverzüglich, so daß die nachrückende Fuhre im Minutentakt belegt werden konnte. Dabei versäumte niemand die kleinen Verbeugungen, von denen in diesem Land offenbar jeder Schritt begleitet war. Die Trolleys blieben keinen Augenblick leer stehen: Ein uniformierter Page hatte nichts anderes zu tun, als sie wegzufahren und krachend der langen Reihe ihresgleichen unterzuschieben, die ein wartender Kollege im Laufschritt ins Gebäude zurückstieß.

Man stand am Rande einer Parkfläche, die Lackdächer schimmerten in schwachem Sonnenlicht. Zwanzig Schritt entfernt stand der Puck neben einem kahlen älteren Herrn mit pausbackigem, ganz rundem Gesicht, der noch kleiner war als sie selbst. Er war schwarz gekleidet, und aus dem Gilet blickte eine silberfarbene Krawatte. Er verbeugte sich schon in Leuchters Richtung, erst nur andeutungsweise, aber, als Susumu ihn identifiziert hatte, sehr tief. Der Präsident also. Warum wartete er hier draußen?

Während Leuchter zögernd auf ihn zuging, versuchte er sich auf die Situation einen Reim zu machen. Leuchter war ein wichtiger Gast. Er mußte vom Präsidenten abgeholt werden. Aber es hätte sich für diesen nicht geschickt, den Gast beim Ausgang zu erwarten und ihn womöglich nicht zu erkennen. Dafür schickte er die Studenten vor. Sie hatten das Unübersichtliche, vielleicht Mißverständliche der Ankunft auf sich zu nehmen. Ein angemessenes Präsidentenzimmer hatte ein Flughafen wohl nicht zu bieten. Also erwartete er ihn an dessen Schwelle, in aller würdigen Bescheidenheit.

Vielleicht war es so.

Jetzt stand Leuchter zehn Schritt vor dem Präsidenten, der sich kaum noch tiefer verneigen konnte, und war sich, als er es ihm nachtat, seiner Übergröße peinlich bewußt. Dabei hatte er den Koffer stehenlassen. Susumu übernahm ihn auf der Stelle. Der Präsident murmelte unausgesetzt, vermutlich seinen Namen, aber noch sehr viel dazu.

Leuchter, sagte Leuchter, sehr erfreut.

Niemand nahm sich die Mühe, zu übersetzen. Ayu entfernte sich. Vermutlich holte sie den Chauffeur.

Der Präsident zwinkerte, als wäre ihm etwas ins Auge geraten. Er sprach fast flüsternd und nickte dazu. Susumu nickte noch heftiger. Hie und da röhrte ein Flugzeug über sie. Der Lärm war eine Erlösung.

Schließlich begann Leuchter englisch zu reden, gab seinem Entzücken Ausdruck, Gast der weltberühmten Musikhochschule sein zu dürfen, an dem berühmten Wettbewerb als Juror teilzunehmen, dankte für das große Vertrauen. Er hütete sich, seinen Anmerkungen einen fragenden Ton zu geben. Er stellte sich lieber vor, was er gefragt worden sein könnte, und antwortete darauf gleich selbst. Ja, er hatte einen guten Flug gehabt. Nein, er war noch nie in Japan gewesen. Aber ja, er freue sich darauf. Er freue sich auf die Arbeit in der Jury, aber nicht weniger darauf, etwas von der berühmten Stadt zu sehen.

Der Präsident verbeugte sich nicht mehr und nickte immer beiläufiger. Hatte Leuchter etwas Falsches gesagt? Morgen werde ich Sie führen, sagte Susumu mit zitternden Lippen. Der Präsident ließ seine Blicke ungeduldig über das Parkfeld schweifen. Plötzlich strahlte er und lachte laut.

Ein roter Sportwagen war vorgefahren, daß die Reifen quietschten, Ayu am Steuer. Das zweitürige Coupé sah gar nicht nach Dienstwagen aus. Susumu riß einen Schlag auf und klappte die vordere Rückenlehne hinunter. Sollte der

Gast auf den Notsitz kriechen? Der Präsident saß schon da und winkte ihn mit einwärts wedelnder Hand herbei. Leuchter faltete sich und duckte den Kopf. Es gab keinen Kofferraum für das Hündchen. Susumu nahm es auf den Schoß, als er sich vorn in den Beifahrersitz warf, und statt mit der Lehne nach vorn zu rücken, preßte er sie herzhaft gegen Leuchters gekrümmte Beine. Die Kompression verstärkte sich, als Ayu anfuhr, kaum hatte Susumu die Tür zugezogen. Der Präsident jauchzte, als sie mit einem Sprung ins Offene schossen. Und jetzt war kein Halten mehr.

Ayus Fahrweise schien dem Präsidenten fast jede soziale Distanz auszutreiben. Er tippte den Teil Leuchters, der ihm gerade der nächste war, mit dem Finger an, um ihn auf eine Sehenswürdigkeit hinzuweisen. Leuchter konnte den Kopf nur nach einer Seite drehen. Auch davon wurde ihm schlecht. Schließlich starrte er nur noch geradeaus.

Sie fuhren über eine fein gesponnene Hängebrücke, in phantastischer Tiefe blaute das Wasser, durch das einzelne Kähne ihre Spur zogen, eine doppelte Schleppe Schaum. Über leeres Ufergelände mit enormen Kunstbauten gewann die vierspurige Straße Land und führte immer noch in Dachhöhe bläulichen Hügeln entgegen, die unbewohnt wirkten. In der Ebene war die Überbauung lückenlos. Ein unabsehbares Geschiebe von Ziegeldächern, grün, rot, giftblau, immer wieder das ausladende Dunkelgrau eines Tempels, dazwischen Bambus. Häuser wie Lauben mit Gärtchen, kaum größer als ein Handtuch.

Leuchters Herz hämmerte, als hätte er in tiefe Erschöpfung hinein starken Kaffee getrunken. Die Fahrerin verschwand hinter dem Sitz mit der hohen Nackenstütze, der Leuchter die Vorstellung »Autopilot« eingab, ein gepolstertes Monstrum, das sich auf jede Lücke im Verkehr stürzte, um sie aufzubrechen und unvermindert schnell weiterzuschießen. Plötzlich implodierte die Bewegung, und das Gefährt schien im Stillstand zu vibrieren, während die Straße unter den Rädern weggerissen wurde.

Leuchter hatte seine Augen an den Hügeln festgemacht, die nur unmerklich wanderten. Der Wald zeigte alle Abstufungen von Grün, das dünne des ersten Laubs, das schwarze der Kiefern und Zedern, das leuchtende des Bambus. Dazwischen plusterten sich weißblühende Pflaumen- oder Kirschbäume. Wo der Wald abriß, war der Hang mit Betonplacken befestigt, ihr Waffelmuster begleitete die Schneise einer Autostraße, die von einem durchsichtigen halbrunden Tunnel überdacht war. Eine verletzliche Landschaft mit verpflasterten Wunden. In der Ebene häufte sich die Masse der Siedlung wie zahllose Teilchen eines Baukastens, den ein Kind sorglos ausgeschüttet hat. Dazwischen knappe Gemüsebeete und Reisfelder, ein Spielplatz. Eine Fabrikanlage; hier wurde, wie Susumu nach hinten schrie, Whisky hergestellt, hier wurde auch der Takahashi-Wettbewerb gesponsert.

Er hatte noch mehr zu melden, was Leuchter immer weniger verstand, denn Ayu hatte die Tonanlage angedreht. Bachs Suite Nr. 1 dröhnte die Kabine zu, der machtvolle Klang des Cellos aus dem Hecklautsprecher schien die Fahrt noch zu beschleunigen. Der Wagen verließ die rechte Spur nicht mehr und überholte eine nicht endende Lastwagenkolonne, die auf der linken, die Kabine verdunkelnd, rückwärts donnerte.

Der Präsident hockte koboldartig in seiner Nische und versäumte nie, fröhlich zu nicken, wenn Leuchter hinübersah. Es schien das beste, die Augen zu schließen.

15 Im Haus

Als Leuchter aufschrak, starrte er in Susumus Gesicht, das sich über ihn beugte. Wo war man denn? Er zog sich an Susumus gereckter Hand aus der Klemme, mit einem Schmerzlaut, den ihm die erstarrten Glieder entlockten, und traute seinen Augen nicht.

Hier war er zum erstenmal, und hier kannte er sich aus. Er stand vor dem Haus aus dem japanischen Kinderbuch.

»Nun taucht die Vorderwand des Hauses auf. Sie ist aus ganz dunklem wetterhartem Holz gefügt, das im Laternenschein schön poliert schimmert ...

am hellichten Tag silbergrau ...

Zwei Steinplatten, nur grob behauen, liegen aufeinander und bilden eine niedrige Haustreppe. Gelbes Licht schimmert durch die Holzritzen, sonst aber ist das Haus noch dicht verschlossen. Wie eine geheimnisvolle Holzschachtel mit schwerem Deckel sieht es aus.«

Wo sind wir? fragte Leuchter.

Das ist das Gästehaus der Hochschule.

Wo sind die andern?

Sie werden erwartet, sagte Susumu. Er hielt den Koffer Leuchters am Bügel.

Der rote Sportwagen stand auf den Steinfliesen des Hofes, in dessen Mitte ein Kirschbaum verschwenderisch blühte. Die Äste verdeckten teilweise den Oberbau des Hauses, doch der Verlauf der Firste war Leuchter gegenwärtig. Auf der Schwelle des Hauses fehlte die Reihe kniender Kimonomädchen. Sie leuchtete von Leere.

Den Blick durch das überdachte Tor mit den Eisenbeschlägen kannte Leuchter noch nicht. Im Bildrahmen erschien ein besonntes Sträßchen, Leute bewegten sich hindurch, Männer in gewöhnlichem Straßenanzug, Frauen in Mänteln oder bunten Wollkleidern; Rosa war die Farbe der Saison. Ein kleines Mädchen erschien und musterte ihn ausgiebig. Es trug einen gelben Raumanzug. Leuchter lächelte ihm zu, da rannte es weg.

Susumu stand wartend neben dem Koffer. Wie lange hätte man Leuchter hier draußen noch schlafen lassen, mit töricht offenem Mund?

Jetzt betraten sie das Haus – und eigentlich das Kinderbuch. Noch steif, nestelte Leuchter die Schuhe auf; Susumu nahm sie ihm ab und richtete sie als letztes Paar in die Reihe, an der sich die Belegschaft des Hauses ablesen ließ. Zwei Riesen befanden sich schon im Haus. Es gab auch Filzpantoffeln in Übergröße, die Susumu vor Leuchters Füße gestellt hatte.

Über poliertes Holz schlurften sie den Stimmen entgegen, die aus dem hintersten der mit Papierwänden verschlossenen Räume zu vernehmen waren. Dort lag der westlich eingerichtete Raum. Der Salon mit dem Flügel, der Gast wußte es genau, denn der kleine Leser war schon da gewesen. Die Kühle des Halbschattens, die nach Reisstroh duftete, war eine Wohltat, anheimelnd, ebenso tief befremdend. Eine Pantoffelreihe stand vor der Tür, die Susumu aufschob, nachdem er ihre Ankunft mit Zuruf angezeigt hatte. Auch Leuchter entledigte sich der Pantoffeln, und mit dem nächsten Schritt befand er sich in Gesellschaft.

Der Präsident thronte im Großvaterstuhl, Ayu kauerte auf dem Fußschemel. In einem Rollstuhl saß ein Europäer, vielleicht in Leuchters Alter, doch ohne Grau im dichten dunklen Haar, von dem eine Locke in die Stirn fiel, wodurch sein breites Gesicht mit den großen braunen Augen einen schelmischen Ausdruck gewann. Seine Schultern waren breit wie die eines College-Fußballers, aber ihr Mißverhältnis zur Dürftigkeit des gelähmten Köperteils gab der Gestalt etwas Äffisches, wozu die Länge der Arme beitrug und die Größe der Hände auf den Stützen des Rollstuhls.

Neben ihm, einen Ellbogen auf den Flügel gestützt, stand ein schmaler Herr im weißen Westenanzug, dem nur der Tropenhelm zur kolonialen Erscheinung fehlte. Er trug einen gesträubten Lippenbart im brünetten Gesicht, und dem scharf modellierten Schädel fehlte fast gänzlich der Hinterkopf, so daß eine gerade Linie vom Scheitel zu den Fersen führte, als habe der Herr einen Stock verschluckt.

Vor der verglasten Fenstertür aber, hinter der ein japanischer Garten zu sehen war, stand ein Riese – oder der Schatten eines solchen. Im Gegenlicht strahlten die Fasern des grobmaschigen Pullovers, der sackartig von breiten Schultern bis über die nicht weniger breiten Hüften fiel, und auf dem Kopf krauste sich eine wüste Lockenpracht. Leuchters Augen bedurften der Gewöhnung, bis er feststellte, daß der Pullover grünlich war, die Locken grau und das Gesicht darunter, im Verhältnis zum massigen Leib, fein gegliedert, die Nase spitz, die Augen klein, aber klar, und der Mund scharf geschnitten, doch beweglich.

Der Präsident machte, zu Leuchter nickend, eine Bemerkung, die dieser nicht verstand; sie löste Heiterkeit aus. Offenbar bezog sie sich auf die Umstände seiner Verspätung. Susumu war der einzige, der den Kopf hängen ließ, vielleicht schämte er sich, in Leuchters Müdigkeit verwickelt zu sein. Dieser wartete umsonst darauf, vorgestellt zu werden. Offenbar setzte der Präsident gegenseitige Bekanntschaft voraus. Außerdem schien man in einen Diskurs vertieft, der keine Übersetzung benötigte. Die drei westlichen Männer antworteten dem Präsidenten auf japanisch.

Da Leuchter wenigstens das Wort »contest« verstand, erriet er, daß vom Wettbewerb die Rede sein mußte. Leuchters gute Miene erlosch, er stand an einer fremden Grenze mit dem Gefühl des Flüchtlings, über den die Zöllner in unverständlicher Sprache verhandeln. Vielleicht plauderten sie auch nur über das Wetter. Denn die Runde wirkte locker, man lachte viel.

Als der Invalide, Lubomir oder Lubo genannt, verabschiedet wurde, reichte er Leuchter zum ersten Mal die Hand, eine Pranke, in der Leuchters Finger verschwanden, und sah ihm dabei forschend in die Augen. Die andern Europäer begleiteten den Rollstuhl zum Ausgang, und jetzt sprach die Gruppe deutsch.

Einen Augenblick Schweigen, dann erhob sich auch der Präsident, Leuchter folgte ihm auf den Hof und sah eben noch, wie Lubomir in eine als Limousine getarnte Ambulanz gerollt wurde. Die beiden Europäer kehrten an Leuchter vorbei ins Gästehaus zurück, noch immer, ohne sich vorgestellt zu haben.

Er war wieder in seine Schuhe geschlüpft und stand neben dem Coupé, aus dem der Präsident, kaum hatte er auf dem Vordersitz Platz genommen, zu winken begann. Er winkte immer noch, als Ayu, wieder am Steuer, den Motor startete. Um den Kirschbaum kurvend, schoß der Wagen zum Tor und war bald außer Sicht, aber noch lange hörbar.

Wieder stand Leuchter mit Susumu allein im Hof. Doch diesmal kniete im Hauseingang ein alter Mann, einen Schritt dahinter eine alte Frau. Sie verbeugten sich tief, wie im Bilderbuch die jungen Mädchen.

Das sei Hattori-san, der Hausmeister, flüsterte Susumu, er werde Leuchter sein Zimmer zeigen, und Susumu werde übersetzen.

Der Hausmeister, der gebrechlich wirkte, hatte Leuchters Koffer ergriffen und zog ihn über die Veranda zur Treppe, um ihn die hohen Stufen hinaufzuschleppen. Die Schlafzimmer lagen oben; hier ließ Leuchter die Erinnerung im Stich. Der hölzerne Umgang führte an einer Zimmerflucht entlang, die bewohnt sein mußte; durch das Glas waren Koffer zu erraten, ein schwarzer Cellokasten, niedrige Tische mit Büchern, Zigaretten, eine englische Zeitung.

Vor dem Eckzimmer hielt Hattori-san inne, um sich auf die Knie niederzulassen und die Glastür aufzuschieben. Dann wuchtete er Leuchters Koffer über die Schwelle und kniete erneut, um die Stirn bis auf die Strohmatte zu senken.

Das also war Leuchters Zimmer. In seiner Mitte stand ein massives Eisenbett. Es verdunkelte den aus sechs Matten gebildeten Raum, und die Bettpfosten gruben sich in die nachgiebige Unterlage.

Nein, sagte Leuchter.
Susumu erschrak.
In dieses Bett lege ich mich nicht.
Susumu brachte es auch kniend fertig, am ganzen Leib zu zittern. Ja, sagte er, unsere ausländischen Gäste schlafen sehr gut in diesem Bett.
Ich denke nicht daran.
Es ist ein Bett aus Europa.
Ich nehme ein Hotelzimmer.
Susumu bewegte die Lippen lautlos. Der Hausmeister sah ihn erwartungsvoll an.
Plötzlich machte die Marter Susumu beredt. Der alte Mann lauschte mit geschlossenen Augen und entfernte sich.
Und jetzt? fragte Leuchter.
Sie wollen japanisch schlafen.
Ich will anderswo schlafen.
Sie haben bisher immer in einem solchen Bett gelegen. Jetzt wollen Sie japanisch schlafen wie Ihre Kollegen. Das wird Frau Fujiwara verstehen.
Sollte es Sumi sein, die diese Bettstatt bestellt hatte?
Lassen Sie es gut sein, sagte Leuchter. Ich schlafe hier.
Susumu starrte ihn an.
Leuchter ließ sich auf die Knie nieder und blickte durch das Fenster. Die Gästezimmer lagen nach der Schattenseite des Anwesens. Über die ziegelgedeckte Mauer, die den Garten abschloß, nickte eine Gruppe von Bambuswedeln. Gleich dahinter erhob sich der dicht bewachsene Hang. Leuchters Zimmer war das einzige, das eine Fensterfront nach Süden besaß. Obwohl die Aussicht durch einen Gebäudeteil halb verdeckt war, ließ sich etwas von der Stadt erkennen, eine Pagode, Tempeldächer, die in bleichem Sonnenlicht lagen.
Leuchter fröstelte. In der Bildernische hing ein gemalter rosa Kirschblütenzweig; davor stand in einer schwarzen Vase ein wirklicher in Weiß.
Die Frau des Hausmeisters erschien auf der Galerie. In der

Hand trug sie ein Tablett mit grünem Tee und kleinen Stücken Zuckerwerks.

Susumu verneigte sich für beide. Von der Treppe her näherte sich ein schleifendes Geräusch. Der Hausmeister, beide Arme voll Bettzeug, bemühte sich vergeblich, den Raum unbemerkt zu betreten. Er keuchte. Als er seine Last über die Schwelle hob, strauchelte er, rappelte sich auf, schleifte die Decken in die Ecke und baute mit hastigen Griffen einen Turm daraus.

Ich werde nicht frieren, sagte Leuchter.

Susumu strahlte zum erstenmal. Sie dürfen nie frieren! Sie brauchen kein Hotelzimmer?

Nein.

Aber Sie sind sehr müde!

Ich bin im Auto eingeschlafen. Ich entschuldige mich.

Susumu schüttelte heftig den Kopf.

Worüber haben sich meine Kollegen mit dem Präsidenten unterhalten?

Sie haben es nicht gehört?

Ich habe es nicht verstanden.

Susumu strahlte. Der Europäer hatte einen Scherz gemacht. Er mußte guter Dinge sein.

Ich verstehe kein Japanisch, sagte Leuchter.

Susumu lächelte noch herzlicher, dabei versteiften sich seine Mundwinkel.

Sie sind mein Dolmetscher, Herr Susumu, sagte Leuchter. Wenn ich Japanisch verstünde, brauchte ich keinen Dolmetscher.

Susumu erstarrte. Hatte der Fremde andeuten wollen, Susumu sei nicht gut genug?

Leuchter schwieg. Dann sagte er: Sie sind Frau Fujiwaras Schüler.

In Susumus Gesicht erschien eine schwer deutbare Mischung von Verlegenheit und Genugtuung. Dann winkte er mit der erhobenen Rechten heftig ab.

Sie ist Ihre Lehrerin.

Susumu nickte. Das schien die passende Frage zu sein. Er war nicht ihr Schüler, wohl aber sie seine Lehrerin.

Ayu-san auch, sagte Leuchter.

Sie ist sehr gut, sagte Susumu. Sie wird den Wettbewerb gewinnen.

Warum nicht Sie?

Ich bin Anfänger.

Aber Sie gehören zu den letzten acht. Also müssen Sie sehr gut spielen.

Susumu senkte den Kopf. – Ihr Tee wird kalt.

Leuchter umschloß den Becher mit beiden Händen. Seit wann sind Sie Frau Fujiwaras Schüler?

Susumu begann mit der rechten Hand die Finger seiner linken abzuzählen und wechselte die Hand. Er wurde nicht fertig.

Leuchters Kopfweh, das dumpf gelauert hatte, begann in seinen Schläfen zu pochen. – Geht es Frau Fujiwara gut?

Susumu zählte immer noch seine Finger und nickte.

Wann kann ich sie sehen?

Vielleicht morgen abend, sagte Susumu. Beim Empfang des Präsidenten im Ume-Hotel.

Leuchter hatte die Einladung gesehen.

Am Morgen zeige ich Ihnen den Eikan-do.

Susumu hatte ausgezählt, ohne das Resultat zu nennen. – Später gehen wir zum Markt. Ich komme um neun Uhr.

Heute habe ich also kein Programm mehr? fragte Leuchter.

Sie wollen schlafen, sagte Susumu und deutete ins Zimmer, wo die Frau des Hausmeisters zu Füßen des europäischen Betts ein japanisches Lager ausgelegt hatte.

Eigentlich hätte ich Hunger. Es ist ein Uhr mittags.

Sie essen jetzt mit Herrn Lieberman und Herr Lebrecht.

Warum hatten ihn die Kollegen ignoriert? Woher konnten sie Japanisch? Leuchters Kopfweh verstärkte sich.

Sie essen mit?

Susumu neigte den Kopf. Leider nicht. Ich habe noch nicht geübt.

Leuchter seufzte. Ein Mittagessen ohne Dolmetscher, welche Entlastung. Morgen traf er Sumi, und alles Weitere würde sich finden.

Es war der Eßsaal aus dem Kinderbuch: ein von drei hohen Fenstern belichteter hoher Raum in mattem Rosa. Doch zeichneten sich auf der Seidentapete purpurrote Vierecke ab, wo der Bilderschmuck nicht mehr der ursprüngliche war. Jetzt bestand er aus Porträts japanischer Honoratioren, die mit großer Strenge aus schwarzen Rahmen auf die Tafel blickten.

Sie erinnerte an eine Schiffsmesse, denn sie war aus Mahagoni mit Messingbeschlägen, zu mächtig für die zwei Personen, die aus vielen Schälchen eher zu naschen als zu essen schienen. In der Ecke des Saals stand ein Ofen aus Gußeisen; die Tür trug die Jahreszahl 1920 und den Namen eines Herstellers aus Glasgow.

Die Herren schienen sich nicht stören zu lassen, und während ein junges Mädchen damit beschäftigt war, einen dritten Platz mit Plättchen und Schälchen zu belegen, hielt Leuchter es für angebracht, sich vorzustellen.

Lebrecht, äußerte der Mensch mit dem Oberlippenbart und neigte, ohne sich zu erheben, andeutungsweise den Kopf. Er erinnerte an Sir Alec Guiness in alten Filmkomödien und versagte sich selbst die Andeutung eines Lächelns. Der grünliche Strickwollsack des andern Tischgenossen suggerierte Leibesfülle, doch aus dem losen Ausschnitt stieg ein sehniger Hals mit einem vogelartigen Gesicht. Dessen Hälften waren ungleich; die eine spöttisch, die andere verdrossen, doch beide farblos, fast durchsichtig. Die Brauen bildeten ein Faltenbündel an der Nasenwurzel, und starke Brillengläser ließen das Gesicht überäugig erscheinen, als könne es sich nicht entscheiden, ob es einem Propheten gehöre oder einem Oberlehrer.

Lieberman, sagte der Mann mit schönem Baß. Und Sie sind der Liechtensteiner. Zum erstenmal in Japan?

Leuchter nickte. Das wird man von Ihnen nicht sagen können.

Lieberman kicherte.

Man kann uns viel nachsagen, fiel Lebrecht mit brüchiger, scharf artikulierender Stimme ein. Aber daß wir zum erstenmal in Japan sind: das nicht.

Leuchter irritierte die Mischung von Unverfrorenheit und Intimität. Die Herren redeten, als wäre man miteinander bekannt, nicht nur schon lange, sondern auch sattsam.

Sie sind Israeli.

Jude, sagte Lieberman. Israeli – nun ja. Notgedrungen. Herr Lebrecht ist Deutscher. Wie lange sind Sie schon in Japan, Lebrecht?

Lebrecht hob sein Kinn und schien die Zahl an der Decke zu suchen. Fünfzehn Jahre müssen es sein.

Er kam als Lektor, sagte Lieberman, und endete als Musiker. Ich kam als Journalist und glaubte ganz ordentlich Cello zu spielen, bis ich Frau Fujiwara hörte. Danach quälte ich das Instrument nicht länger.

Aber Sie ließen sich keinen Ton entgehen, sagte Lebrecht. Er hat die größte Sammlung von Fujiwariana, die es gibt.

Fujiwariana, dachte Leuchter, was für ein Affe.

Lubo hat noch mehr, sagte Lieberman.

Ist Herr Lubomir seit seiner Geburt invalid? fragte Leuchter.

Nein, sagte Lieberman, aber das fragen Sie besser ihn selbst. – Das ist gut gegen Kopfweh, Leuchter, probieren Sie.

Er hatte mit den Stäbchen ein Klümpchen gefaßt und hielt es Leuchter ohne Umstände vor den Mund. Leuchter kaute etwas Gummiartiges, das durchdringend nach See roch, nach Tang und Salz.

Danke, aber ich werde wohl lernen müssen, mich selbst zu ernähren.

Stäbchen sind der Schlüssel zu Japan, sagte Lieberman. Er hielt sie zwischen den Fingern und manipulierte wie ein Friseur. Wie klingt das Klatschen mit einer Hand? Lieberman ließ mit schnellen Bewegungen ein Storchenklappern hören.

Frau Fujiwara spielt nicht mehr, sagte er beiläufig. Wissen Sie das? Oder sollte es sich in Liechtenstein noch nicht herumgesprochen haben?

Sie spielt! widersprach Lebrecht. Mit ihren Schülern spielt sie!

Darum ist er Schüler geblieben, gluckste Lieberman. Aber für unsereins ist sie nicht mehr zu hören. Sie tritt nicht mehr auf, Herr Leuchter.

Ich hoffte sie zu hören.

Sie haben sich gut gekannt, nicht wahr? fragte Lieberman. – Als sie in Deutschland studierte?

Wir haben ein Stück einstudiert, das ich in Paris zu spielen hatte. Aber gehört habe ich sie nie, merkwürdigerweise.

Sehr merkwürdig, sagte Lieberman. Also eine eher flüchtige Bekanntschaft, würden Sie sagen?

Nein.

Der Cellist waren Sie, sagte Lieberman. Sie waren der Meister. Oder würden Sie das so auch nicht sagen?

Leuchter schwieg.

Die Stille war unbehaglich. Lieberman beugte sich über den Tisch und goß Leuchter das kleine Sake-Glas voll.

Jedenfalls sind Sie als Juror gekommen.

Wie Sie.

Wenn wir darauf trinken sollen, sagte Lieberman, müssen Sie mir einschenken. So wird das hier gemacht. Wenn dir niemand einschenkt, mußt du verdursten.

Leuchter gehorchte.

Noch mehr, befahl Lieberman. Ganz voll.

Er hielt den kleinen Becher, auf dem sich die Flüssigkeit zu wölben schien; seine Hand bebte so beherrscht, daß kein Tropfen verlorenging.

Lebrecht auch, sagte Lieberman.

Sie wissen, daß ich nicht trinke, sagte Lebrecht steif.

Lieberman sah Leuchter in die Augen. Kampai! sagte er

und hob den Becher ganz schnell zum Mund. Leuchters Versuch mißlang, der Sake tropfte vom Kinn auf den Teller.

Wenn wir von der Jury reden, sagte er, davon wüßte ich gern etwas mehr.

Ich auch, sagte Lieberman.

Die Spielregeln des Wettbewerbs sind mir nicht klar, sagte Leuchter.

Lebrecht, rede, sagte Lieberman, das ist dein Fach.

Lö Brecht, sagte der Angesprochene. Ein hugenottischer Familienname. Eigentlich Le Bereque.

Und was heißt Le Bereque?

Mit rechtem Leben hat es nichts zu tun.

Das habe ich mir fast gedacht, sagte Lieberman.

Fast so wenig, wie Sie ein lieber Mann sind, sagte Lebrecht.

Es gibt kein rechtes Leben im falschen. Aber reden Sie trotzdem, Lebrecht.

Der Angesprochene begann eine längere Ausführung, bei der seine Stimme in verhaltenes Singen geriet. Vor zwei Jahrzehnten, nach dem Tod Takeo Takahashis, des bedeutendsten Cello-Meisters in Japan, sei zu seiner Ehre der Takahashi-Wettbewerb ausgeschrieben worden, eigentlich zur Förderung des Nachwuchses. Aber schon die erste Preisträgerin Sumiko Fujiwara habe den Preis zu *dem* Cello-Preis Japans erhoben. Er habe, gestiftet vom größten Whisky-Hersteller des Landes, in einem Jahresstipendium bestanden, und Frau Fujiwara sei damit nach Deutschland gefahren und nach ihrer Rückkehr an die hiesige Musikhochschule berufen worden. Danach habe sie manches Jahr als Jurorin gedient. Nach dem Unfall Lubos sei sie nicht mehr öffentlich aufgetreten.

Lubo? fragte Leuchter.

Mit vollem Namen Lubomir Karwowski, Attaché der polnischen Botschaft, sagte Lebrecht, der sich in den späten siebziger Jahren abgesetzt und Asyl gesucht hat. Seit 1990 übersetzt er wieder für die Botschaft. Er spielt passabel Klavier und ist nicht unmusikalisch –

Takahashi hat ihn unter seine Schüler aufgenommen, sagte Lieberman.

Er liebte das Cello, ja, sagte Lebrecht, aber man kann nicht sagen, daß die Neigung auf Gegenseitigkeit beruhte. Das hatte das Instrument mit der Meisterin gemeinsam.

Übernehmen Sie sich nicht, Lebrecht, sagte Lieberman. Sumi und Lubomir waren ein Paar.

Er lernte Japanisch für sie, erwiderte Lebrecht nicht weniger schneidend, und als sie in Deutschland war, schrieb er ihr jeden Tag. Sie hat nicht geantwortet.

Lieberman steckte sich ein Stück rohen Fisch in den Mund. Waren Sie dabei, Lebrecht? fragte er.

Der Angesprochene warf Leuchter einen schnellen Blick zu.

Als sie zurückkam, hat sie ihm nicht einmal erlaubt, ihr Cello zu tragen.

Der Träger waren Sie.

Allerdings, sagte Lebrecht. Ich begnügte mich damit, ihr Schüler zu sein.

Lebrecht macht sich nichts aus Frauen, sagte Lieberman. Das ist keine Kunst.

Da beginnt eine Kunst, Lieberman, von der Sie keine Ahnung haben.

Er hat am Wettbewerb teilgenommen, sagte Lieberman.

Sie war in der Jury und durfte mich nicht begünstigen. Sie wissen so gut wie ich, daß kein Ausländer den Wettbewerb gewinnt.

Warum haben Sie teilgenommen? fragte Lieberman.

Es ging mir um die Sache, sagte Lebrecht. Das können Sie wohl nicht fassen.

Antisemit, lachte Lieberman. – Kampai, Le Brecht.

Solche Witze habe ich nicht verdient, sagte Lebrecht, und in seinem Gesicht erschien eine schmerzliche Betroffenheit, die es noch korrekter aussehen ließ.

Aber ich, sagte Lieberman. Ich verdiene sie. – Er war, sagte er zu Leuchter gewandt, Sumis ständiger Begleiter. Jedermann hielt ihn für unverdächtig. Miyake nicht. Als er Präsident wurde, sorgte er dafür, daß sich Frau Fujiwara aus der Jury zurückzog.

Ein Interessenkonflikt, sagte Lebrecht, verstanden.

Sie verstehen alles, Lebrecht, bis auf die einfachsten Dinge. Miyakes Interesse war durchsichtig. Auf deutsch nennt man es Eifersucht.

Ich kenne Ihre Theorie, Lieberman, sagte Lebrecht. Miyake bewundert Frau Fujiwara. Aber er will nichts von ihr.

Wie er die Menschen kennt, sagte Lieberman. Er will nichts von ihr? Er wollte sie unterwerfen, und jetzt will er sie vernichten.

Darum hat er sie zur Meisterin des Wettbewerbs gemacht, sagte Lebrecht spöttisch, darum nehmen ihre besten Schüler daran teil, darum hat sie die Jury ausgewählt –

Ja, Lebrecht, darum. Und glauben Sie im Ernst, daß Sumisan uns ausgewählt hat?

Das brauche ich nicht zu glauben, sagte Lebrecht, ich weiß es von ihr selbst. Sie hat Miyake unsere Namen genannt. Ich habe versucht, es ihr auszureden. Sie könnte sich angreifbar machen. Aber sie war unbeugsam und bekam ihren Willen.

Wenn das wahr ist, sagte Lieberman, ist es noch schlimmer, als ich dachte. Wen haben Sie ihr denn auszureden versucht, Lebrecht?

Niemanden im speziellen, erwiderte Lebrecht mit Grandezza, wenn schon, uns alle.

Lieberman schwieg.

Wer ist Lubo? fragte Leuchter.

Sie kennen ihn nicht? fragte Lebrecht.

Sonst würde ich nicht fragen.

Sie fragen zum zweiten Mal, sagte Lebrecht, das wundert uns. Ich dachte, Frau Fujiwara habe Ihnen das Nötigste erzählt. Er schrieb ihr ja jeden Tag nach Deutschland. Gerade vor der Wende.

Sie war nicht immer in Deutschland, sagte Leuchter. Sie hat mich in der Schweiz besucht.

Darum hat Lubo nie Antwort erhalten, sagte Lebrecht. Aber er ließ es sich nicht verdrießen. Er lernte ihre Sprache. Er ist ein Troubadour.

Im Klartext, Leuchter, sagte Lieberman, damals kam sie von Ihnen zu mir, nach Karuizawa. Oder eben nicht. Sie kam zu Tae, meiner Frau, die seit der gemeinsamen Schulzeit ihre beste Freundin war. Wir haben aufgerichtet, was von ihr übrig war, und danach wollte ich meine Finger nicht von ihr lassen. Sonst war nichts, als daß sie von einem Tag zum andern auszog – und meine Frau mit den Kindern nur drei Tage später. Mein Fall ist in Kürze dieser. Nur damit Sie es wissen.

Danach war Sumi-san sicher, Unglück zu bringen, sagte Lebrecht, und andere Leute haben sie aufgehoben, ich zum Beispiel.

Sagen wir: andere Leute. Lubo zuerst.

Ich habe ihr von einer Jury mit dieser Zusammensetzung abgeraten, sagte Lebrecht. Es sieht ihr gar nicht ähnlich, auf Kapitel zurückzukommen, mit denen sie abgeschlossen hat. Es ist auch gänzlich unjapanisch.

Sie hätte schon die Wahl zur Meisterin des Wettbewerbs nicht annehmen sollen, sagte Lieberman. Wissen Sie jetzt alles über den Wettbewerb, Herr Leuchter? Dann sollten wir vom Wetter reden.

Der Preis ist begehrt, fuhr Lebrecht ungerührt fort. Auch diesmal haben sich fast tausend junge Musiker gemeldet. Zuerst findet eine Vorselektion statt, die von den Musikschulen des ganzen Landes besorgt wird. Dann schicken sie vierzig Auserwählte in die nächste Runde, von denen die Besten in den Schlußgang kommen. Früher fanden die letzten Durchgänge alle an dieser Schule statt. Dieses Jahr hat die Meisterin gebeten, ihr den Marathon zu ersparen. Wir haben nur die letzten acht zu beurteilen. Normalerweise besteht die Jury aus Musikern von internationalem Standing, überwiegend Japanern –

Diesmal besteht sie aus uns, bemerkte Lieberman trocken.

Die Meisterin hat es so gewollt, sagte Lebrecht mit hohem

Kinn, sie denkt an Rücktritt. Wohl möglich, daß ihr der Präsident einen Wunsch erfüllen wollte.

Wohl möglich, sagte Lieberman, vielleicht werden sie doch noch ein Paar.

Sie sind geschmacklos, Lieberman, sagte Lebrecht.

Der Präsident ist ein Musiker von internationalem Standing. Seine *Utai* sind in aller Munde.

Lieberman begann mit tief aus der Brust geschöpfter Stimme ein paar Töne eher zu grollen als zu singen, ein hohles Crescendo dumpfer U- und O-Laute, das er im Diskant festhielt und dann in ein erbarmungswürdiges Jaulen absacken ließ.

Sie sind ein musikalischer Rassist, Lieberman.

Besser als ein unmusikalischer Antisemit.

Sie können mich nicht beleidigen.

Dafür sind wir Freunde, sagte Lieberman.

16 Philosophenweg

Das ist also der Philosophenweg, sagte Leuchter zu Susumu, der sich über sein Handy krümmte. Der Philosophenweg führte links und rechts einen gemauerten Kanal entlang, der in die Bergflanke eingelassen war. Die bergseitige Spur war die schmalere, sie begleitete Privathäuser, Gärten und Friedhöfe, hinter denen sich die frisch begrünte Wand von Buschwerk und Bäumen erhob.

Auch das Gästehaus, wo Susumu Leuchter um neun Uhr abgeholt hatte, lag auf jener Seite. Über eine Steinbrücke hatten sie den Kanal überquert, denn linker Hand verlief der Philosophenweg doppelt: als kiesbelegtes Sträßchen an der niedrigen Häuserzeile entlang und als Plattenweg dichter am Wasser. Dazwischen war Raum für eine lange Reihe blühender Kirschbäume, die ihr Geäst zu einer einzigen Krone zusammenflochten, einer Brandungswelle von geisterhaftem Rosa. Aus dem Gewimmel, das von Insekten summte, lösten sich immer wieder Flüge von Blütenblättern und flatterten den Spaziergängern auf Haar und Kleider. In der noch kühlen Luft wehte ein Hauch von Sonntag um die geputzten Leute, die sich im Schatten der Allee eher drängten als fortbewegten. Denn um die Läden, Gasthöfe und Buden herrschte viel Betrieb. Damen im Kimono, heitere alte Männer, artige Kinder posierten für ein Gruppenbild, Familien picknickten auf ausgebreiteten Tüchern, fischten mit Stäbchen bunte Leckerbissen aus ihren Holzschachteln und hoben winzige Sake-Becherchen. Es gab Andenkengeschäfte, wo man Dachse aus Ton kaufen konnte, Keramik in jeder Form und Bemalung oder auch eine Wildschweinscheuche, bei der Wasser so lange in eine ausbalancierte Bambusröhre tropfte, bis sie kippte, ausleerte und beim Rückschlag auf einen runden Stein in Abständen einen hellen Ton hören ließ. Es gab Glöcklein, an denen ein Papierstreifen wirbelte, der das Klöppelchen, an dem er befestigt war, zum Klingeln brachte wie ein irres Insekt. Auf dem überkiesten Fahrweg kurvten Radfahrer durch schlurfende Fußgänger, ab und zu knirschte ein Lieferwagen im Schritt vorbei, und wo ein Sträßchen, von der Stadt hersteigend, in den Philosophenweg mündete, standen die Menschen so dicht wie auf einem Bahnhof zur Hauptverkehrszeit.

Warum gelang es Leuchter nicht, seine Ungeduld zu beherrschen? Er hatte weder Eile, noch kannte er das Ziel, doch Susumu blieb immer wieder zurück, um seinen Dialog mit dem Handy fortzusetzen oder den Empfang dafür zu verbessern. So kam man nicht vom Fleck, denn kaum daß Susumu, mit schuldbewußter Miene herhastend, die nächste Erklärung angefangen hatte, schrillte das Gerät seine gebieterische Tonfolge aufs neue – sie kam Leuchter bekannt vor – und zwang Susumu zu einer Antwort.

In Heidelberg gebe es auch einen Philosophenweg. Das wisse er von seinem Vater, der dort studiert habe. Philosophie? Medizin. Dann spreche sein Vater Deutsch? Susumu winkte heftig ab und sagte: Früher hätten die japanischen Ärzte Deutsch geredet. Damit die Patienten sie nicht verstanden. Beim Lachen zeigte er eine Zahnlücke. Wieder unterbrach ihn das Handy. Susumu redete gegen seine Schulter und deckte zugleich seinen Mund ab, als habe er ein Geheimnis zu hüten.

Auf der andern Kanalseite zeigte sich ein umfriedetes Grundstück mit verschlossenem Tor. Die Grabsteine waren schlichte Tabletts oder Stelen, die auf einen Quader gesetzt waren, einzelne endeten in einer Kugel. Bambus nickte über die mit Ziegeln gedeckte Mauer; in seiner Verlassenheit wirkte der stille Ort einladend. Susumu erzählte, daß Gräber nicht zu bezahlen waren. Die Tempel lebten von ihrer Pflege und den für die Toten vorgeschriebenen Riten.

Die Woge der Blütenbäume riß nicht ab. Manchmal zeigte sich ein Durchblick über die Stadt, die in diesigem Licht lag. Der Berg gegenüber blühte grün und weiß; weit oben am Hang war ein riesiges Zeichen in die Vegetation eingelassen.

Als Susumu wieder an seiner Seite war, fragte er ihn nach der Bedeutung. Im Hochsommer, am Fest für die Toten, würden Feuer angezündet, dann sei die Stadt von Flammenzeichen eingefaßt.

Mit wem telefonieren Sie immerzu? fragte Leuchter. Es mußte Susumu etwas kosten, die Frage zu ignorieren. Halb in einen Kamelienbusch verkrochen, deutete er in die Höhe: Hier bitte. Zum Tempel.

Die Bergflanke hatte sich zu einem kleinen Tal geöffnet. An seinem Ende, in einer Waldnische, versammelte sich eine Gruppe mächtiger Dächer. Die Steinfliesen, die man hinaufstieg, waren unter den vielen Füßen kaum zu sehen.

Leuchter und Susumu reihten sich in die Menschenschlange, die sie an Butiken und Buden vorbei einem wetterschwarzen Torgebäude entgegenschob. Susumu erzählte von dem alten Abt Eikan, der sich jeden Morgen früh – sehr früh – im Garten des Klosters erging, um zu meditieren. Als er eines Tages verschlafen hatte, sah er zu seiner Bestürzung, daß schon einer da war, der unter Kirschbäumen wandelte und sich, als er Schritte hörte, gelassen umdrehte. Eikan, du bist spät, sagte er über die Schulter, und in diesem Augenblick wurde der Abt erleuchtet. Dann war er wieder allein. Aber er hatte den Buddha gesehen.

Hinter dem Torgebäude gelangten sie zum Schalterhäuschen, und Leuchter blickte auf das Stachelhaar Susumus, der den Eintritt für beide bezahlen wollte und aus seiner Börse das letzte Münzgeld kramte. In der Mitte war sein Schopf gesträubt wie der eines Wiedehopfs; die Strähnen des Hinterkopfs scheuerten am weißen Hemdkragen. Susumu hatte sich mit einem schwarzen Zweireiher fein gemacht wie für ein Konzert.

Auf dem Gelände des Tempels war von diesem selbst so gut wie nichts mehr zu sehen. Wo etwas zu besichtigen war, standen die Menschen am undurchdringlichsten. Leuchter schlug einen Seitenpfad ein, der leer, aber durch eine Holztafel als NO WAY gekennzeichnet war. Nach ein paar Schritten hatte ihn Susumu eingeholt. Hier dürfen wir nicht, sagte er atemlos, in seinem Mobiltelefon zeterte die immer gleiche aufgeregte Frauenstimme. Es ist verboten! flüsterte er.

Leuchter ging weiter. Der Weg senkte sich einem Bächlein entgegen, in dessen Bett er verschwand, war aber auf der Gegenseite wieder zu erkennen. Er führte an den Fuß einer gedeckten Treppe, und diese hinauf zur Pagode, die auf einer Felskanzel stand.

Mit einem Sprung setzte Leuchter über den Bach und stieg zur Galerie hinauf. Sie wirkte baufällig, die Treppe morsch, doch an ihrem Fuß stand eine Reihe grüner Plastikpantoffeln. Sie waren für Leuchter zu klein. Er ging in Socken weiter, ignorierte die verschnürten Steinbrocken auf dem Weg und setzte den Fuß auf die erste Stufe, da hörte er Susumu STOP! schreien.

Das gerollte schwarze Tau auf dem nächsten Absatz gab sich als Schlange zu erkennen, die mit aufgerichtetem Kopf züngelnd in fließende Bewegung geriet und zwischen Stiege und Berg verschwand.

Susumu hielt noch immer die erregte Frauenstimme in der Hand. Leuchter zog ihm das Handy aus den Fingern und brachte es mit einem Druck zum Schweigen.

Wer ist das, Susumu-san?

Meine Schwiegermutter.

Leuchter hatte sich vorbeugen müssen, um ihn zu verstehen. Jetzt legte er ihm den Arm um die Schulter. Kommen Sie, sagte er. Er hielt ihn am Ellbogen fest, während sie stiegen.

Die Treppe hält nicht.

Kommen Sie nur.

Der Blick über die Stadt hatte sich weit geöffnet, als sie am Fuß der Pagode standen. Sie hatte ein Fundament exakt gefügter Felsen, aus denen sich die achteckige Holzkonstruktion erhob. Aber schon auf Bodenhöhe war der Zugang durch eine Gittertür mit Vorhängeschloß gesperrt.

Fast senkrecht blickten sie in die Anlage des Tempels hinab. Wie Schiffe im Hafen schienen die schwingenden Dächer gegeneinander zu schaukeln. Der Ernst ihrer Formen wurde von blühenden Baumkronen gemildert. Es blieb auch Raum für leere Gärten: die Wellenmuster im hellen Sand um die Steingruppen waren aus der Höhe zu erkennen. Die Menschenmassen waren unter Dächern verschwunden, aber der Tempel brummte wie ein Bienenstock. Der Stadtlärm hatte sich zu einem gleichmäßigen Getöse gedämpft, das hie und da von einem Hornstoß, der Sirene einer Ambulanz, zerrissen wurde.

Leuchter setzte sich auf einen sonnenwarmen Stein, während Susumu hinter ihm stehen blieb.

Ich wußte nicht, daß Sie verheiratet sind, sagte Leuchter. Was will Ihre Schwiegermutter?

Oh, sagte Susumu leise, sie gibt mir nur Tips.

Tips?

Wie ich Sie zu behandeln habe, sagte Susumu, Sie sind Juror.

Ist sie Musikerin?

Sie findet, ich sollte noch üben.

Susumu war ein von der Familie seiner Frau adoptierter Sohn. In seiner leiblichen Familie gab es drei Söhne, und die älteren waren, wie der Vater, Mediziner geworden. Susumu wurde zur Musik verpflichtet. Dann hatten ihn seine Eltern einer andern, sehr wohlhabenden Familie abgetreten, in der es nur zwei Töchter gab. Eine davon wurde ihm zur Ehefrau bestimmt. Er übernahm auch ihren Namen, in der Erwartung, ihren Stamm fortzusetzen. Aber sie hatten noch keine Kinder.

Leuchter glaubte Susumus Erzählung viel Verschwiegenes anzuhören.

Warum gab Ihre Mutter Sie weg?

Mein Vater hat mir nicht verziehen.

Daß Sie Musiker wurden?

Daß ich nicht Medizin studierte.

Ist Ihre Schwiegermutter so ehrgeizig? Setzen Sie sich doch. Müssen Sie morgen gewinnen?

Ich gewinne nie, sagte Susumu beinahe fröhlich.

Dann wird es ja Zeit.

Ja, erwiderte Susumu, wieder kummervoll. Aber ich habe ein sehr schwieriges Stück.

Was für eins?

Das darf ich nicht sagen, murmelte er mit gesenkten Augen. Sie könnten mich daran erkennen. Das wäre nicht fair.

Sie sollten üben. Wer hat Ihnen gesagt, daß Sie mich begleiten müssen? Ihre Schwiegermutter? Jetzt lachte Susumu heraus und bedeckte sofort den Mund. – Fujiwara-sensei. Dreizehn Jahre ist sie schon meine Lehrerin! – Das war die Zahl, mit der er gestern nicht fertig geworden war.

Dann mußte er zu den ersten Schülern gehört haben, die Sumi nach ihrer Rückkehr angenommen hatte.

Wie alt waren Sie damals?

Sechzehn. Ich hatte schon mit vier Jahren Cellostunden. Nur nicht richtig.

Bei Frau Fujiwara war es richtig.

O ja, sagte Susumu und strahlte über das ganze Gesicht. Sie ist sehr streng.

Und was haben Sie bei ihr gespielt?

Das Stück eines unbekannten Komponisten, sagte er.

Aber doch nicht immer dasselbe, sagte Leuchter.

Ja, sage Susumu. Ich kann nur ein Stück. Das heißt, ich kann es noch nicht. Am Anfang bekam ich eine Partitur für Anfänger. Dann hat es die Lehrerin immer schwerer gemacht. Heute weiß ich: Es ist unmöglich. Aber ich lerne viel.

Sie haben siebzehn Jahre lang dasselbe Stück gespielt?

Ein wenig Bach auch, und Schumann. Das ist leicht.

Wie oft hatten Sie Stunde?

Dreimal die Woche. Wenn sie krank war, haben wir die Stunde nachgeholt.

War sie häufig krank?

Leider.

Immer dasselbe Stück!

Es war nie dasselbe, sagte Susumu. Es veränderte sich jeden Tag. Im Winter war es am schönsten. Da hätte der Wettbewerb gewesen sein müssen! Im Frühling verlerne ich immer, was ich kann.

Hat Sie es Ihnen vorgespielt? fragte Leuchter.

Sie hat es mir gezeigt.

Also doch vorgespielt.

Susumu neigte prüfend den Kopf. *Gezeigt*, wiederholte er.

Susumu-san, sagte Leuchter, es gibt Vorentscheidungen für den Takahashi-Wettbewerb, an denen Sie teilgenommen haben. Haben Sie immer nur dieses eine Stück gespielt?

Ich brauchte nicht teilzunehmen. Ich bekam eine *Wild Card*.

Und Ayu-san, hat sie auch nicht an den Vorentscheidungen teilgenommen?

O doch, sie hat jedesmal gewonnen.

Der Schwan und das häßliche Entlein, dachte Leuchter. Was hatte Susumu bei Sumi zu suchen? Leuchter kam ein dunkler Verdacht.

Wie geht es Frau Fujiwaras Mann?

Sie hat keinen Mann.

Ich meine: ihrem Lebensgefährten.

Susumu konnte mit dem Wort »Companion« nichts anfangen.

Sie ist nicht verheiratet.

Aber sie hat Freunde, forschte Leuchter, Lieberman, Lebrecht, Lubo.

Susumu zog den Igelkopf zur Schulter hin. Vielleicht, sagte er.

Ich habe Frau Fujiwara auch kennengelernt, vor bald fünfzehn Jahren, als sie in Europa war. Hat sie nie davon erzählt?

Nein.

Hat sie auch nichts von ihrem Bruder erzählt?

Sie hat keinen Bruder.

Über Persönliches redet sie wohl nicht?

Vielleicht nicht –. Susumus Unschuld war undurchdringlich. – Fujiwara-san war nie allein, sie hatte immer viele Schüler. Er nickte heftig.

Und alle Schüler haben immer nur ein einziges Stück einstudiert?

Susumu zog Luft durch die Zähne und hielt dazu wieder den Kopf schief. *Sa – nee*, sagte er, aber dann leuchtete sein Gesicht auf.

Heute abend gibt der Präsident einen Empfang, dann können Sie Fujiwara-sensei selbst fragen.

Alarmsirenen meldeten sich hartnäckig, und weit weg in der Stadtmitte zappelte Blaulicht durch den schwachen Dunst.

Sie müssen etwas essen, sagte Susumu, es ist bald ein Uhr.

Ja, sagte Leuchter, ich lade Sie ein. Dann gehen Sie nach Hause und üben Ihr Stück. Sagen Sie Ihrer Schwiegermutter, es war meine Schuld, daß das Handy ausgefallen ist.

Aber Sie haben den Buddha nicht gesehen, sagte Susumu.

Ich möchte mich noch etwas ausruhen.

Entschuldigen Sie, sagte Susumu, Sie haben sich angestrengt.

Keine Schuldgefühle, bitte, sagte Leuchter, die machen Sie schwindlig, und Sie fallen von der Treppe.

Der Abstieg gelang ohne Zwischenfall. Am Bach begegneten sie einem Mönch, der sie nicht zu sehen schien. Auf dem Tempelgelände standen die Menschen immer noch dicht an dicht, aber in der Gegenrichtung kamen sie einigermaßen vorwärts.

Am Tempelgäßchen fanden sie einen Sitzplatz auf der überdachten Bühne eines kleinen Gasthofs. Susumu bestellte Sushi und Bier; er wirkte erleichtert, daß das Ende der heutigen Prüfung abzusehen war. Vor dem Haus nebenan stand eine Reihe Zierkohl, gekrauste weiße Häupter mit hellgrünen Herzen. Auch hier schneite es Blütenblätter.

Leuchter erkundigte sich nach Susumus Familie. Seine Ehefrau war Pflegerin in einem privaten Altersheim und hatte oft Nachtdienst. Offenbar verdiente sie für beide, während Susumu das Stück seines Lebens übte. Von Susumus Dasein gehörte sehr wenig ihm selbst. Er war der jüngere Bruder seiner Frau.

Aber ganz so jung war er doch nicht mehr, 29. Er durfte nur noch dieses Jahr am Wettbewerb teilnehmen. Der Mensch mit dem flachen, arglosen Gesicht kam Leuchter wie das Geschöpf einer anderen Welt vor, und es war nicht einmal klar, ob er hoffnungslos unglücklich oder ganz zufrieden war.

Zum Abschied bat Susumu, ein Foto machen zu dürfen. Er zog ein Metallplättchen aus der Brusttasche, nicht viel größer als eine Visitenkarte.

Mit den Kohlköpfen bitte.

Leuchter nahm einen Topf in die Hand und grinste in den kleinen Blitz hinein. Und jetzt sie beide zusammen, bitte. Die junge Dame am nächsten Tisch benötigte keine lange Instruktion. Leuchter und Susumu legten sich je einen Arm um die Schulter, im andern hielt jeder einen weißen Kohlkopf, drei Blitze lang.

Am Schluß überreichte ihm Susumu eine Visitenkarte, auf der Rückseite englisch: *Susumu Harada, The Violoncello.*

Auch Leuchter besaß Visitenkarten. Das hatte ihm Vera empfohlen. Es war ihr einziger Kommentar, als er ihr am Telefon die bevorstehende Reise angezeigt hatte. Laß dir Visitenkarten machen. Sonst existierst du in Japan gar nicht.

Susumu betrachtete den Namenszug mit Andacht. Andreas Leuchter! sagte er, und der Name war in seiner Aussprache beinahe wiederzuerkennen.

Noch die E-Mail-Adresse, wegen der Bilder.

Leuchter trug sie mit der Füllfeder auf dem Kärtchen nach. Dabei fühlte er sich angesehen wie eine Ikone. Was mußte es den jungen Mann angestrengt haben, ihn zu begleiten.

Heute abend sehen Sie Fujiwara-sensei! flüsterte Susumu.

Und als Leuchter ihm die Hand reichte, war er noch unsicherer als vorher, wie er den jungen Mann in Sumis unbekanntes Leben einordnen sollte.

17 Gastmahl

Hinter dem Präsidenten stand ein Gerüst, auf dem das überlebensgroße Brustbild eines Mannes lehnte. Beide trugen dieselbe traditionelle schwarze Kleidung mit ausladenden Schulterstücken, doch starke Jochbeine und ausgezehrte Wangen ließen den Abgebildeten auf den ersten Blick jung erscheinen und erinnerten an einen Gefallenen aus dem letzten Weltkrieg. Doch mochte die grobe Bildauflösung täuschen, und je öfter Leuchters Blick auf das Foto zurückkam – die längere Rede des Präsidenten lud dazu ein –, desto unsicherer wurde sein Urteil. Es konnte das Porträt eines sehr alten Mannes sein, vielleicht eines Schwertkämpfers, dessen Haar schwarz geblieben war wie seine Augen. Ihre gelassene Strenge fing den Betrachter an jedem Punkt des Raumes ein.

Auch der Präsident war, nach der lausbübischen Fahrt, nicht wiederzuerkennen. Er kniete in vollkommen geradem Sitz, die Hände unterstrichen seine Rede mit gefaßten kleinen Bewegungen. Sie konnten auch mit offenen Fingern in der Luft stehenbleiben, während sich die Stimme senkte, um das letzte Wort eines langen, in Blöcken artikulierten, von Nicken begleiteten Satzes flüsternd nachzutragen. Dann neigte er den Kopf, schloß die Augen, und der junge Mann im Straßenanzug an seiner Seite begann zu übersetzen, kaum je stockend in fast akzentfreiem Deutsch. Hatte er geendet, schlug er die Augen nieder, und der Präsident öffnete die seinen, um mit erst zarter, dann scheinbar grollender Stimme fortzufahren. Daß er der Übersetzung genau folgte, zeigte er durch Nicken oder Lächeln an, das er dem gerade Angesprochenen zuwandte.

Denn zuerst handelte es sich um eine Vorstellung der Anwesenden. Leuchter-sensei, Lubomir-sensei, Lieberman-sensei, Lebrecht-sensei, Kaneko-sensei, Tsushima-sensei. Aus Senseis wurden in der Übersetzung Professoren, und Leuchter war für die Namensnennung der japanischen Juroren dankbar, von denen einer – Kaneko – an seiner Seite kniete. Der Name der älteren Dame im dunkelvioletten Kimono wollte nicht fallen, die während der Begrüßung in gebückter, wie Entschuldigung heischender Stellung hereingekommen war. Sie hatte sich, einer Handbewegung des Präsidenten folgend, hinter ihm und von der Tafel etwas entfernt niedergekniet.

Sie bewegte sich nicht, solange er redete, während die Bedienung, gleichfalls traditionell bekleidet, auf dem Reisstroh hin und her huschte. Sie schien keiner Vorstellung bedürftig, und Leuchters Eindruck, er müsse sie in den letzten vierundzwanzig Stunden schon irgendwo getroffen haben, konnte nur auf Täuschung beruhen. Dennoch wanderten seine Augen immer wieder zu ihr hinüber, ohne ihren Augen zu begegnen. Ihr blasses Gesicht unter dem aufgesteckten Haar war klein, regelmäßig und geschminkt wie dasjenige einer Schauspielerin. Ließ sich der Präsident von einer Geisha begleiten? Vielleicht würde sie im Lauf des Abends etwas vortragen.

Lubomirs Rollstuhl stand leer in der Ecke des Raumes. Er hatte mit den anderen im Armlehnstuhl am Tisch Platz genommen, unter dem es eine Vertiefung gab, so daß die westlichen Gäste nach ihrer Gewohnheit sitzen konnten, allerdings niedrig wie an einem Kindertisch. Leuchter war dankbar für die Bequemlichkeit, nachdem er es eine Weile japanisch versucht hatte.

Inzwischen hatten sich einige der jungen, gleichfalls maskenhaft geschminkten Mädchen in weißen, mit Blumen bestickten Kimonos bei den Gästen niedergekniet, um die Sake-Becher vollzuschenken, aus denen jetzt Bescheid zu tun war. Denn der Präsident und sein Dolmetscher wollten die Gäste in aller Form willkommen heißen, wozu die Becherchen mit einem *Kampai!* nach allen Seiten zu heben und in einem Zug zu leeren waren. Man brauchte sich, aus Rücksicht auf den Invaliden, nicht zu erheben. Lubomir hatte Leuchters Blick nicht erwidert. Aber jetzt fühlte er denjenigen der älteren Dame auf sich gerichtet, als sie die Augen über das Glas erhob. Er versuchte ein Lächeln gegen die Unbekannte;

gleichzeitig wehte ihn ein Hauch leibhafter Wärme aus dem Dekolleté des jungen Mädchens an, das, zum Nachschenken bereit, hinter ihm kniete. Wieder hatte er das durchdringende Gefühl, im Japan des Kinderbuchs gelandet zu sein.

Er leerte den Becher zum zweiten Mal und schloß die Augen. Als er sie wieder öffnete, war die ältere Dame verschwunden.

Jetzt hielt es der Präsident für geboten – überflüssigerweise, wie er betonte –, die Spielregeln des Wettbewerbs zu erläutern.

Übermorgen würde er beginnen. Dann würden die Juroren, die teilweise weit hergereist waren – der Präsident sah Leuchter an –, hoffentlich ausgeruht sein. Am Vormittag des ersten Wettbewerbstags hätten die acht Teilnehmer offen aufzutreten und den ersten Satz von Bachs C-Dur-Suite für Cello solo vorzutragen. Am Nachmittag stehe der erste Satz der vierten Suite in Es-Dur auf dem Programm, diesmal, ohne daß die Jury die Vortragenden sehen könnte. Dazwischen müsse ihre Reihenfolge neu ausgelost werden. Am zweiten Vormittag hätten die Teilnehmer Recht und Pflicht, ein frei gewähltes Stück ebenfalls verdeckt vorzutragen. Bereits am Nachmittag finde die Jury-Sitzung statt, an der das Urteil gefunden werde, und zwar ohne Aussprache. Danach werde der Sieger verkündet. Am letzten Tag finde die Preisverleihung statt und danach das Konzert des Preisträgers mit der städtischen Philharmonie.

Jeder Juror verfüge über zwanzig Punkte. In der Vergabe dieser Punkte sei er frei. Es sei schon vorgekommen, daß ein Juror alle zwanzig Punkte auf einen einzigen Vortrag gesetzt habe. Für den Fall, daß zwei oder mehrere Preisträger die gleiche Punktzahl erreichten, entscheide der Vorsitzende der Jury, Herr Kaneko.

Er bitte um Nachsicht, wenn er eher zuviel als zuwenig gesagt habe. Für Fragen stehe er gern zur Verfügung, bevor man zum geselligen Teil des Abends übergehe.

Leuchter hatte vom ersten Augenblick an nach Sumi Ausschau gehalten; vergebens. Niemand fragte, warum die Meisterin, welche die Jury bestellt hatte, gerade an diesem Abend fehlte. Da die Gesellschaft inzwischen nur noch japanisch sprach, verstärkte sich seine Unruhe. War der Dolmetscher denn nur seinetwegen dagewesen?

Die Speisen, undefinierbar Pikantes, nach See und Salz Schmeckendes, gruppierten sich in schmucken Plättchen vor den Gästen und wurden oft unberührt wieder abgetragen, als wären sie nur zum Ansehen bestimmt gewesen. Während sich Leuchter mit den Stäbchen mühte, neigte er sich zu seinem Nachbarn zur Linken, Herrn Kaneko, einem zugleich sportlich und adrett wirkenden Vierziger. Er schien viele Fragen nicht zu verstehen, und Leuchter zweifelte zuerst, ob er des Englischen mächtig sei. Aber Herr Kaneko hatte in Boston Cello studiert; jetzt arbeitete er in einem musikindustriellen Unternehmen. Also ein Zunftgenosse, doch Leuchter unterließ eine Korrektur, als Kaneko sagte: Ich bin glücklich, einen deutschen Schüler von Frau Fujiwara kennenzulernen.

Ja, sie hat mir viel bedeutet, sagte Leuchter. Kaneko senkte seine Stimme und sagte: Sie ist noch größer als Takahashi. Er war deutlich errötet und hatte den Sake-Becher umgestoßen, den Leuchter aufstellte und nachfüllte. Dabei konnte er sich Kanekos Entschuldigungen kaum erwehren.

Er habe Frau Fujiwara hier zu sehen erwartet.

Sie ist keine Freundin großer Gesellschaften, sagte Kaneko, sie liebt es, sich zu verstecken. Wußten Sie das nicht?

Bald war die Tafel mit Tempura beschäftigt, überbackenen Eierfrüchten, Makrelen und Lotuswurzel. Lebrecht, Leuchters Nachbar zur Rechten, unterhielt sich jetzt beinahe devot mit der älteren Dame im violetten Kostüm.

Es wird nicht ganz einfach sein, bemerkte Leuchter zu Kaneko, sich während des Wettbewerbs *nicht* über ihn zu unterhalten. Ich finde das Statut recht boshaft.

Boshaft? fragte Kaneko, unsicher, ob er recht gehört hatte.

Wir hören Bach einmal von Musikern gespielt, die wir sehen, sagte Leuchter, und bilden uns ein Urteil. Und dann hören wir noch einmal Bach von denselben Leuten, die wir nicht sehen.

Ha! rief Kaneko laut und streckte den linken Zeigefinger in die Höhe. Sein Gesicht nahm einen pfiffigen Ausdruck an. Das ist Meister Takahashi!

Es würde ihm also Vergnügen machen, wenn wir unserem ersten Eindruck nicht trauen dürfen.

Stimmt! lachte Kaneko. Wir müssen wahr sein!

Eigentlich ist die Jury in der Prüfung, sagte Leuchter.

Lebrecht irritierte ihn. Er redete, mit ganzem Leib hüpfend und den Schnurrbart gesträubt, ins Gesicht der älteren Dame hinauf. Während sie unmerklich nickte, hielt sie die Augen mit einem Ausdruck forschender Strenge auf Leuchter gerichtet, so daß er versucht war, den Sitz seiner Krawatte zu prüfen.

Nun verlangte schon der nächste Gang seine Aufmerksamkeit, Plättchen mit vielen Sorten von rohem Fisch. Welche Frage konnte er Kaneko noch stellen?

Ob er ihm noch etwas mehr über Herrn Tsushima sagen könne?

Der zweite japanische Juror saß auf der andern Seite der Tafel neben Lieberman, und auch der konnte nicht aufhören, Leuchter zu mustern.

Tsushima-san war natürlich ebenfalls sehr musikkundig, doch eher spät berufen. Er entstamme einer Industriellen-Dynastie, der er in hohen Funktionen gedient habe, bis er Cello zu spielen anfing. Das habe ihn auf einen ganz neuen Weg gebracht. Inzwischen privatisiere er und sei ein großer Förderer junger Musik.

In Leuchters Augen sah der Mann mit der grauen Tonsur und den weichen Lippen wie ein musischer Kellner aus und erinnerte ihn an den Zeichenlehrer im Internat.

Der Präsident hatte Kaneko einen Wink gegeben, der sich eilfertig an seine Seite begab, um sich eine längere Instruktion anzuhören. Die ältere Dame im violetten Kimono nahm seinen Platz nicht geradezu ein, aber sie war Leuchter deutlich näher gerückt. Er hatte sie so von einem Gast zum andern gehen sehen, offenbar verpflichtet, die Honneurs zu machen. War sie die Besitzerin des Ume-Hotels? Dafür wirkte sie zu schüchtern; und doch sah sie ihn jetzt wieder unverwandt an. Es fiel ihm durchaus nichts ein, was er sie hätte fragen können. So lobte er das Essen, die aufmerksame Bedienung und deutete, als sie sein Englisch nicht zu verstehen schien, durch das Fenster, das geöffnet worden war – einige Herren rauchten bereits –, auf das Lichtermeer der Stadt. *Beautiful!* sagte er, *really beautiful!*

Das weiß geschminkte Gesicht wirkte bewegungslos, die kunstvolle Haartracht mußte eine Perücke sein, und die Augenbrauen waren in unnatürlicher Höhe mit zarten Strichen auf die glatte Stirn gezeichnet.

You like it here? fragte sie fast unhörbar. Sein Blick begann geniert zu wandern. *Very much so*, sagte er und setzte das Lob Japans noch eine Weile fort. Die touristischen Komplimente kamen ihm selbst läppisch vor, zumal die Dame kein Zeichen von Verständnis oder gar Einverständnis zu erkennen gab.

Er redete noch, als sie sich erhob und, schon fast abgewendet, den Kopf neigte.

Sumi! sagte er leise und erschrak bis auf den Grund.

Die Dame hielt inne.

Fujiwara-sensei? sagte er, diesmal lauter.

Bitte? sagte die Dame auf deutsch.

Leuchter hob die Arme. Wollen Sie sich nicht setzen?

Sie haben einen Wunsch? fragte die Dame und senkte den Kopf noch etwas tiefer, als lausche sie.

Du bist es ja doch!

Jetzt wandte sie sich nach ihm zurück, und diesmal blieben ihre Augen gesenkt. Haben Sie die Unterkunft nach Ihrer Erwartung gefunden? fragte sie.

Es war ihre Stimme, es mußte sie sein. Hansi und Ume! rief er halblaut. Woher wußtest du –

Das Haus gehörte bis vor kurzem den alten Besitzern aus der Schweiz. Es hat sich nichts geändert.
Wie geht es dir?
Ich danke Ihnen.
Ich habe zu danken – wann können wir uns sehen?
Jetzt blickte sie ihn an, in tiefem Ernst.
Der Wettbewerb wird Sie beanspruchen, Herr Leuchter.
Aber ich bleibe ja noch –
Ich hoffe, Sie ruhen sich aus.
Ich muß – ich will – ich weiß gar nicht –
Ich glaube, der Präsident kann Ihnen die Auskunft geben, die Sie benötigen.
Leuchter war verstummt.
Frau Fujiwara wünscht Ihnen noch etwas mitzuteilen, sagte die Dame. Sie hat Ihrem Freund den Ring seiner Mutter zurückgeben können, als er noch lebte.
Den Ring –? fragte Leuchter.
Sie hatte noch die Ehre, ihn zu besuchen.
In diesem Augenblick begann eine weibliche Stimme an seinem Ohr zu flüstern. Es war eine junge Dame, die ihm den Zigarrenkasten hinhielt. Er bediente sich, ohne zu wissen, was er tat. Er nahm auch das angebotene Werkzeug entgegen und schnitt eine Kerbe in das splitternde Deckblatt und den festen Tabakkörper.
Die Dame im violetten Kimono hatte sich zum Gehen gewandt.
Leuchter sprang auf, die Zigarrre in der Hand. Zwei Schritte folgte er der Dame, doch ging sie jetzt so schnell, daß er stehenblieb. Auf ihrem Rücken sah er den silbernen Kranich die Flügel ausbreiten, als trüge er sie durch die Tür.
Leuchter stand gebannt. Dann tippte ihn jemand von hinten auf die Schulter. Es war der Präsident.
Bis morgen, sagte er auf deutsch.
Bis morgen, erwiderte Leuchter mechanisch.
Die Gesellschaft befand sich in Auflösung. Herr Kaneko und der Dolmetscher halfen Lubomir in den Rollstuhl und

schoben ihn in den Korridor. Lebrecht und Lieberman unterhielten sich stehend auf japanisch. Leuchter betrachtete die Zigarre und setzte sich an seinen Platz. Er war jetzt der einzige am Tisch.

Nach einer Weile klickte es neben seinem Ohr, und ein Flämmchen tanzte ihm vor den Augen. Er hielt die Zigarre dagegen. Als das Ende von selbst rauchte, tat er den ersten Zug, und noch einen. Dann drehte er sich um. Neben ihm saß der Silberkopf, Ayu, die roten Strumpfbeine unter dem schwarzen Mini im Schneidersitz gefaltet.

Leuchter rauchte zum erstenmal, seit er sich von Catherine getrennt hatte. Damals waren es Gauloises, zwei Packungen täglich.

Ich wollte Ihnen nur sagen, daß ich Sie morgen um neun Uhr im Gästehaus abhole.

Aha. Ich bin aber mit Susumu-san verabredet.

Der kann nicht. Sie müssen mit mir vorliebnehmen.

Sie saß offenherzig, als wäre die Strumpfhose ein Badekostüm.

Wenn, sagte er zwischen den Zügen, wenn ich morgen einen freien Tag habe, möchte ich mich mit Frau Fujiwara treffen. – Sie haben ihre Adresse.

Natürlich.

Sie sind ihre Schülerin.

Sie können sie nicht sehen, sagte Ayu.

Woher wissen Sie das?

Ich zeige Ihnen die Stadt oder was immer Sie wünschen.

Inzwischen war der Raum leer, bis auf das Personal des Hotels, das aufzuräumen begann.

Ayu blickte zur Decke, den Silberkopf in den Nacken gelegt. Dann nahm sie ihm die Zigarre aus der Hand und tat einen tiefen Zug.

Ich will sie sehen, sagte Leuchter.

Schmeckt gut, sagte Ayu. Sie ließ den Rauch langsam aus den offenen Lippen strömen und gab ihm die Zigarre wieder.

Sie reden sehr gut englisch.

Als Kind habe ich in L. A. gelebt. Mein Vater arbeitet bei der Sumitomo-Bank. Ich war zwölf, als er wieder nach Tokyo versetzt wurde, und hatte mein Japanisch vergessen. Sie nannten mich *Non-Japanese*. Da sprach ich kein Wort Englisch mehr.

Aber jetzt können Sie es wieder.

Letztes Jahr war ich in Oklahoma. *The end of the trail*. Ich hasse Amerika. Aber das ist eine lange Geschichte.

Erzählen Sie.

Nicht nötig.

Wie kommen Sie hierher? Das ist eine geschlossene Gesellschaft.

Ich bin nur für Frau Fujiwara gekommen.

Das müssen Sie mir erklären.

Ich glaube nicht.

Wenn Sie mich jetzt entschuldigen, sagte Leuchter, ich bin müde.

Soll ich morgen kommen oder nicht?

Kommen Sie.

Im Entree des Hotels hörte er seinen Namen rufen. Chärr Leuchtär!

Lubomir, in Begleitung Herrn Tsushimas und des Dolmetschers, saß im Rollstuhl vor der Drehtür. Er hielt einen Umschlag in der Hand. Als er ihn Leuchter reichte, war sein gealtertes Jungengesicht auffällig blaß.

Öffnen Sie den Brief und handeln Sie entsprechend.

Chandäln äntsprächänd.

Eine halbe Stunde später las er die steile Handschrift, unter dem Briefkopf des Hotels Sakura: Bitte nehmen Sie ein Taxi und fahren Sie zu mir ins Hotel – unverzüglich. Es ist lebenswichtig. Ich erwarte Sie in der Lobby, L.

18 Der Invalide

Die Eingangshalle, die Leuchter kurz nach elf Uhr betrat, war tot, bis auf den laufenden Fernseher, aus dem ein amerikanisches Nachrichtenprogramm in leere Polstergruppen sendete. Aber dann sah er die Figur im Rollstuhl. Sie saß mit dem Rücken zu einer leuchtenden Glaswand, ein untersetzter Schatten.

Guten Abend.

Bitte setzen Sie sich, sagte Lubomir, ohne den Gruß zu erwidern, mit knarrender Stimme. Unter der schwarzen Strähne, die über die breite Stirn fiel, sah er schief zu Leuchter auf. Er atmete schwer und stemmte das Gewicht, das auf seinen Ellbogen lag, ab und zu aus den Armstützen, als müsse er seiner eingesunkenen Brust Luft schaffen. Auf seinem Schoß lag ein Handy.

Sie wollten mich sprechen.

Ich wollte *mit* Ihnen sprechen, aber ich habe gerade etwas Mühe.

Leuchter hörte ihn keuchen.

Sie fühlen sich nicht gut? fragte Leuchter, als keine Erklärung folgte. Ich kann etwas zu trinken kommen lassen.

Ich glaube nicht, daß Sie das können. Und ich trinke auch nichts mehr. Pissen ist eine Begebenheit.

Warum sind Sie nach Japan gekommen? fragte Lubomir.

Ich wurde eingeladen.

Wären Sie auch gekommen, wenn Sie die Reise selbst hätten bezahlen müssen?

Leuchter schwieg. Dann sagte er: Warum fragen Sie?

Es interessiert mich.

Der Takahashi-Preis ist der wichtigste Cello-Preis Japans. So steht es in den Unterlagen. Was wissen Sie von Japan?

Ich bin zum ersten Mal hier.

Aber Takahashi war Ihnen ein Begriff.

Ist das ein Verhör?

Sumi hat Ihnen von Takahashi erzählt. Haben Sie ihn auch selbst gehört?

Wie sollte ich.

In der Tat. Es gibt keine Aufnahmen von ihm, keine CD, nichts.

Sie waren sein Schüler.

Diesmal war es Lubomir, der die Antwort schuldig blieb. Er sagte: Wundern Sie sich überhaupt nicht, daß Sie eingeladen wurden? Sie sind ein *gewesener* Cellist.

Leuchter schwieg.

Ich auch, sagte Lubomir, Gewesener noch als gewesen. Aber jetzt bin ich in der Jury. Wir tragen Verantwortung. Soviel haben wir gemeinsam.

Ich bin nicht sicher, ob ich Sie verstehe.

Lubomirs Gesicht verzog sich, als öffnete sich eine Wunde, zu einem Grinsen, das Leuchter wider Willen anrührte. Ich auch nicht. Um so wichtiger könnte es sein, daß wir uns verstehen.

Verfügen Sie über mich.

Leider nicht. Wenn ich über Sie verfügte, hätte ich Sie längst zum Teufel geschickt. Aber Sie waren der wichtigste Mann in Sumis Leben. Ich habe Mann gesagt, nicht Mensch. Den Menschen kenne ich nicht. Aber jetzt habe ich eine Frage an ihn.

Bitte, sagte Leuchter kurz.

Am Fernseher verhandelten zwei Männer über Massenvernichtungswaffen, die man im Irak nicht gefunden hatte.

Haben Sie Sumi geliebt?

Leuchter ging zum Fernseher und stellte ihn ab. Auf der Straße heulte ein Martinshorn. Leuchter setzte sich.

Haben Sie ein Recht zu dieser Frage?

Ja, ich habe ein Recht zu dieser Frage.

Sie ist von mir weggegangen, vor 13 Jahren, in Paris.

Danach frage ich nicht. Haben Sie Sumi geliebt?

Nicht wie Sie, sagte Leuchter, wenn Sie das hören wollen.

Lubomir begann zu zittern. Seine Hände ballten sich um die Armstützen, als wollten sie sie erdrücken.

Woher wissen Sie, was ich hören will? Beantworten Sie meine Frage.

Ja, ich glaube, ich habe sie geliebt.

Was Sie glauben, ist egal.

Mir nicht.

Sie zweifeln zu gern an sich, sagte Lubomir, und sein Zittern war noch stärker geworden. Für einen Kulturabend mag das genügen, oder für eine Damenrunde. Für Sumi genügt es nicht.

Leuchter sah ihn an. Wir kennen uns nicht, Herr Lubomir, aber soviel weiß ich: Sie reden nicht mit mir. Sie führen ein Selbstgespräch, und ich möchte Sie dabei nicht länger stören.

Lubomir nickte fortgesetzt, wie einer, der vernimmt, was er erwartet hat: das Schlimmste.

Es gibt Fälle, sagte er, da ist Psychologie eine Nummer zu klein. Ist Ihnen die Wahrheit eine Nummer zu groß? Ich suche einen Menschen, Herr Leuchter. Sie geben mir einen Zweifler.

Ich gebe, was ich habe.

Im Zweifel für den Angeklagten – glauben Sie?

Und wie lautet die Anklage?

Mord, sagte Lubomir. Seelenmord, aus Leichtsinn oder Unverstand.

Leuchter schwieg.

Sie können nichts dafür, nicht wahr? Sie können nie etwas für Ihre Art zu sein. Warum müssen Sie andere damit töten?

Leuchter erhob sich.

Sie wollen gehen, sagte Lubomir, griff sich an die Stirn, auf der Schweiß glänzte, und bedeckte die Augen. – Das sieht Ihnen ähnlich. Nein, das wollte ich nicht sagen. Ich bitte um Verzeihung. Bleiben Sie, bitte. Tun Sie es für Sumi.

Sie haben also einen Auftrag.

Nein, sagte Lubomir, nur eine Frage. Wundern Sie sich gar nicht darüber, daß sich Sumi nicht gezeigt hat?

Gezeigt? fragte Leuchter irritiert. Wem gezeigt?

Uns allen, sagte Lubomir, auch Ihnen – Ihnen zuerst.

Aber – begann Leuchter und verschluckte schon das nächste Wort. Wenn sie es doch nicht gewesen war? Oder wenn ihn Lubomir prüfte, ob er sie erkannt hatte – ob er *sicher* war, wer ihn im violetten Kimono angesprochen hatte?

Er fühlte sich von Lubomir gemustert – mit einer Art Diskretion, der die Verstellung, die Versuchung aus pechdunklen Augen leuchtete. Auf diesen Augenblick mußte es Lubomir abgesehen haben. Leuchter konnte nichts sagen, ohne sich bloßzustellen.

Man muß auf Veränderung gefaßt sein, sagte Leuchter, nach dreizehn Jahren.

Sumi ist unverändert, sagte Lubomir.

Sie gibt sich die Schuld an meinem Unfall. Dabei war ich nur unfähig, mich totzufahren. Aber seither hat sie aufgehört, öffentlich aufzutreten.

Leuchter neigte den Kopf.

Die Zeder, gegen die ich gefahren bin, wurde gefällt. Sie hat einen Splitter des Holzes aufgehoben. Die Unfallstelle hat sie besucht. Mich nicht. Ich habe es ihr verboten.

Sie standen sich nahe, sagte Leuchter.

Sie unterrichtete mich, wir gingen zusammen ins Konzert, auch in Gesellschaft. Wir lebten auf einer Etage. Jedermann dachte, wir lebten zusammen. Drei Jahre lang.

Und trotzdem wollten Sie sich das Leben nehmen.

Darum.

Das verstehe ich nicht.

Gerade Sie verstehen das nicht.

Nein.

Sie waren immer dabei. Das glauben Sie nicht?

Nein.

Sie war Ihnen treu. Mit Leib und Seele. Und damals war ich noch nicht impotent.

Leuchter schwieg.

Sie war einem Herrn aus Liechtenstein, der ihr die Ehe versprochen hatte, verbunden bis zum heutigen Tag. – So also sieht er aus.

Leuchter lächelte gepeinigt.

Ich habe Sumi seit drei Jahren nicht wiedergesehen, sagte Lubomir.

Woher wissen Sie, daß sie den Splitter aufbewahrt?

Macht Sie das eifersüchtig?

Nein.

Lubomir zitterte nicht mehr, aber der Schweiß rann über sein Gesicht. Auch seine weit offenen dunklen Augen waren feucht.

Leuchter hatte sich schon zum Gehen gewandt, als Lubomir mit lauter Stimme sagte:

Sumi wartet auf Sie, Herr Leuchter.

Er hob das Handy. Leuchter starrte ihn an.

Ich bin der einzige, der immer weiß, wo sie ist. Ich habe ihre Nummer.

Sie sind verrückt.

Sie haben es versprochen.

Er tippte einige Nummern auf das Handy und hielt es Leuchter hin.

Jetzt, sagte er.

Aus dem Handy war eine Frauenstimme zu hören. *Moshi-moshi?* sagte sie. Das Handy zitterte in Lubomirs Hand, während er mit dem Zeigefinger der anderen darauf pochte. Draußen zischte ein Wagen vorbei – und noch einer. In tiefer Stille war es noch einmal zu hören, lauter: *Moshi-moshi?*

Ein Klick, und die Verbindung war unterbrochen. Lubomir legte das Handy auf seinen Schoß. Er war blaß. Jetzt sind wir verloren, sagte er.

Er drehte den Rollstuhl um und sagte: Einen Tag haben Sie noch Zeit.

Und ohne sich noch einmal umzublicken, rollte er mit starken Armstößen weg und verschwand hinter dem Einbau der Aufzüge.

Leuchter erwartete, vor dem Hotel die übliche Taxikolonne zu finden; jetzt stand kein einziges da. Aber in dieser Stadt ließen Taxis nie lange auf sich warten, also setzte er sich auf die Stufe vor dem Eingang und lehnte den Kopf gegen eine Stahlstrebe. Ihre Kühle tat wohl. Er schloß die Augen.

Als er sie wieder öffnete, zeigte sich noch immer kein Wagen. Schließlich beschloß er, sich selbst auf die Suche zu machen. Welche Zeit war es denn? Und wo war die Uhr an seinem Handgelenk geblieben? Er stand auf und ging in die Nacht hinaus, aufs Geratewohl.

Er geriet, als er die Hauptstraße verlassen hatte, in ein Gewirr menschenleerer Gäßchen; dennoch glaubte er Schritte hinter sich zu hören. Wenn er einhielt, verstummten sie, doch mit Verspätung; sie konnten demnach nicht das Echo seiner eigenen sein. Brüsk wandte er sich um. Im Schatten eines Vordachs stand eine menschliche Gestalt, nur noch einen Sprung von ihm entfernt. Jetzt trat sie langsam auf ihn zu, und ihr Umriß glühte wie der Strahlenkranz einer Sonnenfinsternis. Es war Lieberman, der noch größer wirkte als sonst, aber sein Gesicht war nicht zu entziffern.

Merkwürdig, daß man sich hier trifft, sagte Leuchter mit kurzem Atem.

Keine Antwort.

Warum folgen Sie mir?

Lieberman legte sich den Finger auf die Lippen. In der Mitte der Straße schritt ein Reh. Es hielt inne, stellte die Ohren und starrte sie an. Dann wandte es sich mit einem ungeschickten Sprung, während sein helles Hinterteil aufblinkte, und verschwand, aber sein sich entfernender Trab war noch erstaunlich lange zu hören.

Es kam früher jede Nacht, sagte Lieberman. Sie sollten hier nicht alleine gehen.

Ich fühle mich nicht unsicher, sagte Leuchter.

Weil Sie das Land nicht kennen, sagte Lieberman. Sie werden gesucht.

Von wem?

Japan kennt noch immer das Todesurteil, sagte Lieberman. Eine Straße weiter gibt es eine Bar, die rund um die Uhr geöffnet hat.

Als sie um die Ecke bogen, lag ein großer Block vor ihnen, kalkweiß angestrahlt, aus dem ein unaufhörliches Rasseln drang.

Eine Waffenschmiede, sagte Lieberman, öffnete die Tür und ging Leuchter voran durch den engen Zwischenraum, der zwischen den Doppelreihen der in der Halle Beschäftigten kaum Durchschlupf gewährte. Es waren nur Frauen. Alle saßen sie in gleicher Stellung und starrten auf den Kasten vor ihren Augen, in dem Stahlkügelchen hinter Glas durch eine Art Nagelbrett in die Tiefe zappelten. Die Gesichter der Frauen waren leer. Niemand achtete auf die Entschuldigung, mit der sich Leuchter vorbeidrängte, um Lieberman durch eine mit unlesbaren Neonzeichen beschriftete Tür zu folgen. Die Bar war, bis auf eine blaß geschminkte Bardame, leer und hatte die Temperatur einer Kühlkammer. Eine Befehlsstimme bellte aus dem Fernseher über der Theke, und eine endlose Kolonne von Soldaten marschierte durch das Bild. Sie wandten ihre Gesichter mit einem immergleichen scharfen Ruck der Kamera zu.

Glauben Sie, daß die Japaner Juden sind? fragte Lieberman.

Daran habe ich noch nie gedacht, sagte Leuchter.

Es geht um Vergeßlichkeit, sagte Lieberman.

Auf dem Bildschirm erschien ein Foto, das Leuchter sofort wiedererkannte. Es zeigte eine lachende Frau am Strand der Nordsee, aber die männliche Figur, um die sie einen Arm hätte schlingen müssen, war aus dem Bild geschnitten; eine leere männliche Silhouette.

Das Todesurteil, sagte Lieberman. Sie sagen es selbst.

Ich habe nichts gesagt.

Das meine ich, sagte Lieberman. Das macht das Urteil unwiderruflich.

Auf dem Fernsehschirm erschien, in Begleitung einer leisen, hohlen, oft durch Störungen verzerrten Stimme, das Bild eines kleinen Herrn in Uniform mit Brille und einem weißen Helmbusch auf einem unverhältnismäßig großen Schimmel.

Der Kaiser verkündet kein Ende des Kriegs, sagte Lieberman. Es wird gestorben. Verstehen Sie das, Herr Leuchter?

Leuchters Kopf flog beiseite. Er hatte ihn gegen die Metallstütze geschlagen, mit aller Kraft. Schon im Kinderbett hatte der Trick gegen Alpträume geholfen.

Er saß eine Weile benommen; vor ihm stand eine lange Reihe Taxis. Er stand auf, ging auf das erste zu und erschrak kaum noch, als sich der hintere Schlag wie von Geisterhand für ihn öffnete. Das kannte er schon. Er war in Japan.

19 Der Buddha

Als Leuchter sich zum zweiten Mal an den Frühstückstisch setzte, schien ihm, er sei viele Jahre weggewesen. Hinter den hohen Fenstern strömte der Regen.

Tempel besucht man bei Regen, sagte Lebrecht. In der Regenzeit sind sie besonders stimmungsvoll. Der Schleier läßt tausend Spielarten von Grün hervortreten. Da kann man sich nur wundern, daß das Japanische kein eigenes Wort für Grün besitzt.

Green, kicherte Lieberman.

Midori, fuhr Lebrecht unbeirrt fort, kann ebensogut »blau« bedeuten. Japanische Deutschstudenten sagen: blau, wenn die Ampel an der Kreuzung auf Grün wechselt.

Die Spiegeleier sind kalt, sagte Lieberman, wie sie sein müssen. Als ich vor zwanzig Jahren zum erstenmal auf dem Lande reiste, war ich so unklug, zum Frühstück Spiegelei zu bestellen. Von so etwas hatten die Wirtsleute noch nie gehört. Sie standen um vier auf, um die Eier auch wirklich kalt zu servieren. Daß man so was Schlabbriges auch noch warm aß, konnten sie sich nicht vorstellen.

Leuchters Stäbchen hoben ein Stück gurkenartiges Gemüse auf. Es zog schleimige Fäden.

Okura, sagte Lieberman. Wenn mir mein Sohn den Appetit verderben wollte, sagte er: Das hat schon einer im Mund gehabt.

Wo lebt Ihr Sohn? fragte Leuchter.

In der weiten Welt, er ist bald dreißig. Der jüngere lebt in Karuizawa bei seiner Mutter.

Sie haben Ihre Frau nicht wiedergesehen?

Japaner nennen das aufräumen. Mit mir haben sie Pech. Ich bin nie aufgeräumt, sagte Lieberman.

Okura ist vorzüglich für die Schleimhäute, sagte Lebrecht. Für Raucher ganz besonders zu empfehlen. Es gibt ganz verschiedene Formen von Erinnerungskultur, Lieberman. Die Japaner haben eben eine andere. Wissen Sie, wie viele Wörter die Eskimos für die Farbe Weiß haben?

So viele wie die Beduinen für Kamelbraun, sagte Lieberman.

Sind Sie geschieden? fragte Leuchter.

Das geht hier kinderleicht, sagte Lieberman, nur, geschieden ist man nie. Sie sind auch geschieden. Haben Sie Kinder?

Nein.

War Sumi der Scheidungsgrund?

Meine Frau und ich hatten uns auseinandergelebt.

Muß darum geschieden sein? Damit fängt die Ehe doch erst richtig an.

In Japan kommt es darauf an, wie man sie handhabt, sagte Lebrecht.

Also handhaben Sie doch mal, sagte Lieberman.

Sumi-san hätte nicht die beste Freundin Ihrer Frau sein dürfen. Und Sie haben nichts geheimgehalten.

Mir wurde vorgeworfen, zuviel geheimgehalten zu haben, sagte Lieberman, aber was eigentlich? Einen Eventualvorsatz? Mehr war es nie, und auch der hatte keine Chance. Tae hat mich auf Verdacht verlassen, und auch noch den allerdümmsten. Und wenn ich mich wehrte, sagte sie: Ausreden. Was sind Argumente? Ausreden. Vernunft? Eine Ausrede.

Reden, dozierte Lebrecht, es ist das Reden, was einen Mann verächtlich macht. In gewissen Situationen *redet* man nicht, man zeigt sein wahres Gefühl, und zwar auf jedes Risiko – jedes.

Was Sie nicht sagen, Lebrecht.

Es war so wahr wie Sumi-san, Lieberman. Sonst wäre sie nicht gegangen.

Aber warum gleich beide? Muß ich soviel Schwachsinn ernst nehmen, nur weil er mich kaputtmacht?

In Japan sind die Gedanken *nicht* frei, sagte Lebrecht, darum sind Sie schuldig.

Von Schuld verstehen Sie mehr als ich, sagte Lieberman, ich kapituliere bedingungslos.

Das hätten Sie nicht zu sagen brauchen, Lieberman. *Sie* nicht.

Nach einer längeren Stille, in der das Kaugeräusch sehr aufdringlich war, fragte Lieberman: Wissen Sie, warum wir in dieser Jury sitzen, Leuchter? Ich verrate Ihnen den wahren Grund. Es wurden Juroren gesucht, deren Namen mit L anfangen. Das können Japaner nicht von einem »r« unterscheiden. Und ein »r« haben wir auch noch zu bieten. Nicht wahr, Herr Reblecht.

Ich höre nicht auf meinen Namen, sagte Lebrecht.

Sie haben auch keinen, wenn ich das klarstellen darf. Nun seien Sie nicht wieder beleidigt. Für einen hochrangigen Preis ist unsere Jury ein einziges Understatement. Aber: die Letzten werden die Ersten sein.

Versuchen Sie sich nicht als Christ, sagte Lebrecht, es steht Ihnen nicht zu Gesicht.

Was für ein Gesicht habe ich denn, Antisemit?

Lebrecht lachte mühsam. Solange *Sie* damit leben können, sagte er. Für die Teilnehmer gilt das Bibelwort eher umgekehrt. Man muß Erster sein, sonst ist man das Letzte.

Viele sind berufen, wenige sind erwählt, sagte Lieberman. Die Besten sind nicht immer die Guten. Eigentlich nie. Hören Sie sich Casals an. Es liegt nicht nur an den alten Aufnahmen, daß sein Vortrag oft dilettantisch klingt. Auch mal falsch. Aber wenn man ihm zuhört, glaubt man, daß das Cellospiel gerade erfunden wird. Wer führt Sie denn heute in die Geheimnisse Japans ein, Leuchter?

Ayu, sagte Leuchter.

Ayu-san. Eine Teilnehmerin des Wettbewerbs, sagte Lieberman. Über den wir nicht reden dürfen. Aber darüber mit uns reden lassen, das dürfen wir wohl schon.

Korrekt ist es nicht, sagte Lebrecht, Sie sollten diesen Service ablehnen, Leuchter.

Das Leben ist nicht korrekt, dafür ist es zu kurz, sagte Lieberman. Was sehen Sie denn heute, Leuchter?

Den Tempel mit dem Buddha, der über die Schulter blicken soll.

Die eigene?

Anderen blickt er sowieso über die Schulter, sagte Lieberman. Hoffentlich auch durch die Finger.

Ich fürchte, sagte Lebrecht, Sie mißverstehen den Buddhismus. Er ist keine Religion der Taschendiebe.

Fürchten Sie nicht zuviel, sagte Lieberman. Ich mißverstehe, also bin ich. Ohne Mißverständnis keine Liebe. Zu dumm, der Satz gilt auch umgekehrt. Wissen Sie, warum Sie so gut reden, Lebrecht? Aus Angst vor Mißverständnis. Und ich wette, wenn ich Sie einen Plauderer nenne, werden Sie auch das mißverstehen.

Ihre Bosheit mißverstehe ich nie, sagte Lebrecht. Sie schauen so andächtig, Leuchter.

Er hatte eine kurze Nacht, sagte Lieberman.

Und eine unruhige, sagte Lebrecht.

Wenn Sie mich gehört haben, hätten Sie mich einlassen können.

Sie kamen auch so zurecht, glaube ich, sagte Lieberman.

Es war zwei Uhr früh gewesen, als Leuchter im Taxi saß. Aber nun wußte er keine Adresse anzugeben. Was hieß »Philosophenweg« auf japanisch? Der Fahrer beendete die Verlegenheit, indem er einfach losfuhr. Nach einigen hundert Metern fiel Leuchter das Ume-Hotel ein, notfalls gab es dort einen englischsprachigen Helfer. Das Taxi wendete mitten auf der Straße. Nachdem es eine Weile – Leuchter schien: nun erst recht in die falsche Richtung – weitergefahren war, erschien plötzlich das Gästehaus im Frontfenster. Stop! rief er. Der Fahrer trat auf die Bremse, gab auf den großen Schein stumm und zitternd Wechselgeld heraus und entfernte sich fluchtartig. Natürlich war das große Tor verschlossen; Leuchter drückte den Klingelknopf des Interphons und wartete auf eine Reaktion; umsonst.

Schließlich umschlich Leuchter das Grundstück. Von der Waldseite her glaubte er den anschlagenden Hunden der Nachbarschaft am wenigsten in die Zähne zu laufen, wenn er die Mauer überstieg; es gelang mit Hilfe eines Bäumchens und mit einem Schaden an der Hose, den er einstweilen nur hören, nicht abschätzen konnte. Aber nun erst im Hof, war er noch lange nicht im Haus, das sich als die aus dem Kinderbuch bekannte verschlossene Schachtel erwies. Immerhin kannte er den Gebäudeteil des Hausmeisters, und nach längerem Hämmern gegen einen verschlossenen Laden war es auch gelungen, den alten Mann aus dem Schlaf zu reißen.

Erschöpft, doch zum Schlaf nicht mehr bereit, hatte er eine unbestimmte Zeit auf der gedeckten Galerie gesessen, auf Waldgeräusche gehorcht und in das Schattenspiel auf dem Steingarten hinuntergestarrt. Auch die Zimmerflucht in seinem Rücken war nicht völlig still. Lieberman knurrte im Schlaf.

Als sich das erste Grau in die Finsternis einzuschleichen begann, tastete sich Leuchter in sein Zimmer zurück. Wo Licht zu machen war, hatte er sich nicht gemerkt. So zog er sich hinter der offenen Tür aus und legte die Kleider über das europäische Bett, auf dem ein heller japanischer Schlafmantel ausgebreitet war. Er ließ sich auf alle viere nieder, um, ohne etwas umzustoßen, das hinter dem Bett ausgelegte Lager zu ertasten.

Erst als er schon halb unter der Decke war, stellte er fest: Es lag schon jemand da. Eine Frau. Sie wartete seine suchende Berührung nicht ab, sondern drückte ihren Kopf gegen seine Brust und griff ihm zwischen die Beine. Sein Gesicht lag auf ihrem dunklen geruchlosen Haar, während sie sein Glied zwischen fliegenden Händen zu kneten begann, und es war noch kaum recht gewachsen, als sich der fremde Leib unter seinen drängte, es ohne Umschweife in sich einführte und mit Leuchters Gewicht zu rütteln begann. Dann stemmte die Frau sein sprachloses Gesicht mit großer Kraft von sich weg und hielt ihm mit einer Hand die Augen zu; mit der andern zog sie ein weißes Kissen heran und hatte, kaum war sein Gesicht wieder frei, schon das ihre damit bedeckt.

Leuchters Lippen hatten einen Laut bilden wollen, aber der

Vorgang schien sich ohne Geräusch abspielen zu müssen, bis auf ein Keuchen, das die Frau jetzt unter dem Kissen erstickte; mit den Ellbogen suchte sie auch ihre Brust zu bedecken, während ihre Hüften zu mahlen fortfuhren. Er wagte die sehnigen Hände auf dem hellen Kissen nicht zu erkennen. Sie hielt es so dicht vor ihr Gesicht wie ein Buch, in das man weint, statt zu lesen.

Es klopfte, dazu war vor der Tür eine dünne Stimme zu hören.
Der Hausmeister, sagte Lieberman. Für Sie, Leuchter.
Die Tür ging auf, und der alte Mann stand darin, in gebeugter Haltung, die zu verstehen gab, daß er auf einer Schwelle zu knien gewohnt war. Er flüsterte etwas Längeres, fast ohne die Augen zu heben, nur hie und da glitt ein kurzer Blick in die Richtung der Gäste. In diesem Augenblick schoß Leuchter der Verdacht durch den Kopf, es sei die alte Frau des Hausmeisters gewesen, die ihn diese Nacht besucht hatte.
Eine Dame für Leuchter, sagte Lieberman. Sogar das müssen wir ihm übersetzen.

Leuchter ging zum Ausgang, hinter dem der Regen rauschte, mit der Gleichmäßigkeit eines Wasserfalls. Der Hausmeister reichte ihm wortlos einen schwarzen Schirm; draußen im Hof sah er einen kleinen roten tanzen. Ayu, bis auf die roten Strümpfe in schwarzem Leder, hüpfte unter ihm, während ihr von den Pfützen zurückgeworfene Tropfen um die gestiefelten Füße sprangen.
Hello, sagte Leuchter.
Hello, sagte sie, ohne ihren Tanz zu unterbrechen.
Was haben wir vor?
Das bestimmen Sie.
Zum Eikan-do. Gestern war der Tempel zu überlaufen.
Heute läuft nichts als Regen.
Der Philosophenweg war menschenleer, der Wald knisterte und tropfte. Bambuswedel bogen sich unter der Nässe, von

den Dachrinnen lief Wasser über geschmiedete Ketten oder Stränge kupferner Glöcklein. Satte Tropfen platzten auf den Trittplatten, die von entfärbten Blüten bedeckt waren. Die spärlichen Radfahrer beugten grellfarbene Kapuzen über die Lenkstange, manche fuhren mit vorgehaltenem Schirm.

Wenn du dem Buddha begegnest, töte den Buddha, sagte Ayu.

Wer sagt das?

Zen. Davon verstehen Sie sicher mehr als ich.

Ich verstehe gar nichts.

Dann haben Sie es nicht mehr weit zur Erleuchtung.

Schweigend gingen sie nebeneinander, mit dem Abstand der Schirme.

Warum hassen Sie Amerika?

Warum lieben Sie Japan?

Ich kenne es nicht.

Haben Sie Sumi-san geliebt?

Ja.

Warum sind Sie nicht bei ihr geblieben?

Sie war es, die weggegangen ist.

Warum durfte sie gehen?

Wir waren in Paris, und eines Morgens war sie nicht mehr da. Sie hat mir nicht einmal eine Nachricht hinterlassen.

Sie hätten ihr nachreisen können.

Ich bin gewohnt, die Entscheidung eines Menschen zu respektieren.

Dann haben Sie sie nicht geliebt.

Nach ein paar Schritten sagte er: Ich glaube nicht, daß ich Ihnen Rechenschaft schulde.

Da war die Einmündung des Gäßchens erreicht, das zum Tempel führte. Wortlos stiegen sie hinauf, durch das Tor, zur Kasse; Leuchter bezahlte. Heute war der markierte Weg mühelos zu erkennen. Er führte zu einer Vorhalle, wo der Mönch von gestern gefallene Blüten zusammenkehrte; jetzt deutete er auf Leuchters Schirm, den ihm Ayu aus der Hand nahm, schüttelte, zumachte und in den Ständer stellte, nachdem sie ein Futteral aus durchsichtigem Plastik darübergestreift hatte.

Und Ihr Schirm? fragte er.

Sie hatte ihn ausgeschüttelt und eingezogen, es war ein kurzer Stummel daraus geworden, den sie, als wäre er ein Accessoire, in die Jackentasche schob. Sie zogen die Schuhe aus und stellten sie in die kurze Reihe; Ayu verschmähte die Pantoffeln, und so ging auch Leuchter in Socken weiter. Der gedeckte Gang führte in ein Gebäude, wo es Postkarten, Süßigkeiten, Weihrauchstäbchen und Amulette zu kaufen gab, und weiter auf spiegelglattem Holz durch ein kleines Labyrinth schweigender Höfe und eingefriedeter, vom Dunst verschleierter Gärten. Über einige Treppen führte die Galerie ins nächsthöhere Gebäude, wo Kalligraphien ausgestellt waren. Als er davor stehenblieb, hörte er hinter sich einen kleinen Knall. Ayu hatte ihren roten Knirps aufspringen lassen. Er drehte sich wie ein Kreisel oder wirbelte wie ein Windrad.

Aus dem nächsten Gebäude drang rhythmischer Gesang. In der Halle war ein Gottesdienst ohne Publikum im Gang. Blutjunge, kahlgeschorene Novizen wurden von einem älteren Mönch in die Zeremonien eingewiesen. Er achtete darauf, daß sie durch Fehler oder Ungeschick nicht lange unterbrochen wurden, zupfte die schwarzen Habite der jungen Männer glatt oder deutete in der offenen Sutra auf die richtige Stelle. Die auf- und abschwellende Litanei hatte in Leuchters Ohren etwas Stampfendes, Drängendes, eine Singmaschine, die nicht stillstehen darf. In der dämmrigen Tiefe schimmerten goldene Gesichter von Heiligen und Wächtern im Kerzenlicht. Opferrauch wolkte aus Bündeln glimmender Stäbchen und brach die frische Luft mit einer warmen Fremde.

Verstehen Sie, was die Mönche singen?

Das verstehen sie selbst nicht. So wenig wie die Katholiken lateinisch.

Sind Sie Buddhistin?

Das weiß Buddha. Ich wurde getauft. Papa dachte, Christin sei gut für die Karriere.

Als Cellistin?
Als Ehefrau wäre ich bequemer gewesen.
Ihr Vater ist Banker.
Sehr wichtig. Aber wenn er noch wichtiger werden will, darf er keine ausgeflippte Tochter haben. – Sie lehnte sich zurück und drehte sich mit dem Schirmchen im Kreis. – Er ist immer eifersüchtig, will mich glauben machen, er hätte Angst um mich. Aber er hat Angst *vor* mir.
Seit wann spielen Sie Cello?
Der Mönchsgesang war nur noch gedämpft zu hören; das nächste, noch höher gelegene Gebäude drehte ihnen eine geschlossene Holzwand zu, und der Wandelgang führte, bevor er sie rechtwinklig umlief, in eine verdunkelte Nische am steilen Hang. Hier blieb Ayu stehen, und er stellte sich neben sie. Sie hielt den Schirm über das Geländer, um einen vom Dach schießenden Wasserstrahl aufzufangen, und die Tropfen sprühten ihnen auf Kleider und Gesicht. Sie blickten durch das frische Baumgrün in Richtung Stadt, und über den Wipfeln grüßte die nur noch wenig höhere Pagode.
Ohne das Cello hätte ich nicht überlebt. – Sie drehte sich zu ihm und sah ihm mit dunkelblauen Augen gerade ins Gesicht: Aber ich glaube nicht, daß ich Ihnen Rechenschaft schulde.
Sie steuerte den Sprühregen in sein Gesicht, lachte und ging brüsk weiter. Sie hielt den Schirm so im Rücken, daß nur der helle Schopf und die roten Strumpfbeine zu sehen waren, und rief: Bin ich häßlich? Bin ich zu klein?
Sie schlug eine Pirouette und stand am Ende wieder ihm zugewandt, den Schirm hinter dem Rücken aufgespannt. Ihre Beine probierten Stellungen aus, die preziös gekreuzte einer Ballerina, die gespreizte eines Mannequins. Dann schwang der Schirm wieder nach vorn, und sie stampfte mit einem Fuß auf, zweimal, dreimal, als fordere sie Leuchter zum Angriff heraus.
Leuchter rührte sich nicht. Sie drehte sich wieder weg und war weitergehend nur noch ein roter Schirm auf roten Beinen.
Sie sehen sehr gut aus, brüllte Leuchter.

In diesem Augenblick bog ein händehaltendes Paar, der Mann in Studentenuniform, um die Gebäudeecke und starrte ihn an.

Lauter! rief Ayu und äugte über den Schirm zurück.

Sie sind eine schöne Frau!

Das Paar schlüpfte auf dem Laufsteg an ihm vorbei wie an einem bissigen Hund.

Da kommt Ihr Buddha, sagte sie. Er hört Sie mit seinen langen Ohren. Sie brauchen nicht mehr zu schreien.

Er sah dem jungen Paar nach, das die Galerie hinuntereilte.

Wohin gehen sie?

Ins Love Hotel, 5000 Yen die Stunde. In der Nacht ist es billiger, da müssen die Ehemänner zu Hause sein.

Sie standen jetzt auf der Frontseite der großen Halle. Auf dem Hauptaltar wimmelte es von Figuren, doch am rechten Rand stand ein kleiner Buddha in seiner Nische allein. Jede seiner Hände, die rechte im Ellbogen aufwärts gewinkelt, die linke zur Erde deutend, bildete eine Ringform zwischen Daumen und Zeigefinger. Die bläuliche Toga sank, an vielen Stellen bis auf den Goldgrund abgewetzt, in Wellen gefaltet an seinem Leib herab. Die schurzförmige gerundete Öffnung gab den Oberleib bis zur Bauchwölbung frei. Der runde Kopf wandte den Betrachtern das Profil zu und ein Ohr mit langgestrecktem Lappen. Er trug das Haar wie einen Helm, der mit Locken besetzt war wie ein Fels von Muscheln.

Ayu legte den Schirm auf die Schwelle und warf zwei Münzen in den holzvergitterten Opfertrog. Dann nahm sie Leuchter bei der Hand und zog ihn über die Schwelle ins Innere der Halle. Durch einen Seitengang in der Tiefe des Raums kam ihnen das Gesicht des Buddhas von vorn entgegen. Er stand hinter Maschendraht und blickte über die Schulter mit fast geschlossenen Augen herab. Die Augen waren von glatten Lidern bedeckt, und die Brauen wölbten sich darüber wie Schwingen eines Vogels. Der feste kleine Mund schien zu schmollen, doch das Gesicht zeigte den Ausdruck eines Kindes, das seiner Sache geradezu unendlich sicher ist.

Sie hielten sich immer noch bei der Hand.

Eher mollig, sagte Leuchter.

So sah meine Tante aus, als sie mit Cortison geladen war.

Hat es geholfen?

Warum sollte es? Auch der Buddha ist nicht zum Helfen da. Nur zum Wecken.

Und wozu hilft Wecken?

Sie ließ seine Hand mit einem raschen Druck los. Sehen Sie mich an.

Sie erforschte seine Augen, erst das eine, dann das andere. Sehen Sie Ihren Buddha?

Er ließ ihre Augen nicht los. Warum ist es mein Buddha, und nicht der Ihre?

Er mag mich nicht.

Er könnte auch eine Frau sein.

Sie drehte sich um und nahm die Stellung der Figur ein. Mühelos fanden ihre Arme das Gleichgewicht von oben und unten, Zeigefinger und Daumen rundeten sich von selbst. Dann fiel sie steif nach hinten, gegen ihn, der sie mit einem Schritt auffing. Der gesenkte Kopf lehnte an seiner Schulter, und sie zeigte mit dem Finger auf die Falte zwischen Kinn und Hals.

Das kommt von der Geige, sagte sie, die ich schon mit drei Jahren spielen mußte. *Häßlich*, sagte sie mit Inbrunst.

Er zog ihr Kinn in die Höhe, so daß sie ihm das Gesicht zuwandte, mit geschlossenen Augen und leicht offenen Lippen. Leuchter rührte sich nicht.

Er dreht den Kopf gar nicht, sagte sie, der Kopf folgt nur dem, was er sieht. Sie müssen sehen, was er sieht, dann bewegen Sie sich von selbst.

Ich bin müde, Ayu.

Sei dürfen nie mehr eine Japanerin lieben.

Sie öffnete die Augen und löste sich so rasch von ihm, wie man Papier unter einem Glas wegzieht, das nicht fallen soll.

Leuchter wandte sich dem Buddha zu und ahmte ihn seinerseits nach, sofort durchdrungen vom Läppischen des Versuchs. Seine Finger bildeten einen verdrückten Ring, die Zuwendung mißriet zum Achselzucken, und ein Halskrampf stellte den Körper schief, als klemme Leuchter ein Handy zwischen Schulter und Kinn.

So geht es nicht, sagte Ayu, und ich weiß, warum.

Warum?

Ich weiß es.

Als sie wieder auf dem Abstieg waren, hatte Ayu den roten Schirm zum Knirps verkürzt und wiegte ihn in den Armen. Sie berührten sich nicht und waren schon beim Ausgang angekommen, als Ayu sagte: Sie schlafen schlecht.

Blaue Augen. Muß das sein?

Sehen Sie, ich bin doch häßlich.

Nein, aber blauäugig sind Sie nicht.

Auf den nassen Steinfliesen des Tempelgäßchens rutschte er aus und konnte sich eben noch auffangen. In meinem Kopf ist schon Abend, sagte er.

Wollen wir etwas essen?

Ich hätte Lust auf grünen Tee.

Wir können ihn bei mir trinken, dann sehen Sie, wie ich lebe. Ich wohne ganz nah. Und von da haben Sie's nur zehn Minuten zu Ihrem Gästehaus.

Der Betonbau war zweistöckig und von häßlicher Dürftigkeit. Es erinnerte Leuchter an einen Hühnerstall für Batteriehaltung. Er stieg hinter Ayu eine Art offene Feuerleiter hoch. Ihr Zimmer, in das sie ihn vorangehen ließ, war kaum größer als eine Koje. Aus den Nachbarräumen drang jeder Laut durch die dünnen Wände, die von zwei Bildern in Weltformat fast ganz zugedeckt waren. Das eine zeigte den »Karnevalsabend« von Henri Rousseau, das andere den Kopf einer Cellistin, die sich über den Hals ihres Instruments beugte, so daß ihr verschattetes Gesicht kaum zu erraten war; nur die klauenförmige Hand an der Schnecke lag im vollen Licht.

Der vordere Teil des Räumchens wirkte mit einem schmalen Bett, der Kochnische und einem hellblauen Cellokasten bereits überfüllt. Die ganze Breite der Fensternische nahm ein Arbeitstisch ein, ein Stilmöbel mit geschwungenen Beinen, das sich fremd ausnahm und weit in die Öffnung der gläsernen Balkontür ragte. Draußen stand eine kleine Waschmaschine mit Rostnähten, ferner ein Gartenstuhl und ein Gestell, beladen mit Büchern und Partituren. Der Raum war laut und kalt. Leuchter fiel nicht ein, aus dem Mantel zu schlüpfen.

Hier üben Sie? Frieren Ihnen nicht die Finger ein?

Ich bin fast nur zum Schlafen hier.

Man war sich in dem engen Raum so nahe, daß Leuchter beim Reden den Kopf wegdrehte. »Lyon 2000« war unter dem Rousseau zu lesen.

Haben Sie die Ausstellung gesehen?

Nein, sagte sie, damals war ich in Oklahoma. *The End of the Trail.*

Warum sind Sie da hingegangen?

Ich hatte abgetrieben, und mein Freund war aus einer unerwünschten Familie. Papa fand eine Luftveränderung angezeigt. Weg von der christlichen Frauenuniversität in eine christliche amerikanische Familie, auf die er im Internet gestoßen war zwischen zwei Pornos. Und ich konnte mein Englisch wieder auffrischen. Bei Mr. Millar und Söhne. Sie waren fromm und abscheulich. Ich bin nur wegen Ms. Millar geblieben. Sie hieß Sunshine, im Ernst.

Er betrachtete das Plakat, Pierrot und Colombine, das Paar *loin du bal*, verschwindend zwischen leeren Bäumen unter dem Mond. Die endlose Landschaft unter dem Meer des Himmels, Wolken aus Glas. Es könnte Tag sein, wenn es nicht helle Nacht wäre.

Mögen Sie das Bild? fragte sie.

Es hing auch mal bei mir, im Internat. Damals war ich noch jünger als Sie. Und fragte mich, wozu sie immer noch das Kostüm tragen.

Sie haben kein anderes, sie tragen es immer.

Auf dem Bild tragen sie es immer.

Sie sind verloren, *but they don't care. They have no care in the world.*

Because they have no world.

Ihre Brust streifte ihn, als sie zu ihrem Arbeitstisch ging. Sie beugte sich darüber und legte den weißen Kopf auf einen Arm. Mit der anderen Hand griff sie hinter sich und zog den Leder-Mini höher. Aus dem Nachbarzimmer war das aufgeregte Geschwätz einer Gameshow zu hören.

If you want me, do, sagte sie mit kleiner Stimme.

Es war nicht mißzuverstehen, dennoch fragte er: Bitte?

I wouldn't mind.

Ihr Gesicht war gegen die Tischplatte gepreßt, an der sich das Wangenfleisch staute; sie schniefte.

You should, sagte er. Ich bin Ihr Preisrichter, und ich könnte Ihr Vater sein.

Nein, sagte sie. Sie haben keine Kinder. Sie sind selbst noch ein Kind.

Ich bin nicht mehr fromm, sagte er, nur noch abscheulich.

Sie richtete sich auf, setzte sich auf den Tisch und ließ die Beine baumeln.

Es klopfte an der Tür.

Eine junge Männerstimme draußen bildete hastige Sätze. Ayu antwortete kurz, und als die Stimme fortredete, gar nicht mehr.

Es war wieder still, bis auf eine süßliche Schlagerstimme aus einem entfernten Zimmer.

Das war Hideo. Er wollte mich zum Üben holen. Heute habe ich keine Lust.

Ihr Freund?

Ein Kollege. Er hat sich auch beworben. Mit Tschaikowsky hätte er eine Chance gehabt, oder Schumann. Aber es mußte Bach sein, und für Bach ist er zu romantisch. Sind Sie verlobt?

Wie kommen Sie denn darauf?

Wegen Ihres Rings.

Er blickte auf seine Hand.
Das ist kein Verlobungsring, Ayu-san.
Warum tragen Sie ihn? Er ist furchtbar.
Leuchter lachte.
Solange Sie diesen Ring tragen, werden Sie nie ein Buddha, sagte Ayu. Warum lachen Sie?
Ich will jetzt gehen.
Sie rutschte vom Tisch, schlang die Arme um ihn und preßte sich an seinen Leib. Sensei, sagte sie an seiner Schulter, hastig, mit sich überstürzender Stimme, ich muß gewinnen. Bitte, bitte.
Er schob sie sanft von sich weg.
Wer ist die Künstlerin auf dem Poster?
Sie starrte ihn mit weit offenen blauen Augen an.
Ich lese kein Japanisch, sagte es.
Können Sie nicht mal Sumi-sans Namen lesen?
Warum hängen Sie ihr Bild auf? Sie sehen sie doch fast jeden Tag.
Ich will sie immer sehen. *Immer.*
Ich habe sie noch nie gehört.
Sie wollen mich nicht, sagte sie. Sie wollen Susumu. Er wird ein braver Orchestercellist. Dafür heißt er Susumu.
Was heißt Susumu?
Straightforward, sagte sie.
Und was heißt Ayu?
Das müssen Sie herausfinden.
Auf Wiedersehen. Ohne Ihre Kontaktlinsen.
Sie sank auf die Knie, ließ sich vornüberfallen, und neben dem Kopf mit dem kurzen Silberhaar lagen beide Hände flach auf dem Boden. Sie drehten sich um und bildeten mit kleinen Fingern zwei geöffnete Schalen.
Onegaishimasu.
Wenn der Wettbewerb vorbei ist, sagte er, habe ich noch einen grünen Tee gut.

20 Musikhochschule

Die Musikhochschule lag am nördlichen Stadtrand, an einen mäßigen Hügel gelehnt, über den sich die Hörsäle, Studios, Lehr- und Wohngebäude ansteigend verteilten. Das Hauptstück der Anlage war ein Torgebäude, das sich über einer steilen Freitreppe erhob. Eine Flucht von zwei Dutzend Stufen stieg von der belebten Hauptstraße übergangslos in eine Höhe, die durch das Tor ins Schwindelerregende gesteigert wurde. Nur indem man den Kopf in den Nacken legte, konnte man das flache Satteldach, das mit einer Reihe kolossaler Betonsäulen drohte, die Flut rasch treibender Wolken teilen sehen wie der breite Bug einer Fähre.

Unten an der Straße stand, wie ein Schilderhaus, eine verkleinerte Replik des Monuments. Sie überdachte die Bushaltestelle und enthielt eine Toilette. Es war zehn Uhr. Gruppen von Studenten, viele in Uniform, eilten die Freitreppe empor ins Hochschulgelände und weiter hinauf zum Theater.

Lebrecht, den Schnauzbart gesträubt, nannte, am Fuß der Treppe stehend, die Hochschule eine Kreuzung von Metropolis und Ferienkolonie. Auf Lebrecht konnte man sich verlassen, wenn es maliziös zu kommentieren galt, was er Bubble-Moderne nannte. Er hatte in Mainz Kunstgeschichte studiert und über den Architekten Kisho Kurokawa promoviert, mit dem ihn eine wortreiche Haßliebe verband. Er war imstande, sie auf ganz Japan auszudehnen. Sobald Japan nicht mehr traditionell sei, werde es infantil. Ein schnarrender oder quiekender Roboter, mit dem man kuscheln, den man füttern und wickeln könne: Das sei das höchste der Gefühle. Sobald sich Japan von seinen Wurzeln entferne, verkitsche es unerbittlich. Japans Elend sei das Gedränge. Nur in der Symbolisierung von Leere sei es unübertroffen. Wenn das Gedränge zu groß werde, erscheine die Leere in den Gesichtern. Aber wenn die Japaner anfingen, ihre knappen Räume westlich zu möblieren, bleibe einem nur die Flucht.

An diesem Morgen stand auch für Lebrecht Flucht nicht zur Debatte. Um rechtzeitig zur Eröffnung zu erscheinen, mußte er den Alptraum ersteigen, und – laßt alle Hoffnung fahren! – das Tor durchschreiten, um, an einer schamhaft getragenen Rosette als Juror kenntlich, von einer uniformierten Ordnerin dem Schauplatz des Wettbewerbs zugeführt zu werden, einem Bauwerk, das ihm zwar den Atem, aber keineswegs den Spott verschlug. Es war eine zum Raum gekrümmte Schokoladentafel, ein Plattenbau aus Porphyrkacheln. Der Charme einer Badewanne setzte sich im Inneren in Form von Felsengräbern fort. Denn wie anders waren die Logen zu nennen, die als tiefgreifende Höhlen, von Honoratioren der Stadt, der Hochschule und des Musiklebens besetzt, das dramatisch ansteigende, ziegelrot bestuhlte Parkett überblickten?

Am Rand der Bühne, vor dem Orchestergraben, war noch eine niedrige, doch von allen Seiten sichtbare Estrade aufgebaut, die für die Jury bestimmt war. Eigens für Lubomirs Rollstuhl führte eine Rampe vom Mittelgang hinauf: Da es schon draußen neben der Freitreppe einen Aufzug gab, der, in den Hang eingebaut, unmittelbar zum Eingang des »Studio« genannten Theaters führte, konnte ein Behinderter von der Taxi-Limousine schwellenlos in den Saal gelangen.

Aufs Schafott, hatte Lebrecht gelästert. Jetzt mußte er Platz nehmen, wie die andern, und richten. Er war Leuchters Nachbar zur Linken und begann schon vor Beginn der Veranstaltung Notizen zu machen. Die Juroren saßen auf rotsamtenen Polstersesseln.

Die acht Finalisten, drei Damen und fünf Herren, hatten in der vordersten Reihe ganz rechts Platz genommen, ein dunkles Grüppchen, bis auf Ayus Silberschopf. Alle hielten ihr Instrument im Arm. Von der Bühne war nur ein schmales Podium übrig, auf dem beiderseits ein Bukett prangte; hinter dem rechten versteckte sich ein Rednerpult. In der Mitte stand ein leeres Stühlchen, und auf dem grauen Samtvorhang war in zerknitterten Goldlettern zu lesen: THE TAKAHASHI CONTEST 2002.

Im Orchestergraben wurden Instrumente gestimmt: Allmählich verstummte das Zirpen, ein sehr junger Dirigent, bei seinem Auftauchen im Graben mit Applaus begrüßt, hastete auf seinen Platz unter dem Aufbau der Jury. Der erste Satz von Griegs »Peer Gynt« erklang.

Vor jedem Juror lag eine Mappe mit den Wettbewerbsunterlagen. Das erste Blatt verzeichnete die Teilnehmer namentlich mit den Nummern 1-8 in der Reihenfolge ihres ersten Auftretens. Nach jedem Namen gab es Raum für Notizen, und am Rande ein Kästchen, in das die Punktzahl einzutragen war. Die Veranstalter hatten Bleistifte mit selbstleuchtendem Kopfstück verteilt; sie endeten in einem Radiergummi, denn es war mit Korrekturen des Urteils zu rechnen. Fest stand nur, daß die Zahl aller vergebenen Punkte 20 nicht überschreiten durfte. Tat sie es doch, so würden die überschüssigen Punkte dem oder den Teilnehmern abgezogen, die der Juror am großzügigsten bedacht hatte.

Die Finalistengruppe bestand aus drei Frauen und fünf Männern, einer davon Amerikaner. Er hieß Thorpe und war in Japan geboren. Sein Großvater war 1959 auf der Yacht *Phoenix* in die Sperrzone des Bikini-Atolls eingedrungen, um den Test der Wasserstoffbombe zu vereiteln. In einem Interview der *Mainichi Daily News* hatte man lesen können, wie schwer sich die Kriegsmarine damit getan hatte, den langsamen, doch wendigen Segler dingfest zu machen, ohne ihn gleich zu versenken.

Das Los hatte Susumu die letzte Nummer zugeteilt; Ayu mußte als zweite spielen. Soviel Leuchter von weitem erkennen konnte, hatte sie auf die blauen Augen verzichtet, aber weder Frisur noch Kosmetik verändert. Zu einem kurzen Schwarzen, das ihre Schultern freiließ, trug sie eine Kette aus dunklen Süßwasserperlen. Die beiden andern Damen trugen weiße Colliers.

Das Extrablatt einer englischsprachigen Tageszeitung war dem Wettbewerb gewidmet; während des Orchestervorspiels verglich Leuchter die Fotos der Teilnehmer mit den Originalen und prägte sich ihre Namen ein. Da sie nicht älter als dreißig sein durften, verzeichnete ihr Lebenslauf vor allem den musikalischen Werdegang. Sie äußerten sich mit einem Satz, der meist mit der Wendung *I hope* begann, über ihre Erwartungen an das Leben. Zwei der Damen hofften ihre Musikerlaufbahn mit einer Familie zu verbinden. Ayu schrieb: *Through music I expect to learn more about myself.* Sie und Susumu nannten Frau Fujiwara als Lehrerin.

Sumi war in der Zeitung mit einem Jugendbild vertreten. Auch die Juroren des Jahres standen mit Bild im Blatt. Leuchter erinnerte sich nicht, um ein Foto gebeten worden zu sein. Das, mit dem man sich beholfen hatte, zeigte ihn, wie Sumi, dreißig Jahre jünger.

Nachdem das Orchesterstück verklungen war, bestieg der Bürgermeister der Stadt das Rednerpult für eine längere Begrüßung, gefolgt vom Präsidenten, der die Wettbewerbsbestimmungen abermals in Erinnerung rief. Dann bat er mit einer Handbewegung die jungen Cellisten auf die Bühne.

Nr. 1 war ein blasser Jüngling mit ältlich wirkendem, unauffälligem Gesicht und dünnen blondierten Haar, den Leuchter in Mitteleuropa für einen Bürolisten gehalten hätte. Er hieß Yamaha und war aus Sendai, was das Publikum – wie alle Herkunftsbezeichnungen – mit Beifall quittierte, ebenso den Namen seines Lehrers und der Schule, der man ihn zurechnen durfte. Mori Ayu war die zweite, die sich den Blicken zu stellen hatte. Unter dem leuchtenden Schopf blickten die großen Augen fast drohend vor Ernst ins Publikum.

Beinahe hätte Leuchter die Vorstellung des dritten Teilnehmers versäumt. Es war ein bäuerlich wirkender Mann mit verhärmten Zügen, der Kawaii Hideo hieß und aus Nagoya stammte. Der vierte Bewerber war der Amerikaner, auffällig groß und leicht gebeugt, mit früh ergrautem Kraushaar über einem scheu grinsenden Pferdegesicht; bei der Nennung seines Namens – Earle Thorpe – ging ein Raunen durch das Publikum. Bewerberin Nr. 5 hieß Watanabe Aiko. Sie hatte die Lippen ihres kirschförmigen Gesichts zu einem verträumten Lächeln geöffnet, das die flachen Wangen zur Geltung brachte, warf das lange Haar mit einem ebenso charmanten wie unnötigen Schwung zurück und erhielt Beifall für ihre Herkunft von der Insel Shikoku – der Heimat der Puppen, wie Lebrecht Leuchter zuflüsterte. Taira Yui, Nr. 6, war mit ihrem sportlich-treuherzigen Lächeln das Bild einer musikliebenden Hausfrau. Nr. 7 hieß Ijima Kobo und trug unter der hohen, schon gelichteten Stirn ein pfiffiges Fuchsgesicht; er war der einzige Mann, der nicht in schwarzer Eleven-Kluft auftrat, sondern in einem dunkelblauen Kordanzug mit offenem Kragen.

Nr. 8, Susumu, war auf den ersten Blick nicht wiederzuerkennen. Sein Haar war straff nach hinten gekämmt und erinnerte Leuchter an eigene Jugendbilder aus der Internatszeit. Sein Gesicht war blaß von der Anstrengung, keine Nervosität zu verraten, und sein Cello sah von weitem wie ein kostbares Instrument aus.

Doch einsam wirkten sie alle, da sie nun, einer nach dem andern, auf der leeren Bühne auf dem Stühlchen saßen und den 1. Satz von Bachs Suite für Cello solo zum besten gaben – achtmal das gleiche Stück, doch in keiner Darbietung dasselbe, wenn auch in jeder fehlerlos gespielt. Kawaii Hideo, der Mann ohne Lächeln, hielt während des Vortrags inne, obwohl er sich durchaus nicht vergriffen hatte, und wiederholte eine Figur; er tat das ohne Verlegenheit und schien dabei jedem Ton, den er aus den Saiten zog, prüfend nachzulauschen. Eine Art, auf sich aufmerksam zu machen, die durchaus nicht einstudiert wirkte; offensichtlich spielte der Mann auch auf der Bühne so, wie er zu Hause übte.

Die Prélude in C-Dur ist ein kurzes Stück, und technisch bietet es einem fortgeschrittenen Cellisten keine unüberwindlichen Schwierigkeiten. Er zeigt, was er kann, ohne an seine Grenzen zu stoßen; wohl aber gibt er durch sein Spiel zu erkennen, wie er Bach versteht. Und hier waren die Unterschiede der Interpretation frappant. Die Mehrzahl der Teilnehmer nahm Bach als einen Komponisten, der ihnen erlaubte, viel eigenes Gefühl in seine Klangfiguren zu legen. Das galt für die Männer noch mehr als für die Frauen. Auch der Amerikaner, dessen Finger- und Bogentechnik makellos waren, hielt überaus dramatische Zwiesprache mit seinem Instrument, kam dem Klang körperlich entgegen, wenn er ihn aus den Saiten zog, und erlaubte ihm, sich auszusingen. Sein Vortrag dauerte – wie Leuchter auf der Armbanduhr prüfte – fast zwanzig Sekunden länger als die üblichen zwei Minuten.

Auch die schöne Aiko gab sich dem Klang, den sie erzeugte, mit allen Zeichen der Wollust hin. Wie sich die unbekannte junge Frau vor aller Augen darstellte, konnte sie wohl nur ein Liebhaber erleben. Kein Instrument ist wie das Cello so eins mit dem Leib, der es zum Klingen bringt, Strich um Strich; wenn die Eingeweide nicht mitklingen, fehlt ihm die rechte Resonanz.

Ayus Spiel, das Leuchter gespannt verfolgte, wirkte akkurat und kühl. Sie spann das Geflecht der Prélude fast ohne Körperbeteiligung ab wie einen Garnstrang von der Spule. Leuchter fühlte sich betrogen und hätte nicht einmal sagen können, worum. Kälter noch war die Produktion jener Taira Yui, die Leuchter im stillen die tönende Hausfrau genannt hatte. Er hatte ihr damit unrecht getan, denn ihre Technik war frei von aller Treuherzigkeit. Sie zeigte eine Musikerin, die sich der Beteiligung nicht nur enthielt, sondern diese aktiv verweigerte. Die Töne folgten einander wie auf dem Cembalo gespielt, und keine Pause gab sich dazu her, Stimmung zu machen.

Was aber Susumu betraf, der den Reigen abschloß: Er war der einzige, dem man technische Mängel hätte nachsagen können. Sein Strich ließ unerwünschte Unter- und Obertöne entschlüpfen, es schien, als bringe er die Prélude nicht ohne Not über die Runden. Aber die Not blieb genau. Wenn Susumus Spiel ungeschickt war: An keiner Stelle war es falsch. Es waren nicht die technisch anspruchsvollen Stellen des Satzes, an denen seine Schwierigkeit hörbar wurde, sondern die unproblematischen – und in gewissem Sinn alle. Susumu unterschlug die Materialität seines Werkzeugs nicht, er suchte Griff um Griff, wie der Bergsteiger an einer glatten Wand.

Leuchter erinnerte sich an Liebermans Bemerkung beim Frühstück. Man hatte bessere Vorträge als den Susumus gehört – den besten vielleicht vom Amerikaner –, aber keinen so guten. Bei Susumu bekannte sich die Musik zu ihrer Verwandtschaft mit dem Geräusch. Sie hatte etwas mit dem unentrinnbaren Mißton des Daseins zu tun und versöhnte sich nicht damit. Aber sie ordnete ihn beinahe bäuerlich; sie simulierte keine Sphärenmusik, sondern anerkannte die Notwendigkeit des täglichen Brots.

Als Susumu den Vortrag beendet hatte, trat er an den Rand der Bühne und hob das Instrument am Hals, indem er in Richtung einer bestimmten Loge grüßte, und verbeugte sich tief. Unter den Schatten, die sie besetzten, vermochten Leuchters Augen auch bei größter Anstrengung keinen bekannten auszumachen.

Die erste Vortragsrunde war lange vor Mittag zu Ende; um vier Uhr nachmittags war die zweite fällig, diesmal mit verdeckten Musikern und der Prélude der Es-Dur-Suite Nr. 4. Leuchter hatte sich im Licht seines Kugelschreibers zu jedem Namen einige Notizen gemacht; von einem Urteil fühlte er sich noch weit entfernt. Aber aufgrund dessen, was er gehört hatte, glaube er die Eigenart der Musiker bestimmt wiederzuerkennen, auch wenn ihre Reihenfolge, vom Los bestimmt, eine ganz andere war.

Er hatte sich getäuscht. Als er am Abend ins Gästehaus zurückging, zu Fuß und allein, mußte er sich eingestehen, daß er nicht bei einem einzigen Vortrag des Interpreten sicher gewesen war. Der Anfangssatz der vierten Suite ist länger und bei weitem schwieriger als derjenige von Nr. 1: Die Tempi der zwei Teile, in die er zerfällt, könnten kaum verschiedener sein. Aber ein Vortrag klang vom nächsten so wenig grundsätzlich verschieden, daß man auf den Verdacht kommen konnte, es habe immer dieselbe Person gespielt; und zwar eine, welche die anspruchsvolle Technik ohne erkennbare Eigenschaften meisterte, achtmal hintereinander. Alle Interpretationen waren korrekt und glichen am ehesten derjenigen, die Leuchter von Ayu her im Ohr hatte. War es durch die Artefakte seiner elektronischen Schneidewerkstatt verdorben?

Da kommt er ja, sagte Lebrecht im Gästehaus. Er und Lieberman waren schon im Taxi vorausgefahren. Natürlich unterhielten sie sich über den Wettbewerb.
 Fündig geworden? fragte Lieberman.
 Ich muß nachdenken, antwortete Leuchter, und mich eine Stunde in den Garten setzen.
 Die haben Sie nicht, sagte Lieberman, wir fahren sofort zu Lubomirs Hotel.
 Was sollen wir bei Lubomir?
 Das Nötigste besprechen, ohne Japaner.
 Eine Verschwörung? fragte Leuchter.
 Das Taxi ist da. Kommen Sie.

21 Ein Treffen

Lubomirs Einzelzimmer war klein; er saß im Rollstuhl am Fenster und sah in den nahen Friedhof hinüber. Lebrecht trat neben ihn. Das Grab Mizoguchis, sagte er. Der große Filmregisseur –

Von Kultur reden wir später wieder, sagte Lubomir, wenn Sie gestatten. Wir haben nur eine Stunde. Setzen Sie sich.

Wohin, bitte? fragte Lebrecht.

Lieberman hatte schon auf dem einzigen Sessel Platz genommen und sagte: In der Dusche wäre noch etwas frei. Aber sie tropft.

Auf dem Bett, wenn's beliebt, sagte Lubomir. Er war noch blasser als gestern. Lebrecht lehnte gegen die Bettkante, ohne sich niederzulassen, legte die Hände im Schoß zusammen und trommelte mit den Daumen. Leuchter hätte sich dicht neben ihn setzen müssen oder auf das Kissen mit dem Fettfleck; er zog es vor, stehen zu bleiben. Die vier Männer füllten den Raum.

Lubomir: Hat euch jemand wegfahren sehen? Ist man euch gefolgt?

Lebrecht: Könnte man ein Wasser bestellen? Ich bin ganz ausgedörrt.

Lubomir sah ihn nicht einmal an. Es geht um Frau Fujiwara, sagte er. Sie soll abgeschossen werden, vernichtet. Wir müssen etwas tun, sofort.

Lieberman: Erklären Sie sich doch bitte etwas näher.

Lubomir: Bedarf es großer Erklärung? Es ist doch sonnenklar.

Lebrecht: Mir nicht. Sumi-san hat die Jury bestellt. Sie ist die Meisterin des Wettbewerbs –

Lubomir: Eben. Man läßt sie ins Messer laufen.

Lieberman: Sie müssen geheimdienstliche Informationen haben, Lubo, also heraus damit.

Die Yakuza, sagte Lubomir. Die ehrenwerte Gesellschaft.

Mit den Spielhöllen kam sie ins Geschäft, dann nahm sie die Bauwirtschaft in den Griff, das Transportwesen, den Sport, die Unterhaltungsindustrie. Natürlich auch das Musikgeschäft. Die Hochschule ist längst unterwandert. Jetzt bemächtigt man sich des Takahashi-Wettbewerbs. Habt ihr euch Kaneko angesehen? Ein Mafioso aus dem Bilderbuch. Tsushima ist mit der Erbin eines Abbruchunternehmens verheiratet, und wer ist ihre Nichte? Die kleine Watanabe. Die unschuldige Taira ist die Tochter eines Paten, dessen Unternehmen den Auszug störender Mieter beschleunigt – mit allen Mitteln. Den Präsidenten haben sich die Mobster längst gekauft. Sumi-san kann man nicht kaufen. Sie ist das größte Hindernis für die Machtergreifung an der Musikhochschule. Jetzt muß sie weg, und dafür werden wir Ausländer eingespannt. Diesem Zweck dient die Veranstaltung, keinem anderen.

Und wie können wir das Schlimmste verhüten, Lubo? fragte Lieberman sichtlich amüsiert.

Lubomir: Indem wir ihren Schülern die Stimme geben, sagte Lubomir, *nur* ihren Schülern, und *alle* Stimmen.

Lebrecht: Dem Harada und der kleinen Mori?

Lubomir: Einem *oder* der andern. Um unsere Stimmkraft nicht zu verzetteln, müssen wir einig sein. Damit hat die Gang nicht gerechnet. Sie verbietet uns ja, über den Wettbewerb zu reden. Darum tun wir es jetzt. Es ist unsere einzige Chance.

Leuchter: Ich verstehe leider gar nichts.

Gerade *Sie* verstehen mich nicht? fragte Lubomir, und sein Gesicht begann sich zu röten.

Lubo scheint etwa Folgendes zu meinen, sagte Lieberman. Sumi ist für ihren Eigensinn bekannt. Sie hat sich durch skandalöse Verbindungen belastet. Ihr Leben steht außerhalb hiesiger Gewohnheiten. Der Präsident fühlt sich kompromittiert, seit er bei ihr abgeblitzt ist. Er und das Syndikat möchten sie entfernen, aber sie wissen nicht wie, denn sie ist die bedeutendste Cellistin des Landes. In zwanzig Jahren dürfte sie ein sogenannter Nationalschatz sein. Lese ich richtig, Lubomir?

Lubomir: Sie wird geopfert!

Lebrecht: Was meinen Sie mit skandalösen Verbindungen?

Lieberman: Fühlen Sie sich nicht betroffen, Lebrecht, Ihre Verehrung ist *rein*.

Warum haben Sie mit Yamaha-san Urlaub gemacht, Lebrecht, fragte Lubomir schneidend. Oder haben Sie etwa gar nicht gewußt, daß er Kandidat ist?

Lieberman: Ich dachte, es sei der nette Ijima. Der wäre auch noch ein guter Cellist.

Was unterstellen Sie, Lieberman? fragte Lebrecht und richtete sich auf der Bettkante so hoch auf, daß er auf den Zehen stand.

Lieberman: Ich unterstelle Ihnen weiter nichts als ein Privatleben. Das ist keine Schande.

Lubomir: Außer es dient zur Erpressung.

Lieberman: Ja, wir sind kein Umgang für Sumi. Weiß der Himmel, was wir mit ihr angestellt haben. Unrat, Lebrecht, Unrat.

Das habe ich nicht verdient! sagte Lebrecht. Immerhin hatte er sich wieder gesetzt.

Lieberman: Sagen wir, wir haben es *unterschiedlich* verdient und unterschiedlich dafür bezahlt. Aber solche Nuancen interessieren Japan nicht. Für Japan ist Sumi-san eine Abtrünnige, seit sie anfing, Briefmarken zu sammeln. Besonders Liechtenstein.

Leuchter: Woher wissen Sie das?

Lieberman: Ich weiß gar nichts. Aber Japan weiß alles. Japan kann vielleicht nicht lesen, was es sieht, aber es sieht messerscharf.

Lebrecht: Sie verallgemeinern abscheulich. Aus Ihnen spricht nur die Verbitterung.

Lieberman: Stellen Sie sich das mal vor, Sie Frohnatur. Sumi-san hat ihr japanisches Nest mit uns beschmutzt.

Lebrecht: Man kann gar nicht japanischer sein als Sumi-san.

Lieberman: Spricht der Japan-Kenner. Desto schlimmer für sie.

Lebrecht: Und eine Frohnatur bin ich nicht.

Lieberman: Was Sie nicht sagen. Aber Sie interessieren hier nur mäßig, Lebrecht, ausnahmsweise. Versuchen Sie es zu fassen.

Lebrecht: Wir sind Sumi-sans Jury. Sie vertraut uns.

Lieberman: Was fällt ihr ein? Trauen Sie sich denn selbst?

Lebrecht: Bestechlich bin ich nicht.

Lieberman: Dafür sind Sie ja auch etwas Besonderes. Alle hier sind bestechlich – Sie nicht.

Lubomir starrte ihn an. Wo bin ich bestechlich? fragte er.

Lieberman: Sie also auch nicht. Und Herr Leuchter am allerwenigsten. Ich fühle mich allmählich einsam hier. Das hat man davon, als schlechter Mensch.

Leuchter: Ich weiß nicht, wovon Sie reden.

Lieberman: Wissen Sie wenigstens, mit wem Sie schlafen?

Lubomir: Lieberman. Sumi-san soll nicht für uns büßen. So weit sind wir uns doch einig.

Lieberman: Warum denn nicht? Sie ist ein Monstrum.

Lubomir: Das nehmen Sie zurück, auf der Stelle.

Lieberman: Sind Sie mit der Dame so fertig, Lubomir? Ich nicht. Ich verweigere ihr die Verehrung.

Lebrecht: Wo fahren *Sie* denn hin, Lubomir?

Lubomir: Was soll die Frage?

Lebrecht: Nach dem Wettbewerb haben wir doch eine Reise gut. Wohin reisen Sie?

Lubomir: Nach Atami. Tut das etwas zur Sache?

Lebrecht: Das Seebad, *very posh*. Vierzehn Tage Atami, mit Begleitung, das läuft ins Geld.

Lubomir: Was heißt »mit Begleitung«? Er schien aus dem Stuhl fahren zu wollen.

Lieberman: Hätte er besser »Pflegerin« gesagt? Er wollte nur korrekt sein, Lubo, neutral. Beruhigen Sie sich, fahren Sie an die See, lassen Sie sich pflegen. Sie haben genug gebüßt. Erholen Sie sich von Ihrer moralischen Anstrengung. Unser Whisky wird nicht arm davon.

Lebrecht: Er zahlt auch für Thorpe. Der Sponsor will auf den amerikanischen Markt.

Lubomir: Thorpe gehört zum Widerstand!

Lieberman: Gehörte. Heute dient sein Vater beim CIA. So bleibt man im Geschäft. Ihre Yakuza in Ehren, Lubomir, aber gegen Amerika bleiben Sie Waisenknaben.

Lubormir: Euch ist wohl gar nichts mehr heilig.

Lieberman: Was soll uns denn heute heilig sein, Lubo? Heraus damit.

Lubomir: Viermal zwanzig Punkte für Sumi. Darum bitte ich. Es ist das einzige Mittel, sie zu halten.

Lebrecht (nach einer Pause): Leider nimmt sie nicht am Wettbewerb teil.

Lubomir: Aber sie soll mit ihm zu Fall gebracht werden. Darum viermal zwanzig Punkte für einen ihrer Schüler.

Lebrecht: Für welchen, bitte? Das Punkmädchen? Oder den Frosch?

Lubomir: Ayu-san *oder* Susumu-san. Wir müssen uns nur einig werden.

Lebrecht: Aha. Dafür haben Sie uns aufgeboten.

Lubomir: Im letzten möglichen Augenblick.

Lieberman: So viel zu seiner Unbestechlichkeit.

Lubomir: Wir sind Sumi-san etwas schuldig.

Lebrecht: Wir sind Sumi-san nur eines schuldig: unserem Urteil zu folgen. Dem musikalischen Gewissen.

Lieberman: Und was sagte es Ihnen, Ihr musikalisches Gewissen? Wer bekommt Ihre Punkte?

Lebrecht: Ijima war eine Klasse für sich.

Lieberman: Nicht Yamaha?

Lebrecht: Oder Yamaha, aber dafür muß sein Arpeggio noch sauberer werden.

Lieberman: Sein Arpeggio. Sauberer. Und wann stellen Sie das fest? Morgen, im freien Vortrag?

Lebrecht: Aber sicher.

Lieberman: Natürlich wissen Sie, was er spielt.

Lebrecht: Natürlich weiß ich es *nicht*.

Lieberman: Sie *hören* es, mit Ihrem musikalischen Gewissen.

Lebrecht: Sie unterstellen schon wieder.
Lieberman: Ayu-san war besser.
Lebrecht: Absolut leblos. In Es-Dur noch mehr.
Lubomir: Woher wissen Sie das?
Lebrecht: Ich bitte Sie. Ich habe es *gehört*.
Lubomir: Welche Nummer war sie denn?
Lebrecht: Fragen Sie im Ernst? Nummer zwei.
Lubomir: Nein. Im zweiten Durchgang war sie Nummer drei.
Lebrecht: Die war noch schwächer.
Lieberman: Woher wissen *Sie* denn, Lubomir, daß sie Nummer drei war?
Lubomir: Was sonst?
Lieberman: Sie war Nummer sechs.
Lebrecht: Nie. Nummer sechs war die Puppe aus Shikoku. Die erkenne ich am ersten Bogenstrich.
Lieberman: Wunderbar. So viele Ohren, so viele Urteile. Lieber Lubo, wir könnten Ihrem Rat nicht folgen, wenn wir noch wollten.
Lubomir: Es war kein Rat. Ich *beschwöre* Sie.
Lieberman: Ich höre es mit Rührung. Hilft nur nichts. Wir sind unbestechlich, Lubo, sogar wider Willen. Der Zufall regiert, und er ist stärker als jede Manipulation. Es sei denn, Sie hülfen ein bißchen nach und erzählten uns genauer, wann Sumi-sans Schüler dran sind, und mit welchen Stücken.
Lebrecht: Das kann er nicht wissen!
Lieberman: Er *darf* es nur nicht wissen, das ist ein Unterschied.
Lebrecht: Und Sie glauben, auf so etwas ließe ich mich ein?
Lieberman: Ich glaube gar nichts. Ich bin Atheist.
Lubomir: Lieberman! Sie haben Sumi geliebt.
Lebrecht: Wer sie liebt, dreht keine krummen Dinger.
Lieberman: Das weiß ich anders, leider.
Lebrecht: Sie sollten niemals von sich auf andere schließen, Lieberman. Das ist ein Fehler.

Lieberman: Wie recht Sie haben. Genau diesen Fehler habe ich mit Sumi gemacht. Ich tu's nicht wieder.
Lubomir: Leuchter. Jetzt müssen Sie reden.
Leuchter starrte auf seine Schuhe. Sie kamen ihm fremder vor als Japan. Plötzlich fühlte er sich schwindeln – aber sein Kopf war klar. Dann mußte es der Boden sein, der sich gerührt hatte. Und gleich folgte ein zweiter, stärkerer Stoß.
Hoppla! sagte Lebrecht. Drei auf der Richter-Skala.
Zwei, sagte Lieberman.
Nicht mal, sagte Lubomir verächtlich.
Leuchter sah Lieberman an. Mich beschäftigt Ihr Pullover. Tragen Sie ihn immer?
Lieberman: Er wird fadenscheinig. Und riecht. Ich darf ihn nicht mehr waschen. Sumi hat ihn gestrickt, in den sieben Wochen, als sie bei uns war. Sie hat zum ersten Mal gestrickt. Mein Frau hat es ihr beigebracht. Und als der Pullover fertig war, zogen sie aus, beide.
Zwanzig Punkte für Ayu könnte ich nicht verantworten, sagte Lebrecht. Und was Susumu betrifft – die Wahrheit zu sagen, ich halte ihn für einen Anfänger. Er hat in diesem Wettbewerb nichts zu suchen.
Er ist auch nicht regulär hineingekommen, sagte Lieberman.
Er war Sumi-sans Wahl, sagte Lubomir.
Was immer das bedeutet, sagte Lieberman.
Für mich bedeutet es alles, sagte Lubomir.
Ich glaube nicht, daß Sie für Sumi-san sprechen, sagte Lebrecht, wenn Sie uns zumuten, die Mafia mit mafiosen Mitteln zu bekämpfen. Selbst wenn wir Ihnen folgten – und Sie sehen ja, wir können es gar nicht –, bin ich sicher, daß wir ihr damit keinen Dienst erwiesen. Ich vermute, daß sich Sumi-san ohnehin von der Schule zurückziehen und nur noch der Musik leben will, wenn Sie mich fragen.
Wir fragen Sie nicht, sagte Lieberman. Wir fragen nicht *Sie*.
In diesem Augenblick bebte der kleine Raum zum zweiten Mal, schwächer zwar, doch länger anhaltend. Leuchter schien

sogar, es höre gar nicht mehr auf. Einem Boden, der sich einmal zu bewegen anfängt, traut das Gleichgewichtsgefühl nicht mehr.

Lebrecht war sehr weiß, als er sagte: Solange es auf und ab geht, braucht man sich nicht verrückt zu machen. Alarmierend ist erst die horizontale Bewegung. Dann muß man nach draußen, sofort. Wir hatten schon diese Nacht ein kleines Vorbeben, zwischen vier Uhr dreizehn bis vier Uhr zweiundzwanzig.

Haben Sie es auch gespürt, Leuchter? fragte Lieberman mit Unschuldsmiene.

Sumi ist eine große Frau, sagte Lubomir, schade, daß sie es mit kleinen Männern zu tun hat.

Das war ein Schlußwort, Lubo, auch wenn Sie sich unverstanden fühlen. Wir schleichen besser an unsere Plätze zurück, bevor uns die Spione bemerken.

Als Leuchter schon unter der Tür stand, rief Lubomir ihn beim Namen. Er drehte sich um, während die andern – Lebrecht, den Regenmantel auf dem Arm, heftig auf Lieberman einredend – durch den Korridor weitergingen.

Ich habe Sie gestern etwas gefragt. Was ist Ihre Antwort?

Die Frage kann nicht Ihr Ernst gewesen sein.

Lubomir stemmte sich an den Stützen des Rollstuhls in die Höhe. Seine Schultern zitterten, aber seine Stimme blieb fest, während sich seine Augen in Leuchters Gesicht brannten: Herr Leuchter, *ich verfluche Sie.*

22 Zwei Berge

Plötzlich schrak er auf – man hatte ihn beim Namen gerufen. Aber wie denn? Er saß in der Reihe der Juroren, wie zuvor, nun schon das dritte Mal. Die Stirn in die Hand gestützt, die Augen zur Konzentration geschlossen, mußte er eingenickt sein. Die Cellostimme hinter dem Vorhang war nicht mehr Kodaly, sondern eine tiefer gestimmte, gravitätische; der fünfte Vortrag, wenn Leuchter nicht einen oder gar zwei verpaßt hatte.

Der Komponist sagte ihm nichts. Dennoch war der Ruf, den er gehört hatte, nicht verstummt. Er versteckte sich hinter fünf Tönen, einem Motiv in a-Moll, das eigentümlich unschlüssig wirkte. Es fing mit dem Grundton an, sprang eine Oktave höher zu h, fiel über d in das tiefere h zurück und rutschte weiter nach as, wo es liegenblieb, wie betäubt von der Dissonanz seiner Lage. Dann erklomm es, mühsam und zögernd, wieder den Ausgangspunkt a, um die schiefe Tonkurve abermals zu durchlaufen, zu wiederholen – Aufstieg und Fall in die Unrast, den hörbaren Mangel. Es war etwas *Verfehltes* an der Figur in seinem Ohr. Doch mit jeder Wiederkehr rief sie ihn lauter beim Namen: Andreas!

Plötzlich wurde ihm die Seele aufgetan. Es waren diese fünf Töne selbst, die ihn mit verstellter Stimme riefen; er hörte nicht nur seinen Namen darin: Sie *waren* sein Name, den der Todfreund in falsches Dur gesetzt hatte, damit Andreas das ganze Moll darin entdecke, im gis das as: die Cellostimme brachte es an den Tag. Das *Grave ad libitum*, vor fünfzehn Jahren in Paris nicht gespielt, schlug, wie eine Rah beim Windwechsel, aus dem Nichts zurück und erschütterte ihn als verlorenes Leben.

Wer spielte? Was hinderte ihn, auf die Bühne zu stürzen, den Vorhang aufzureißen, um mit Händen zu greifen, was ihm geschah?

Er tat es nicht, denn er wußte im gleichen Augenblick: Der

hier gerufen wurde, war nicht mehr er. Nein: Er war es nie gewesen. Und ohne daß er seine Stellung zu ändern brauchte, zerbrach, was lebenslang seine Person gewesen war. Die Maske, die sein Gesicht zusammenhielt, sprang auf, und Tauwasser drängte durch die Risse. Er fühlte es aus den Augen laufen und durch die Finger. Erschüttert, wie von einem Gelächter aus tiefem Wald, einem Vogelruf der Morgenfrühe, lauschte er seinem Namen nach, aus dem das fremde Cello Figuren zog, eine nach der andern.

Er sah; sah mit dem Gehör. Er sah, wie sich der schwarze Balken unter kräftigen Bogenstrichen zu biegen, zu drehen und wenden begann, geschmeidig wurde, sich zurückverwandelte in grünes Holz. Der Balken wurde zum Baum, und in die starren Fasern schoß der herbe Saft frischen Lebens. Er sah, wie die tote Rinde des a-Moll-Motivs *aufbrach* unter den Strichen des Bogens; und darunter trat ein zweites Motiv hervor, wie Tag aus der Nacht oder wie weiße Glieder aus einem zerrissenen Kleid. E-fis'-d-fis-dis, die Stimme des andern. Der weiße Balken.

Sie war kein Geheul mehr, wie vor Zeiten in Leas Studio. Er brauchte sie nicht aus der eigenen Brust zu schöpfen, aus überanstrengter Kehle zu pressen. Mühelos entfloß sie der Stimme in a-Moll, die ihn gerufen hatte, geöffnet mit dem Schlüssel seines Namens; sie war das Innere dieser Stimme und begleitete sie, die weiterklang, eine Quart tiefer, eher Richtigstellung als Widerspruch. Die tiefere Stimme war die helle, die befreite, sie brachte zum Ausdruck, wie die eigene eigentlich hätte klingen wollen, wäre sie nicht so gezwungen gewesen, verdammt zur Ordnung, statt gerufen zur Freiheit, zur Liebe erlöst. Es hatte so wenig gefehlt – und alles.

Jetzt hörte Leuchter auch, was gefehlt hatte: Es hing an einem einzigen Schritt. Es war der Schritt in die *Abweichung*, nicht größer als ein Halbton. Das helle Motiv hatte ihn getan, es hatte das d, den einzigen Ton, den es mit dem dunklen gemein hatte, zum Ausgang aus der Verbindung benützt und zum Grundton seiner Freiheit erklärt. Es war aufgebrochen, wohin es ihm gefiel. Kein harmonisches e-Moll, auf keinen Fall. Die liechtensteinische Analogie war gekündigt. Aber die Mollstimmung blieb, gelichtet zu unauslöschlicher Heiterkeit. Die Tonleiter war aufgelöst, nicht mehr zum Erklimmen da. Ihre Spur verlor sich im Äther. Doch nicht ganz. Sie zeichnete eine versponnene weiße Linie, einen hauchdünnen Grat zwischen Nähe und Ferne. Beide waren sie unendlich und so verschieden wie Leben und Tod. Jetzt war der Name, beim dem Leuchter gerufen wurde, der richtige. Aber es war nicht mehr sein eigener. Er hätte Enders sein müssen, um Andreas zu werden, und dafür war es zu spät.

Leuchter lauschte. Er war kein Künstler mehr. Doch zum erstenmal glaubte er zu begreifen, wofür Kunst gut war: vom Verlorenen so zu handeln, als wäre es immer noch die Möglichkeit; als käme es von vorne, eine Verheißung, wieder auf dich zu. Enders war tot, seine Kunst lebte, und es tat nichts mehr, wenn es sich bei Leuchter umgekehrt verhielt. Die Kunst war in seinem Ohr, und da war sie größer als er.

Was er hätte sein können, lebte, unbekümmert darum, daß er es nicht gewesen war. Er hörte es ja doch. Es ließ sich hören, es war in der Welt. Die kleine Abweichung, das unter Haar versteckte Horn, das Zeichen des Tiers und der Unsterblichkeit.

Leuchters nasse Augen blieben zu; er sah mit dem Gehör. Er sah zwei Berge dicht hintereinander, und ihre Profile verliefen parallel, wie bei einem verfehlten Farbdruck. Die Gipfel waren exzentrisch, darum stieg die linke Flanke steiler empor, die rechte senkte sich ruhiger. Die Berge ähnelten sich wie Tag und Nacht. Denn der näher liegende war nur der massive Schatten des weiter, ja himmelweit entfernten, der in geisterhaftes Sonnenlicht getaucht war. Der andere Berg hatte die körperlose Plastik einer Wolkenwand. Er war vom Stoff der Jurahöhe, die durch das Zugfenster immer näher gerückt war, als ihm Sumi – kuck ma! – ihre Entdeckung zugesteckt hatte, den Schlüssel zum weißen und zum schwarzen Balken in Romans Partitur.

Frankreich, das liebe Licht, schien herein. Und war wieder erloschen, als sie in die Grenzfestung einfuhren, die sich als undurchdringlich erwies. Sumi war ausgestiegen, damit er weiterfahre, doch er war ihr nachgesprungen, auf den Bahnsteig. Am Abend waren sie ja doch zusammen in Paris angekommen. Aber der dritte Satz, *Grave ad libitum*, blieb ungespielt.

Jetzt hörte er: Sie hatte sich diesen Satz in den Jahren ihrer Trennung zu eigen gemacht und die ungemeisterte Melodie umgeschaffen zur gemeinsam verlorenen.

Sie wurde ihm hinter dem Vorhang zugespielt. Von einem arglosen jungen Menschen, den sie zum Instrument ihrer Botschaft gemacht hatte? Das war nicht möglich. Sie spielte selbst.

Die Musik entfaltete das doppelte Motiv immer weiter. Die hörbare Last des Andreas-Bergs lockerte sich auf, der stumpfe Riegel begann durchscheinend zu werden auf die schimmernde Höhe, und zugleich gab er ihr etwas von seiner Dunkelheit ab. Schließlich verschmolzen sie zu einem einzigen Berg, von dem sich nicht mehr sagen ließ, ob er von Dunkelheit glühte oder aus verfinstertem Licht bestand.

Die Gleichzeitigkeit des a-Moll-Motivs mit dem verweigerten e-Moll-Motiv überschritt die Grenze des technisch Vorstellbaren; dennoch war die Passage nicht virtuos. Sie schlang die Tonstränge mit einer Gewissenhaftigkeit ineinander, wie man schönes Haar zu einem Zopf flicht. Dann führte das Cello den Leichtsinn vor, mit dem dieselbe Hand das Haar wieder auflöst, und den Mutwillen, mit dem sie es verwirrt. Aber die losen Strähnen bildeten wieder den Zettel für eine neue Textur; und der Bogen, ein eiliges, doch nie flüchtiges Weberschiffchen, wirkte unerwartete Bilder hinein. Hintereinander, in zeitlicher Folge, hatten die Tonfolgen dem Weber widerstanden; jetzt behandelte er sie gleichzeitig. Mit Doppelgriff heftete er a und e zusammen, und das hohe h mit dem fis. Er beschwerte d und d mit einem Ostinato, als gelte es hier den unwahren Gleichlaut der Motive zu beschwören. Dann bereitete er über die verminderte Quart von h und fis die fragende Antwort einer zweiten vor: as und dis.

Und jedesmal, wenn der Ausgangspunkt, der Akkord a-e, wieder erreicht war, schien die Quint an Farbe reicher geworden zu sein und gelassener auf sich beruhen zu dürfen.

Leuchter kam an kein Ende des Hörens. In diesem *Grave ad libitum* flossen Komposition und Abbau durchsichtig ineinander. Die Skala verfügte nur über neun Töne, keinen mehr. Doch das Cello behandelte sie wie ein Alphabet, von dem sich in immer neuen Kombinationen ein grenzenloser, doch nie beliebiger Gebrauch machen läßt. Was Andreas von Roman getrennt hatte und was sie verband, wurde jenseits von Tod und Leben vorgeführt, im absoluten Diesseits der Musik: Als wäre es immer noch und jederzeit *die Möglichkeit*.

Diese Möglichkeitsform brauchte nur diesen einzigen Augenblick, um gewissenhafter zu sein, als Leuchter in seinem ganzen Leben gewesen war. Er hörte eine Musik, die ihrerseits *hören* gelernt hatte, viel besser als er. Für das, was ihr zugetragen wurde, aus Leben und Tod, war sie ganz Ohr gewesen, bevor sie etwas davon laut werden ließ. Auch so, und eben so, war sie wahrer als alles, was wirklich gewesen war zwischen zwei Menschen, und hob, was sie nicht verwirklicht hatten, mit Sorgfalt und Liebe auf.

Immer wieder kehrten die zwei Motive auch getrennt zurück. Aber sie waren durch den Schmelzofen ihrer Verwandlung gegangen und nicht mehr dieselben. Der Berg, den die Cellostriche in Leuchters Ohr zeichneten, verdoppelte sich jetzt als Spiegelbild seiner selbst. ER WAR AUS DEM STOFF DES AUSGESCHLOSSENEN DRITTEN. Es blieb Ein Berg; und die Achse, durch die er in ein oberes und in ein unteres Bild auseinanderfiel, war zugleich die Basis für beide. Sie ließ offen, welches als Spiegelung des andern zu betrachten war. Zwar teilte die horizontale Naht der Höhe einen festen Umriß und der Tiefe einen fließenden zu; dafür zeigte sich dieser wolkenlos und leuchtete von der Frische des Ursprungs.

Die Behandlung der Motive schien ihre Differenz getilgt zu haben. Und doch meldete sie sich gegen Ende des Satzes, das er mit schmerzhafter Zustimmung kommen sah, in Leuchters Ohr zurück. Hörend sah er, wie das a-Moll-Motiv eine ganz regelmäßige, fast geometrisch reine Form annahm. Aber sie verkleinerte sich immer mehr und erschien nur noch in unerreichbarer Ferne, zum Verschwinden leise gespielt. Den Vordergrund des Stücks nahm, plötzlich entfesselt, das Gegenmotiv ein. Es bäumte sich auf, scheinbar in chaotischer Auflösung begriffen – kein Berg mehr, eine Sturzwelle, ein Brecher – bis zur Höhe des doppelt gestrichenen fis.

Der Ton vibrierte wie eine erhobene Pranke aus flatterndem Schaum. Und unter ihr wagte sich das Objekt kaum noch zu zeigen, das sie gleich zerschmettern würde: das verschwindende Restchen Regelmäßigkeit, das nun erst klein, ganz klein gewordene Motiv in a-Moll. Und Leuchter hörte den Namen, bei dem er gerufen worden war, gespielt wie einen Hauch, bald verweht auf Nimmerwiedersehen.

Aber die schäumende Pranke fiel nicht. Sie hielt ein, wurde festgehalten auf ihrer größten Höhe, im Augenblick, als ihre Bewegung am bedrohlichsten schien. Und in der konkaven Wölbung, der von Finsternis fließenden Höhle, zu der sich der Wellenleib ausholend zurückgenommen hatte, zeigte sich noch einmal, und nun wirklich zum letztenmal, der Berg wie ein Häufchen Ewigkeit, das der Sanduhr entronnen ist. Aber statt von der Woge verschlungen zu werden, stand er nun in ihrem Schutz, behütet für immer.

Welche Täuschung! Denn wie hätte ihn die Welle, und wäre sie noch hundertmal höher gewesen, in seiner Ferne je erreichen sollen! Und was aber war sie, das wütende Geschöpf des Augenblicks, gegen ihn, den Gipfel über der Zeit!

Und welche Täuschung noch einmal: Das Cello hinter dem Vorhang endete, indem es die Motive, das helle und das dunkle, das laute und das leise, zum letztenmal verschränkte. Es deckte auf: Ihre Formen waren verwandt, sie verbrüderten sich im endgültig wachen Gehör. Der ewige Schnee auf dem Berg war vom selben Stoff wie der Schaum auf der Welle; und das Innere ihrer todbringenden Leidenschaft zeigte dasselbe Dunkel wie der gelassene Fels.

Und Leuchter hörte es, ein für allemal: Der Berg ist die fest gewordene Welle, die Welle ist der verschwindende Berg.

Leuchter hatte es gehört. Und als der letzte Ton des Cellos verklungen war, stand er auf und verließ das Theater.

Die Jury sollte um drei Uhr im Senatssaal zusammentreten. Durch eine hohe Fensterfront heizte die Nachmittagssonne den nüchternen, mit hellem Holz verkleideten Raum und badete den Tisch, an dem Leuchter saß, einstweilen allein, in starkes Licht. Vor ihm stand ein volles Wasserglas. Er trug den grauen Anzug ohne Krawatte, in dem er vor ein paar Tagen angereist war. War er im aufrechten Sitz eingedöst, hielt er nur die Augen geschlossen? Er reagierte nicht, als seine Kollegen eintraten, einer nach dem andern, und sie sprachen ihn nicht an.

Lubomir rollte als letzter in den Saal; am Tisch überragte er auch Lieberman, der sitzend kein Riese mehr war. Auf den grünen Strickpullover hatte er nicht verzichtet. Alle übrigen waren förmlich gekleidet, die Japaner in Schwarz. Lebrecht trug einen sandfarbenen Tweed mit gelber Krawatte, und sein erhobener Kopf war akkurat gescheitelt.

Der Tisch hätte dreißig Personen Raum geboten; jetzt war er nur an einem Ende gedeckt. Die Juroren hatten Platz genommen und legten ihre Unterlagen auf vorbereitete Schreibgarnituren. Auf das purpurfarbene Leder war eine goldene Leier geprägt, umlaufen von der Devise der Hochschule: *Musis et veritati*. Die Tabletts mit Getränken und Gebäck hätten für viele Sitzungsstunden gereicht.

Als erstes hatte der Vorsitzende der Jury die Tischkarten auswechseln müssen. Auf dem Platz in der Mitte, der für ihn vorgemerkt war, saß bereits Leuchter. Herr Kaneko störte ihn nicht, sondern zog an die Längsseite des Tisches um, mit

Begleitung. Die eine Dame diente als Dolmetscherin, die andere führte Protokoll.

Tsushima hatte sich um den Invaliden gekümmert; nun betätigte er einen Mechanismus, der die bernsteinfarbenen Vorhänge schnurrend zusammenschob. Leuchter saß im Schatten. Sein Gesicht glättete sich, doch die Augen öffnete er nicht.

Kaneko sprach ein Grußwort, das die Dolmetscherin ins Englische übersetzte. Er rief die Geschichte des Preises in Erinnerung, gedachte Meister Takahashis und damit des Gewichtes, das schon dieser Name dem Preis verlieh. Er versäumte nicht, den Juroren jetzt schon zu danken – er wandte sich namentlich jedem einzelnen zu –, an deren sachkundigem Urteil so wenig zu zweifeln sei wie an ihrem Verantwortungsgefühl. Er ließ sich nicht nehmen, das Niveau der Vorträge zu loben. Zweimal Bach, der Pflichtteil; heute die Kür, mit einem erfreulichen Anteil zeitgenössischer Komponisten.

Kaneko gab der Überzeugung Ausdruck, daß die Jury künftige Solisten gehört habe. An ihrer Technik sei kaum noch etwas zu verbessern; jetzt komme es darauf an, welche Interpretation den Geist des Stücks am besten getroffen habe. Es sei nur natürlich, daß die Meinungen darüber auseinandergingen, und er sei darauf gefaßt, daß die Juroren ihre Punkte ungleichmäßig verteilt hätten. Das sei der besondere Reiz des Wettbewerbs, und bisher habe der Modus noch nie zu einer Prämiierung des Durchschnittlichen geführt – sofern auf dem Niveau, mit dem man es glücklicherweise zu tun habe, dieser Begriff überhaupt angemessen sei.

Persönlich müsse er gestehen, daß ihm die Verteilung der Punkte schwergefallen sei. Es habe ja Unvergleichbares zu vergleichen gegeben. Aber schließlich sei er kompromißlos seinem wahren Gefühl gefolgt. Das sei eigentlich nicht japanische Art. Aber vielleicht sei es eben dieser Mut, der Japanern am meisten fehle.

Er sah Tsushima an, der lebhaft nickte.

Es sei ihm bewußt, daß die Entscheidung in diesem Augenblick, da er spreche, schon gefallen sei. Man nehme gewissermaßen nur an ihrer Eröffnung teil. Aber die Jury selbst kenne ja die Frucht ihrer Mühe noch nicht. Sie werde sich das Vergnügen nicht entgehen lassen, diese Frucht aus dem Dunkel Schritt für Schritt herauswachsen zu sehen und am Ende bei vollem Licht zu würdigen. Man komme in den interessanten Fall, sich selbst zu überraschen. Zwanzig Punkte, nicht mehr, hoffentlich auch nicht weniger, habe jeder Juror zu vergeben gehabt.

Das Verfahren an dieser entscheidenden Sitzung sei nun, wie alle Jahre, das folgende. Er werde einen Juror nach dem andern aufrufen und ihn befragen, wie er seine Punkte vergeben habe. Die Protokollführerin werde die Punktzahlen dann an gehöriger Stelle eintragen. Um Mißverständnisse auszuschließen, gehe das laut verkündete Resultat des Jurors an diesen zurück, damit er seine Richtigkeit prüfe; dann erst schreite man zur Befragung des nächsten Jurors.

Ob es zum Procedere Fragen gebe, Anmerkungen?

Lebrecht hob die Hand, danach erhob er sich selbst.

Er möchte auch seinerseits die Gelegenheit benützen, dem Herrn Vorsitzenden für seine passenden Worte, ganz besonders aber dem Präsidenten für die Einladung zu danken. Doch wie unvollständig wäre dieser Dank, schlösse er nicht auch die verehrte Meisterin dieses Wettbewerbs ein.

Jetzt hatte Leuchter die Augen offen.

Lieberman starrte den Redner, während die Dolmetscherin übersetzte, mit dem Ausdruck ungläubiger Verzweiflung an. Lubomir beugte sich tiefer über seine Papiere.

Frau Fujiwara, sagte Lebrecht, und wiederholte den Namen fast singend. Sie habe, Irrtum vorbehalten, bei der Wahl der Jury maßgeblich mitgewirkt. Er verstehe sich selbst auch als Mann ihres Vertrauens. Und bedaure daher um so mehr, daß ihre tragende Rolle in diesen Tagen so wenig zum Ausdruck gekommen sei. Sie habe diesen Wettbewerb als erste gewonnen. Er glaube, im Namen seiner Kollegen zu sprechen, wenn er sich dieses Jahr mehr, viel mehr von ihrer Teilnahme gewünscht und diese sehr vermißt habe. Nun wohl: Sie sei, wie jede große Künstlerin, ein delikater Mensch. Ohne den Grund für ihre Abhaltung zu kennen, könne er nur hoffen, daß er nicht in ihrer Gesundheit, sondern in ihrer Bescheidenheit, ihrem Taktgefühl zu suchen sei.

Just a moment, sagte Kaneko und gab der Dolmetscherin einen unwirschen Wink. Sie übersetzte, was die Anwesenden schon gut genug verstanden hatten. Doch was trieb Lebrecht zu seiner Äußerung? Niemand hatte ihn zum Sprecher bestimmt. Er war blaß und zog einen schiefen Mund, auch jetzt noch, da er sich setzte und schwieg.

Kaneko warf einen Satz hin, und die Dame an seiner Seite übersetzte wie folgt: Auch wir bedauern die Indisposition Frau Fujiwaras, aber sind sicher, daß sie vorübergehend sein wird.

Sie war heute morgen nicht beim Wettbewerb, sagte Lubomir brüsk, und beantwortet das Telefon nicht.

Das ist häufig so, sagte Lebrecht. Sie telefoniert sehr ungern.

Morgen, sagte Kaneko, werden wir Frau Fujiwara bei der Preisverleihung begrüßen.

Lieberman schrieb. Zu Lubomir aufblickend, sagte er beiläufig: Ich weiß, wo sie ist, machen Sie sich keine Sorgen.

Er fuhr zu schreiben fort, als Kaneko, wieder sehr förmlich, das Wort ergriff:

Man schreite jetzt zur Befragung der Juroren. An der Reihenfolge der Befragung hänge mehr, als man glauben möchte; darum werde sie durch das Los ermittelt. Die Dolmetscherin, eine gelernte Juristin, werde jetzt aus dieser Vase – er hob ein bauchiges Gefäß – die Kugeln ziehen, von denen jede den Namen eines Jurors enthalte; in dieser Reihenfolge würden die Juroren befragt.

Lieberman hatte das Papier gefaltet und einen Namen darauf geschrieben. Er schob es Tsushima zu, damit er es Leuchter weiterreiche. Der öffnete den Bogen und las – der Text war deutsch –:

S. ist nach Karuizawa gereist, zu Tae, ihrer Schulfreundin, meiner Frau.

L.

Ein rumpelndes Geräusch. Die Dolmetscherin wühlte in der Urne, um die Kugeln zu mischen. Leuchter blickte auf und tat gut daran, denn in der ersten Kugel, die sie dem Vorsitzenden der Jury überreichte, stand Leuchters Name. Er wurde von Kaneko laut verkündet und von der Protokollführerin notiert, ebenso die weiteren Namen in dieser Reihenfolge: Tsushima, Lieberman, Kaneko, Lubomir und Lebrecht.

Kaneko verlas die Bestimmung des Reglements, wonach dem Vorsitzenden der Jury bei Stimmengleichheit der Stichentscheid zufiel. Dazu, fügte er mit dem Hauch eines Lächelns hinzu, sei es in der dreizehnjährigen Geschichte des Wettbewerbs noch nie gekommen.

Leuchter hätte sich auf die Abgabe seines Urteils vorbereiten können. Er schlug nicht einmal seine Akte auf. Aber er trank einen Schluck Wasser.

Kaneko trug eine schwarze Hornbrille, die er abnahm und wieder aufsetzte. Als es still geworden war – draußen war um so lauter das Rumoren der Medienleute zu hören –, legte er die Brille auf den Tisch und sagte in gutem Englisch: Professor Andreas Leuchter. Ich bitte um Ihr Resultat.

Nein, sagte Leuchter.

Kaneko sah ihn an.

Ich bitte Sie, der Jury zu sagen, wie Sie Ihre Punkte verteilt haben.

Gar nicht.

Kanekos Gesicht versteinerte. Aber sein Englisch ließ ihn nicht im Stich.

Wollen Sie sagen, daß Sie keinen einzigen Vortrag preiswürdig gefunden haben?

Das will ich nicht sagen.

Bitte entschuldigen Sie mich. Ich habe Sie immer noch nicht verstanden.

Ich habe kein Urteil mehr.

Sie starrten ihn an, alle, nur Lieberman hatte ein schwaches Lächeln aufgesetzt. Der Lärm vor der Tür war jetzt überaus aufdringlich.

Jemand begann scharf zu sprechen, in fehlerlosem Deutsch. Es war Herr Tsushima.

Ich glaube nicht, daß der Wettbewerb diese Kritik verdient hat, Herr Leuchter.

Kritik? fragte Leuchter. Die Vorträge waren gut. Ich will mich nur nicht dazu äußern.

Tsushima sagte: Wenn das wahr wäre, Herr Leuchter, würde es Frau Fujiwara sehr treffen.

Leuchter zog einen Koffer unter dem Tisch hervor. Dann erhob er sich.

Ich glaube, sie versteht mich.

Leuchter, sagte Lebrecht, so geht das nicht. So kann man sich nicht verabschieden.

Es tut mir leid, sagte Leuchter stehend.

Auch Lebrecht war aufgestanden. *Sie verhalten sich – völlig – unmöglich!* Bei jedem Wort schleuderte er das Kinn schroff aufwärts.

Lassen Sie, sagte Lieberman. Er muß wissen, was er tut.

Entschuldigen Sie mich beim Präsidenten, sagte Leuchter. Ich bedanke mich für die Einladung. Alle Kosten trage ich selbst.

23 Rede

Oktober 2002

Malêtre mâlatre. La mariée mise a nu. SIDA sidéral.

Die Uraufführung dreier unbekannter Werke des verewigten »Roman« (der in der neuen Musikszene längst ohne Nachnamen bekannt war) versprach das Programm des *Ircam* für 20 Uhr in der *Salle de projection*. Um 19 Uhr war – in kleinen Lettern – die *Témoignage d'un ami de jeunesse* angesagt, ein *Avant-propos de M. Andreas Leuhcter*.

Im Entwurf, der Leuchter nach Basel zugesandt worden war, hatte er noch Leuckter geheißen; er sah also gewissermaßen eine Verbesserung. Vom Lebenslauf, der ihm in den höflichsten Wendungen abgefordert worden war, hatte das endgültige Programm keinerlei Gebrauch gemacht, so daß es statt »M.« ebensogut »ein gewisser« hätte schreiben können. Um so ausführlicher verweilte es bei der Gruppe *Légion*, welche die Stücke einstudiert hatte, und zwar, wie das Programm vermerkte, nach Entschlüsselung einer »absolut hermetischen Partitur«.

Die Gruppe, bekannt für ihre *Maîtrise des logiciels, des fonctions fractales et aléatoires*, hatte ihre Kunst zu Ehren Romans aber nicht nur an die aktuellste IT-Technik gebunden, sondern ließ diese auch absolut unkonventionellen Instrumenten zugute kommen. Da gab es das oder die *Ranat Ek*, ein schwungvoll gebogenes Xylophon thailändischer Herkunft, oder das *Marxophone*, eine Art Zither, deren Saiten aber nicht zu zupfen, sondern zu schlagen waren. Das Stück mit dem Duchamp-Titel war für *Waterphone* arrangiert, und zwar galt es dabei sieben eigenhändig gefertigte Produkte des Herstellers, des kinetischen Künstlers Richard Waters, gebührend zu verstärken. Der sirenenhafte Ton, welchen diese Nagelvioline mittels eines wassergefüllten Resonanzkörpers hervorbrachte, vermochte Wale zu locken und zum Mitsingen zu bewegen. Von der Verbindung mit *Roy C. Knapp's Trap Set* verspreche sich die Gruppe – so das Programmheft – eine mystische Wirkung auf das Publikum, da diese Schlagzeugbatterie als das reale Äquivalent der virtuellen Mechanik des »Großen Glases« betrachtet werden könne. Um der Betrachtung nachzuhelfen, war Duchamps Hauptwerk auf der Gegenseite abgebildet.

Für das letzte Stück Romans sollte das *Célestaphone* zum Zuge kommen, ein von einem Clair O. Musser in den dreißiger Jahren hergestelltes Unikat, das von einem amerikanischen Museum ausgeliehen werden konnte. Es bestand aus 30 verschieden langen Barren aus meteoritischem Material, die in einem massiven Rahmen aufgehängt und in der Art eines Vibraphons bespielbar waren. Es bringe einen Ton hervor, »wie er auf Erden noch nicht gehört worden war«.

Leuchter mißtraute dem Ohrenspektakel, aber noch mehr der Rolle, die ihm dabei zugefallen war. Er wußte nicht, ob sie vertrug, was er sich vorgenommen hatte: seine eigene Vorstellung, deren Requisiten er in einem Koffer mitführte. Dafür hatte er für seine Hündchensammlung den bisher größten Hund angeschafft.

Jetzt zog er ihn vom *Bibracte*, wo er wieder das Cézanne-Zimmer bezogen hatte (er hätte sich auch das *Angleterre* leisten können), die kurze Strecke zum *Ircam* hinüber, um den Schauplatz seines Auftritts zu inspizieren. Die *Salle de Projection* befand sich im Untergrund, drei Etagen tief unter dem Platz vor dem *Centre Pompidou* und den Wasserspielen von Tinguély und Niki de St. Phalle. Zwar gelang es ihm nicht, eine für die Organisation des »Roman«-Abends maßgeblich zuständige Person zu erreichen, doch führte ihm ein Techniker die bestellten Requisiten zur Prüfung vor: die Wandtafel aus einer Provinzschule, die mit Hilfe eines Bettlakens auch als Leinwand zu brauchen war; den hochbeinigen Party-Tisch und eine viereckige Holztafel, die sich darauf legen und zur Befestigung der Mühle verwenden ließ, die Leuchter mitgebracht hatte; schließlich einen leeren weißen Bildkarton, der das Mahlgut auf dem Boden auffing.

Leuchter prüfte den elektrischen Anschluß des kleinen Projektors, den er zum Abitur geschenkt bekommen hatte, auch denjenigen des Mikrophons. Am Ende wurden die Gegenstände mit dem Koffer zusammen in einen Abstellraum eingeschlossen, der Leuchter anderntags als Garderobe dienen würde.

Mussers *Célestaphone* stand, über 50 Kilo schwer, in dem nicht als Konzertsaal, sondern als technisches Studio eingerichteten Saal bereits an der vorbestimmten Stelle. Leuchter lüftete die Decke über der Maschine, deren Metallteile samt und sonders aus außerirdischem Metall gefertigt waren. Die schwärzlich oxydierten Resonanzkörper beschlugen einen Umfang von zweieinhalb Oktaven, beginnend, wie Leuchter durch Anklopfen des längsten prüfte, beim G der Baßoktave. Das Instrument, sagte der Techniker, werde morgen nicht nur mit Hämmerchen geschlagen, sondern auch mit dem Bogen gestrichen.

Leuchter war viele Jahre nicht mehr aufgetreten; er verhehlte sich sein Lampenfieber nicht. Nach einem einsamen Nachtessen kehrte er zeitig in das kleine Hotel zurück, nur um bis drei Uhr morgens vor dem Fernseher hängenzubleiben. Nachdem er kurz und unruhig geschlafen hatte, fing er einen Kriminalroman an und las in verschiedenen Restaurants weiter, bis eines für das Mittagessen passend schien. Danach galt es im Hotel noch einige Stunden totzuschlagen, bis er, einen Militärmantel unter dem Arm und diesmal im Taxi, durch das Marais-Quartier zum *Ircam* fuhr, um sich als Redner auszuweisen.

Der Pförtner wollte ihn wortlos passieren lassen; da verlangte Leuchter denn doch in aller Form nach dem Veranstalter. Er nannte den Namen des Mannes, mit dem er korrespondiert habe. Der sei nicht da; vor Beginn des Konzerts werde er wohl eintreffen. – Er *müsse* da sein, bestimmte Leuchter, denn auch sein eigener Auftritt finde vor dem Konzert statt, nämlich schon um 19 Uhr.

Ohne eine Miene zu verziehen, telefonierte der Pförtner im Haus herum: Schließlich stand eine aschblonde ältere Dame vor Leuchter und fragte nach seinen Wünschen. Dann trat noch eine große dunkle dazu und fragte, ob sie helfen könne. Der wütende Satz, ob dieser Organisation noch zu helfen sei, war Leuchter inzwischen im Munde erstorben. Grollend ließ sich der offenbar Hilfsbedürftige von beiden Damen mit dem Lift in die Tiefe fahren, wo ihn der Techniker von gestern kollegial begrüßte. Seine Bitterkeit an dem offenbar einzigen Komplizen auszulassen, den er im *Ircam* besaß, fiel Leuchter nicht ein. Und als er hörte, daß die Dame im nächsten Raum die zuständige sei, war er zur Versöhnlichkeit bereit. Sie war es dann aber, wie sich zeigte, nur für die Buchhaltung. Immerhin strahlte sie so viel Mütterlichkeit aus, daß sich die anderen Begleiterinnen erleichtert verabschiedeten.

Der Techniker schloß das Räumchen auf, in dem Leuchters Requisiten lagerten, und er begann sie in die *Salle de Projection* hinüberzuschaffen, die mit Stuhlreihen belegt war, einige wenige Stühle auch schon mit Publikum. Es gab keine Bühne, doch die Ausrichtung der Sitze zeigte an, von welcher Seite Aktionen zu erwarten waren. Um das *Célestaphone* massierten sich denn auch die im Programm abgebildeten Instrumente aus dem Museum, und junge Leute waren damit beschäftigt, sie an Steckdosen, Verstärker, Mischpulte oder Lautsprecher anzuschließen. Damit waren sie, als Leuchters eigene Installation komplett war, noch immer zugange, und die Zuschauer, von denen es inzwischen einige mehr gab, wandten ihm keine Aufmerksamkeit zu; sie standen schwatzend herum.

Es war schon fast sieben Uhr, als ein junger Mann mit Brille und Lockenkopf hereinstürzte und Leuchter mit tausend Entschuldigungen begrüßte. Er habe die Nay-Künstlerin in Empfang nehmen müssen; sie sei verspätet von New York eingetroffen und habe sich über Hindernisse und Hetze fast nicht beruhigen wollen. Er wiederholte den Namen der Dame offensichtlich in der Erwartung, daß Leuchter erstarre und sich seinerseits dafür entschuldige, zum Streß des jungen Mannes beizutragen.

Es wird ein wunderbares Konzert! sagte er, die internationale Presse ist da; das Ereignis wird das Echo finden, das es verdient! Auch der Jugendfreund wird über diesen Erfolg hingerissen sein.

Wann soll ich sprechen? fragte Leuchter.

Wie lange sprechen Sie? fragte der junge Mann nervös. Eine halbe Stunde? *Ah, non non.* Wir haben zehn Minuten vereinbart!

Eine halbe Stunde, wiederholte Leuchter leise, doch eisern.

Aber dann beginnen wir! sagte der junge Mann und klatschte in die Hände.

Moment! erwiderte Leuchter, ich brauche fünf Minuten, um mich umzuziehen.

Fünf Minuten? Umziehen? fragte der Herr, wofür? Sie sind doch perfekt!

Mein Name ist Leuchter, sagte Leuchter, Andreas, ich kenne die Anfänge des Komponisten, und Sie haben mich verpflichtet, das Konzert mit einem Vortrag einzuführen. In fünf Minuten bin ich umgekleidet, und dann werden Sie die Güte haben, mich in aller Form zu begrüßen und dem Publikum korrekt vorzustellen.

Als Leuchter, nur mit einem langen Militärmantel bekleidet und eine Schachtel Diapositive in der Hand, wieder im Saal erschien, hatte sich dieser zu einem Viertel gefüllt, mit meist jugendlicher Laufkundschaft, welche die Instrumente inspizierte und gar nicht daran dachte, sich niederzulassen.

Der adrette Veranstalter gab bei Leuchters Anblick kaum noch Verlegenheit zu erkennen. Er nahm ein Mikrophon in die Hand, tippte dagegen, sagte *Allô allô allô*, und als ihm die gewünschte Lautstärke beschert wurde, verkündete er mit heller Stimme: Meine Damen und Herren, das Konzert beginnt um acht Uhr, aber wir eröffnen den Abend jetzt mit einer kleinen Einstimmung. Ich habe die große Ehre, Ihnen die *Conférence* des ältesten, des engsten Freundes unseres verewigten Komponisten anzusagen. Herr – Herr – ist Schweizer, er hat einen bedeutenden Namen, den man leider nicht aussprechen kann …

Er hielt Leuchter das Mikrophon hin, aber dieser dachte nicht daran, es zu ergreifen.

Kurzum, sagte der junge Mann: Da ist er, er ist da, eine sensationelle Erscheinung, wie Sie sehen, ich bitte um Aufmerksamkeit für ... Aber setzen Sie sich, bitte! Setzen Sie sich doch! Könnte man bei den Instrumenten etwas leiser sein? Ich bitte also um Aufmerksamkeit. Einen großen Applaus für den Jugendfreund und sein sehr persönliches Zeugnis!

Auf die Aufforderung des jungen Mannes hatten sich dreißig, vierzig Leute hingesetzt und wendeten sich der »sensationellen Erscheinung« zu, die sich an der linken Seite des Saals an einem Stehpult zu schaffen machte. Leuchter legte den weißen Karton auf den Fußboden und schraubte eine altertümliche Handmühle an der Tischkante fest. Er legte einen Stoß weißen Papiers vor sich hin, darauf einige Klötze Kochschokolade. Dann manipulierte er am Projektionsgerät auf dem Pult, steckte ein Dia in den Schieber und ließ auf der Leinwand das erste Bild erscheinen. Bei alledem wirkte er wie ein Landschulmeister aus Zeiten, in denen der Beruf noch von abgedankten Soldaten versehen wurde.

Jetzt prüfte er sein Tischmikrophon mit einem energischen »Guten Abend, ich bin der Vortragende« und begann zu sprechen, langsam, in seinem besten Französisch.

»Der Geschmack ist der größte Feind der Kunst. Ich habe mich gezwungen, mir selbst zu widersprechen, um zu vermeiden, daß ich meinem eigenen Geschmack entspreche.«

Marcel Duchamp! rief ein alter Herr aus dem Saal.
Sie kannten ihn persönlich? fragte der Vortragende.
Ich kannte Rose Sélavy, seine Gönnerin, sagte der Herr.
Ihr Name?
De la Motte Fouqué.
Das trifft sich, sagte Leuchter, ich habe einen Zuhörer. Und dies ist die Schokoladenmühle.
In der Folge bediente der Vortragende, der übrigens barfuß

war, jeweils das eine oder andere Requisit, wobei der Kontakt mit dem Mikrophon abriß. Dann verkleinerte sich seine Stimme zu natürlicher Lautstärke und konnte – je nach Geräuschpegel im Saal – unhörbar werden. Die Unruhe wurde immer wieder lauter als der Vortrag, der vom heraus- und hereinkommenden Publikum kaum als solcher wahrgenommen wurde, um so weniger, als die Musiker mit der Montage der Instrumente fortfuhren. Der Vortragende sprach dann nur für die nächsten Stuhlreihen, deren Belegung ebenfalls wechselte; der Kern des Publikums bestand aus einer Gruppe älterer Damen und Herren, die ungern standen. Ihre Physiognomien ließen auf Musiker schließen, ausübende oder ehemalige.

Da auch der Vortragende selbst seine Rede öfter unterbrach, um einen Schokoladeklotz in den Trichter der Mühle zu stecken und mit der Linken auf den Holzdeckel zu drükken, während die Rechte an der Kurbel drehte, konnten Unbeteiligte den Vorgang für eine *Performance* halten, um so eher, als der Künstler unter dem langen Soldatenmantel nichts am Leibe trug. Drehte er die Mühle, so öffnete sich um seine Hüfte das feldgraue Tuch und ließ schlenkernde Geschlechtsorgane sehen, während Schokoladestaub auf den weißen Karton niederrieselte und ihn mit braunen Häufchen, Strähnen und Schleifen besetzte. Auf der unteren Leiste der zugedeckten Schulwandtafel, die als Bildschirm diente, lagen ein Schwamm, ein Wischlappen und ein paar Stück Kreide.

Das Dia zeigte die Schwarzweißaufnahme eines Autohauses der vergangenen fünfziger Jahre. Es bestand aus einem Ausstellungspavillon, einer Werkstatt und einer Tankstelle, deren Zapfsäulen Menschengestalten nachgebildet waren. Wirkliche Menschen fehlten auf dem Bild, bis auf einen verwaschenen Männerkopf im linken Vordergrund, dem das Gesicht abgeschnitten war. In der Ferne zeichnete sich Hochgebirge ab, und an seinem Fuß ein schloßbewehrter Hügel.

Vaduz, sagte der Vortragende, die Hauptstadt des Fürstentums. Ich bin Liechtensteiner. Roman, damals Römel gerufen, war es auch. Der erste Vortrag im Internat, den er in der Geographiestunde halten mußte, war Vaduz gewidmet. Der Ort aber, den er in seinem Vortrag beschrieb, hatte mit der kleinen Hauptstadt, die Sie auf dem Bild sehen – oder erraten –, nichts zu tun. Dennoch hieß Römels Ort ebenfalls Vaduz. Ein Land dieses Namens hatte sich im Jahr 1784 ein Kind mit Vornamen Clemens Maria Wenzeslaus erträumt, zusammen mit seiner Schwester Sophie. Mit Familiennamen hießen sie Brentano. Erinnern Sie sich, Herr de la Motte Fouqué?

Nur an die andere Schwester, Bettina, sagte der Herr im Publikum. Eine Schwärmerin. Unausstehlich.

Der Vater war ein strenger Kaufherr, fuhr Leuchter fort, der sich wenig um seine Kinder kümmerte, ihnen aber immer wieder die Mutter entzog. Die Erziehung oblag dann einer Tante beziehungsweise deren Hausknecht. Er hörte die Geographielektionen der Kinder ab, während er Stiefel wichste. Zuvor hatten sie zusehen müssen, wie er dem Kanarienvogel seiner Herrin die Augen ausstach, mit einem glühenden Draht. Das komme seinem Gesang zugute. Dazu muß man wissen, daß Sophie als kleines Kind ein Auge verloren hatte.

Die Tante war tierliebend! rief der Herr.

Allerdings, sagte Leuchter. Ihr Hund hatte die originelle Eigenschaft, Nüsse zu fressen.

Bei diesen Worten drehte der Vortragende zum erstenmal an der Schokoladenmühle. Und fuhr fort: Clemens und Sophie mußten dem Hund nach Tisch jedesmal zehn Nüsse aufknakken. Zur Belohnung durften sie die elfte Nuß gemeinsam essen. Anschließend wurden sie, damit sie sich gerade hielten, mit zusammengebundenen Ellbogen aufgestellt, Rücken an Rücken, nachdem die Schwester noch in die Schnürbrust gezwängt worden war. So mußten sie, um der Tante zum Nachtisch eine Freude zu machen, vor der Tür stehen, bis sie umfielen.

Zu Vaduz. Um sich für diese Erziehung zu entschädigen, versetzten sich die beiden Kinder miteinander in ein Land, das sie Vaduz getauft hatten, und Clemens konnte zeit seines Lebens nicht aufhören, es zu suchen.

Eine Spur dieser Kindheit erkennen Sie auf dem Bild, das Roman 1960 – wie ich heute – zur Illustration seines Vortrags über das reale Vaduz verwendet hat. Es ist die Spur eines widerwärtigen Vaters. Diesem gehört der angeschnittene Kopf in der linken Bildecke. Er war der erste Großimporteur japanischer Autos nördlich der Alpen, ein erfolgreicher Kaufmann, wie der Vater unserer Kinder. Und er hat Römel, gleich diesem, von der geliebten Mutter getrennt. Nachdem er sie mit jeder verfügbaren Frau betrogen hatte, fuhr er sie in seinem japanischen Sportwagen tot.

Soviel haben Roman und ich gemeinsam. Auch meine Mutter wurde von meinem Vater getötet, in diesem Fall mit dem schleichenden Gift menschenverachtender Frömmigkeit. Roman und ich sind als Mutterwaisen erst Freunde, dann Todfeinde geworden. Die Erziehung, für die bei Clemens und Sophie die Tante und der Hausknecht verantwortlich waren, übernahm bei uns ein evangelisches Internat.

Selbstverständlich wurde Roman für seinen Vortrag über das falsche Vaduz bestraft. Aber mit Hilfe dieses Bildes hat er das falsche Vaduz zum wahren gemacht – und das wahre zum falschen. Das Bild zeigt ein Isotop. Römel war ein guter Chemiker, bevor er zum Alchimisten wurde. Er liebte es, Isotope zu schaffen. Damit legte er die Spur zu seinem Lebensweg. Auf ihr ist er seinem Vater entkommen. Auf diesem Bild hat er ihm das Gesicht abgeschnitten.

Die Strafe des Internats bestand aus Gartenarbeit. Römel ließ sich nicht dazu zwingen. Es gelang ihm, in einem Jahr 160 Stunden Gartenstrafe anzusammeln. Er hat die Strafe abgeschüttelt, auf eigene Art. Eines Tages verschwand er, wurde vermißt gemeldet und polizeilich gesucht. In Wirklichkeit hatte er sich, verkleidet als Glaubensflüchtling aus Rumänien, beim Gärtner des Internats versteckt. Bei seiner Entdeckung wurde dieses Bild gemacht. Es ging damals durch die lokale Presse.

Auf der Tafelleinwand erschien das Foto eines kahlgeschorenen Mannes mit starkem Bart, der in einem langen Soldatenmantel am Rand einer Kohlpflanzung steht und mit großem Ernst in die Kamera blickt.

Danach hat er mir den Mantel geschenkt, den Sie an mir sehen können, sagte der Vortragende. Damals mußten Soldaten in der Schweiz alle Mühe darauf verwenden, diesen »Kaput« genannten Mantel reglementarisch korrekt auf ihren Tornister zu schnallen. Dazu bedurfte es eines halben Tags und der Hilfe mehrerer Kameraden. Der Kaput durfte – außer den genau vorgeschriebenen – keine Falte werfen.

Das nächste Bild zeigte einen Tornister mit dem rundherum aufgeschnallten Mantel, straff wie eine Wurst.

Der als vermißt gemeldete Roman Enders – der Vortragende schob dabei wieder die Ikone des jungen Kahlkopfs mit falschem Bart ins Bild – hatte die ganze Zeit als Gärtner gearbeitet, und weit mehr als die verhängten 160 Stunden. Er hat den Garten der Strafe, wie Vaduz, als Isotop behandelt und zu einem Ort der eigenen Freiheit gemacht. Er hat ihn *richtiggestellt,* mit Mitteln künstlerischer Verkleidung. Oder, wie sich Roman damals gegen die Presse ausdrückte: »Die Fliege, die nicht geklappt werden will, setzt sich am besten auf die Fliegenklappe selbst.«

Lichtenberg! rief der Herr aus dem Publikum.

Danke, sagte Leuchter. Darauf entging Roman nicht nur der Strafe. Das Internat mußte die Gartenstrafe abschaffen, und er wurde eine regionale Berühmtheit.

Römel war ein Isotopiker. Ein Utopist war er nicht.

Ich habe Ihnen den Anfang seiner Kunstgeschichte erzählt. Bei Männern beginnt sie meist als Geschichte des verlorenen Sohns. Aber der Sohn findet etwas Besseres als den Vater. Er läßt sich kein Kalb schlachten. Er löst die Heimat, die ihn gnädig wieder aufnehmen möchte, in Luft auf, und danach behandelt er sie wie Luft, oder nicht einmal das. Denn er atmet sie nicht mehr.

Ich, meine Damen und Herren, habe während meiner Internatszeit keine Gartenstrafe bekommen. Ich brachte den Schutz gegen Strafen schon mit, als ich ins Internat kam. Dieser Schutz war selbst eine Strafe. Denn er schützte mich gegen jede Versuchung zur Freiheit.

Auf der Leinwand erschien das Bild eines etwa dreizehnjährigen exakt gescheitelten Jungen im Sonntagsanzug mit Krawatte, der sich mit der einen Hand an den Hals des Cellos klammert, das er zwischen geöffneten Beinen hält; er trägt immer noch kurze Hosen. Mit dem Bogen in der andern Hand setzt er zum ersten Strich auf die Saiten an, während er den Kopf gesenkt hat. Zugleich aber sucht er mit ängstlichen Augen den Blick der Kamera.

Das war ich, fuhr der Vortragende fort, das Kind, das Sie hier sehen, versteckt sich hinter seinem Instrument. Das Cello ist seine Tarnkappe. Mit seiner Hilfe braucht es nie da zu sein, wo es ist. Es hat immer eine respektgebietende Abhaltung, und mit ihr ist es etwas Besseres. Damit entgeht es der Welt eine Weile. Aber es vermag die Welt nicht aufzulösen. Noch weniger verwandelt es sich selbst.

»Mit stärkstem Licht kann man die Welt auflösen. Vor schwachen Augen wird sie fest, vor noch schwächeren bekommt sie Fäuste, vor noch schwächeren wird sie schamhaft und zerschmettert den, der sie anzuschauen wagt.«

Kennen Sie das, Herr de la Motte Fouqué?

Leider nicht, aber ich werde es mir merken.

Kafkas Tagebücher. Sie waren, neben Blakes »Sprichwörtern«, das Evangelium des Jugendfreundes, der mein Todfeind war.

Roman hat meinen schwarzen Cellokasten den »Schwarzen Peter« genannt, den ich nicht abgeben könne. Er, sagte der Vortragende, machte damals schon eine andere Musik.

Er schob wieder ein Bild in den Schlitten, falsch herum zuerst, so daß man kopfstehende Leute unter einem Himmel mit merkwürdigen Geräten sah. Richtig herum zeigten sich diese als Schlagzeug, das eine Gruppe von Jungen in Rollkragenpullovern und Cordhosen bearbeitet.

Das war Romans »Gammelan«-Band, erklärte der Vortragende – nach indonesischem Vorbild, doch mit zwei m geschrieben. Eine Reverenz an die auf deutsch so genannten Gammler, worunter man den Abschaum der nicht arbeitenden Menschheit verstand. Diese Instrumente hatte die Band – als klassischer Cellist gehörte ich nicht dazu – unter Romans Anleitung gebaut. Man hatte Gegenstände des täglichen Gebrauchs, vom Waschbrett bis zum Spaltstock, vom Milchkessel bis zum Zahnglas mit allen möglichen Tricks akustisch frisiert. Romans Maxime: Es gibt keinen Klang, den es nicht gibt.

Er selbst war ein Meister der Singenden Säge, des einzigen Streichinstruments. Er verstand es so zu spielen, daß es einem zugleich die Schuhe auszog und die Seele spaltete. Unnötig hinzuzufügen, daß diese Musik nicht, wie mein Cello, den Körper verriet. Sie weckt ihn, um einen neuen Körper zu schaffen. Dieser Körper ist ein Isotop und unverwundbar, wie der Leib Siegfrieds oder Achills.

Er *wäre* unverwundbar ohne das Lindenblatt oder ohne die Hand der Mutter, die das Kind ins Feuer gehalten hat.

Diese eine Stelle aber wird es sein, die ihn sterblicher macht als jeden andern. Und auch wenn sie jedem Feind verborgen bliebe: Der Träger findet sie selbst, zuverlässig, denn auch als sein eigener Feind ist er nicht zu schlagen. Aber ohne seinen Tod wüßten wir nie, was Unsterblichkeit heißt.

Der Vortragende wechselte das Bild, und jetzt zeigte es eine Installation auf einem Schulhof. In der Bildmitte war, inmitten eines verzierten leeren Bild- oder Spiegelrahmens, ein Haufen Exkremente zu sehen, umstellt von einem Bauzaun; auf diesem waren Teile einer Schablonenschrift zu erkennen: DER TEUFEL SCH .... Gegen eine Stütze der Abschrankung lehnte das Fotoporträt eines Mannes im Pastorenhabit.

»Der Teufel scheißt immer auf den größten Haufen«, erklärte Leuchter, war ein geflügeltes Wort des Internats, das seinem Gründer in den Mund gelegt wurde, einem sozial engagierten Pfarrherrn. Roman hatte es in einer nächtlichen Kollektivarbeit nachgestellt, für die auch seine Kumpane ihre Verdauung mobilisierten. Scheißkunst Opus 1, nannte es Roman. Für einen Dummejungenstreich war die Inszenierung zu feierlich. Sie war ein Attentat gegen die Weltordnung des Internats, ein Manifest für den Körper, der darin nichts weiter als sauber zu halten war. Ich blieb sauber, ich war bei der Aktion nicht dabei. Merkwürdigerweise wurde sie – entgegen der Vorliebe des Direktors für hochnotpeinliche Untersuchungen – nicht geahndet. Das Schandmal wurde in aller Stille beseitigt.

Auf der Leinwand erschien, diesmal in Farbe, die Wand eines Hauses, das auf einen französischen Hintergrund schließen ließ; darauf war die Inschrift gesprayt: FAIRE PIPI À CÔTÉ DU POT.

Der Vortragende begann an der Mühle zu drehen, ein Strom von Schokolade rieselte auf den weißen Karton.

Eine Parole des Pariser Mai 1968, erklärte der Vortragende, sie geht auf Roman zurück. Er studierte in Nanterre und gehörte zu den Exponenten der Revolte. Ihr witziges Verhältnis zum Niedrigen lag ihm näher als ihre hohen Ziele. De Gaulles *chienlit* gefiel ihm. Ich habe seine Suite dieses Namens für Cello solo in Paris vorgetragen, vor fünfzehn Jahren, im März 87. Es war seine letzte Komposition. Aber sein Interesse an Ausscheidungen läßt sich in unsere Internatszeit zurückverfolgen.

Auf der Leinwand erschien ein handschriftliches Schema, eine Windrose der Säftelehre. Den Quadranten waren Organe wie Herz, Gehirn, Milz und Leber zugeordnet; Eigenschaften wie feucht, kalt, trocken und warm; die vier Temperamente und – im Zentrum der Windrose – die Elemente Luft, Wasser, Erde und Feuer.

Roman machte die Komponenten drehbar, wie die eines Buchstabenschlosses, sagte der Vortragende. Er löste schematische Verwandtschaften auf und experimentierte mit irregulären. So konstruierte er ein Herz, das dem Feuer verwandt sein sollte, dabei aber kalt blieb und das Phlegma begünstigte. Für die neuen Kombinationen suchte er nicht nur Farben und Töne, sondern auch spezielle Interessen und eine entsprechende Moral. Nach Begegnung mit Nietzsche, Rimbaud und Artaud wurde Marcel Duchamp sein Meister. Er war es schon, bevor er ihn kannte.

Auf dem Bildschirm erschien, fast weiß in weiß, die Skizze einer weiblichen Geschlechtsöffnung.

Roman hat die Zeichnung im Internat mit eigener Samenflüssigkeit hergestellt, sagte der Vortragende, und diese auch für die weitere Ausführung verwendet, und zwar auf derselben Sitzung. Was beweist, daß sein Motiv fortfuhr, ihn zu erregen. Roman verstand sich als Alchimist der Sexualität, und in diesem Forschungsinteresse fand er sich durch Duchamp bestärkt.

Der Vortragende drehte an der Schokoladenmühle.

LA MARIÉE MISE A NU PAR / SES CÉLIBATAIRES, MÊMES. »Das große Glas ist ein Fenster, durch das der Betrachter an einem endlosen Akt des Koitierens teilnehmen kann, der keine Reue nach sich zieht, weil er niemals vollzogen wird.«

Der Vortragende schob wieder das Bild mit der Windrose in den Rahmen.

Die antike Konstruktion der Säfte kennt kein eigenes Organ für die Sexualität, im Gegensatz zur indischen oder chinesischen. Roman, der diese Lücke schon als Schüler empfunden hat, setzte dem flachen Schema eine dritte Dimension auf. Er schuf aus dem Säftekreis eine Säftekugel. Ihre Wachstumsstelle suchte er nicht im Zentrum des Kreises, sondern im Gehirnquadranten, dem Wasser und Schleim zugeordnet sind. Es erhob das Phlegma zur Quintessenz seines exzentrischen Universums. Was ihn interessierte, war der Schleim, aber schleimig sollte er nicht bleiben. Er war das Kalte, Feuchtflüssige unter dem Aspekt seiner Gestaltungsfähigkeit, die Materia prima der Kunst.

Das Königsorgan dafür blieb das Gehirn. In gewissem Sinn hat Roman den Körper verachtet. Edel waren nur das Gehirn und das Geschlecht. In Romans Alchimie waren sie eins, wie Vater und Sohn in der christlichen Theologie. Besser: wie

Mutter und Tochter in der griechischen. Demeter und Persephone. Roman gleicht Meister Duchamp auch darin, daß die Beschäftigung mit anderen Körperausscheidungen – Kot, Urin, Schweiß, namentlich Schweiß! – etwas Herablassendes, von Haus aus Humoristisches hatte. Denken Sie an Duchamps klassisches Ready-Made – das *Urinal*.

Der Vortragende ließ nochmals kurz die Pariser Wandschrift erscheinen.

Oder erinnern Sie sich an Bildlegenden wie *Tu m'* – also: *tu m'emmerdes*. Oder an seine Mona-Lisa-Karikatur: *L. H. O. O. Q*, was man als *Elle a chaud au cul* lesen muß. Heilig war Roman das körperlose Gemeinschaftsprodukt von Gehirn und Geschlecht, der Schleim als Baustoff einer andern Welt. *Confiture aux bons poètes* nennt es Rimbaud, »den Ausschlag der Sonne, den Rotz des Azurs«.

Das Rieselprodukt der Schokolade hatte sich auf dem weißen Karton zu einem Bild vergrößert, das mit Kratern und Verwehungen einer Mondkarte glich.

Der Vortragende schob das Ejakulatbild in den Lichtkegel zurück, und da blieb es fast für den ganzen Rest des Vortrags stehen, während Leuchter nicht müde wurde, die Mühle zu drehen.

Sie werden fragen, wie ich in den Besitz dieses Bildes kam, sagte er, das jedenfalls von Intimität zeugt. Ich habe es nicht gestohlen. Der Urheber hat es mir geschenkt, nachdem er mich schwerwiegend – als pubertierender Junge füchtete ich: bleibend – an meinem Geschlecht verletzt hatte. Damit er mir so nahe treten konnte, mußten wir uns wohl nahestehen. Wir waren Römel und Res, die einzigen Liechtensteiner im Internat, die man darum auf dieselbe Bude gesteckt hatte.

Aber was war uns gemeinsam? Er hatte Geld, Glanz, Genie, Kühnheit, Phantasie, Mädchen – auch Frauen. Die erste war seine Stiefmutter, mit der er nicht nur seinen Vater betrog, er rächte auch seine Mutter an ihm. Als er ins Internat kam, hatte er ein eigenes Reitpferd.

Ich hatte nur das Cello. Und gerade dieses wollte er mir nehmen.

Auf mein Cello war er scharf. Mein tägliches Üben war die Brücke zwischen uns, an der er täglich rüttelte. Sie schwankte, doch stürzen wollte sie nicht. Auch daß er mich verhöhnte, demütigte und schließlich vergewaltigte – die Rauferei, in die er mich fast täglich verwickelte, bot ihm Gelegenheit dazu –: Von meinem Cello vermochte er mich nicht zu trennen, obwohl es für mich selbst eine Quelle der Unlust und der Beschämung war – *weil* es das war. Wer so wenig gut war wie ich – zu fast nichts gut –, der mußte wenigstens *besser* sein oder werden; und das Cello war meine einzige Bürgschaft dafür.

Roman haßte den Schwarzen Peter. Der kastriert dich jeden Tag. Mach einen Weißen Hai daraus. Laß dir einen Schwanz wachsen – und Zähne ins Maul. Wenn du einer Frau die Augen verdrehst und den Kopf: sei kein Jüngferchen, Dumm Spero, zeig ihr, wo die Musik spielt.

Dumm Spero – das war sein Kosename für mich. Ich sollte ihn dafür Dumm Spiro nennen. *Dum spiro, spero*, hatten wir in der Lateinstunde gelernt. Er war der Atmer, ich der Hoffer. Wir waren Zwillinge, auch wenn er keine Gelegenheit versäumte, mich bei den andern zu verleugnen. Aber nie hätte er bei denen mein Cello verhöhnt. Das tat er nur für mich. Und eines Tages trat er mich in die Hoden, ohne Warnung, ein Blitz aus heiterem Himmel. Ich glaubte zu vergehen und für die Liebe verdorben zu sein. Für die Fortpflanzung war ich es jedenfalls. Ich habe nie ein Kind gezeugt.

Auch wenn ich danach diese Zeichnung von ihm bekam – ich hielt sie für blanken Hohn, unsere Zimmergemeinschaft war beendet. Von da an begann unsere Lebensgemeinschaft. Ich wußte nichts von ihr, bis er mir 1987, siebzehn Jahre später, und schon krank auf den Tod, eine Partitur schickte. Ich müsse sie spielen, sie sei ein Stück von ihm und ein Stück für mich. Er hat die Aufführung im Centre Suisse nicht mehr gehört, und das war vielleicht ein Glück, denn ich konnte das

Stück nicht spielen. Einige Jahre später habe ich mir auch das Cello abgewöhnt.

Roman behielt recht über mich.

Und doch bin ich der Einladung heute gefolgt. Ich trage seinen Mantel, ich zeige Ihnen sein Bild. – Der Vortragende kramte in seinem Dia-Häufchen, bis er wiedergefunden hatte, was er suchte: das Bild des kahlen Gärtners im Militärmantel.

Der Vortragende sagte noch: Ich habe das Foto Romans auf dem Programmheft gesehen. Es sieht dem Jugendbild, das Sie hier sehen, sehr ähnlich.

Heute weiß ich: Sein Fußtritt damals hat die Brücke zwischen uns nicht zum Einsturz gebracht. Jetzt ist sie solider begründet als unser Leben. Das habe ich erfahren.

Wir bleiben Zwillinge, Römel und Res, Dumm Spiro und Dumm Spero. Auch wenn der eine nicht mehr atmet und der andere nicht mehr hofft.

Ich bitte um Nachsicht, wenn ich mich selbst als Romans Lebenswerk betrachte – nicht vollendet, nur so fertig wie möglich. Im Altertum gab es zwei unzertrennliche Zwillinge, Castor und Pollux, von denen nur einer ein Sohn des Zeus, also unsterblich war. Er beschloß, seine Unsterblichkeit mit dem anderen zu teilen. Aber was es nicht gibt, kann man auch nicht teilen. Man teilt nur das, was man verlieren kann. Ich weiß jedenfalls so viel, daß ich meine Sterblichkeit – der Vortragende schlug seinen Mantel auseinander und zeigte sich nackt – mit keinem Menschen intensiver geteilt habe als demjenigen, von dem mich schon im Internat alles getrennt hat als das eine –

Lange schien er das passende Wort zu suchen. Dann sagte er:

Nichts. Wir wurden Brüder. Ich danke Ihnen.

Und er verließ sein Stehpult, ohne sich umzusehen, und eilte, den Mantel zusammenhaltend, durch die Tür dem Räumchen zu, das ihm als Umkleideraum gedient hatte.

Er hatte keinen Applaus abgewartet. Seit geraumer Zeit hatte er nur noch zu wenigen Stuhlreihen gesprochen, auf denen kaum ein Dutzend Zuhörer ausharrte; einige hielten sich dabei die Hand ans Ohr. Denn längst war die Unruhe stärker geworden als Leuchters Stimme. Dem jüngeren Teil des bereits anwesenden Publikums, das sich von der Schokoladenreibe einen *Special Effect* versprochen hatte, dauerte die Performance zu lange; als Vortrag war sie exotisch, und als Show nicht spektakulär genug. Längst war die Tür der *Salle de Projection* geöffnet und offengeblieben. Neu Hereintretende bewegten sich zuerst in die Nähe des Sprechers, um bald festzustellen, daß sich der Mann nur an eine kleine Gruppe wandte. Wer mochte er sein? Ein alter Freak vielleicht, ein Pausenunterhalter oder unheilbarer Selbstdarsteller, der Aufmerksamkeit im Ernst weder erwartete noch verdiente.

Um halb acht aber füllte sich der Saal mit einem Publikum, das ohnehin nichts anderes erwartete als das Konzert und für nichts anderes gekommen war. Inzwischen waren auch die Musiker der *Légion* im Saal und nahmen mit ihren Instrumenten die vorgesehenen Plätze ein. Immer mehr füllte Zirpen, Brummen, Klirren und Klappern die Luft. Im Augenblick, als Leuchter seinen Platz verließ, begannen die Verstärkeranlagen durchdringend zu pfeifen, dann markerschütternd zu dröhnen. Die Szene verwandelte sich, und die Stühle drehten sich wie von selbst in die Richtung, in der auch etwas zu sehen war.

Das Pult ebenso wie die Tafel im Hintergrund wurden vom Personal des *Ircam* abgeräumt, die Schokoladekrümel mit einem Handfeger aufgewischt, die weiße Unterlage entsorgt.

24 Überraschung

Eine Weile saß Leuchter nackt in der engen Kabine und setzte seinen schweißgebadeten Körper der Luft aus. Sie war kaum weniger heiß als er, dennoch spürte er die Verdunstungskühle. Er atmete *à la Catherine*. Nach einer Weile zog er sich an. Der zivile Anzug gab ihm ein Gefühl der Unwirklichkeit. Einen Augenblick wollte er den Militärmantel hängen lassen. Doch dann nahm er ihn über den Arm und das Kästchen mit den Diapositiven in die Hand. Als er hinaustrat, kam die mütterliche Buchhalterin auf ihn zu. Gott sei Dank, Sie sind noch da, sagte sie, ich dachte schon, Sie hätten Ihre Sachen vergessen. Ich habe auch noch Ihr Honorar.

Sie lud ihn mit einer Handbewegung in ein leeres Tonstudio ein, wo sie ihm ein paar Scheine überreichte und ihn bat, zu quittieren und zwei weitere Blätter für den Fiskus auszufüllen.

Als sie hinausgerufen wurde, überflog er die Schlagzeilen von *France Soir*, der auf dem Mischpult aufgeschlagen war. Ein Bild weckte seine Aufmerksamkeit: Es zeigte im Hintergrund das Wehrmännerdenkmal über dem Zürichsee, davor die rauchenden Trümmer eines Airbus, der, wie dem Text zu entnehmen war, von einem *Grail*-Lenkflugkörper abgeschossen worden war. Die tragbare Rakete russischer Machart war auf dem Schwarzmarkt unschwer zu haben und in jedem Keller zu lagern. Eine vorläufige Rekonstruktion der Flugbahn ergab, daß das Geschoß aus einem Garten in Herrliberg abgefeuert worden sein mußte. Die Villengegend lag seit einigen Monaten in einer Anflugschneise zum Flughafen, die auf deutschen Druck nach Süden hatte verlegt werden müssen, und die Bewohner protestierten heftig gegen den unzumutbaren Lärm eines Verkehrsmittels, dessen beste Kunden sie waren. Der private Raketenangriff hatte ein Flugzeug mit 60 jugoslawischen Gastarbeitern getroffen, die in das Land ihres Broterwerbs hatten zurückkehren wollen.

In einem Sammelkorb neben dem Mischpult lagen Leuchters Requisiten: Dia-Projektor und Mühle, sogar die weißen Blätter und ein Brocken Schokolade. Er legte das Kästchen mit den Dias dazu und den Militärmantel darüber. Habseligkeiten eines Penners.

Kann ich die Sachen für eine oder zwei Stunden hierlassen?

Bis zum Ende des Konzerts bleibe ich im Büro, sagte sie, aber beeilen Sie sich, sonst finden Sie keinen Platz mehr. Übrigens, haben Sie die junge Dame gesehen, die nach Ihnen gefragt hat?

Eine junge Dame? fragte Leuchter.

Eine Chinesin, glaube ich, sie spricht französisch.

Im Korridor war niemand zu sehen; wohl aber hörte man aus dem Inneren der *Salle de projection* die Stimme eines Redners. Leuchter stellte sich hinter die verschlossene Glastür. Der Saal war jetzt gedrängt voll; gebannt lauschte das Publikum einem Mann, der in dunklem Anzug hinter seinem Pult stand. Leuchter glaubte das bärtige Haupt schon gesehen zu haben. War das nicht der bulgarische Philosoph, mit dem er vor siebzehn Jahren im *Ma mère l'Oye* am Tisch gesessen hatte, nach seinem Auftritt im Centre Suisse?

In diesem Augenblick wußte Leuchter, daß er das Konzert nicht hören wollte. Er empfand Bedürfnis nach frischer Luft und hatte schon die ersten Schritte zum Lift getan, als er hinter sich sagen hörte: Mr. Leuchter?

Es war die junge Chinesin. Aber sie sprach englisch.

Sie haben kein Manuskript von Ihrer Rede?

Ich habe frei gesprochen.

Es hat mich sehr bewegt.

Danke. Sind Sie Journalistin?

Ich bin im Auftrag hier, in Sumis Auftrag.

Er musterte sie erschrocken. Im zu großen, zu langen Untergesicht, weiß geschminkt, der mürbe Mund, an dessen Winkeln ein kleines Lächeln zerrte. Eine schmale, doch seitlich ausladende Brille, die ihre Wangen unter den starken Jochbeinen hohl erscheinen ließ. Ihr Haar war blauschwarz und fiel bis zu den Schultern; so lang konnte es in einem halben Jahr auf natürliche Art nicht gewachsen sein. Immer schon klein, war sie in ihrem Jeans-Anzug jetzt auch noch dünn wie ein Strich. Sie trug Turnschuhe und einen auffällig großen Rucksack.

Ayu? fragte er, und Ayu! wiederholte er, zog sie zur Begrüßung an sich und küßte sie auf die Wangen.

Suzie, sagte sie. So heiße ich jetzt.

Was tun Sie in Paris?

Ich dolmetsche für ein Filmteam, das auf dem Montmartre dreht. Dort habe ich das Plakat mit Ihrem Namen gesehen.

Ich wußte gar nicht, daß Sie Französisch können.

Ich kann es auch nicht. Nur ein wenig besser als die andern.

Wie geht es Sumi-san?

Haben Sie eine Stunde Zeit?

Aber ja. Trinken wir etwas.

Im Fahrstuhl schwiegen sie, beklommen, wie man nur in Fahrstühlen schweigt; als sie das Gebäude verließen und am Brunnen vorbeigingen, fragte er: Waren Sie da drin? Haben Sie mich wirklich gehört?

Ja, sagte Ayu, sie hat jedes Wort gehört.

Im Restaurant, dem *Centre Pompidou* gegenüber, setzten sie sich an einen Tisch. Es war noch hell und für Ende Oktober ungewöhnlich schwül. Die Wolken hingen unbeweglich über der Stadt, aber noch schien es nicht regnen zu wollen. Er bestellte Rotwein.

Warum interessieren Sie die Stücke Ihres Freundes nicht?

Es sind Arrangements, die seinen Namen verwenden. Roman ist jetzt ein Pariser Mythos, ein Label, mit dem man Events verkauft. Ich glaube nicht, daß er überhaupt noch komponiert hat.

Und *La chienlit du Petit Prince*?

Eine Provokation. Er wollte nur hören, was ich mir daraus mache.

Warum haben Sie heute nackt geredet? Sie gehören Sumi. Warum lachen Sie?

Das mußte mir wohl mal jemand sagen.
Suzie sagt es.
Warum Suzie?
Ayu war mein Name für das Cello, sagte sie. Ich spiele es nicht mehr.
Das ist nicht Ihr Ernst.
Nach dem Wettbewerb habe ich aufgehört.
Nach einer Weile fragte er: Wer hat gewonnen?
Der Amerikaner. Das wissen Sie nicht?
Gar nichts weiß ich. Die Hochschule hat nichts mehr von sich hören lassen.
Wundert Sie das?
Eigentlich nicht.
Auch über Ihren Abgang erschien in der Presse kein Wort. Sie wurden gar nicht mehr erwähnt.
Von wem haben Sie es erfahren?
Von Lubo. Damals lebte er noch.
Lebt er nicht mehr?
Sie schüttelte den Kopf.
Wie ging das zu?
Das möchte sie noch nicht erzählen.
Er starrte auf das *Centre*, den vierschrötigen Glaskörper mit seiner nach außen gekehrten Anatomie.
Warum haben Sie aufgehört?
Ich brauchte etwas anderes.
Ich glaube es nicht. – Er leerte das Glas in einem Zug. – Ich auch, sagte er, ich brauche auch etwas anderes. Als ich das Bild der Garage zeigte, packte mich Heimweh. Ich konnte nicht weitersprechen. Ein unsinniges Heimweh.
Wonach?
Wenn ich das wüßte, wäre es kein Heimweh.
Möchten Sie sterben?
Er dachte nach. – Nicht, bis ich noch einmal etwas *recht* gemacht habe.
Möchten Sie jetzt ins Hotel zurück?
Wozu.

Wie lange bleiben Sie in Paris?
Bis ich einen Kriminalroman durchhabe. Und Sie?
Bis zum Ende meines Auftrags. – Der Film ist interessant, sagte sie. Sie drehen heute bis Mitternacht, vielleicht länger. Es ist noch nicht einmal zehn. Ich würde Ihnen gerne den Set zeigen.
Montmartre?
Ja.
Aber erst erzählen Sie mir von Sumi.
Später, bitte.
Wie geht es Susumu?
Er hat auch aufgehört.
Womit?
Mit der Musik.
Das hört sich nach einer Katastrophe an. Was ist passiert, Ayu-san?
Suzie.
Entschuldigen Sie, ich finde den Namen albern.
Sie lächelte ein wenig. Gehen wir?
Er zahlte, und sie stiegen in eines der hinter dem *Beaubourg* aufgereihten Taxis. *Rue Joseph-de-Maistre*, sagte sie. Der Eingang zum Friedhof.
Der ist an der *Avenue Rachel*, sagte der Fahrer, und der Friedhof ist geschlossen.
Nur zu, ich weiß, wo es offen ist.
Auf der Fahrt sagte Leuchter: Drehen Sie auf dem Friedhof?
Ein historischer Film, sagte sie, eine Liebesgeschichte um 1923. Das war das Jahr des großen Kanto-Erdbebens, und Claudel war französischer Botschafter in Tokyo. Sein Konsul schrieb ebenfalls Gedichte. Er ist der Held des Films. In Japan verliebte er sich in die Ehefrau eines Tokugawa, das war die regierende Familie des Landes. Yuki verließ ihn und folgte dem Geliebten nach Frankreich. Natürlich war er schon verheiratet, und die Ehefrau dachte nicht daran, sich scheiden zu lassen. Der Mann ebensowenig. Damit hätte er seine Karriere

ruiniert. Er mietete für Yuki eine kleine Wohnung auf der *Butte*. Ein Liebesnest, sagt man so?

So sagt man wohl.

Eines Abends, als er sie besuchen wollte, fand er sie tot. Sie hatte sich ein weißes Kleid angezogen und mit einem kleinen Messer den Bauch aufgeschnitten. So machen es sonst nur Männer. Die Nachbarn hatten keinen Laut gehört.

Grausam, sagte Leuchter.

Können Sie sich vorstellen, wie das stinkt, sagte sie, wenn jemand sich den Bauch aufschlitzt? Aber sie hatte viele Tage nichts mehr gegessen. Sie war eine Samurai. Wäre sie ein Mann gewesen, hätte sie ein Schwert gehabt. Und einen Freund, der ihr den Kopf abgeschlagen hätte, bevor der Tod zu häßlich wurde. Aber sie war ganz allein und hatte nur ein Messer. Als der Mann sie fand, hatte sie sich das Gesicht noch selbst zugedeckt. Sie hatte es nicht verloren. Es war ganz ruhig.

Und was passiert mit dem Freund, wenn er dem Samurai den Kopf abgeschlagen hat?

Dann kommt die Reihe an ihn, sich den Bauch aufzuschneiden.

Und so immer weiter?

Nein. Drei Männer schließen einen Pakt. Der dritte Mann stirbt nicht. Er bringt das größte Opfer.

Ayu-san, was für Bräuche.

Was zählt, ist die Schönheit.

Der saubere Schnitt in den Bauch. Der saubere Schnitt durch den Hals.

Üben kann man nicht. Es muß beim erstenmal gelingen.

Sie waren an der *Place de Clichy* angelangt, und der Fahrer suchte den Eingang in die *Rue Caulaincourt*.

Und das filmen Sie jetzt? fragte Leuchter, wieso auf dem Friedhof?

Da liegt Yuki. Wir drehen die Szene, in welcher der Geliebte das Grab besucht. Auch im Grab ist sie allein. Inzwischen liegt auch er auf dem Friedhof, aber am andern Ende, in seinem Erbbegräbnis. Er wurde noch Minister, der Justiz, glaube ich.

Leuchter bezahlte das Taxi, und sie gingen die Treppe hinunter, die entlang der belebten *Rue Caulaincourt* in die Tiefe führte, zu einem offenen Gittertor, in dem ein Wächter stand. Ayu hob lässig eine Hand und zog Leuchter an der anderen Hand vorbei.

Der Teil des Friedhofs, durch den sie zuerst gingen, lag unter der Straße. Die Grabhäuser, eine graue Ansiedlung von kleinen Tempeln und gotischen Giebeln, stapelten sich dicht gedrängt bis unter die Fahrbahn auf und benützten jeden verfügbaren Raum zwischen den Eisenträgern. Dahinter öffnete sich die Weite des Friedhofs, und zweihundert Meter entfernt sahen sie, als läge da hinten ein Sportplatz, eine Lache starken Lichtes ausgebreitet, vor der sich die Silhouette der Totenstadt, Dach an Dach, abzeichnete wie mit der Schere geschnitten.

Langsam, Hand in Hand, gingen sie auf einem schnurgeraden Fußweg, der als *Avenue Hector Berlioz* bezeichnet war, auf die Lichtquelle zu. Grab folgte auf Grab, doch waren die Inschriften nicht mehr zu entziffern. Rechter Hand senkte sich das Gelände wie eine Schlucht, und die Grabzeilen wuchsen in immer höheren Stufen zu ihrer kleinen Hochebene empor. Sie näherten sich dem Punkt, wo diese auch frontal abbrechen mußte; die Treppe war schon zu erkennen, die sie auf ein tieferes Niveau geführt hätte. Doch nun blieben sie stehen, auf der Loge einer taghell beleuchteten, stark bevölkerten Bühne.

Ayu nahm Leuchters Zeigefinger und legte ihn auf seine Lippen. Sie zog ihn von der Straße weg durch eine Zeile von Gräbern und bereits verfärbtes Gebüsch. Sie erreichten die Mauerkrone im Schutz einer Gruppe von Scheinzypressen, die ihnen erlaubte, das Theater zu ihren Füßen unbemerkt zu verfolgen.

Ein Mann im beigefarbenen Gilet-Anzug mit passender Melone schritt in weißen Halbschuhen und mit dem Ausdruck tiefer Selbstvergessenheit auf eine einzelne Grabplatte zu. Eine bemannte Kamera, auf einer Rollschiene fahrend, begleitete ihn im Profil; eine zweite, hinter dem Grab postiert, erwartete ihn von vorn. Der Gang der Great-Gatsby-Figur hatte etwas von einer Exekution, bei der nichts zu hören war als das hohle Knirschen seiner Schritte auf dem Kies. Über ihm schwebte der Tongalgen, den ihm der Techniker wie eine Angelrute nachtrug. Zwei Schritte vom Ziel entfernt, nahm der Dandy seine Melone ab, hielt sie vor die Brust, senkte den Kopf und ließ einen rötlichen Bubi-Scheitel im Scheinwerferlicht glühen.

Ein scharfer Zuruf; er hielt inne und drehte sich nach dem Regisseur um. Der kleine Mann gab, in seinem Stühlchen zappelnd, eine längere Erklärung ab. Der Held zuckte die Schultern und setzte den Hut wieder auf. Eine junge Frau, die zwischen Gräbern gewartet hatte, eilte an seine Seite und begann auf ihn einzuflüstern, ohne daß die Worte zu verstehen waren. Der Schauspieler nickte nonchalant, schlenderte zum Ausgangspunkt zurück und wippte auf den weißen Halbschuhen.

Das Team unterhielt sich japanisch, verstummte wieder, ein junger Mann schrie, man hörte den hölzernen Laut der Klappe, und der Darsteller setzte sich, vom Troß der Technik begleitet, zum zweiten Mal in Bewegung. Diesmal unterbrach sie der Regisseur schon nach einem Schritt, denn in der näheren Umgebung war die Sirene eines Notfallwagens zu hören. Das Filmteam rührte sich wieder, der Schauspieler reckte die Arme, die Goldknöpfe blinkten in der pastellgelben Manschette.

Viermal wurde die Szene wiederholt; nur einmal kam der Darsteller wieder so weit, den Hut abzunehmen.

Es hatte erst schwach, jetzt merklich zu regnen begonnen; im Schutz der Zypresse befand man sich einstweilen im Trokkenen. Auf dem Set erhob sich ein Palaver; allmählich wurde deutlich, daß der Regisseur entschlossen war, den Dreh nun erst recht fortzusetzen. Einen Schirm wies er weit von sich, während der Herr mit Melone seinen immer gleichen Weg zum Grab, ohne ihn zu vollenden, im strömenden Regen ging; die Szene schien den Regisseur immer mehr zu begeistern. Er hüpfte aus seinem Stuhl und spielte sie dem Schauspieler mehrmals vor, dem das Wasser aus dem festgeklebten Haar über Stirn und Brauen lief. Und immer noch war der Ausdruck der Andacht vor dem Grab der unglücklichen Yuki verbesserungsbedürftig. Zugleich fiel es dem durchnäßten Darsteller immer schwerer, seinem Verdruß die Miene tragischer Innigkeit zu geben. Er hielt kaum noch an sich, während die ebenfalls aufgelöste Dolmetscherin auf ihn einsprach.

Ayu hatte den Rucksack abgelegt; sie war dem Regen immer mehr zu Leuchter hin ausgewichen und ihm schließlich so dicht auf den Leib gerückt, daß er seine Erregung nicht verbergen konnte. Hinter den Zypressen stand ein aufgelassenes Grab offen; Ayu zog ihn an der Hand in das tempelförmige Gehäuse, das zwei Menschen gerade Platz zum Stehen bot. Durch eine seitliche Luke fiel so viel Licht in das Verlies, daß Leuchter sehen konnte, wie Ayu den Gürtel öffnete, die Jeans niederstreifte und sich auf den schmalen Sims in der Rückwand abstützte, auf dem eine Vase voll Wachsblumen stand. Ayu stellte sie auf den schuttbedeckten Fußboden.

Als sie sich bückte, hielt er sie in dieser Stellung so lange fest, bis er ihren Slip heruntergezogen hatte. Als er in sie eindrang, richtete sie sich lautlos auf, rückte mit dem ganzen Leib auf seinen Schoß und lehnte ihren Kopf gegen seine Schulter. Danach bewegte sie sich nicht mehr. Auf das Steindach prasselte der Regen, und Leuchter fühlte ihn auch über die Waden in die Hose laufen. Jetzt erlosch das Licht in der Luke. Lärm und Stimmen schienen näher zu kommen. Sie steckten in gänzlicher Finsternis. Ayu packte seine Hände und legte sie auf ihren Bauch.

Sie wird schwanger, raunte sie in sein Ohr.

Leute waren ganz in die Nähe gekommen, klapperndes und klirrendes Gerät schleifte auf dem Weg. Zurufe, Fluchen, Lachen.

Sie gehen, flüsterte er, gleich sind sie weg.
Hast du mich gehört, Herr Leuchter?
Die Anrede erkältete ihn, doch er lachte.
Sumi hat Lubomir getötet, sagte Ayu. Sie ist im Gefängnis.
Das ist nicht dein Ernst.
Es war das einzige, was sie für ihn tun konnte. Sie hat im Leben nur einen Menschen geliebt.
Er hob sie von seinem Schoß und ordnete die Kleider. Er spürte ihre Nässe nicht.
Entschuldige, sagte Ayu. Ich muß verschwinden.

Sie blieb verschwunden, nach zwei Minuten, drei, fünf. Er ging in den Regen hinaus und rief nach ihr, halblaut, dann immer lauter: Ayu. Ayu-san! Schließlich: Suzie!
Tropfende Gräber, von Nässe raunendes Gebüsch.
Schließlich trabte er zum Ausgang, den der Wächter gerade verschließen wollte.
Gehören Sie zum Film? wurde er mürrisch gefragt.
Ja, keuchte Leuchter.
Sind Sie der letzte? fragte der Wächter.
Ich glaube, sagte Leuchter, ich hoffe.
Vielleicht ging der Mann ja noch mal durch den Friedhof, zur Kontrolle. Ayu hatte sich eine ganz eigene Gelegenheit ausgesucht, um Leuchter zu verlassen. Gewiß hatte sie auch ihren Rucksack mitgenommen: Das hätte Leuchter gleich feststellen sollen. Er war sicher, daß ihr nichts zugestoßen war. Aber ihm, und er faßte es noch nicht.

Es hatte Mühe gekostet, an der *Place de Clichy* ein Taxi anzuhalten. Zwei waren weitergefahren, als sie seinen Zustand bemerkten; das dritte nahm ihn zurück zum *Bibracte*. Es war ein Uhr. Er zog den nassen und verschmutzten Anzug aus und hängte ihn im Fensterrahmen über einen Bügel. Dann entkleidete er sich ganz und ließ ein Bad einlaufen. Nachdem er eine Weile ratlos auf dem Bett gesessen hatte, blätterte er im Adreßbuch. Eigentlich konnte er sich nicht vorstellen, daß Isabels Adresse nach so vielen Jahren unverändert war. Doch nach viermaligem Läuten wurde abgenommen, und er hörte ihre rauhe Stimme.

Isabel? fragte er.

Ja. Wer?

Andreas. Andreas Leuchter. Erinnern Sie sich?

Was wünschen Sie?

Bitte, sagte er, bitte. Sagen Sie mir, wie es Sumi geht.

Sie ist tot.

Nein, sagte er.

Das wissen Sie nicht, sagte Isabel.

Nein, flüsterte er, das wußte ich nicht.

Sie haben Sie im April gesehen.

Gesehen, vielleicht. Und nicht wiedererkannt. Sie hat kaum mit mir gesprochen.

Wundert Sie das?

Sagen Sie mir alles. Bitte.

Sie kamen zum Takahashi-Wettbewerb. Und sind plötzlich abgereist.

Ja.

Da war sie schon fort.

Fort? Wohin? Sie wollte nach Karuizawa, zu ihrer Freundin Tae.

Sie ist nie bei ihr angekommen.

Woher wissen Sie, daß sie tot ist?

Sie hat zwei Abschiedsbriefe hinterlassen. Einen an Tae. Er enthielt nur ein Gedicht aus ihrer Kinderzeit, als Entschuldigung, daß sie nicht gekommen war. Aber der Brief an Lubomir soll eindeutig gewesen sein.

Was stand darin?

Das weiß nur er, und die Polizei. Sie können ihn ja fragen. Der Brief wurde nie publik.

Wo hat man sie gefunden? fragte er leise.

Gar nicht. Sie hat die Briefe in Karuizawa aufgegeben. Dort wurde sie zum letzten Mal gesehen, beim Teich. Man hat ihn mit Tauchern abgesucht, auch die Wälder und Berge um den

Ort. Keine Spur. Im August gab es eine Gedenkfeier an der Musikhochschule. Sie waren nicht dabei.

    Ich habe nichts gewußt.

    Einigen Leuten ist aufgefallen, daß Sie nicht da waren.

    Man hat über uns gesprochen?

    Nicht über Sie, Herr Leuchter. Über *Sie* nicht.

    Danke, Isabel, sagte er nach längerer Stille.

    Es ist, wie es ist, sagte Isabel und legte auf.

Nackt saß er auf dem braunen Bettüberwurf und starrte die beiden Hände an, auf die er sich stützte. Sie waren vom Druck gerötet und leer wie nie. Der Ring war weg. Er erschrak nicht mehr. Ayu hatte seine Hände gepackt und auf ihrem Bauch festgehalten. Er hatte sie losreißen müssen, und dabei war der Ring in ihren Händen zurückgeblieben. »Sie wird schwanger.« »Ich muß verschwinden.« Kein gelungener Abschied. Es lag nichts mehr daran.

    Du lügst, Leuchter, sagte eine Stimme.

    Ich weiß, antworte er ihr lautlos, aber ich weiß nicht, worin und warum.

    Das war die Wahrheit. Seine Augen blieben trocken.

25 Promenade

In dieser Nacht schlief er wenig. Die abgerissenen Träume dazwischen waren voll Amselgeläut. Er hörte eine Stimme, die ihm seine Lage erläuterte. Vorausgesetzt, daß er verloren war, schienen ihre Bemerkungen viel für sich zu haben; am Morgen blieb davon nur soviel zurück, *daß* er verloren war. Diese Erkenntnis hatte er im Traum selbst beigesteuert, und es war die einzige, die den Lichtwechsel im Zimmer überlebt hatte, vielleicht, weil beide, die fremde Stimme und er, in solcher Ruhe übereingestimmt hatten. Danach mußte er eine Weile ebenso ruhig gedämmert haben, und nun stand hinter der Garnitur schwarzer Kleider, die im Fenster hing, der helle Tag, rein und gewichtlos.

Er lag nackt im Bett. Wie war er hineingekommen? Er hatte telefoniert. Danach war er sitzen geblieben, bis ihn das ständige Rauschen störte. Doch wie stellt man strömenden Regen ab? Es regnete aber gar nicht mehr. Da mußte er den richtigen Schluß gezogen und das Badewasser abgestellt haben. Er hatte gefroren und war ins Bad gestiegen. Aber daran erinnerte er sich nicht. Nur, wie er unter die Decke gekrochen war und über die Verlorenheit wachte, die sich ungestört ausbreitete, in ihm, außer ihm, überall.

Leuchter stand auf, wachsam, als dürfe ihn niemand sehen und hören. Als er urinierte, sah er neben sich eine Wanne voll Wasser. Es war kalt. Soviel war bereits richtig: Er mußte den Hahn gestern noch abgedreht haben. Daß er das Bad vergessen hatte, war auch richtig. Er hatte also nicht gebadet. Er konnte nur geträumt haben, daß er gefroren hatte; jetzt fror er. Das war auch richtig, denn er war nackt – und das Fenster offen.

Er zog den Stöpsel, und das Bad begann abzulaufen. Er sah dem Wasserspiegel beim Sinken zu.

Er hatte kein Fieber. Er fühlte sich gut. Das war nicht richtig, aber so war es.

Leuchter ging zum Fenster und betastete die Kleider. Sie waren so naß wie gestern. Er hatte sie ordentlich über den Bügel gehängt, die schwarze Hose sogar in die Falten gelegt, die sie einmal besessen hatte, die schwarze Jacke darüber und das weiße Hemd an einen eigenen Bügel. So geistesgegenwärtig war er gewesen. Aber anziehen konnte er davon nichts. Auch das Hemd fühlte sich an, als käme es eben aus der Waschmaschine.

Er hatte keine Reservekleider. Er hatte nicht einmal etwas anzuziehen, um die Kleider irgendwohin zum Trocknen zu bringen. Vielleicht konnte er jemanden vom Service damit beauftragen. Wenn er oder sie ihm Frühstück brachte. Er hatte Hunger. Seit dem Auftritt im *Ircam* hatte er nichts gegessen, und vorher auch nicht – seit Mittag. Ein Anruf genügte. Er betrachtete das Telefon und sah: Es war unberührbar. Er konnte es nicht mehr benützen.

Die Stadt lag im Sonnenlicht. In einer, zwei Stunden mußte die Sonne das Zimmerfenster erreichen, und dann brauchte sie nur einen halben Tag, um die Kleider an der Luft zu trocknen. Es mußte reichen, auch wenn die Tage kurz geworden waren. Morgen würde er in eigenen Kleidern ausziehen. Bis dahin konnte er im Zimmer bleiben, fernsehen, den Krimi beenden. Ein ruhiger Tag im Pyjama – den gab es ja noch, auch wenn er gestern nicht daran gedacht hatte, ihn anzuziehen. Nackt hatte er sich unter die Decke verkrochen, wo er mit Sumi gelegen hatte.

Nein, hatte ihm die Stimme in der Nacht gesagt, sie hat nie in diesem Bett gelegen. Nicht einmal das. Sie hat nur gewartet, bis du eingeschlafen warst, und dann ist sie gegangen, unbemerkt, für fünfzehn Jahre, und gestern für immer. Du bist verloren, Andreas.

Der Militärmantel kam ihm in den Sinn. Wenn er ihn von oben bis unten zuknöpfte, war er nicht mehr nackt. Aber der Mantel lag im *Ircam*. Er war nicht dazu gekommen, ihn abzuholen.

Einen Tag im Zimmer, welche Erleichterung.

Nein, sagte er. Das ist nicht richtig. In Paris ist heller Tag. Heute gehe ich aus. Ich ziehe mich an. Ich ziehe an, was ich habe.

Der Pyjama lag unter der Kopfkissenrolle, weiß, unberührt, wohlgefaltet. Er hatte ihn in Basel noch selbst gebügelt. Das konnte er, und der *Schlafanzug* verdiente es wohl. Bei diesem Namen hatte ihn Catherine genannt. Damit stellst du auch im Schlaf etwas vor, Andreas. Sie hatte den Schlafanzug für ihn ausgesucht, mit der ihr eigenen Sorgfalt. Er war aus weißer Seide, Jacke und Hose waren beide weit geschnitten. Nur die Ärmel waren eng und viel zu lang. Als er ihn zum erstenmal anprobiert hatte, baumelten sie leer, weit über seine Hände hinaus. Wenn du ein Stück ansetzt, kannst du die Ärmel zusammenbinden. Dann wird es eine Zwangsjacke.

Catherine hatte nicht gelacht. Kürzen darf man sie nicht, sagte sie, schau dir die Manschette an. Sie bestand, weiß in weiß gestickt, aus einem zarten Lorbeermotiv. Wenn du die Ärmel zurückziehst, sitzen sie, dafür sind sie eng. Sie zupfte den Stoff am Oberarm in kleine Falten, bis die Handgelenke wieder frei lagen. So stimmt es! rief sie. Jetzt bauschte sich ein Kragen um den Bizeps, als müsse der Stoff eine verborgene Stahlfeder verkleiden.

Und die Hose? hatte er gefragt. Soll ich damit gehen oder geistern? Der untere Saum lappte über die Füße und wohl eine Spanne darüber hinaus. Das *Beinkleid*, hatte sie gesagt, kann ich richten. Das hatte sie mit eigener Hand und so gründlich besorgt, daß er bei der nächsten Anprobe knöchelfrei stand. Hochwasserhosen, sagte er, du hast dir einen Riesen gewünscht. Es gab nur noch die Übergröße, sagte sie, aber ich wußte, dieses Modell muß es sein. Es war ein Einzelstück.

Ich habe noch nie ein Rüschenkleid getragen, hatte er protestiert. Aber es *stimmt*! rief sie, sieh dich im Spiegel an, wie die Oberärmel zum Kragen passen! Auch rings um den Hals gab es, was er Rüschen nannte, aber sie ließ das Wort nicht gelten. Der Stoff ist *eingenommen*, du trägst eine Krause wie ein Bürgermeister und gebauschte Ärmel wie ein Fürst! Wenn es dir gefällt, sagte er – *du* mußt mich darin sehen, ich nicht. Darin wirst du schlafen wie ein Gott, sagte sie, und nachdem sie ihn ein paarmal umgedreht und prüfend betrachtet hatte: Aber etwas gefällt mir noch nicht. Die Knöpfe.

Es sind zu viele, sagte er, achtzehn Stück. Willst du mich so zugeknöpft?

Du kannst sie zählen, sagte sie, zum Einschlafen.

Es waren immer noch achtzehn, als er das Oberteil drei Tage später wiedersah und gleich anprobieren mußte. Aber Catherine hatte die weißen Seidenknöpfe durch schwarze ersetzt. Ich war in vier Geschäften, bis ich sie fand, strahlte sie. Er sagte nicht, daß sie ihn an die Trauerknöpfe erinnerten, die Männer sich damals noch ein Jahr ins Revers steckten, während die Frauen Schwarz trugen.

Sie bestand darauf, daß sie sich nebeneinander im Spiegel betrachteten. Catherine trug damals lange Strickkleider in Pastelltönen, Ocker oder Lila. Sich selbst mochte er gar nicht ansehn.

Es stimmt, sagte sie mit ihrem verwöhnten, immer etwas schiefen Lächeln. Siehst du, wie es stimmt?

Ein weißer Clown, mit gestauchten Ärmeln und einer Knautschzone am Hals.

Darin kannst du atmen, hatte sie gesagt. Damit könntest du jederzeit unter Leute, in die beste Gesellschaft.

Einmal im Jahr, zum Maskenball.

Er hatte den Schlafanzug nur zu Hause getragen. Nach ihrem Tod hatte er ihn noch einmal angezogen, als er in der alten Wohnung eine Kerze angezündet hatte. Seither lag das Kostüm auf dem Stoß der ungetragenen Kleider. Es war ihm wieder eingefallen, als er sich für den Auftritt in Paris vorbereitete. Caput oder Pierrot, das war die Frage. Zur Sicherheit hatte er beides eingepackt. Catherines Schlafanzug ersparte einen Pyjama, und er rechnete nicht damit, daß ihn jemand darin sah.

Jetzt glänzte der Satin wie neu.

Leuchter ging ins Badezimmer und duschte. Er rasierte sich naß, mit Sorgfalt, und tupfte sich Kampfertinktur ins Gesicht. Dann zog er sich frische Unterkleider an, den Schlafanzug darüber und knöpfte ihn zu, schon beim erstenmal richtig. Die schwarzen Reservesocken waren aus Wolle. Darin spürte er die Nässe der Schuhe nicht gleich. Er hatte kein zweites Paar Schuhe.

Über die weiten Taschen der Jacke hatte er sich damals mokiert: Wenn das mein letztes Hemd wird, kann ich das Nötigste mitnehmen. Jetzt war er dankbar dafür. Er steckte den Geldbeutel ein, die Lesebrille und ein Taschentuch. Die Armbanduhr ließ er liegen. Er verließ Cézanne, schloß sein Zimmer zu und behielt den Schlüssel in der Hand, als er auf dem roten Treppenteppich in engsten Kreisen abstieg, immer um den vergitterten Liftschacht herum.

Als er die Eingangshalle betrat, sah er Ayu am Empfang sitzen, aufgerichtet und die Hände im Schoß gefaltet. Zu ihren Füßen lag der Rucksack wie ein schwarzer Hund.

Suzie, sagte er, ich dachte schon, Sie hätten Ihren Rucksack vergessen.

Darf ich Sie heute begleiten?

Und Ihr Film?

Ich bin Ihretwegen gekommen.

Was möchten Sie noch?

Ich möchte dahin, wo Sie mit Sumi gewesen sind.

Haben Sie gefrühstückt?

Nein.

Er bückte sich nach ihrem Rucksack. Sie zog ihn sofort weg, stand auf und schulterte ihn. Aber Leuchter hatte sein Gewicht schon festgestellt.

Der Frühstücksraum ist nicht zumutbar, sagte er. Gehen wir über die Straße. Schleppen Sie Altmetall? Oder Bücher? Lassen Sie den Rucksack beim Concierge.

Ich brauche ihn.

Wieviel Uhr ist es?

Ich glaube, neun. Ich habe keine Uhr.

Als sie an der Ecke beim Kaffee in der dünnen, aber fühlbaren Sonne saßen, fragte Leuchter: Mögen Sie Rucksäcke?
Die trägt doch jeder.
Mich erinnern sie an die geführten Bergmärsche meiner Internatszeit. Sie wurden »Spaziergang« genannt, zum Zeichen, daß man sie so wenig ernst nahm wie uns. Seither spaziere ich auch nicht mehr gern.
In Paris flaniert man, sagte sie.
Und endet auf dem Friedhof.
Erzählen Sie vom Internat.
Damit fängt der Tag gut an, meinen Sie?
Bitte. Bitte.
Er zahlte; dann gingen sie auf der Straße nebeneinander, immer auf der Sonnenseite, ohne Ziel. Es kam vor, daß sich Fußgänger nach ihnen umdrehten.
Woher haben Sie trockene Kleider? fragte er.
Am Leib trocknen sie schnell.
In welchem Hotel übernachten Sie?
Ich habe kein Hotel.
Er nahm sie an der Hand.
Erzählen Sie, bettelte Ayu.
Sie sind eine Lügnerin.
Vom Internat.
Das ist vorbei.
Erzählen Sie ihr, was Sie erlebt haben, in all den Jahren.
Welchen Jahren?
Sie haben sich fünfzehn Jahre nicht mehr gesehen.
Ich habe nichts erlebt.
Dann sind Sie undankbar.
Undankbar?
Sie haben Menschen kennengelernt, und einige haben Sie geliebt.
Sie – mich? fragte er.
Ja. Und Sie haben es nicht mal bemerkt. Das ist undankbar und egoistisch.
Es wäre merkwürdig.

Wenn heute Ihr letzter Tag wäre, was würden Sie feiern?
Feiern?
Erzählen Sie es ihr. Sie hat es noch nicht gehört.
Chartres, sagte er, da hat sie mir zum erstenmal gefehlt.
Erzählen Sie ihr von Chartres.
Er schwieg.
Wenn ich jetzt gehe, sagte Ayu, dann geht sie für immer.
Chartres, sagte er, am Nordportal. Die Erschaffung Adams. Er kniet an Gottes linker Seite und schmiegt sich an sein Knie, auf das er seinen Arm legt, die Hand über der Kniescheibe. Sein Kopf ruht in Gottes rechter Hand und ist ein wenig abgedreht, er hat ein Gesicht wie Marcel Marceau. Die linke Hand Gottes – nur die Finger – berührt den Scheitel des Menschen.

Was hat der Gott für ein Gesicht?

Nicht *der* Gott – Gott. Ich weiß es nicht. Er ist ein jugendlicher Mann und erinnerte mich an David Bowie, aber der hat keinen Bart: Am ehesten gleicht er dem Deutschlehrer, den wir im Internat hatten, Nydecker Hans. Aber es ist die linke Hand, die mich beschäftigt, seit ich die Figur zum erstenmal sah, als Schüler Aristide Dupins. Finger waren meine Obsession, denn er war wie der Teufel hinter dem Fingersatz her. Der muß Fleisch und Blut geworden sein. Wie sollten Sie ihn sonst vergessen.

Sie saßen schon in einem Wagen der RER, als er auf Gottes linke Hand zurückkam. Natürlich wird er Adam segnen, vielleicht auch salben. Aber erst, als ich 1987 allein in Chartres war, sah ich, was er wirklich tut. Er laust ihn. Früher gab es eine Laustante, die zweimal im Jahr in die Schule kam. Gott ist Adams Lausonkel.

Und Eva? fragte sie.

In Chartres ist sie noch nicht dabei, sagte Leuchter. Aber neben Adams Kopf ist noch Platz für ihren Kopf. Gott hat dafür den Arm etwas angezogen und das Gelenk abgewinkelt. Darum wirkt sein Fingersatz erzwungen, ein wenig maniriert. Aber er wird Adams Läuse schon kriegen, dafür ist er Gott.

Er hat auch sie geschaffen, sagte sie.

An seine Schulter gelehnt, fragte sie: Fahren wir nach Chartres?

Im Wagen stand ein junger Schwarzer, der passabel Cello spielte, ein Largo von Boccherini; dann ging er mit dem Lederbeutel von einem Passagier zum andern, und Leuchter lege einen Zwanzig-Euro-Schein hinein.

An *Cité Universitaire* stiegen sie aus. Er fragte sich nach dem Schweizer Haus durch, wo Roman in seiner Pariser Zeit gewohnt hatte. Sie schlossen sich einer Gruppe japanischer Touristen an; ein Zimmer des Corbusier-Baus, inzwischen eine Sehenswürdigkeit, war zur Besichtigung freigegeben. Die Führerin erklärte, letztes Jahr sei das Haus im ursprünglichen Zustand wiederhergestellt worden. Leuchter erzählte Suzie, das Wohnen in diesem Haus habe Bekenntnischarakter gehabt. Der Stolz sei Romans Briefen anzumerken gewesen.

Hat er Ihnen geschrieben?

Zwei- oder dreimal.

Das haben Sie ihr nicht erzählt.

Als die Gruppe das Zimmer verlassen hatte, blieb Leuchter mit Suzie allein darin zurück. Vor fünfzehn Jahren hatte er diesen Besuch mit Sumi vorgehabt, aber er hatte nicht mehr stattgefunden. Es war ein asketischer Raum, aber Leuchter stellte sich vor, die Tatsache, daß jeder Millimeter daran, jede Farbe, die Lampe auf dem Tisch, das massive Regal an der Wand vom Architekten so und nicht anders gewollt gewesen sind, habe die Bewohner dafür entschädigt. So und nicht anders hätten sie damals auch eine neue Gesellschaft bauen wollen. Er setzte sich mit Suzie auf das schmale Bett. Sie berührten sich nicht.

Vor dem Schweizer Haus gab es einen Fußballplatz, auf dem Jugendliche spielten, meist Nordafrikaner. Auch am Tennisplatz sahen sie eine Weile zu.

Ich habe ein Bild von Rousseau, auf dem spielen die Männer wie Sträflinge in gestreiften Unterhosen, sagte Suzie, und halten die Schläger *so*. Sie nahm eine ungemein zimperliche Positur ein.

Der »Karnevalsabend« ist nicht in Paris, sagte Leuchter, er hängt in Philadelphia, soviel ich weiß.

Ich habe ihn abgenommen.

Und was ist an seiner Stelle?

Lange nichts. Bevor ich abflog, hängte ich einen alten Farbholzschnitt auf, damit er das Zimmer hütet. Ein Original. Das Geschenk meines Vaters, als er noch in mich investiert hat.

Was auf dem Bild drauf ist, haben Sie nicht gesagt.

Der Fuji natürlich. Aber er ist ganz klein. Man sieht ihn nur durch die Welle im Vordergrund. So heißt das Bild: Die Welle, von Hokusai. Die kennt jeder.

Ich auch, sagte er. Sie hing im Internat über meinem Bett und war mein Bild von Japan. Kein Original. Aber ich habe mein ganzes Taschengeld dafür ausgegeben.

Ich mag das Bild nur wegen der Menschen.

Menschen?

Die in den Booten sitzen und um ihr Leben rudern, sagte sie, man glaubt nicht, daß sie es schaffen.

Die habe ich ganz vergessen. Menschen vergesse ich leicht.

Aber *sie* nicht, sagte sie. *Sie* vergessen Sie nicht.

Waren Sie bei der Trauerfeier?

Welcher Trauerfeier?

Für Sumi.

Sie war auch nicht da, sagte sie. Wer lebt, geht doch nicht zur eigenen Trauerfeier. Das tut nur Tom Sawyer, damit er einmal hört, daß alle gut über ihn reden. Sie waren ja auch nicht bei der Trauerfeier.

Ich wußte nicht, daß sie tot ist.

Und jetzt möchte sie zu den Seerosen.

Er starrte sie an.

Monets Seerosen, sagte sie.

Also fuhren sie mit der Métro – er wollte kein Taxi benützen – nach *La Muette* und gelangten über weiträumige

Grünflächen zum Musée Marmottan, einem mutwilligen Schloßbau. Vorbei an Damen in römischen Falten und blau befrackten Herren mit Ordensstern gelangten sie in das mit beigefarbenem Stein verkleidete Untergeschoß, wo Monets Bilder hingen, gerahmte Durchblicke in den Garten von Givenchy.

In diesem Raum wurde Leuchter zum erstenmal angesprochen. Eine alte Dame trat auf ihn zu und sagte: Wo ist Ihr Hut?

Brauche ich einen Hut?

Auch die Knöpfe sind falsch. Sie müssen weiß sein.

Das waren sie zuerst.

Wenn Sie *Gilles* darstellen wollen, sagte sie.

Ich stelle nur mich dar, erwiderte er freundlich.

Dann müssen die Details stimmen.

Sie haben ganz recht. Gott steckt im Detail.

Der Teufel auch, sagte sie streng.

Über eine Stunde verharrten sie vor schwimmenden Beeten unter fast schwarzem Gartengrün. Sie betrachteten einen gemalten Rosenstrauch, von dem Suzie schwor, es müßten Kamelien sein, und verlangte, daß Leuchter den Irrtum richtigstelle.

Hier ist sie nicht gewesen? fragte sie, als sie nebeneinander auf der Lederbank saßen.

Er schüttelte den Kopf. Diese Frage stellte sie an jedem Ort, doch schien sie die Antwort schon zu wissen. Vom Rucksack trennte sie sich nie und protestierte, wenn sie ihn an einer Garderobe hinterlegen sollte.

Nach Chartres geht man allein, sagte er.

Im Marais-Viertel war »sie« gewesen, unbestreitbar. Die Kreuz- und Querfahrt durch die Stadt führte sie in die Nähe des Hotels zurück, erst zum Centre Suisse, das Ayu von innen sehen mußte. Darüber verhandelten sie mit der diensthabenden Person in der Bibliothek, die Leuchters Erscheinung mit Mißtrauen betrachtete.

Sind Sie Schweizerin? fragte er.

Heute ist noch nicht der Elfte.

Ich habe sonst nichts anzuziehn, sagte er. Herr Rübel ist nicht mehr da?

Er ist seit fünf Jahren tot.

Ich habe in seinem Programm gespielt, im März 86.

In welchem Stück?

Cello.

Sie tippte eine Weile in ihrem Computer. Ihr Name?

Leuchter Andreas.

»Junge Musik aus Liechtenstein«?

Ja. Wir möchten den Bühnenraum wiedersehen.

Suzie setzte sich in die zweithinterste Reihe des leeren Theaters, der schwarzen Löwengrube aus unveränderter Vergangenheit. Leuchter mußte auf die Bühne klettern und die Stelle markieren, wo er gespielt hatte. Die Hände in die Taschen des Pierrot gestopft, drehte er sich auf der leeren Bühne. Heute gab es nur das düstere Saallicht.

Kann ich abtreten? fragte er die zweithinterste Reihe.

Was ist der Elfte? fragte Suzie.

Der Beginn der Fastnacht. Des Karnevals.

Seit seinem Bühnenauftritt ließ sie seinen Arm nicht mehr los und schmiegte sich an ihn wie eine hungrige Katze. Sie kamen kaum vom Fleck; als müßte er sie zu den Schauplätzen, zu denen sie mitgenommen sein wollte, geradezu schleifen. Am Picasso-Museum gingen sie vorbei, nicht aber am Schlüsselmuseum, das im Untergeschoß eines Stadtpalais untergebracht war.

Hier ist sie gewesen, sagte Suzie. – Nein. – Ich spüre es. Dann ist sie ohne Sie hiergewesen. Bevor sie Ihnen nach Chartres gefolgt ist, war sie noch ein paar Stunden in der Stadt. Hier war sie, als Sie sie gesucht haben.

Ich habe sie nicht gesucht.

Dann tun wir es jetzt.

Eine halbe Stunde gingen sie durch weißgeputzte Gewölbe mit Vitrinen und Kästen voll Schlösser, Schlüssel und Riegel aus vielen Jahrhunderten und in allen Formen und Größen. Während sich Leuchter beugte, um die Mechanik zu verstehen und die Legenden zu entziffern, stand sie dabei und prüfte seine Reaktion, als wäre er ein Staatsgast.

Beim Mittagessen im *Jardin disparu* bemerkte er: Hier war ich mit ihr. Sie reagierte nicht auf die Lüge.

Dann möchte sie wieder genau dasselbe essen, sagte Suzie.

Er strengte seine Phantasie an, während er durch das Menü blätterte; sie nahm es ihm aus der Hand. *Soupe à l'oignon* »maison«. *La cuisse de canard à l'orange.* Könnte stimmen, sagte er.

Beim Essen betrachtete sie ihn, als müsse sie sich jeden Zug seines Gesichts einprägen; beim Kaffee rückte sie zu ihm auf die Bank und lehnte sich an ihn. Ihr Gesicht war gerötet. Sie hatte zwei Gläser Rotwein getrunken.

Er sagte: Ich dachte, Sie hätten das *Grave ad libitum* gespielt.

Susumu.

Und was macht er jetzt?

Er hat sich von seiner Familie getrennt.

Studiert er Medizin?

Er schläft unter der Brücke. *Homeless.*

Er hat jahrelang dasselbe Stück geübt, immer nur das eine, sonst nichts.

Sie ist treu, sagte Suzie, preßte sich fester an ihn und streichelte die weiße Seide über seinem Schoß.

Sind Sie treu? flüsterte sie. Gar nicht.

Und Sie, was machen Sie? fragte er.

Ich bin Suzie, sagte sie und klob ihn so heftig ins Glied, daß er auffuhr.

Bist du wahnsinnig? schrie er.

Sie begann ihn wieder zu streicheln, aber er hielt ihre Hand fest.

Könnte es sein, daß Sie zuviel getrunken haben, Suzie?

Nie, flüsterte sie an seinem Ohr, sie trinkt nie.

Er bezahlte; er kannte die Ecke. Sie waren nicht mehr weit

vom Hotel. Die Sonne schien, es ging leichter Wind; seine Kleider konnten schon trocken sein. Suzie hatte seine Hand nicht genommen; jetzt machte sie halt vor dem Geschäft mit nautischen Instrumenten, das ganz unverändert schien. Er stand dicht hinter ihr, als sie den Gebrauch eines Sextanten erklärt haben wollte und mit Fragen gar nicht aufhörte; sein Atem ging kürzer. Er streifte mit einem Finger über ihre Brust.

Komm.

Sie will jetzt nicht mit Ihnen schlafen, sagte sie, Sie müssen ihr noch viel zeigen.

Ich habe dich gekränkt, sagte er beim Weitergehen.

Sie können sie nicht kränken. Sie möchte mit Ihnen schmusen, auf der *Place des Vosges*. Da hat sie lange genug allein gesessen.

Als sie den Platz erreicht hatten, den er – gewiß auch gegen Sumi – als den schönsten der Stadt zu rühmen pflegte, zog ihn Suzie auf eine Bank. Ja, hier hätte er mit Sumi sitzen können. Er starrte auf das weite Karree, die zierlich zusammengebauten ziegelroten Paläste, deren Fenster und Türen mit gelblichem Stein eingefaßt waren. Ein Bilderbogen, der durch die durchsichtig gewordenen Äste der Kastanien leuchtete. »Frankreich, das liebe Licht, scheint herein.« Ein großer Teil des Laubs lag schon gebräunt auf den Wegen; hie und da taumelte ein goldenes Blatt aus der Krone auf den Boden.

Wer war Madame de Sevigné? wollte Suzie wissen und fiel ihm dabei stürmisch um den Hals. Sie zog seinen Kopf an den Haaren und wühlte die Lippen in seinen Mund. Es gab Spaziergänger, die stehenblieben, und Mütter mit Kindern, die sich beeilten weiterzukommen. Die kleine Asiatin mit Rucksack und der weiße Clown, der sich ihrer Zärtlichkeit kaum erwehren konnte, waren ein absurdes Paar. Plötzlich erinnerte ihn ihr Gesicht mit den geschlossenen Augen an Chantal. Er hatte sie kürzlich bei einer Vernissage wiedergesehen; sie war hochgeschossen, kahl wie eine Nonne und galt als neue Wilde, der man eine große Zukunft voraussagte. Jacqueline war mit ihrem Mann da; Claude und sie lebten wieder zusammen, und er hatte Wert darauf gelegt, Leuchter zu begrüßen.

Tief seufzend ließ Suzie von ihm ab und rutschte auf die Bank zurück.

Fahren wir jetzt zum Montmartre?

Für Nachtleben ist es zu früh.

Sie möchte zur *Sacré-Cœur*. Da sieht man Paris.

Sie fuhren mit der Métro bis *Barbès-Rochechuart*. Je mehr sie sich durch die Gassen der *Butte* dem touristischen Bezirk näherten, desto häufiger blieben Leute stehen, um sie zu fotografieren. Leuchter war eine Attraktion. Die Führerin einer spanischen Reisegruppe unterbrach ihren Vortrag und schrie: *Pierrot lunaire!* Aller Augen wandten sich ihm zu und sahen ihm nach, als er weiterging, offenbar zu einer Schau mit historischer Pariser Folklore unterwegs. Auf dem Plätzchen mit Malerdarstellern, die sich vor ihren Staffeleien ablichten ließen, wurde Leuchter sofort zum bevorzugten Sujet. Jemand drückte ihm von hinten etwas aufs Haar; als er es abnahm, war es ein weißer Spitzhut. *C'est gratuit! For free!* brüllte der fröhliche Spender, Inhaber eines Standes mit Juxartikeln. Leuchter setzte den Hut wieder auf und ging ein paar Schritte in einem Gewitter von Blitzen. Dann ließ er den Hut auf einer Mauer stehen und las die Tafel mit der amtlichen Bekanntmachung in der Mitte des Platzes.

Warum lachst du? fragte Suzie neben ihm.

Es ist Deutsch, oder beinahe.

Sie kann Deutsch, sagte Suzie. Lies.

»Dort dürfen nur ihre Tätigkeit ausüben die Künstler, die im Besitz einem vom Pariser Rathaus ausgestellten Ausweis sind, auf dem die Nummer der zugeschriebenen Stelle steht.«

Jetzt mußt du ihr eine Blume schenken, sagte Suzie. Nur *eine*.

Y'en a que pour Lui stand auf dem Blumengeschäft. Es gab grasgrüne Chrysanthemenbällchen zu kaufen, eine Pflanze namens *Hyperimon* mit roten Stielen und zinkfarbenen Blättern; eine *Célosie*, die einem Schafseuter ähnlich sah oder einem orange gefärbten, tief gefurchten Gehirn.

Eine weiße Rose, wünschte Suzie, ohne Papier.

Er war es, der sie tragen mußte. Die Rose in der Hand machte jeden Schritt erst recht zum Spießrutenlaufen. Je näher sie dem Aussichtspunkt kamen, desto mehr wurde Catherines Schlafanzug zum Mißverständnis und immer weniger zum Fremdkörper. *Wie poetisch!* war sinngemäß in mehr Sprachen zu hören, als Leuchter verstand, und immer öfter Japanisch. Ein Mann mit Handy unterbrach das Gerede gegen seine Schulter, um Pierrots Ankunft anzuzeigen; eine Matrone hielt am Briefkasten inne, in die sie gerade einen Brief hatte werfen wollen. »Wegwerfen« hätte Sumi unbelehrbar gesagt, und Leuchter mußte Suzie den Unterschied erklären, den sie am Ende noch immer nicht zu verstehen vorgab. Auf einer Gartenmauer stand in ungelenker Sprayschrift *L'Euro c'est de la merde.*

Kennst du Lubomir? fragte er.

Er ist *de la merde.*

Warum? Er ist invalid.

Er ist ein Erpresser.

Er hat sie geliebt.

So? antwortete sie schnippisch, und es klang wie *So what?*

Warum sagtest du, sie habe ihn umgebracht?

Suzie antwortete nicht. Sie hatte seinen Arm genommen, und ihre Gangart war derjenigen Sumis jetzt sehr ähnlich. Beide waren mit der Gewohnheit nicht vertraut, im Gleichschritt eines Paars zu gehen. Nahmen sie ihn doch einmal an, taten sie es, wie Ayu jetzt, pedantisch und feierlich, mit unwahrer Betonung. Man kann auch mit Schritten lügen. Ayu promenierte demonstrativ.

Leuchter hatte kein einziges Mal mit Sumi getanzt.

Sie erstiegen die Freitreppe, die zur weißen Zuckerbäckerarchitektur hinaufführte, dem monumentalen Dementi einer französischen Niederlage. Nach einem Blick in das heroische

Innere setzten sie sich auf die Stufen, die besetzt waren wie die Ränge eines Theaters, und blickten über die herbstliche Stadt.

Du liebst sie noch, sagte Suzie.

Ja.

Bist du sicher?

Ja.

Ist das alles?

Ich wüßte gern, was in dem Abschiedsbrief stand, den sie Lubomir geschrieben hat.

Alles Lüge. Dem schreibt sie nie einen Brief.

Vor Einbruch der Dunkelheit fanden sie ein japanisches Lokal. Den rohen Lachs aßen sie schweigend. Dann sagte Ayu:

»Ich bin alt, an die hundert Jahr. In der Stadt fürchte ich das Auge der Menschen. Bevor sie in der Dämmerung schreien: Das ist *sie*? stehle ich mich mit dem Mond nach Westen fort, fort aus der wolkenhohen Stadt der hundert Türme. Kein Wächter hält mich an, keiner will etwas von mir, der armseligen Pilgerin. Und doch verstecke ich mich, wenn ich gehe, im Schatten der Bäume.«

Was ist das? fragte Leuchter.

»Vorbei am Grab der Liebenden, am Hügel des Herbstes, zum Katsura-Fluß, den Booten, dem Mondlicht.« Ist das poetisch?

Ich nehme es an.

Das mußt du wissen. Du bist auch poetisch.

Und du verspottest mich.

Kannst du ein Geheimnis hüten? Sie schreibt eine Oper.

Sumi? fragte er. Jetzt?

Die Musik ist von ihr, die Worte sind ein altes Nô-Spiel. »Sotoba Komachi«. Du mußt es lesen.

Ayu, sagte er.

»Was böse genannt wird, ist gut. Was Illusion genannt wird, ist Erlösung. Denn Erlösung kann man nicht pflanzen wie einen Baum, und der Spiegel des Herzens hängt im Leeren.«

Komachi war einmal eine stadtbekannte Schönheit. Jetzt hat sie den Schädel kahlgeschoren und ist eine Nonne. Kannst du eine Nonne lieben?

Ayu, bitte keine Spiele mehr.

Glaubst du, sie spielt?

Nein. Sie ist tot.

Er leerte sein Bier. Sie zog ein Paket Zigaretten mit Feuerzeug aus der Außentasche des Rucksacks.

Sumi hat nicht geraucht, sagte er.

Jetzt braucht sie es.

Er wollte ihr Feuer geben, aber sie war schneller.

Das hätte eine Weiße nicht getan, sagte sie zwischen zwei Zügen. Sich selbst Feuer geben.

Nicht, wenn der Begleiter aufmerksam ist.

Wenn du mir Feuer gibst, bin ich eine Hosteß. – Auch eine?

Danke nein.

Am letzten Abend hast du geraucht.

Und du hast mir Feuer gegeben.

Warum bist du ihr nicht nachgegangen?

Er schwieg.

Warum bist du auf Ayus Zimmer mitgegangen?

Er musterte sie.

Du bist nicht treu.

Gehen wir? fragte er.

Sie ist eine Gelbe, sagte Ayu.

Ich bitte dich.

Sie wollten immer eine Gelbe.

Und als Sie eine bekamen, haben Sie sie vergewaltigt und verlassen.

Hat sie so etwas gesagt?

Aber Sie haben es getan.

Er unterdrückte seinen Zorn. Suzie ist ein Monstrum.

Und Sie sind ein Mörder.

L'addition! rief Leuchter.

Bin ich häßlich? fragte sie. Sie hatte die weiße Rose vor ihren Lippen hin- und hergeführt. Plötzlich packte sie die Blüte mit den Zähnen, die sie zerrissen hatte und langsam zu kauen begann.

Ja, Suzie, Sie sind sehr häßlich.

Sie gingen in weitem Abstand voneinander, zurück Richtung *Sacré-Cœur*. Am Fuß der Freitreppe blieb sie in einer japanischen Gruppe stehen, und er konnte sie nicht gleich von anderen unterscheiden.

Das Lichtermeer, sagte er. *Voilà*.
Herr Leuchter, Sie lieben sie wirklich? Wirklich?
Ja.
Dann zeigen Sie es.
Er zog sie in die Arme, während sie die ihren hängen ließ wie eine Puppe.
Mehr. Mehr!
Ayu, ich bin es satt.
Sie trat einen Schritt zurück.
Ich habe genug von deinem Theater, sagte er.
Dann trennen wir uns jetzt.
Ja, trennen wir uns.
Sie ging zehn Schritte weiter und blieb stehen.
Entschuldigung, sagte sie, mit dem Rücken zu ihm. Entschuldigung! rief sie laut.
Als er bei ihr war, packte sie seinen Arm.
Darf ich?
Jetzt bewegte sie sich wieder Hüfte an Hüfte mit ihm im gleichen Schritt. Dabei gingen sie abwärts, das Gefälle war merklich, und wenn Ayu stolperte, hielt sie sich an ihm fest.

Gleich nebenan fuhr die Zahnradbahn immer noch, aber beide sich kreuzenden Wagen waren leer. Auch das Karussell am Fuß des Hügels lag still. Über einige Gassen erreichten sie den *Boulevard de Rochechouart*, dann den *Boulevard de Clichy*.

Sie gingen immer noch wortlos, aber Ayu klammerte sich an ihn. Der Boulevard war stark befahren, doch nicht eigentlich belebt. Die hellen Schaufenster gehörten zu geschlossenen Läden, die bei Tage Unterhaltungselektronik oder Textilien anboten. Die Nachtbars wirkten bieder oder hatten Kinos Platz gemacht. Diejenigen, die XXX-Movies zu bieten hatten, taten es lustlos. Alle paar Schritte begegnete ihnen das gleiche Plakat, das für gesunde Landmilch warb. Es zeigte die Hinterseite einer Kuh ohne jedes Geschlechtsmerkmal bis auf das saftige Euter.

Sex-Shops hatten die Live-Shows ersetzt, an der *Place Pigalle* gab es noch zwei oder drei. Aber das Etablissement, wo Leuchter Sumi verkauft hatte, war einem Billigsupermarkt gewichen, und wo das *Bistrot du Curé* gestanden hatte, erhob sich ein Bauzaun.

An seinem Schatten blieb Ayu stehen und sah ihm in die Augen.

Sie verläßt dich nie. Du darfst sie auch nie verlassen.

Sie lehnte sich, leicht wie ein Blütenblatt, gegen ihn und hatte den Kopf auf sein Herz gelegt, als sie fragte: Darf sie noch eine Nacht bei dir bleiben?

Aber sie muß schlafen.

Sie stört dich nicht.

Als er ein Taxi anhalten wollte, sagte sie: Mit der Métro, bitte.

Im Wagen standen zwei junge Männer und erhoben, als Leuchter mit Ayu eintrat, die Banane, die jeder in der Hand hielt, zum Gruß. Dann klemmten sie die Frucht gegen ihre Schulter, als wäre sie ein Handy, und sprachen abwechselnd, Zeile um Zeile, ein Gedicht hinein, beiläufig, wie man über das Wetter spricht. Im Wagen wurde es still.

> A *Tes pas, enfants de mon silence*
> B *Saintement, lentement placés.*
> A *Vers le lit de ma vigilance*
> B *Procèdent muets et glacés.*
>
> A *Ne hâte pas cet acte tendre*
> B *Douceur d'être et de n'être pas.*

*A Car j'ai vécu de vous attendre,
B Et mon cœur n'était que vos pas.*

Vor *Bastille* begannen sie das nächste Gedicht. Aber Ayu und Leuchter stiegen aus.

Der Concierge blickte nur flüchtig auf, als Leuchter den Schlüssel holte, mit Ayu das Entree querte und den Käfig mit dem eisernen Zierat bestieg. Sie schwebten in würdiger Langsamkeit zum obersten Stock. Leuchter öffnete das Cézanne-Zimmer, hielt die Tür auf und drehte das Licht an, bevor Ayu eintrat. Im offenen Fenster schaukelten seine Kleider.

Ayu ließ den Rucksack fallen, ging durch das verwinkelte Zimmer und rührte mit halb geöffneter Hand alles an: das Bild an der Wand (eine Version der »Badenden«), den Sekretär, den Sessel, das Bett. Dann trat sie ans Fenster und faßte sein Hemd an, Rock und Hose.

Trocken, sagte sie.

Ich hänge sie in den Schrank.

Danach trat er neben sie ans Fenster. Er berührte sie nicht. In einer Lücke der Nachbardächer schimmerte das entfernte Bild der *Sacré-Cœur*.

Da waren wir, sagte sie.

Ja, da waren wir.

Sie ist müde.

Wir gehen schlafen.

Du gehst ins Badezimmer, flüsterte Ayu. Sie möchte jetzt gar nichts mehr tun. Darf sie?

Als er ins Zimmer zurückkam, hatte sie das Licht gelöscht. Aber ganz dunkel war es nicht. Er sah Ayu am Fußende des Bettes sitzen, noch in Kleidern. Sie hielt einen Gegenstand in der Hand. Ein Rohr.

Bitte zieh dich aus. Sie möchte dich sehen.

Als er nackt auf dem Bett lag, kniete sie neben ihm auf dem Fußboden. Mit den Fingerspitzen befühlte sie ihn, seine linke Seite. Sie begann am Fußrücken und strich den linken Oberschenkel empor. Flaumenleicht rührte sie an Hoden, Penis,

Schamhaar. Lende, Bauch, Nabel. Sie fuhr über sein Brusthaar, legte die Hand auf sein Herz, streifte über die Innenseite seines linken Arms, die Gelenke, die Innenseite der linken Hand. Sie ergriff einen Finger nach dem andern und preßte die Fingerbeere mit festem Druck. Der Hals, die linke Gesichtsseite, das geschlossene Lid, die Braue, die Stirn. Dann blieb die ganze Hand auf seinem Kopf liegen.

Jetzt hat sie dich, sagte sie leise. Du schläfst. Sie spielt dir ein Schlaflied.

Sie entfernte sich; er spürte, wie sie sich auf der anderen Bettseite niederließ, und öffnete die Augen. Sie hob das Rohr auf und setzte es quer an die Lippen. Dann nickte sie heftig, und gleichzeitig zerriß ein Ton die Stille, stark und gedämpft zugleich.

»Schwarzes Haar«, sagte Ayu. Es ist ein Liebeslied.

Sie setzte zum zweitenmal an, schleifte den Ton in die Höhe, dehnte ihn, bis er abriß, ließ ihn fallen und wieder steigen, sonor, dann durchsichtig und mürbe werden, verhauchen. Immer wieder erreichte die schnell steigende Tonfolge den Punkt, an dem sie erstarb; dann wurde sie mit einem energischen Kopfschütteln aus der Tiefe wiedergeschöpft und zitterte von frischem Leben.

Leuchter lauschte. Die Melodie atmete ihn aus, vertrieb ihn in endlose Fremde; sie atmete ihn wieder ein, holte ihn zurück in ein Gehäuse aus flimmerndem Hauch. Atemstöße ließen es in alle Winde vergehen; Atemzüge bauten es gelassen wieder auf. Der Klang war in seinem Ohr, sein Ohr war im Klang.

War es Musik? Es war das von gestaltlosen Lippen verstärkte, zum Tönen gebrachte Geräusch der Schöpfung: Sumis zur Seele gewordener Leib. Und er umfing ihn mit allem, was an ihm war, und versank in bewußtlose Heiterkeit; ging ein in die offene, grundlose Tiefe seines Gehörs.

26 Ein Schluß

Don't move.
Er hatte das Aufschrecken versäumt; ihm schien, er habe noch gar nicht geschlafen. Er spürte den Druck des Metalls an seiner Schläfe, das Vibrieren dahinter. Es war Ernst.

Sein erster Gedanke war absurd: Jetzt hat es ihn erwischt! Aber »er« war kein anderer. Und das war auch ganz richtig so.

Der zweite Gedanke: Wie hatte Ayu die Waffe im Flugzeug von Japan nach Frankreich schaffen können, unbemerkt? Durch alle Kontrollen? Eine Frage für die Polizei oder für das Gericht. Wenn sie gestellt wurde, brauchte sie *ihn* nicht mehr zu interessieren. Dann war »er« weg, aber wo?

Gab es ein Lächeln aus Panik?

Ein großes Kaliber, das spürte er an der Breite des Aufsatzes. »Des Aufsatzes«. Eine Waffe wird aufgesetzt. Korrekt. Schmauchspuren. »Schmauch« – was für ein Wort. Es wird von keinem Menschen gebraucht. Nur in diesem Zusammenhang. Da ist es obligatorisch.

Ayus Rucksack. Darum war er so schwer. Darf ein Rucksack dein letzter Gedanke sein?

Was heißt hier: du. Sag doch mal ich, zum letztenmal.

Eine aufgesetzte Waffe ist eine sichere Sache.

O. k., flüsterte er.

Er spürte den Druck an seiner Schläfe eine Spur weniger fest werden, dann wieder satt, fast bohrend. Ein Punkt an seiner Fußsohle begann zu jucken, unerträglich. Er hielt es aus.

Schämen Sie sich? fragte Ayus Stimme.

War das noch eine Frage gewesen? Oder schon ein Befehl?

Leuchters Kopf lag auf der Seite. Er bewegte nicht einmal die offenen Augen. Er glaubte nachzudenken, aber sein Kopf war leer. Der Kopf mit dem Eisen dran: vollkommen leer.

Er sah das Fenster mit der Gardine. Sie rührte sich nachlässig, gedehnt bauschte sie sich in den Raum hinaus, träge sank sie wieder zurück. Erinnerte an die lange rosa Abendrobe, die seine Tanzstundenliebe beim Schlußball getragen hatte. Aber die Gardine war grau.

Ich warte, sagte es hinter ihm, halb über ihm.

I am waiting.

Das Gewicht an seiner Schläfe drehte sich andeutungsweise. Die Hand preßt den Stempel auf Papier, um den Abdruck zu verbessern. Verwischen will sie ihn nicht.

Say something.

Sag was.

Kein Verhandlungsangebot. Er hatte nur noch ein Schlußwort zu sprechen. Paßte es, drückte sie ab. War es falsch: dann erst recht.

Aufräumen. Aber aufgeräumt oder nicht: keine Chance. Außer der einzigen, mit Anstand abzutreten.

O. k., sagte er.

Was heißt *o. k.*? fragte es zurück, wie aus der Pistole geschossen. Der Druck an seiner Schläfe bebte unmerklich; die Stimme war fest.

O. k., wiederholte er *aufgeräumt.*

Ich schieße.

Ich weiß.

Antworten Sie.

Auf den Bodendielen lag ein schwacher Schein; die Straßenbeleuchtung konnte es nicht sein. Das Zimmer lag im sechsten Stock. War die Nacht in Paris so hell? Richtete jemand einen Schweinwerfer auf das Fenster? Stark genug, um Sprossen in die Gardine zu zeichnen? In ihren Falten erschien das Fensterkreuz geknickt; lüftete sie sich, so zeigte es sich auf dem Fußboden als regelmäßiges Rautenmuster. Doch nie lange; dann wurde es von der Dämmerung wie von einer zögernden Hand wieder weggewischt.

Wer leuchtete ins Zimmer? Gegenüber gab es kein höher gebautes Haus.

Er hatte zu denken. Dieses Licht war ein Forschungsgegenstand. Es fiel von oben rechts. Da konnte eigentlich nur der Mond sein. Aber wo kam er her? Auf dem Friedhof war der Himmel bedeckt gewesen; über dem *Boulevard de Clichy* fast sternklar. Wie hätte er den Mond übersehen können? Aber vielleicht ging er erst nach Mitternacht auf?

Sie wartete auf Antwort, aber worauf? Er spürte die Ungeduld an seiner Schläfe. Nach unbestimmter Weile begann der Druck des Metalls nachzulassen, oder er hatte sich daran gewöhnt.

Es war Metall, keine Frage. Anfangs war es so eisig, daß sich die Haut unter dem Schläfenhaar kräuselte. Vor seinen Augen erschien die Flanke eines Pferdes, über die ein Schauer nach dem andern läuft; damit verscheucht es Fliegen. Eine Waffe geht davon nicht weg. Aber sie verliert etwas von ihrer Kälte.

Dafür waren seine Glieder erstarrt. Gespannt wie diejenigen eines Schnelläufers im Startloch. Das Vorgefühl der Explosion hallte in seinem Ohr. Ein hohles Singen, wie beim Höhenwechsel in der Schwebebahn. Aber der Knall blieb ein Phantom.

Todesangst hast du nicht, sie hat dich.

Und doch: Er war immer noch da. Unendlich behutsam, als entschärfe es eine Mine, begann sich das nackte Dasein in seinem Leib auszubreiten. Er reckte sich unmerklich. Etwas wie Gefühl schlich in die Glieder zurück, wie ein nächtlicher Besuch, der seiner Sache sicherer wird. Er ist doch gar kein Dieb. Dies ist sein Haus.

Jetzt konnte er Ayu atmen hören, schnell, unterdrückt, aber vernehmlich. Ein kleiner Menschenatem dicht an seinem Haar. Er selbst hatte überhaupt nicht mehr geatmet. Das war nicht möglich. Es war auch nicht wahr. Er hatte die Luft angehalten; jetzt ließ er sie gehen, so leise er konnte, und wieder kommen, ebenso leise. Etwas an ihm wurde warm und begann zu fließen. Jetzt hörte er Pulsjagen, mitten im Kopf. Der Puls jagte nicht, er floh. Wohin? Wie viele Schläge die Minute? Unmöglich, sie zu zählen. Er versuchte es doch. Konnte er die Flucht durch Zählen verlangsamen, oder täuschte er sich?

Die Drohung blieb ernst. Sie wurde ernster mit jedem Augenblick. Und sie hatte immer weniger mit ihm zu tun.

Der wechselnde, immer wieder verstärkte Druck an seiner Schläfe. Wie eine Krankenschwester, die einen Druckverband auf die Schlagader pressen soll.

Das hatte er als Kind erlebt. Im Kantonsspital Chur hatte man ihm Kontrastflüssigkeit in die Halsarterie gespritzt, zur Vorbereitung einer Röntgenaufnahme.

Er hatte die Geschichte noch keinem erzählt. Er hatte sie zu gründlich vergessen. Doch in diesem Augenblick war sie da.

Kopfweh, jeden Tag. Sein Tod, eine beschlossene Sache. Er hörte ihn im Gespräch, das Vater mit dem Direktor des Internats führte, in Gegenwart des Delinquenten. Er hörte ihn im Schweigen, als sie nach Chur fuhren, im Taxi; der Vater vorn neben dem Chauffeur, und hinten das Kind allein. Das Kind war ein Notfall; Vater war selbst gekommen. Er fürchtete das Schlimmste, und nun sorgte er persönlich dafür, daß es eintraf. An diesem strahlenden Frühlingstag fuhr er Taxi mit dem Vater, zum ersten- und letztenmal; denn sie fuhren zu seiner Hinrichtung. Andreas war erstarrt. Er fühlte kein Kopfweh mehr.

Drei Monate lang hatte er es gehabt. Die Frau des Direktors war eine gelernte Krankenschwester. Sie hatte ihn ins KZ bestellt und tanzen lassen. Er mußte die Arme vor sich gerade ausstrecken, die Augen schließen und mit den Füßen treten, auf der Stelle, volle drei Minuten. Als er die Augen wieder öffnen durfte, blickte er wieder zur Wand, aber es war die verkehrte. Er hatte sich hundertachtzig Grad blind um die eigene Achse gedreht.

Du gefällst mir gar nicht.

Sie hatte mit einem Hämmerchen auf seine Kniescheiben geschlagen, mit einer Pinzette seine Fußsohlen gekratzt, mit einem scharfen Licht in seine Augen gezündet. Er gefiel ihr immer weniger. Er wußte genau, warum.

Einige Monate früher hatte sie sein Geschlecht betrachtet,

kein Zettelchen, einen schwarz und blau geschwollenen Hodensack. Als er sich wieder zurückgebildet hatte, meldete sich das Kopfweh.

Die Ursache kannte er allein, aber jeder konnte sie erraten. Auch der Vater sah sie ihm sofort an. Auf das Schlimmste kam er immer von selbst. Das Schlimmste war, daß sich Andreas, krankgeschrieben zu Hause, Nacht für Nacht zu den »Sitten der Völker« geschlichen und vor dem Satsuma-Typus onaniert hatte. Obwohl er wußte, daß seine Mutter starb.

Als sie tot war, mußte er ihr nachsterben. Das saß in seinem Kopf und bildete eine Geschwulst. Sie ging nur mit seinem Kopf zusammen weg. Damit er den Kopf hinhielt, fuhr sein Vater mit ihm Taxi nach Chur.

Es war aber nichts, das wußte Andreas sehr wohl. Und das war noch schlimmer als das Schlimmste. Weniger als nichts war los mit ihm. Es fehlte ihm nur zu viel.

Da hatte er eben den Kopf hingehalten. Für eine Untersuchung, die nicht nur lächerlich war, sondern die reine Tortur. Anderswo hätte man ihn nach einem kleinen Stich in die Röhre geschoben und in scharfen Bildern seine Unschuld erwiesen. In Chur öffnete man ihm die Halsschlagader und spritzte Farbe in sein Gehirn, bevor man feststellen konnte: wahrscheinlich negativ. Kein Befund.

Und doch, die Krankenschwester kniete auf seinem Hals. Er spürte Körperwärme unter dem gestärkten weißen Tuch, das erst nach Kampfer, dann nach Eisen roch. Sie erstickte ihn mit ihrem Gewicht, damit er nicht verblute. Sie machte sich schwer wie eine Kuh und keuchte ohne Scham. Für diesen Augenblick war der Verurteilte hergekommen. Danach konnte er das Kopfweh entbehren.

Aber das Urteil war nicht aufgehoben. Er lebte ja noch immer, bis heute.

Doch jetzt, mit dem Metall an seiner Schläfe, geschah es, langsam, doch unwiderruflich, daß er aufhörte, das Schlimmste zu fürchten. Jetzt war es da. Das Letzte. Aber ganz schlimm war es nicht.

Und ebenso heimlich, wie er mit dem Letzten einverstanden war, begann sich der ganze Andreas Leuchter von der Todesangst wegzustehlen, Atemzug um Atemzug. Mochte er auf einer Schlachtbank liegen. Aber er legte sich auf kein Sterbebett mehr.

Nie wieder.

Er hatte seine Mutter auf dem Totenbett zu zeichnen versucht, als er in der Aufbahrungshalle allein war mit seinem Grauen und der Leiche. Er hatte ihr Gesicht nie getroffen. Immer nahm es auf dem Papier einen verschmitzten Ausdruck an, den er an ihr niemals wahrgenommen hatte. Vielleicht gehörte er doch zu ihr. Er war ihr gestohlen worden, verbittert. Jetzt bestand sie, die Tote, auf Richtigstellung. Wie er sie zeichnete, wollte sie gesehen sein, ein einziges Mal.

Beim Gedanken daran bildeten seine Lippen ein Lächeln ins Kissen, gegen das ihn der Pistolenlauf drückte.

Der Kanonenlauf. Warum nicht? Mochte Ayu im Rucksack eine Kanone eingeflogen haben. Sie konnte den Spatz töten. Treffen konnte sie ihn nicht mehr.

Das fühlte er jetzt ganz und gar und in aller Bescheidenheit. Aufräumen, gut – er war soweit. Er fühlte sich aufgeräumt, lebendig oder tot. In diesem Augenblick machte es keinen Unterschied, im nächsten auch nicht, und mit jedem immer noch weniger.

Don't move.

Hatte sie festgestellt, wie er ins Kissen lächelte? Nein, er bewegte sich nicht. Er wollte die junge Frau, die sich an ihre Kanone klammerte, durchaus nicht zwingen abzudrücken, aus Schreck oder gar aus Versehen. Das brauchte er ihr nicht anzutun, und sich auch nicht. Was ihn unter der Decke beschlich – das kühle Schaudern, das warme Räkeln der nackten Glieder –, war für Ayu nicht feststellbar. Sie selbst mußte ihn zugedeckt haben. Er verbarg seine Ruhe nicht mehr. Es wäre verlorene Mühe gewesen, und er verzichtete darauf, auf jegliche Mühe.

Wie hieß das Stück noch gleich, das er lesen sollte? *Sotoba Komachi.*

Eigentlich war es nicht möglich, daß Leuchter mit einer Kanone am Kopf zu dösen, unter ihrem ungleichen Druck einzunicken begann, als wäre sie zu ebendiesem Zweck aufgesetzt gewesen, appliziert wie eine Akupressur.

Es war nicht möglich; und doch mußte es geschehen sein. Denn als er aufwachte, begrüßte ihn im Fenster der helle Tag.

Er war allein. So allein war er in diesem Zimmer nun zum zweitenmal, im gleichen Zimmer.

Im Fenster baumelte Catherines Schlafanzug, jeder Teil über einem eigenen Bügel. Die leeren Ärmel rührten sich, schlenkerten ein wenig, wenn die Luft mit den Rüschen spielte. Der Pierrot wirkte befreit.

Hampelmann flieg, sagte Leuchter laut.

Auf dem Kissen lag ein Briefumschlag. Und darauf ein Teleskop. Es war dasjenige aus dem Antiquitätengeschäft, vor dem er stehengeblieben war, auf dem Rückweg vom Centre Suisse, vor fünfzehn Jahren, mit Sumi. Er wog es in der Hand. Dann zog er es auseinander. Zwei blanke Messingglieder schoben sich aus dem Schaft, der mit grünem Leder bezogen war, an beiden Enden mit einer kleinen Goldbordüre geschmückt.

Er setzte sich das Instrument an die Schläfe. Ja.

Dann blickte er durchs Okular. Die Sicht war trüb. Er drehte so lange, bis, stark vergrößert, aber auch sehr verwaschen, das ockerfarbene Webmuster der Gardine in dem kleinen runden Gesichtsfeld erschien.

Dann setzte er das Instrument ab.

Sie hatte die Gardine wieder aufgezogen und den Raum fast so verlassen, wie sie ihn betreten hatte. Und er hatte noch keinen Menschen so geliebt.

Kunststück, Leuchter, du hast noch keinen Menschen geliebt.

> Heute fange ich an.
> Viel Glück, Leuchter, du wirst es brauchen.
> Ich bin noch nie so glücklich gewesen.
> *Eikan, you are late.*
> Wir werden nicht jünger.
> Und da wäre noch ein Brief.

Im Früchtekorb lagen zwei Äpfel und ein Messer, in eine Serviette eingeschlagen. Leuchter schnitt den Umschlag sorgfältig auf. Der Rucksack war ihm nicht bekommen. Er sah mitgenommen aus und trug weder Adresse nach Absender.

Er entnahm ihm ein Stück Papier mit sieben Zeichen in japanischer Silbenschrift. Am oberen Blattrand war noch ein Teil des Briefkopfs der Akademie von Eckern zu sehen.

Damals hatte Sumi seinen Namen gezeichnet, den ganzen Namen, nachdem sie ihn vorgesprochen hatte, Silbe für Silbe, nickend, mit Nachdruck und unsicherem Lächeln. Und da war er sicher: Er wollte mit ihr schlafen. Das Blatt war auf dem Tisch liegengeblieben. Wann war sie zurückgekommen, um es aufzuheben?

Es war in der Hälfte durchgerissen. Nur noch sein Vorname stand darauf, und jetzt konnte er ihn lesen: a-n-do-rea-su.

Er ging ans Licht und hielt das Papier dagegen. Wo es abgerissen war, schimmerten die Fasern wie der bewaldete Grat eines entfernten Gebirges. Jura, im Winter.

Du kannst es nicht mehr gutmachen, Leuchter.

Nein, aber anders. Vielleicht anders.

Auf dem Fußboden vor der Tür lag ein angebrochenes Paket Zigaretten. Es sah so aus, als wäre es ihr entfallen, als sie den Raum verließ. Lügnerin. Er sah dem Paket die Sorgfalt an, mit der es hingelegt worden war, dahin und nicht anderswo, millimetergenau.

Er hob es auf. Jetzt hatte er viel zu denken.

Er aß einen Apfel, ohne ihn zu schälen, mit Stumpf und

Stiel, und wusch sich danach die Hände. Dann schrieb er eine Karte, mit der Ansicht des Hotels *Bibracte*, an Nydecker Hans, per Adresse des Internats. Es stand nur ein Gruß aus Paris darauf, aber wenn er noch lebte, würde er ihn lesen.

Leuchter war immer noch nackt. Jetzt holte er den trockenen Anzug aus dem Schrank. Auf dem Rücken war da, wo er sich gegen die Wand des Grabs gestemmt hatte, noch immer eine Gipsspur zu sehen. Die Jacke sah reichlich zerknittert aus. Er schlüpfte hinein.

Er blickte sich um. Im offenen Fenster blähte sich der fast noch weiße Klabautermann, das glückverheißende Segel.

Er zog sich die Uhr an – es war gleich neun Uhr –, steckte Geldbörse und Lesebrille ein, die Zigaretten und den zweiten Apfel. Er nahm die Karte in die eine Hand, in die andere den Schlüssel, und erst als er beides dem Concierge hinüberreichte, stellte er fest, daß er das Taschentuch vergessen hatte. Aber jetzt ging er nicht mehr zurück.

Sie reisen heute ab? fragte der Mann mit dem traurigen Adelsgesicht.

Ich mache nur einen Spaziergang. Nach Chartres.

Die Kathedrale, sagte der Concierge. Sie treffen sich mit der Dame?

Ich hoffe.

Nach Chartres müsse man allein reisen, sagte sie.

Ein Mißverständnis.

Sie hat sich nach Verbindungen erkundigt. Aber sie war etwas früh dran. Vor halb sechs Uhr fahren keine Züge.

Bestellen Sie mir ein Taxi? fragte Leuchter.

Wollen Sie erst frühstücken?

Heute nicht.

Als der Concierge telefoniert hatte, sagte er: Es wurde noch etwas für Sie abgegeben. Er bückte sich hinter den Tresen und übergab Leuchter einen Karton. Die Requisiten aus dem *Ircam*. Zuoberst lag der Militärmantel und darauf eine schwarze Perücke. Leuchter nahm sie in die Hand. Dann steckte er beide Fäuste in den Balg und hob sie auf Augenhöhe.

Was trägt sie darunter? fragte Leuchter.

Das soll ich Ihnen nicht sagen, antwortete der Concierge und war deutlich errötet.

Dann weiß ich es, glaube ich.

Ich gestehe, daß ich ein wenig erschrocken bin.

Leuchter drückte die Perücke gegen seine Wange.

Es gilt noch etwas, sagte der Concierge, und die Trübnis seines Gesichts wurde grenzenlos. Die Dame hat den Ring weggeworfen. Ihren Ring.

Leuchter stutzte, dann lachte er laut. Das hat sie Ihnen gesagt?

Sie sollten es wohl nicht wissen.

Das sieht ihr ähnlich, sagte Leuchter, immer noch lachend.

Nur daß sie sich vielleicht keine Illusionen machen. Die Dame scheint nur noch etwas jung.

Und als Leuchter die Perücke zurücklegte, fuhr der Concierge fort: Den Mantel könnten Sie brauchen. Für Nachmittag ist wieder Regen angesagt, sogar Schnee. Und Sie sind zu leicht bekleidet, wenn ich mir die Bemerkung erlauben darf.

Als Leuchter den Mantel über den Arm nahm, sagte der Concierge: Ich danke Ihnen. Ich halte Ihnen auf jeden Fall das Zimmer frei. Lassen Sie die Sachen bei mir. Und da wäre Ihr Taxi. Nach Chartres, das wird teuer.

Wo denken Sie hin, sagte Leuchter. Wir haben doch Zeit. Ich nehme den Zug.

Gare Montparnasse, sagte er dem Fahrer.

Inhalt

Romans Brief 9
 1 Der Passagier 11
 2 Reisebekanntschaft 31
 3 Wartesaal 42
 4 Wartesaal, Fortsetzung 53
 5 Grenzen 68
 6 Cello solo 80
 7 Restaurant 92
 8 Nachtleben 103
 9 Ein Brief 110
10 Wiedersehen 116
11 Flucht. Die erste 129
12 Die Steine 139
13 Flucht. Die zweite 152
14 Schnelle Fahrt 164
15 Im Haus 172
16 Philosophenweg 187
17 Gastmahl 196
18 Der Invalide 205
19 Der Buddha 213
20 Musikhochschule 228
21 Ein Treffen 236
22 Zwei Berge 244
23 Rede 256
24 Überraschung 274
25 Promenade 286
26 Ein Schluß 307